D0497006

Désirs secrets

DU MÊME AUTEUR

Vies secrètes
Que la lumière soit
Le Faiseur de pluie

Diane Chamberlain

Désirs secrets

ROMAN

Libre Expression

Un ouvrage des
Éditions Libre Expression

Données de catalogage avant publication (Canada)

Chamberlain, Diane, 1950-

Désirs secrets

Traduction de : Reflection.

ISBN 2-89111-786-7

I. Siety, Francine. II. Titre.

PS3553.H248R4314 1998 813'.54 C98-940562-1

Titre original
REFLECTION

Traduction
FRANCINE SIETY

Maquette de la couverture
FRANCE LAFOND

Éditions Libre Expression
2016, rue Saint-Hubert
Montréal, (Québec) H2L 3Z5

Dépôt légal :
2e trimestre 1998

ISBN 2-89111-786-7

A mon père et ma mère,
mes octogénaires préférés

Je tiens à exprimer ma gratitude aux personnes suivantes qui m'ont prodigué leurs conseils et leurs suggestions pendant que j'écrivais *Reflection* :

April (Read2Learn) Adamson, Judy Harrison, David Heagy, Mary Kirk, Don Rebsch, Ed Reed, Joann Scanlon, Cindy Schacte et Suzanne Schmidt, ainsi que le Mount Vernon Writers' Group et mes collègues du Online Book Group.

1

Helen, les yeux fermés, jouait son passage favori de la sonate — des notes enflammées et pathétiques, montant et descendant à un rythme mesuré. Soudain, un grondement de tonnerre retentit au loin. Ses mains s'immobilisèrent au-dessus du clavier et elle jeta un coup d'œil par la fenêtre. Sa vue était encore assez bonne pour distinguer la violence des tourbillons qui secouaient les arbres et découvraient l'envers pâli des feuilles, tandis que la haie de bambous s'inclinait presque jusqu'au sol. A cinq heures, par cet après-midi d'été — le 4 juillet précisément —, une obscurité crépusculaire rendait les bois à la fois inquiétants et attirants.

Le ciel au-dessus des arbres s'illumina, et le tonnerre gronda à nouveau.

Enchantée à l'idée d'un bon orage, Helen fit l'impasse sur le deuxième mouvement de la sonate et joua directement le troisième, tonnant et vrombissant. Il pleuvait déjà à verse quand elle se souvint des outils laissés dehors : elle avait prévu de jardiner pendant l'après-midi, mais la tentation de se mettre au piano avait fini par triompher.

Après s'être levée avec précaution de la banquette, elle traversa la cuisine et sortit par la porte de derrière. Puis elle se dirigea vers le jardin, sans parapluie, sous l'ondée douce et fraîche qui ruisselait sur son visage.

La binette reposait à terre, près de hauts épis de blé. Elle la ramassa et pivota sur elle-même, à la recherche de la pelle et du plantoir. En les apercevant dans un fouillis de mauvaises herbes, elle hocha la tête. Ces herbes étaient-elles là quelques heures auparavant ? On aurait dit qu'elles poussaient de plus en plus vite ces derniers temps. Leurs tiges verdoyantes parurent la narguer lorsqu'elle se pencha pour prendre le plantoir.

Elle se dirigea vers la haie de bambous, là où était enterré Rocky, et arracha quelques herbes autour de la pierre qu'elle avait roulée avec peine sur sa tombe. Son dos en avait souffert, mais quelle importance ? Le vétérinaire était venu piquer son terrier la semaine précédente, et elle ne se sentait pas encore tout à fait remise. Ce petit chien avait une manière si touchante de bondir sur son lit, le matin, pour se faire câliner, et de se coucher à ses pieds où qu'elle allât dans la maison... Elle avait pleuré toutes les larmes de son corps en regardant le vétérinaire creuser le sol, comme si la disparition de Rocky symbolisait tous les deuils de ses quatre-vingt-trois années d'existence. Rocky, sa seule famille depuis la mort de Peter, dix ans plus tôt, était devenu l'objet de ses soins attentifs et de toute son affection. Sans lui, sa solitude lui semblait presque palpable.

Lorsqu'elle se releva, les arbres tournoyèrent autour d'elle et le tonnerre rugit dans ses oreilles comme un animal menaçant, tapi dans la pénombre. Instinctivement, elle se retourna vers sa maison — cette petite merveille de bois et de verre que Peter et elle avaient fait surgir de terre un demi-siècle plus tôt — et tout à coup le monde devint blanc ; blanc comme la glace, et si froid qu'il brûlait.

Une douleur fulgurante... Au-dessus d'elle, des dahlias bleus et roses, fleuris dans le ciel sombre, perdaient leurs pétales en une averse d'étincelles. Elle resta étendue, immobile, quelques minutes, s'attendant à les voir retomber, à les sentir sur sa peau. Le ciel était illuminé de feux d'artifice. Des feux d'artifice, le 4 juillet ! Des outils de jardinage, et des mauvaises herbes sous la pluie...

Elle ne pouvait ni avaler ni entendre. Les feux d'artifice sont bruyants, en principe ! Elle tenta de lever la tête pour voir exactement où elle se trouvait, mais les muscles de son cou étaient paralysés. Une attaque, peut-être. Pourquoi cette douleur dans sa poitrine, dans sa tête ? Elle avait dû tomber, se cogner.

Elle vit du coin de l'œil un poisson rouge traverser le ciel en frétillant, puis disparaître dans une brume orangée. Alors, elle se souvint — l'orage, le tonnerre, cette lumière blanche éblouissante — et elle comprit. Quel dommage de ne pas être morte sur le coup quand la foudre l'avait frappée ! Une fin splendide... Elle n'avait plus de famille et venait de perdre ses derniers amis, mais elle était satisfaite de son existence. Elle avait connu la passion, éprouvé de nombreux chagrins et croisé bien des gens sur son chemin.

Peut-être allait-elle mourir, après tout. Elle était incapable de marcher jusqu'à la maison, et il se passerait plusieurs jours avant que quelqu'un ne la trouve dans son jardin. Elle ferma les yeux, espérant replonger dans le néant.

Trop d'indices au grenier.

Cette pensée lui vint tout à coup à l'esprit et elle rouvrit les yeux. Ces cartons au grenier. Pourquoi avoir tant tardé à s'en occuper ? Elle avait décidé depuis longtemps de les vider, elle ne pouvait se permettre de mourir sans s'être acquittée de sa tâche. Elle essaya de relever la tête en grimaçant de douleur, mais dut renoncer. Où était sa maison ? Derrière elle ? A droite ? A gauche ? Une douzaine de dahlias apparurent dans les airs ; elle les contempla, hébétée. Qui irait fouiller dans ces boîtes ? Et si quelqu'un s'y aventurait, il était pratiquement impossible de rassembler les pièces du puzzle. A quoi bon s'angoisser ? Le plus simple était de s'en remettre à la Providence...

— Mrs. Huber ?

Helen ouvrit les yeux et aperçut une jeune femme à son chevet. Une fois de plus, elle dut faire un effort pour se rappeler où elle était. L'hôpital Spader... Mais depuis combien de temps ? Plusieurs jours, sans doute. Tout avait commencé avec cette lumière blanche.

Elle fronça les sourcils en se demandant pourquoi le visage de sa visiteuse lui inspirait une telle appréhension. Oui, l'assistante sociale ! Celle qui voulait la placer dans une maison de retraite.

L'assistante sociale lui sourit.

— Vous êtes réveillée ?

— Je n'ai besoin de personne, répondit-elle sur la défensive.

La jeune femme hocha la tête d'un air condescendant.

— Je sais ! Bientôt vous serez autonome, mais il vous faudra de l'aide au début. Nous avons discuté de votre cas, hier. Vous avez une mauvaise foulure de la cheville et du poignet en plus de votre commotion cérébrale, et votre tension artérielle est très instable. Vous savez ce qui se passe quand vous essayez de vous lever...

Helen ne parvenait même pas à s'asseoir au bord de son lit sans que la chambre se mette à tourner autour d'elle et plonge dans l'obscurité ; mais elle insista :

— Vous serez surprise par tout ce que je peux faire par mes propres moyens une fois rentrée chez moi.

— Vous aurez besoin d'aide un certain temps ; ça ne sera pas définitif !

Anxieuse, Helen dévisagea l'assistante sociale. Brune, la trentaine, les joues roses et le sourire éclatant — trop jeune pour réaliser qu'il suffit d'abdiquer une seule fois pour perdre définitivement son autonomie. Cette femme la prenait pour une vieille dame têtue qui rendait la vie impossible à ceux qui voulaient la tirer d'affaire. Pis encore, elle l'avait entendue — à moins que ce ne fût l'une des infirmières — parler d'elle dans le couloir comme de « la veuve d'un homme important ».

On la trouvait trop exigeante aussi. Elle ne pouvait

plus supporter ni les grondements du tonnerre ni les éclairs, et tous les après-midi, quand l'orage menaçait, elle tremblait comme une feuille. Dès qu'apparaissaient ces terribles nuages en volutes, elle priait les infirmières de rouler son lit loin de la fenêtre et de baisser les stores, elle qui n'avait jamais eu peur de rien !

— Il y a une merveilleuse maison de retraite pas très loin de chez vous, ajouta l'assistante sociale. Elle coûte cher, mais je suis sûre que vous en avez les moyens.

Manifestement, cette femme savait que les droits d'auteur des œuvres de Peter l'avaient laissée dans une situation financière plus que confortable, bien qu'elle menât une vie austère.

— Pas de maison de retraite, je vous l'ai déjà dit !

Son interlocutrice étouffa un soupir.

— Eh bien, envisageons d'autres solutions. Avez-vous de proches parents susceptibles de vous aider ?

Helen hocha la tête.

— Les seuls parents qui me restent sont ma petite-fille que j'ai perdue de vue depuis trente ans, et un arrière-petit-fils que je ne connais même pas. Ils vivent à San Antonio, et je ne veux surtout pas les déranger.

— Nous pourrions au moins téléphoner à votre petite-fille pour la mettre au courant. A nous trois, nous trouverions peut-être une solution.

D'abord perplexe, Helen changea d'avis. Ces dernières années, elle avait reçu assez de cartes de vœux à Noël pour avoir des nouvelles de Chris, son arrière-petit-fils, et apprendre que Rachel enseignait. C'était tout. Rachel avait quinze ans au moment de la brouille familiale et devait maintenant avoir passé le cap de la quarantaine.

— Elle s'appelle Rachel Huber, déclara-t-elle. Mon carnet d'adresses est resté chez moi, mais vous pouvez demander au service des renseignements. Rachel vit à San Antonio, dans une rue qui commence par un S — un nom espagnol. Ne l'obligez pas à venir ici ; je ne veux pas l'ennuyer.

Fallait-il expliquer à cette femme la raison pour laquelle Rachel ne viendrait pas à Reflection ? Tandis que l'assistante sociale quittait la pièce d'un air las, Helen opta pour le silence.

Son interlocutrice réapparut au bout d'une heure, les joues roses d'excitation.

— Eh bien, dit-elle en s'asseyant au chevet d'Helen, attendez-vous à une agréable surprise.

— Comment ?

— J'ai parlé à votre petite-fille. Je vous promets que je ne lui ai pas demandé de venir ; c'est elle qui l'a proposé. Elle est enseignante, mais elle prend justement une année de congé sabbatique. Quelle coïncidence ! Elle serait ravie de vous voir et de revenir à Reflection. Je crois qu'elle a passé son enfance ici.

Méfiante, Helen dévisagea l'assistante sociale.

— Donnez-moi son numéro. Je vais l'appeler et lui dire de rester chez elle.

— Elle y tient, Mrs. Huber ! Elle m'a paru très enthousiaste, comme si elle n'avait pas encore de projets pour l'été. Quand je l'ai prévenue que vous étiez encore ici pendant quelques jours, le temps que nous trouvions la cause de vos vertiges, elle a dit qu'elle prendrait sa voiture plutôt que l'avion. Une femme de tête, à mon avis !

— Mais elle doit s'occuper de son petit garçon, objecta Helen.

— Un petit garçon qui a vingt ans et qui est étudiant !

Helen resta sans voix. Son arrière-petit-fils n'était plus un enfant !

— Je comprends qu'une personne aussi indépendante que vous hésite à accepter de l'aide, marmonna l'assistante sociale en lui tapotant la main, mais...

Helen l'interrompit.

— Ce n'est pas ça. Donnez-moi son numéro !

La jeune femme lui tendit à contrecœur un petit morceau de papier et sortit, non sans avoir insisté pour qu'elle ne décourage pas Rachel.

Pendant toute la soirée, Helen essaya de lire ; elle n'arrivait pas à se concentrer, avec ce chiffon de papier posé sur sa table de nuit. Il fallait appeler Rachel et lui dire qu'elle aurait tort de revenir à Reflection. Mais quel genre de personne était-elle aujourd'hui ? Elle mourait d'envie de la revoir...

Elle prit le papier et le froissa dans sa main après l'avoir considéré un moment. A tort ou à raison, elle laisserait sa petite-fille venir. Elle la laisserait se figurer qu'elle avait besoin de son aide et il faudrait sans doute un certain temps pour qu'elle réalise que c'était l'inverse.

2

Rachel s'assit dans son lit, les yeux grands ouverts ; son cœur battait la chamade. Un bruit de pas s'éloigna rapidement de la porte de sa chambre...

Etendue sur les draps trempés, elle se souvint alors qu'elle était en Virginie occidentale, aux environs de Charleston. Arrivée au milieu de la nuit, elle s'était effondrée sur le lit, sans un regard pour cette banale chambre de motel. Depuis trois jours, elle écoutait des cassettes dans sa voiture pour ne pas avoir à se demander si elle faisait bien d'aller à Reflection. Elle évitait de penser aux raisons pour lesquelles elle avait quitté jadis sa ville natale, mais elle savait que ses souvenirs ne demandaient qu'à affluer.

C'était arrivé un lundi, si elle avait bonne mémoire. Elle avait fait une déclaration à la police, parce que ses parents y tenaient. Elle avait tant pleuré après l'événement qu'il ne lui restait plus de voix ! Comme ses paroles étaient presque inaudibles, les policiers l'avaient priée de les noter sur de petites feuilles de papier.

Elle revoyait ces petits carrés roses. Son esprit avait opéré un tri parmi ses souvenirs. Il en avait refoulé certains, mais, paradoxalement, la plupart ne la troublaient pas. Elle s'était toujours demandé pourquoi...

Une petite ville comme celle-ci ne peut pas perdre dix de ses enfants d'un seul coup, comme si de rien n'était.

Ces paroles la hantaient depuis plus de deux décennies, aux moments les plus inattendus. Parfois lorsque, penchée au-dessus d'un bureau, elle aidait l'un de ses élèves à faire ses devoirs de mathématiques ; parfois lorsqu'elle pliait le linge ou que Phil la prenait dans ses bras. Qui avait bien pu les prononcer ? Elle n'aurait su dire si c'était une voix masculine ou féminine. Peut-être l'un des policiers ou quelqu'un d'autre dont le chemin avait croisé le sien pendant ces effroyables journées. A moins, avait suggéré sa psychothérapeute, qu'elle n'entendît sa propre voix...

Elle se souvenait du martèlement accéléré de ses talons sur le parquet ciré de l'école élémentaire de Spring Willow. Encore maintenant, lorsqu'elle courait quelque part et que résonnait le *staccato* rapide de ses pas, une angoisse lui montait à la gorge, et elle devait ralentir pour retrouver son calme. Quand elle entendait quelqu'un courir, elle était obligée de dominer sa panique.

D'après ses parents, elle avait elle-même décidé d'aller chez Gail à la suite de l'événement, lorsque sa cousine lui avait proposé de l'héberger. Mais elle ne gardait aucun souvenir de cette décision, ni de la manière dont elle avait pesé le pour et le contre. Elle était plongée dans une sorte d'hébétude, emplie d'images floues qui la laissaient insensible. Etait-ce la peur qui l'avait poussée à quitter Reflection ? Elle n'aurait su le dire, elle avait aveuglément suivi les conseils de son entourage. C'était tout ce qu'elle avait eu la force de faire.

Gail, de sept ans son aînée, avait insisté pour qu'elle suive une psychothérapie. Elle était incapable de se rappeler le nom ou même le visage de sa psychothérapeute, mais elle avait retenu certaines de ses paroles. Pendant les premières séances où elle n'arrêtait pas de pleurer, cette femme lui avait dit que ses larmes la soulageraient. Honteuse, elle lui avait avoué qu'elle versait des larmes non point sur les enfants ou sur Luc, son mari, mais sur Michael, l'homme qu'elle aimait et auquel elle avait dû renoncer.

« Eh bien, lui avait répondu sa thérapeute, vous transférez votre chagrin concernant Luc et les enfants sur une peine plus légère, donc plus supportable. » Mais elle se trompait ! Rachel ne parlait pas des enfants parce qu'elle n'arrivait pas à s'en souvenir. Elle savait d'ailleurs qu'elle devait laisser ses élèves dans le flou : il n'était pas question pour elle de se remémorer précisément un sourire, des yeux bleus ou des taches de rousseur sur un nez retroussé.

Elle se demandait si sa thérapeute avait été déçue par son refus de faire face, ou si elle avait compris ce qu'elle-même venait enfin de réaliser vingt et un ans plus tard : ses souvenirs de Luc et des enfants étaient enfouis dans les profondeurs de sa mémoire, où ils devaient sommeiller jusqu'au jour où elle aurait la force de les ramener à la surface.

Maintenant, elle était prête, ou presque. L'appel de l'assistante sociale l'avait d'abord contrariée. Devait-elle revenir à Reflection pour s'occuper d'une vieille femme qui lui était pratiquement étrangère ? Mais cet appel tombait au bon moment : Phil n'était plus là ; Chris, qui passait l'été à la maison, ne s'intéressait qu'à ses amis. Elle avait pris un congé dans l'espoir de se remettre en forme, physique et affective, après cette année difficile — ce qui pourrait se faire à Reflection aussi bien qu'à San Antonio. Elle s'était donc entendu répondre, avec une parfaite sérénité : « J'arrive tout de suite », comme si elle s'attendait à ce coup de téléphone lui annonçant que l'heure était venue de reprendre le chemin de sa ville natale.

N'ayant pas voyagé seule depuis des années, elle avait pris plaisir à faire des détours imprévus, à se perdre intentionnellement et à explorer des lieux qui ne figuraient pas sur son itinéraire. Elle avait emporté sa bicyclette, qu'elle enfourchait parfois pour visiter des bourgades inconnues ou rouler le long des rivières. Ces pauses lui permettaient de réfléchir à tête reposée. Ainsi, elle avait eu l'idée de payer son dû à sa ville natale — par exemple en donnant des leçons particulières bénévolement à des élèves en difficulté. Ce projet l'avait miraculeusement libérée d'un souci qui l'oppressait depuis longtemps.

Tout était calme à l'extérieur de sa chambre. Elle sortit de son lit en songeant que c'était son dernier jour de voyage. Après avoir pris une douche, elle s'habilla, acheta un journal à la boutique du motel, et alla s'attabler au restaurant d'en face, où elle commanda des céréales aux bananes. Elle fit la grimace en ouvrant son journal : en première page s'étalait une photo d'un camp de réfugiés au Rwanda — des adultes au visage hagard et des enfants malades et affamés.

Au début des années soixante-dix, elle avait vécu au Rwanda, en tant qu'enseignante dans les rangs du Peace Corps[1]. Ce pays était déjà en plein chaos et ces enfants squelettiques devaient être les fils et les filles de ses élèves d'alors...

Tout à coup, ses céréales pesèrent comme du plomb sur son estomac. Elle feuilleta le journal à la recherche des bandes dessinées.

Il était une heure lorsqu'elle sortit de sa voiture, au sommet de Winter Hill et, pour la première fois, elle eut la certitude d'avoir fait le bon choix. Quelques heures auparavant, à son arrivée en Pennsylvanie, elle avait entendu *Patchwork* sur la fréquence de musique classique. Son œuvre favorite de Peter Huber, son grand-père... Sans être superstitieuse, elle avait eu l'impression qu'il lui parlait, qu'il lui souhaitait la bienvenue, en lui adressant un clin d'œil comme quand elle était enfant.

Une anecdote bien connue se rattachait à *Patchwork*. Il en avait eu l'inspiration un jour où, se promenant sur Winter Hill, il avait aperçu ce même quadrillage de champs vert et or, avec le petit village de Reflection reflété dans les eaux translucides de l'étang.

Rachel se fit la réflexion que le paysage n'avait guère changé depuis. Les granges, les silos et les fermes avaient

1. Corps de volontaires américains entraînés pour apporter leur coopération aux pays du tiers monde.

été réparés et repeints, parfois rénovés ; mais les trois églises dont le clocher s'élançait vers le ciel restaient identiques depuis un bon siècle. La plus grande, construite en pierre noire, était la luthérienne qu'elle avait fréquentée pendant toute son enfance. De l'autre côté de la rue s'élevait la mennonite, dont les bardeaux blancs se réfléchissaient dans l'étang comme dans un miroir. Elle ne savait plus rien de la troisième, une petite chapelle de brique, mais elle lui semblait aussi pittoresque que les autres. Vue de haut, la petite ville de Reflection, déjà vétuste quand elle était enfant, avait un charme particulièrement apaisant.

Elle avait eu raison de venir ! L'été s'annonçait bien...

Au loin, à quelques miles à l'ouest de la ville, la masse imposante de l'hôpital Spader émergeait des arbres. Rachel consulta sa montre. Il lui restait une heure avant d'aller chercher sa grand-mère. Elle remonta en voiture et conduisit lentement en direction de la ville.

Dans une cour de ferme, elle remarqua des chemises bleues et des pantalons noirs séchant sur une corde tendue entre la maison et la grange. Une famille amish [1] habitait là autrefois. Il n'y avait toujours ni fils électriques ni câble téléphonique, comme de juste. Des amish vivaient dans cette région depuis deux siècles sans rien changer à leur mode de vie ; pourquoi auraient-ils cédé à la modernité pendant les deux décennies qu'avait duré son absence ?

Elle passa d'abord par Water Street, dans le quartier ouvrier au sud de la ville. La rue lui sembla plus étroite encore que dans ses souvenirs ; les maisons se serraient le long du trottoir et les marches de leurs porches de bois s'affaissaient, mais elles étaient bien entretenues et fraîchement repeintes. Des massifs de fleurs occupaient les moindres parcelles de terre entre les bâtisses et la rue. La plupart des maisons avaient deux étages, toutefois elle reconnut l'immeuble de trois étages — à quelques blocs de là en se dirigeant vers le centre.

1. Secte mennonite, surtout représentée en Pennsylvanie, dont les membres refusent les apports de la civilisation moderne.

Elle faillit dépasser sa maison natale sans la voir. Quelqu'un l'avait repeinte en bleu vif et elle ne parvint pas à se rappeler sa couleur exacte, du temps où elle l'habitait. Sans doute un ton neutre, entre le gris clair et le beige. Ce bleu pouvait choquer, mais il ne lui déplaisait pas. Elle se gara de l'autre côté de la rue pour mieux voir. Les deux portes de gauche étaient côte à côte, la troisième plus loin. C'était bien ça ! La première correspondait à sa famille, la deuxième à celle de Luc. Ses parents s'étaient installés quelques jours après ceux de Luc : Inge Huber et Charlotte Pierce, toutes deux enceintes, devinrent très vite de grandes amies. A la naissance de leurs enfants — une fille pour Inge, un fils pour Charlotte —, elles avaient dit en plaisantant qu'ils se marieraient un jour. Dès lors, le destin de Rachel et de Luc était scellé.

Luc était un superbe petit garçon, brun aux yeux bleus. Pendant leurs premières années, ils avaient été inséparables. On les aurait dit attirés l'un par l'autre comme par un aimant. Même à dix, onze ou douze ans, un âge auquel la plupart des garçons se méfient des filles comme de la peste, rien ne pouvait faire obstacle à leur entente.

Rachel sentit la nostalgie l'envahir... Leur diplôme en poche, Luc et elle s'étaient mariés conformément aux projets des deux mères, et Michael Stoltz avait été leur témoin.

La famille Stoltz avait emménagé dans le troisième appartement de l'immeuble quand Luc et Rachel avaient sept ans. Michael portait sa première paire de lunettes, ce qui en disait long sur sa personne. C'était un maigrichon, un peu gauche, plus petit que la plupart de ses condisciples, et exceptionnellement brillant — donc adoré de ses professeurs et mal accepté de ses pairs. Luc et Rachel, ses voisins immédiats, n'avaient pas tardé à découvrir ses qualités cachées. Ils le considéraient comme un ami précieux, et, à huit ou neuf ans, ils n'auraient pas fait un pas dehors sans l'inviter à les accompagner. Plus tard, ils lui avaient présenté des jeunes filles, mais en vain. Sans être laid, il était resté trop maigre ;

sa silhouette efflanquée et son caractère studieux ne lui attiraient pas les faveurs de la plupart des adolescentes.

Qu'était devenu Michael ? Au moment où elle avait fui Reflection, il était toujours au Rwanda, avec l'intention d'enseigner à Philadelphie dès son retour. Il avait épousé Katy Esterhaus, la seule fille du lycée dont l'intelligence rivalisait avec la sienne.

Rachel hocha la tête et démarra pour remonter Water Street, en direction du centre. Mieux valait ne pas penser trop longtemps à Michael...

Devant elle, surgit le petit parc circulaire, planté au cœur de la ville. Les rues divergeaient tout autour comme les rayons irréguliers et incurvés d'une roue. Cet espace lui semblait plus dense et plus vert que dans ses souvenirs ; elle se surprit à en détourner les yeux à son passage. Quelque part, au milieu des chênes et des érables, dix cerisiers pleureurs avaient été plantés peu après son départ. Elle l'avait appris par une lettre de ses parents. A l'époque, elle vivait à San Antonio dans l'appartement de Gail depuis deux mois. Pour qu'elle ne l'entende pas sangloter, elle s'était enfermée dans la salle de bains, et elle avait ouvert à plein le robinet de la baignoire. Ses parents lui avaient écrit aussi qu'un monument commémoratif avait été érigé dans le parc, pour que le souvenir de ces enfants se perpétue dans les générations futures.

Rachel traversa le centre-ville, longea la belle façade de pierre ouvragée de la vieille banque Starr and Lieber, et l'énorme demeure victorienne qui abritait la bibliothèque. En arrivant devant l'étang, son visage s'éclaira d'un sourire. Elle s'arrêta près du bord, mais un coup d'œil à sa montre la ramena à la réalité : il était trop tard pour emprunter l'étroit chemin qui longeait l'étang Huber, ainsi appelé en hommage à son grand-père, la gloire de Reflection !

La forêt du côté est de l'étang avait été jadis son terrain de jeu de prédilection. Elle lui parut plus sombre et plus dense que jamais. Luc et elle avaient joué pendant des heures dans ces fourrés, construisant des forts et se prenant pour des pionniers. Tous leurs jeux étaient teintés d'angoisse, car ils savaient qu'au fond des bois vivait la

« femme chauve-souris », une étrange créature qui habitait une masure délabrée. Ils l'imaginaient comme la sorcière de *Hansel et Gretel*, guettant les petits enfants pour les jeter vivants dans les flammes. Parfois, ils se mettaient au défi d'aller lui rendre visite et bondissaient en hurlant : « La femme chauve-souris ! La femme chauve-souris ! » Malgré leur audace, aucun d'eux ne s'était jamais aventuré si loin. Assise dans sa voiture, Rachel se demanda si cette femme inquiétante était ou non un fruit de leur imagination.

Bien que l'heure de son rendez-vous approchât, Rachel ne put résister à l'envie de sortir de sa voiture pour aller voir la statue de son grand-père, au bord de l'étang. Elle chercha à se remémorer son visage. Ses épais sourcils et ses lunettes rondes cerclées de fer lui donnaient un air grave. Il avait une barbe et une moustache soigneusement taillées...

Son effigie de bronze la toucha par sa majesté : Peter Huber, 1902-1984. Il était mort onze ans après son départ, mais elle avait cessé de le voir dès 1965, date à laquelle on lui avait interdit tout contact avec ses grands-parents. Elle les rencontrait parfois en ville, le temps de s'étreindre furtivement et d'échanger des saluts attristés, mais leurs contacts se limitaient à cela. Son grand-père lui avait laissé le souvenir d'un homme doux et paisible. Toute petite, elle se disait déjà que son calme était dû au fait que son esprit était en perpétuelle ébullition créatrice. Quand il s'asseyait au piano, la maison vibrait d'une musique profonde et sereine. Elle regrettait de ne pas l'avoir revu à l'âge adulte.

Elle n'aurait sans doute pas la chance de mieux connaître sa grand-mère. Cette dernière étant très fragile et déprimée, au dire de l'assistante sociale, elle allait probablement passer l'été à s'occuper d'une vieille femme sur le déclin.

Lorsque Rachel regagna sa voiture, elle eut un sursaut à la vue de l'écriteau placé devant l'étang : au lieu de porter l'inscription *Huber Pond*, comme à l'époque où elle vivait à Reflection, il indiquait maintenant *Willow*

Pond. Elle resta un moment pensive. C'était absurde ! Pour elle, cet étang serait toujours *Huber Pond.*

Decker Avenue était le chemin le plus court pour aller à l'hôpital, mais cette avenue abritait l'école élémentaire de Spring Willow où elle avait enseigné pendant six jours avant de quitter la ville ; elle opta pour Farmhouse Road. Sur plusieurs miles, la route traversait des terres cultivées et, à la faveur de ses méandres, l'hôpital apparaissait de temps à autre à l'horizon.

Le gardien du parking l'autorisa à laisser sa voiture le long du trottoir, dans l'allée circulaire, puisqu'elle venait simplement chercher quelqu'un. Elle se gara avec précaution derrière un boghei : autrefois elle considérait ces voitures à cheval comme une partie intrinsèque du paysage, mais, après tant d'années, elle en avait perdu l'habitude. Certaines personnes restaient donc fidèles à leurs principes, contre vents et marées.

La chambre était au premier étage. Sa grand-mère l'attendait, assise sur une chaise. Elle portait une jupe en jean mi-longue, une blouse blanche et des espadrilles bleues. Son sourire laissait supposer qu'elle guettait depuis un moment l'ouverture de la porte.

— Rachel...

Rachel se pencha pour embrasser sa joue douce et fraîche. La vieille dame, au bord des larmes, saisit sa main comme si elle n'allait plus jamais la lâcher.

— Bonjour, Gram !

Rachel avait à peine reconnu sa grand-mère. Helen Huber était encore une belle femme, aux yeux bleus expressifs et aux pommettes saillantes, mais ses cheveux blancs, coupés courts, encadraient un visage émacié. Il faudra la nourrir ! se dit-elle. Heureusement, depuis la fin de l'année scolaire, Rachel était d'humeur à faire la cuisine.

Helen tourna la tête et Rachel remarqua sur sa joue comme un léger motif de fougères, qui se poursuivait sous le col de sa blouse. Une brûlure. La marque de l'éclair...

— Comment te sens-tu ? demanda-t-elle.

Sa grand-mère lui sourit.

— Je ne suis pas dure d'oreille ! (Rachel, confuse, réalisa qu'elle avait élevé la voix.) Mais je me sens bien vieille, et j'ai hâte de rentrer chez moi. Je suis si heureuse de te voir !

Sa lèvre inférieure se mit à trembler et Rachel se pencha pour l'embrasser à nouveau.

Une infirmière apporta un fauteuil roulant, dans lequel Helen s'installa non sans difficulté. De toute évidence, elle souffrait, et Rachel se souvint des derniers mois de Phil.

— Je vous présente ma petite-fille, dit Gram à l'infirmière tandis qu'elles traversaient le hall, en direction de l'ascenseur.

Rachel marchait à côté de sa grand-mère, la main dans la main.

— Ravie de faire votre connaissance, marmonna l'infirmière.

Une fois sur le trottoir, Helen s'installa sans se faire prier sur le siège du passager, et l'infirmière remit à Rachel quelques médicaments ainsi qu'une ordonnance.

— Merci d'être venue, murmura la veille dame lorsque la voiture quitta l'allée de l'hôpital ; mais ce n'était pas nécessaire.

— J'avais justement un congé !

Rachel tourna les yeux vers la dentelle de lignes imprimées sur la joue de sa grand-mère.

— Cette brûlure est très douloureuse ? demanda-t-elle.

Helen passa un doigt sur sa joue.

— Absolument pas ! On appelle ça un érythème arborescent. Ce n'est pas une vraie brûlure, mais l'endroit où l'éclair a suivi le tracé de la pluie sur ma peau. Il paraît que ça va bientôt s'effacer. (Elle soupira.) Mes vertiges sont bien pires : je me suis évanouie plusieurs fois.

Elle raconta ensuite son accident — le jardin, l'éclair éblouissant —, puis se tut, fatiguée. Rachel meubla le silence en lui parlant de sa promenade en ville.

Helen hochait la tête par instants, puis elle questionna sa petite-fille.

— Que fait ton mari cet été ?

— Phil est mort en octobre d'une leucémie, répliqua Rachel, les yeux fixés sur la route. Il était malade depuis longtemps.

Elle se souvint qu'elle n'avait même pas annoncé le décès de son mari dans sa dernière carte de Noël. A quoi bon ?

— Oh, mon Dieu ! murmura Helen en posant sa main sur le bras de Rachel. Ça a dû être terrible pour toi.

D'un signe de tête, Rachel la remercia de sa compassion. La force et la sérénité de Phil lui manquaient. Ils n'avaient jamais connu la passion, mais leur union basée sur la tendresse et la confiance l'aurait soutenue jusqu'à la fin de ses jours...

De onze ans son aîné, Phil était le principal de l'école où elle avait enseigné après son arrivée à San Antonio. Au cours de sa première interview, elle lui avait tout raconté, en essayant de garder son calme et un maintien « professionnel » tandis qu'elle lui décrivait ce qui s'était passé dans sa classe, à Reflection. Il avait vérifié toutes ses références, parlé à ses anciens professeurs et interrogé son supérieur au Peace Corps. Quand il lui avait annoncé par téléphone qu'il l'engageait et qu'il lui faisait confiance, elle était au bord des larmes.

Ensuite, elle avait travaillé dur pour lui prouver qu'il avait vu juste. Grâce à des cours du soir, elle avait passé une maîtrise d'éducation spécialisée, et était devenue la conseillère des autres professeurs. Depuis dix ans, elle enseignait à des élèves en difficulté sur le plan émotionnel et elle était professeur de français dans le secondaire. Elle avait reçu plusieurs récompenses officielles et, même, deux ans plus tôt, le titre de « professeur de l'année » dans son district. Phil lui avait permis de reprendre le dessus et de se tourner vers l'avenir en laissant son passé en sommeil.

Trois minutes s'écoulèrent avant qu'Helen ne reprenne la parole.

— J'y suis passée moi aussi, tu sais.

— A San Antonio ? demanda Rachel, surprise.

Sa grand-mère rit de bon cœur.

— Il ne s'agit pas de San Antonio, bien que j'y aie une

fois accompagné ton grand-père. Une ville intéressante... Je voulais dire que j'ai traversé la même épreuve que toi : j'ai soigné mon mari jusqu'à sa mort.

— Je comprends. Mais comment est mort grand-père ?

— Les reins... Une longue maladie qui nous a laissé le temps de nous faire des adieux, tout en prolongeant ses souffrances.

Rachel aussi avait vu venir la mort de Phil. Elle avait commencé à faire son deuil quand sa fin était imminente, et elle n'avait pas pleuré une seule fois après sa mort, bien qu'elle souffrît profondément d'une telle injustice. Phil avait encore tant de projets à réaliser ! Pendant des mois, elle avait cessé de voir ses amis et elle avait abusé de la nourriture et de la télévision. Il était temps qu'elle retrouve un mode de vie plus sain.

— Parle-moi de mon arrière-petit-fils, demanda Helen.

— Il s'appelle Chris, il a vingt ans ; c'est un garçon merveilleux et plein de talent. Il entre à l'automne en troisième année de musique à l'université de West Texas State.

Tout en parlant, Rachel sentit une légère angoisse se réveiller en elle : certes, Chris était merveilleusement doué, mais, pendant l'été, il avait créé un groupe de rock avec une bande de copains du quartier. Sa passion s'était muée en une véritable obsession et il semblait avoir jeté ses études classiques aux orties.

— Il adore la musique, reprit-elle ; il a commencé tout jeune à jouer du piano et du violon.

A vrai dire, il ne jouait plus que du piano électronique, en chantant d'une voix éraillée des airs à la mélodie incertaine.

— Tu aurais dû l'emmener avec toi, observa Helen.

Rachel avait envisagé cette solution pour l'arracher à ses nouvelles fréquentations, mais il n'aurait jamais accepté de venir. En outre, sa présence aurait risqué de la gêner : il ne savait pas grand-chose de son passé...

— Il viendra peut-être nous rendre visite pendant quelques jours cet été, dit-elle.

— Il a vingt ans ?

— Oui.

— Alors, il est le fils de Luc, n'est-ce pas ?

Rachel sursauta comme si elle avait reçu une décharge électrique, et parvint tout juste à acquiescer d'un signe de tête. Chris était le fils de Luc, et il le savait, bien qu'il ait toujours appelé Phil « papa ». Entendre sa grand-mère prononcer avec tant de naturel le prénom de Luc la choquait pourtant.

Elle avait dit à Chris que Luc était mort au Vietnam, mais pendant son année de première au lycée, il avait fait un voyage à Washington D.C avec l'orchestre de jeunes de San Antonio. Une nuit, il l'avait appelée de l'hôtel, en larmes :

— Je n'ai pas vu le nom de papa sur le mémorial du Vietnam !

Pour la première fois, il désignait Luc comme son père. Troublée par cette réaction, elle avait dit à Chris qu'il était mort peu après son retour de la guerre, à la suite de ses blessures — ce qui était proche de la vérité. Peu encline à être une mère surprotectrice, elle n'avait pas tenu malgré tout à en dire plus : il valait mieux que Chris reste définitivement dans l'ignorance... Pendant quelques semaines, il avait parlé de faire campagne pour que le nom de son père figure sur le mémorial, puis, au grand soulagement de Rachel, il avait cessé d'y penser.

— Si nous traversions la ville ? demanda-t-elle à sa grand-mère. Nous devons faire exécuter ton ordonnance.

— Il y a une pharmacie et une épicerie juste à côté, sur Farmhouse Road. Je n'ai plus rien à manger chez moi !

Rachel prit la route indiquée par Helen et se gara sur le parking d'une petite supérette qui n'existait pas encore de son temps.

— Que veux-tu que j'achète ? demanda-t-elle.

— Ça n'a pas d'importance, mais je ne mange pas de viande.

Rachel se souvint aussitôt que la viande était proscrite chez ses grands-parents. Ils portaient aussi des espadrilles pour éviter le cuir. Longtemps avant que ce phénomène soit devenu à la mode, ils avaient été d'ardents défenseurs de la faune et de la flore.

Elle déposa l'ordonnance à la pharmacie et alla emplir quelques sacs de provisions, laissant Helen se reposer, toutes vitres baissées pour respirer la brise.

De retour dans la voiture, elle posa ses achats sur la banquette arrière, près des valises.

— Je me suis arrêtée en haut de Winter Hill ce matin, pour admirer le paysage, lui confia-t-elle en démarrant. Rien n'a changé depuis mon départ !

— Plus pour longtemps.

— Comment ?

— Cette histoire fait scandale. La propriétaire à des projets d'urbanisation. On va construire deux grands immeubles de bureaux de ce côté-ci de l'étang, et un lotissement de plus d'une centaine de pavillons dans la forêt.

— Non ! s'indigna Rachel comme si elle n'avait jamais quitté sa ville natale. On ne pourra plus voir l'église se refléter dans l'eau et...

— Ce n'est pas tout, répliqua Helen d'un air écœuré. Imagine le trafic qu'un tel projet entraînera sur nos routes où les amish circulent dans leurs bogheis. Les mennonites [1] de l'Ancien Ordre et eux envisagent de quitter la région : ils en sont littéralement chassés, car les terrains constructibles montent dans les bois jusqu'à leur cimetière. Et puis nous serons envahis par une faune déplaisante. Notre nouveau maire, Ursula Torwig, soutient les promoteurs avec enthousiasme ; mais la population s'inquiète. Je croise les doigts dans l'espoir que ça ne marchera pas !

— A qui appartient le terrain ?

— Te souviens-tu de cette maisonnette dans la forêt, derrière Huber Pond ?

— Oui ! Je ne crois pas l'avoir vue de mes propres yeux, mais c'est là qu'habitait la femme chauve-souris, non ?

---

1. Secte anabaptiste fondée en Suisse au XVIe siècle. Elle compte quelques millions d'adeptes, principalement aux Etats-Unis.

— La femme chauve-souris ? s'esclaffa Rachel. Je suppose que tu veux parler de Marielle Hostetter, la propriétaire.

Marielle Hostetter... Rachel n'avait pas entendu ce nom depuis son enfance. Un nom qui évoquait une vieille sorcière dévoreuse d'enfants.

— Elle vit toujours ?

Helen étouffa un rire.

— Elle doit avoir environ soixante ans — une vingtaine d'années de moins que moi —, mais elle a toujours été un peu dérangée.

— Ça ne l'empêche pas d'avoir des projets de construction ?

— J'en doute fort, mais ses deux neveux gèrent ses affaires. Elle est maintenant dans une maison de santé et ils s'occupent de tout à sa place. Ce sont des malins.

Helen poussa un long soupir, puis se contenta de laisser reposer sa tête sur le dossier de son siège, comme si elle allait s'endormir. Il ne fut plus question de cette affaire...

Rachel avait hâte de revoir la maison de ses grands-parents. Elle habitait autrefois un immeuble de trois étages près du centre de Reflection, alors que leur maison de bois et de verre était nichée dans la forêt, à deux miles de la ville. Elle adorait leur rendre visite une ou deux fois par semaine à bicyclette, et y déjeuner presque tous les dimanches avec ses parents. Avant la brouille...

Ses grands-parents s'adonnaient, lui avait-on dit alors, à des activités illégales sur lesquelles il était impossible de fermer les yeux. Ses parents ne voulaient pas courir le risque de s'y trouver mêlés ou d'y mêler leur fille. Elle s'était sentie bien jeune et naïve, face à une situation qui la dépassait totalement. Elle ne pouvait concevoir que ses chers grands-parents participent à une quelconque activité criminelle, ni admettre que ses parents aient si brusquement coupé les ponts.

Deux fois, après avoir reçu l'ordre de les éviter, elle était allée chez eux à bicyclette. Cachée dans les bois, elle avait vu des jeunes gens arriver dans la cour à bord de vieilles voitures déglinguées ou en moto. Certains étaient débraillés et d'allure louche, d'autres semblaient plus corrects. L'idée que ces garçons de trois ou quatre ans ses aînés puissent accéder à ses grands-parents, alors qu'elle même n'était plus autorisée à les approcher, l'avait beaucoup attristée. Que se passait-il entre ces murs ? Elle évitait d'y penser, mais elle avait fini par supposer que ses grands-parents avaient une activité en rapport avec la drogue. Quant à ses parents, ils refusaient d'aborder ce sujet avec elle.

— Moins tu en sauras, mieux ça vaudra pour toi, lui disaient-ils.

Helen resta muette jusqu'à ce que Rachel s'engage dans la route sinueuse qui menait chez elle à travers bois.

— Ecoute-moi, lui dit-elle alors d'une voix douce. A la mort de tes parents, on m'a déposé des cartons contenant des affaires qui leur avaient appartenu. Si j'avais eu ton adresse à l'époque, je te les aurais envoyés. C'était il y a dix ans. Peter était très malade, et je n'ai pas eu le temps de m'en occuper. Ces cartons sont entreposés dans mon grenier, d'où ils n'ont pas bougé depuis. Si tu veux y jeter un coup d'œil...

— Que contiennent-ils ? demanda Rachel, intriguée.

— Aucune idée ! Ils sont du côté nord de la maison, qui fait face au potager. Il y a là-haut des dizaines de cartons, mais ceux de ta famille portent tous le nom de ton père inscrit sur le côté.

Rachel jeta un coup d'œil à une allée au milieu des arbres.

— C'est par ici ?

— Exactement. Tu as bonne mémoire.

Rachel s'engagea dans l'allée pour se garer devant la maison qu'elle avait si bien connue. Un journal, dans un emballage de plastique, était posé sur une marche devant la porte.

— Tu reçois toujours le *New York Times* du dimanche ? demanda-t-elle.

— Naturellement !

Rachel remarqua les mangeoires à oiseaux de l'avant-toit, au-dessus du porche. D'autres étaient suspendues aux arbres de la cour.

— Tu as gardé les mangeoires ? s'enquit-elle.

— J'essaye d'attirer les oiseaux sur le devant pour protéger autant que possible le jardin. Tu peux te garer par ici, reprit-elle en lui désignant l'arrière de la maison, et il y a de la place sous le hangar pour ta bicyclette.

Rachel alla se placer à l'endroit indiqué par sa grand-mère.

— Oh, regarde-moi ça ! s'écria celle-ci, devant un grand potager carré, envahi de mauvaises herbes. Cette année, je vais devoir y renoncer. Tout poussait bien, mais quand Rocky — mon chien — a été piqué, j'ai perdu un peu de mon dynamisme, et maintenant avec cette histoire...

Elle désignait de sa main bandée sa cheville pareillement enveloppée. Rachel, suivant son regard, aperçut les plants de tomates sous cloche et une rangée de laitues dans un enchevêtrement de verdure. Depuis des années, elle n'avait pas eu le temps de jardiner, et voilà qu'un jardin s'offrait à elle...

— J'aurai plaisir à m'en occuper, murmura-t-elle.

Puis elle aida Helen à s'extraire de la voiture. La vieille dame chancela un instant et dut s'appuyer à la portière, avant de gravir les marches du perron.

A l'intérieur, rien n'avait changé. Les deux pianos régnaient en souverains sur la salle de séjour, et, derrière eux, l'immense baie laissait apparaître la verdeur estivale. Le vieux canapé — recouvert d'un tissu à motifs de lierre, sur lequel elle se revoyait assise, adolescente — semblait toujours aussi moelleux et confortable. Grâce à ses parois vitrées, la maison se fondait avec la nature, et les quelques murs qui n'étaient pas en verre disparaissaient sous les livres. Rachel avait oublié cela. Il y avait des livres partout, même dans la salle de bains et la cuisine, et une grande bibliothèque avec une cheminée. Elle tourna les yeux pour apercevoir cette pièce, mais elle n'était pas dans son champ visuel.

Rien n'avait changé ; et pourtant, quand elle caressa du revers de la main le dessus d'ébène de l'un des pianos, un je-ne-sais-quoi la déconcerta.

Elle s'adressa à sa grand-mère :

— Si je faisais ton lit ?

— Je n'aime pas être prise en charge, ça me donne l'impression d'être vieille et impotente !

— Provisoirement ! répliqua Rachel, bien qu'Helen lui parût très fragile.

Elle savait que les personnes âgées peuvent décliner en peu de temps quand elles commencent à avoir des problèmes.

Le placard à linge regorgeait de piles de draps blancs pliés avec soin ; elle eut plaisir à faire le lit de la vieille dame. Sa chambre lui sembla moins familière que la salle de séjour, car elle y était rarement entrée. Dans cette vaste pièce carrée, elle découvrit d'austères meubles de pin, deux sièges confortables devant une fenêtre qui offrait une vue panoramique, et un grand coffre de cèdre au pied du lit.

Elle aida sa grand-mère à revêtir sa chemise de nuit et à se glisser avec précaution sous les couvertures.

— Veux-tu un calmant ? lui demanda-t-elle.

— Inutile ! Je me sens si fatiguée que je pourrais m'endormir avec un éléphant sur mon lit. (Helen, les larmes aux yeux, saisit la main de sa petite-fille.) Je crois rêver en te voyant à côté de moi.

Rachel l'embrassa sur le front et sourit.

— Je suis *réellement* ici, Gram !

Elle décida de faire son lit dans la plus proche des deux chambres à coucher, afin d'entendre sa grand-mère si elle l'appelait en pleine nuit. Les antiques meubles de chêne qui l'entouraient lui parurent anachroniques dans cette maison de style contemporain. Une fois déshabillée, elle se sentit attirée par les rayonnages de livres qui tapissaient les murs — sans doute la collection de son grand-père. Des centaines d'ouvrages sur les compositeurs, les instruments de musique, la politique, et des mots croisés. Des mots croisés et des rébus... On avait parfois du mal à l'arracher à ses casse-tête pour le déjeuner du dimanche !

Ses pas la menèrent à nouveau dans la salle de séjour. Elle se souvenait d'un magnifique tableau au-dessus de la cheminée — *Reflection sous la neige*, depuis les hauteurs de Winter Hill. Elle hocha la tête à l'idée qu'une telle beauté naturelle pourrait disparaître sous l'assaut des bulldozers.

Postée devant le piano, elle effleura ses touches. Bien qu'elle ait pris jadis des leçons de piano, la petite-fille de Peter Huber était incapable de jouer les œuvres de son grand-père ! Les dons du célèbre musicien avaient sauté une génération, allant directement à Chris...

Voilà ce qui manquait : la musique ! Elle avait toujours connu cette maison bruissante de musique — soit jouée au piano, soit enregistrée. Elle se mit à la recherche d'une chaîne stéréo. A sa grande surprise, car elle ne s'attendait pas à un tel modernisme, elle trouva un lecteur de disques compacts et une grande collection de CD. Au moins deux cents dans leur coffret de plastique !

Elle en sortit quelques-uns. Surtout de la musique classique et du folk : Pete Seeger, Woody Guthrie, Bob Gibson. Un rayon était consacré à divers pianistes et orchestres symphoniques jouant des airs d'Huber. Quels étaient les meilleurs, ceux que sa grand-mère choisirait si elle était éveillée ? Elle n'eut aucun mal à mettre la main sur *Patchwork*, joué par l'Academy of St. Martin-in-the-Fields. Après avoir glissé le CD dans le lecteur, elle recula, tandis que s'élevaient les premières notes poignantes. Maintenant, elle se sentait pour de bon chez ses grands-parents...

Ensuite, elle alla dans la cuisine préparer une aubergine sur la planche à découper et elle cuisina un gratin pour le dîner. Elle avait un jardin à désherber, une grand-mère à dorloter, et une merveilleuse musique à écouter.

Comme elle avait bien fait de venir !

3

Lily Jackson arriva au Salon Hairlights vers huit heures. Elle mit aussitôt du café à chauffer et déposa dans la caisse enregistreuse les pièces de monnaie qu'elle gardait au fond dc son sac. Puis elle prit le temps de grignoter son petit pain raisins-cannelle, avant d'emplir sa tasse dont elle but une gorgéc, adossée au comptoir.

Elle avait toujours aimé ce moment où Reflection s'éveillait à peine et où le salon de coiffure était encore désert. Levée depuis plusieurs heures, elle avait déjà promené les chiens avec Ian : il y en avait cinq cette semaine, trop pour qu'elle puisse les maîtriser toute seule. Elle l'avait ensuite aidé à arroser les plantes de la serre qu'il aimait tant, et ils s'étaient remis au lit quelques minutes, pelotonnés l'un contre l'autre. Enfin, il avait bien fallu s'habiller. Après avoir fouillé dans son armoire, elle avait opté pour une longue veste noire, une jupe du même ton et un chemisier blanc — les seuls éléments de sa garderobe pouvant convenir à un enterrement.

Tous les matins elle rencontrait les même personnes sur son chemin. Arlena Cash, en route pour la boulangerie où Otto Derwich, au travail depuis des heures, emplissait les rues d'une odeur de pain chaud et de cannelle. Sarah Holland, se dirigeant vers la librairie, et Russell Martin allant d'un bon pas à la poste.

Elle croisait souvent Sam Freed, l'un des trois notaires de la ville. A soixante-sept ans, il parcourait à pied quatre miles chaque jour pour se rendre à son cabinet, et dispensait des sourires aimables à tous les gens qu'il rencontrait. Sa popularité était sans limite depuis que Marielle Hostetter et ses neveux l'avaient sollicité et qu'il avait refusé de prendre leur parti...

Selon son habitude, elle s'était arrêtée à la *deli*[1] pour acheter son petit pain et échanger quelques mots avec les habitués — d'autres commerçants, des employés, des secrétaires, des comptables et des banquiers. Tous ces gens affluaient en ville dès le matin ; ils la saluaient chaleureusement, la questionnaient sur Ian et sur les chiens, lui racontaient à l'occasion de menus potins. Elle était heureuse que les commerçants la considèrent comme des leurs, bien qu'elle fût propriétaire de Hairlights depuis à peine plus d'un an.

Elle avait été renvoyée des salons de coiffure où elle avait travaillé jusque-là. Ses patrons lui reprochaient d'avoir un problème par rapport à l'autorité : il suffisait, disaient-ils, qu'on lui demande quelque chose pour qu'elle fasse exactement le contraire. C'est pourquoi elle s'était établie à son compte. Après avoir obtenu un prêt d'une banque, elle avait mis des semaines à convaincre son amie Polly de s'associer avec elle. Mais, au bout de dix-huit mois, l'affaire tournait rond et elles n'avaient plus de soucis à se faire.

Elle jeta un coup d'œil au carnet de rendez-vous et nota les messages enregistrés sur son répondeur : deux demandes de rendez-vous, une annulation et un appel fort matinal du père de Polly — l'un des êtres humains les plus chers à Lily et le meilleur vétérinaire à la ronde. Il soignait gratis les chiens qu'elle recueillait.

Polly, Marge et CeeCee arrivèrent ensemble, au moment où Lily s'installait à son poste en buvant une deuxième tasse de café. Polly avait vingt-huit ans comme elle, et CeeCee vingt-trois. Elles franchirent le seuil en chantonnant *Love Shack*, et Marge, qui approchait la

1. Epicerie fine-traiteur.

soixantaine et avait les plus beaux cheveux argentés de toute la ville, faillit se boucher les oreilles.

Marge embrassa Lily sur la joue, comme tous les matins. Elle disait à qui voulait l'entendre que sa jeune patronne lui avait sauvé la vie en la débauchant du précédent salon où elle travaillait. Cette dernière la considérait comme un précieux atout, car elle attirait les femmes d'un certain âge, désireuses de se faire coiffer par quelqu'un de leur génération.

— Ton père a appelé, dit Lily à Polly.

— Merci. (Polly se tourna vers CeeCee.) Tu m'as encore piqué mon séchoir à cheveux !

— Y en a pas de meilleur, observa CeeCee en remplissant son flacon de spray au-dessus de l'évier.

Polly prit le téléphone et composa le numéro de son père, tandis que Lily disposait une pile de magazines sur la table basse à dessus de verre.

Soudain, Polly se tourna vers Lily, la bouche grande ouverte et le regard hébété.

— Non, tu plaisantes ! disait-elle à son interlocuteur invisible.

Lily, penchée sur les magazines, releva la tête avec curiosité ; Marge et CeeCee interrompirent leur tâche.

— Mon Dieu, qu'est-ce qui lui prend ? marmonna Polly en interrogeant du regard ses coéquipières figées sur place.

Polly finit par raccrocher et porta la main à sa bouche d'un air abasourdi.

— C'est incroyable ! Papa a appelé Helen Huber pour prendre de ses nouvelles. Vous savez, il a piqué son chien il y a quelques semaines ; ensuite elle a été frappée par la foudre et on l'a hospitalisée, etc.

Les trois femmes s'empressèrent autour d'elle, brûlant d'en savoir davantage.

— Il l'a donc appelée... Elle lui a dit que tout allait bien : sa petite-fille est arrivée mercredi et elle est en de bonnes mains.

— Sa petite-fille ? s'exclama CeeCee. Tu veux dire... Rachel Huber ?

— En personne !

Il se mit à faire très chaud dans la pièce et une brume grise voila un instant le regard de Lily. Sur le point de défaillir, elle se retint au comptoir.

— Elle est donc revenue, murmura doucement Marge.

— Quelle folie ! insista CeeCee. Il y a quelques semaines, je coiffais Sue Holland et nous parlions de son mari. Vous savez que George est un peu cinglé, mais, d'après elle, il serait devenu doux comme un agneau. Il déteste une seule personne au monde, et c'est qui-vous-savez.

— On pourrait demander à Rachel de présider la cérémonie commémorative en septembre, ricana Polly.

— Elle ne survivra pas un été entier ici, objecta CeeCee.

— Si elle a un brin de bon sens, elle évitera de sortir de chez Helen pour que son retour ne s'ébruite pas.

Personne ne fit remarquer à Marge que son raisonnement péchait par un point évident : quand une nouvelle se savait à Hairlights, toute la ville était immédiatement au courant.

— Elle va peut-être postuler à un emploi d'enseignante, plaisanta CeeCee.

— Ouais, ma sœur a trop d'élèves dans sa classe, renchérit Polly, Rachel pourrait prendre un peu la relève.

CeeCee rugit comme si elle n'avait jamais entendu une aussi bonne blague. Lily se dirigea vers l'arrière-boutique, là où étaient entreposées les fournitures, et s'accouda à une étagère en attendant que le voile gris qui troublait son regard se soit dissipé. Petit à petit, le brouhaha des voix lui parvint, et, penchée en avant, elle put distinguer quelques phrases :

— ... votre insensibilité, disait Marge. Comment croyez-vous que Lily supporte ce genre de plaisanteries ? Justement le jour où elle va à l'enterrement de son oncle...

Polly l'interrompit.

— C'est vrai, nous sommes effroyables. J'avais complètement oublié.

— On finit par ne plus y penser, dit CeeCee. Lily est si bien adaptée, et tout...

— Je pense que nous devrions éviter de parler de Rachel Huber en sa présence, trancha Marge.

Polly et CeeCee marmonnèrent une approbation.

— En tout cas, conclut Polly, elle va être traînée dans la boue par toute la ville.

Lily prit une bouteille de shampoing sur l'une des étagères et se rapprocha des trois femmes, qui prétendirent s'affairer à leur poste.

— C'est l'anniversaire de ma mère, demain, dit Polly. J'ai envie de lui offrir cette jupe à rayures, en vitrine chez Daley's.

CeeCee fit bouffer ses courts cheveux noirs devant la glace.

— Oh non ! j'adore cette jupe. Je voulais me l'acheter.

— Pourquoi pas ? Je pense que vous n'avez pas les mêmes fréquentations, ma mère et toi.

Lily s'immobilisa au milieu de la pièce.

— Je trouve qu'elle a du cran de revenir !

Ses collègues se retournèrent au son de sa voix, et Polly posa la main sur son bras.

— Je regrette nos plaisanteries, Lily. Vraiment, je n'avais pas réfléchi.

— Moi non plus, murmura CeeCee.

— Elle a du cran, répéta Lily, et j'espère que personne ne lui rendra la vie trop difficile.

Il était près de trois heures et demie lorsque Lily, accompagnée de Ian, quitta la ferme après le service funéraire, pour se diriger vers le cimetière. Elle ne s'était jamais sentie très proche de son oncle, mais elle s'était fait un devoir de représenter sa famille à l'enterrement. Le service l'avait touchée par sa simplicité, bien qu'elle ait eu du mal à se concentrer sur les discours au sujet de son oncle : le retour de Rachel Huber l'obsédait.

La voiture parvint au sommet de l'une des légères côtes de Farmhouse Road et Lily ferma les yeux, éblouie par le soleil. Elle baissa son pare-soleil et aperçut la procession des bogheis — long serpent noir s'étalant jusqu'à Reflection. Ian commença à actionner le frein, et elle se demanda s'ils auraient dû devancer les autres au cimetière. Mais alors, elle se serait sentie encore plus à part, car ils étaient probablement les seuls à arriver en voiture.

Ian lui jeta un coup d'œil.

— Au moins ça te donne l'impression de faire un peu plus partie de la famille !

Lily sourit. Elle s'était souvent émerveillée de la facilité avec laquelle son mari lisait dans ses pensées. Il était magicien — ou plutôt illusionniste — et semblait parfois posséder des pouvoirs refusés au commun des mortels.

— Regrettes-tu de ne pas l'avoir mieux connu ? demanda-t-il en relâchant légèrement le frein.

Lily soupira à la pensée du frère de sa mère — l'homme dont le corps reposait dans un cercueil de pin — et à ce corbillard traîné par des chevaux, en tête du cortège.

— Dans quelle mesure les amish sont-ils connaissables ? Ils m'ont traitée avec gentillesse, mais je suis la fille de ma mère, tu sais.

— Ruth la rebelle !

Ian s'intéressait depuis toujours aux aventures de cette adolescente, finalement excommuniée de l'Eglise amish à laquelle appartenaient ses parents, et bannie — ce qu'il considérait comme une barbarie. Lily lui avait expliqué que cette mesure n'était pas une punition mais une tentative pour ramener dans le droit chemin les brebis égarées. Pourtant, Ruth, installée en Floride, n'avait jamais songé à revenir et n'aurait pas assisté à l'enterrement de son frère, même si elle en avait reçu l'autorisation.

— Je parie qu'elle était comme toi, reprit Ian. Violente et passionnée... Tu es beaucoup trop vive et spontanée pour une amish.

Lily ne pouvait imaginer sa mère « violente et passionnée », quoiqu'elle l'eût sans doute été en son temps, au moins selon les critères de sa famille. Ruth avait reçu à seize ans le baptême amish, mais cette pieuse jeune fille s'était laissée séduire par l'employé mennonite du magasin de nouveautés, puis elle était rapidement tombée enceinte des jumelles — Lily et Jenny. Ne manifestant pas le moindre repentir, elle avait été bannie par sa communauté et sa famille. Lily aurait souhaité connaître cette jeune fille ardente, que la vie avait rendue triste et amère.

Le cortège atteignit la partie la plus encombrée de Farmhouse Road. Des voitures s'arrêtèrent pour le laisser passer. Quelques touristes braquèrent même l'objectif de leur appareil photographique sur la longue procession de bogheis.

Les bois autour de l'étang de Spring Willow s'étendaient à leur gauche — un îlot de fraîcheur luxuriante au milieu d'un océan de terres cultivées. Sur près d'un mile, Lily profita de leur allure d'escargot pour y plonger son regard.

— Penses-tu qu'ils vont garder beaucoup d'arbres ? demanda-t-elle.

— Le moins possible. Plus ils en abattent, plus ils pourront construire de maisons et remplir les poches des Hostetter.

Lily détourna les yeux de ce paradis qui ne tarderait pas à devenir un effroyable lotissement, puis elle tourna d'un cran l'air conditionné et régla la ventilation de manière à recevoir l'air en plein visage. Il devait faire une chaleur effroyable dans ces bogheis.

Ian les suivit sur la voie plus étroite de Colley Lane, les bois toujours à leur gauche, et, à droite, le cimetière amish-mennonite avec ses rangées de pierres tombales sans ornement. Une fois garés à l'ombre des arbres, ils sortirent de la voiture et traversèrent la route en direction du groupe.

Une douzaine d'enfants entourèrent aussitôt Ian et se pendirent à ses basques. Avant le service funéraire, il les avait distraits par toutes sortes de tours fantastiques et son charisme de magicien avait conquis ses jeunes admirateurs. Quand Ian et Lily se mêlèrent à la foule, certains allèrent rejoindre leurs parents, mais d'autres restèrent tranquillement avec eux.

Lily regarda les quatre hommes porter le cercueil jusqu'à la tombe béante, creusée à la main. Le dos voûté, ils le déposèrent au fond, puis ils le recouvrirent de terre avec un bruit sourd. Elle pensait à Jenny, enterrée dans ce même cimetière — à l'autre extrémité, près des arbres. L'idée qu'elle reposait dans cet écrin de verdure l'avait toujours rassurée. *Plus ils abattent d'arbres, plus ils pourront construire de maisons*, avait dit Ian. Elle s'obligea à concentrer son attention sur la tombe de son oncle...

Au milieu de la cérémonie, les hommes se découvrirent et l'un d'eux, debout à côté de la tombe, lut un texte en allemand. Lily promena son regard autour d'elle. Des terres soigneusement cultivées entouraient le cimetière sur trois côtés, et au-delà de Colley Lane, la forêt formait écran entre la ville et le cimetière. Que se passerait-il à l'arrivée des promoteurs ? Elle imagina cette verdure remplacée par des rangées de maisons identiques. Plus d'intimité alors pour les familles endeuillées, ni pour les morts ! Des enfants viendraient jouer sur la tombe de Jenny... Des larmes lui brûlèrent les yeux. Ces gens-là ne sauraient pas se battre. D'autres devaient le faire à leur place. D'autres comme Michael Stoltz...

On proposa à Ian et Lily de participer au repas familial, ils déclinèrent l'invitation. Avant de reprendre la route, Ian embrassa les enfants et promit de leur apprendre des tours la prochaine fois qu'il les verrait.

Chez eux, les chiens leur firent fête et renversèrent Lily dans l'entrée de la petite maison qu'ils louaient depuis leur mariage, cinq ans plus tôt. Elle ne chercha pas à se relever : allongée à terre, tandis qu'ils la piétinaient et la léchaient, elle se mit à rire pour la première fois de la journée.

Au milieu des teintes fauves, noires et blanches de leur poil, elle vit Ian se laisser choir à côté d'elle.

— Ma femme rit enfin ! (Il se joignit au manège affectueux des chiens, la chatouillant jusqu'à lui faire perdre le souffle et les prit à témoin :) Oui, nous sommes très heureux, n'est-ce pas, qu'elle ait retrouvé son rire !

Lily se dégagea pour lui tendre les bras et dénoua le lacet de cuir qui retenait sa queue de cheval. Les cheveux noirs et raides de Ian lui effleurèrent la joue.

— Je t'aime, dit-elle en levant la tête pour l'embrasser.

Il la regarda, perplexe.

— Quelque chose te préoccupe, ma chérie, et il ne s'agit pas seulement de ton oncle.

— Comment peux-tu t'en douter, alors que je suis étendue par terre, en train de rire ?

— Tu ris, mais je vois ici (il désigna l'espace entre ses sourcils) une minuscule ride qui n'apparaît que dans les moments où tu as des soucis, ou mal au ventre.

Il glissa sa main aux doigts effilés sous sa blouse et la laissa reposer sur son ventre.

— Aurais-tu mal au ventre ?

— Si ce n'était que ça !

Le visage de Ian s'assombrit.

— Qu'y a-t-il ?

Lily soupira.

— J'ai appris quelque chose ce matin.

Le plancher devenait inconfortable, mais la présence de Ian et la chaleur des chiens la rassuraient.

— Rachel Huber est en ville, reprit-elle.

— Mon Dieu, pas possible ! Elle est de passage ?

— Aucune idée ! Elle est venue soigner Helen Huber et je ne sais pas combien de temps elle devra rester.

— Mon Dieu ! répéta Ian, qui s'adossa au mur.

Désemparée, Lily chercha le contact de sa main.

— Il n'y pas de quoi en faire une maladie, mais ça m'a un peu secouée, ce matin, quand j'ai appris la nouvelle.

— Je comprends !

Ian était venu habiter Reflection à l'âge adulte. Le souvenir de ce 10 septembre 1973, ancré dans la mémoire de la plupart de ses habitants, ne signifiait rien pour lui. Lily, quant à elle, avait fermé Hairlights le jour de la commémoration, l'automne précédent, car elle trouvait choquant de garder le magasin ouvert alors que tous les commerçants et les écoles fermaient. A part cela, elle estimait que le deuxième lundi d'octobre était un jour comme les autres. Elle n'assistait même pas à la cérémonie, et elle savait que Ian la comprenait...

— Dis-moi ce que je peux faire pour t'aider, proposa-t-il.

Elle lui caressa la joue : il voulait toujours la rassurer, mais dans certains cas c'était impossible !

— A mon avis, elle n'aurait pas dû revenir. Personne ne lui a pardonné.

— Et toi ?

— Moi oui, absolument. D'ailleurs, je ne l'ai jamais blâmée.

Ian se pencha pour l'embrasser.

— Tu es une femme bien, Lily Jackson.

Ils préparèrent le repas ensemble, puis allèrent promener les chiens après le dîner dans le petit parc près de chez eux. Les trois qui étaient les leurs couraient en liberté, mais ils gardèrent en laisse les deux nouveaux. Lily ne leur faisait pas encore assez confiance pour les lâcher. Le lendemain peut-être...

Malgré sa fatigue, elle ne put trouver le sommeil ce soir-là. Après avoir entendu pendant plus d'une heure la respiration régulière de Ian, elle finit par se lever et passer un peignoir. Dans la pièce voisine, elle grimpa sur une chaise et sortit du haut d'un placard son ancien album de photos. Puis elle alla s'installer dans la salle de séjour, à la lumière de la lampe.

Les photos qu'elle cherchait étaient au milieu de l'épais album. A l'école élémentaire de Spring Willow, on avait l'habitude de photographier chaque classe tous les ans. D'abord, 1971, le jardin d'enfants — dix-neuf petits élèves éblouis par le soleil, et Mrs. Loving, beaucoup trop vieille pour cette classe agitée. La plus indocile, c'était elle, Lily : ses problèmes par rapport à l'autorité avaient débuté très tôt... Elle se tenait à la droite de Mrs. Loving, qui avait empoigné son bras, sans doute pour l'obliger à se tenir tranquille le temps que le photographe opère.

Jenny apparaissait à l'extrémité du premier rang. Leurs camarades ne voulaient pas croire qu'elle et Jenny, si différentes, étaient jumelles. Elle était très blonde, Jenny brune. Elle était grande, Jenny petite et paisible. C'était la « bonne jumelle », évidemment. Son carnet scolaire portait toujours la mention « excellent », alors que le sien regorgeait de remarques acerbes de ses professeurs excédés.

La première classe de l'école primaire ne comprenait

que dix-huit élèves, car la famille de Danny Poovey avait émigré à Lancaster. La photo avait été prise à l'intérieur ; Mrs. Lintock se tenait à l'arrière-plan avec les garçons. Tous les enfants ouvraient de grands yeux ébahis et Lily se souvenait de chacun individuellement. Elle passa en revue les vivants, les morts, ceux qui avaient déménagé. Jenny avait un air effrayé qui lui serra le cœur : elle aurait voulu l'arracher à cette photo et la prendre dans ses bras pour la rassurer. Un an après, Jenny et neuf autres de ces enfants étaient morts ; dans leur sentiment d'impuissance collective, les habitants de Reflection avaient considéré comme responsable la jeune institutrice de cette classe, Rachel Huber.

Il n'y eut pas de photo cette année-là. La séance était prévue pour la fin septembre, mais personne n'aurait songé à faire poser les enfants qui avaient survécu à la tragédie. Les années suivantes ne figuraient pas non plus dans l'album, bien que des photos de classe eussent vraisemblablement été prises. Sa mère, que Lily avait un jour interrogée, avait déclaré qu'elle ne voulait pas garder chez elle ce genre de souvenirs. Sur le point de lui dire que l'une de ses filles était tout de même sur les photos, elle avait préféré se taire, car sa mère avait perdu sa « bonne jumelle »...

4

Helen laissa reposer sa tête sur le dossier de sa chaise verte des Adirondacks. Elle se sentait un peu étourdie après avoir fait l'effort de marcher depuis sa chambre à coucher jusqu'au porche. Sa canne ne lui était d'aucune aide, au contraire.

Rachel apparut.

— Es-tu bien installée ? Voudrais-tu un des petits coussins pour caler ton dos ?

— Excellente idée !

Helen suivit des yeux Rachel qui rentrait dans la maison. Elle s'était finalement habituée à sa sollicitude, car elle avait réalisé que sa petite-fille prenait un réel plaisir à s'occuper d'elle et de la maison.

De son siège, elle scruta le ciel bleu, à peine voilé par de rares nuages. Rien à craindre pour la journée, pensa-t-elle. Les orages lui inspiraient maintenant une terreur absurde...

Comme Rachel revenait avec un coussin, Helen se pencha en avant pour qu'elle le cale derrière son dos.

— Aimes-tu la polenta ? demanda la jeune femme en s'asseyant sur la balancelle, un des livres de cuisine végétarienne sur les genoux.

Helen hocha la tête.

— Oui, mais c'est bien long à préparer ! Je n'en ai pas fait depuis longtemps.

— Nous en mangerons une ce soir.

En quatre jours, Rachel avait su redonner vie à la maison. Elle avait nettoyé les vitres et ouvert les fenêtres pour faire entrer l'air et la lumière. Helen se sentait moins prisonnière de son corps, bien qu'elle jetât un regard désolé au clavier et à son poignet bandé chaque fois qu'elle passait à côté du piano. Il arrivait à Rachel de faire de longues promenades à pied ou à vélo, que lui enviait Helen ; elle en rapportait des brassées de fleurs sauvages qu'elle disposait dans la collection de vases anciens. Sans être végétarienne, elle aimait ce type de nourriture et elle savait cuisiner. L'appétit d'Helen était revenu petit à petit : elle n'avait pas mangé aussi bien depuis longtemps.

Lorsqu'elles prenaient leur repas à la table de la cuisine, la vieille dame retrouvait parfois les traits de son fils John dans le visage de sa petite-fille — ses cheveux châtain clair, ses grands yeux gris, son nez droit à la romaine et ses pommettes saillantes. Cette ressemblance la troublait et elle évitait de laisser son regard s'attarder trop longtemps sur Rachel.

Au début, elle avait cru Inge, sa belle-fille, responsable de l'éloignement de John, mais elle avait réalisé ensuite que son fils avait lui-même coupé les ponts. Une forme de rébellion assez classique ! Alors qu'ils l'avaient élevé en quaker libéral, il était devenu un luthérien à l'esprit étroit — bigot et conservateur — se disant « indigné » par ses parents, ce qui les avait profondément blessés. Par bonheur, Inge et lui ne semblaient pas avoir corrompu leur délicieuse fille : il n'y avait pas une ombre d'intolérance chez Rachel !

Elle devinait pourtant en elle une tristesse insondable. La solitude, pensait-elle. Seul le temps l'aiderait à supporter son veuvage...

Rachel et elle parlaient peu. Bien sûr, il était question des repas, du jardin, de la maison, des oiseaux et des fleurs sauvages ; sans aller au-delà de bavardages superficiels. En plusieurs occasions, Helen avait songé à évoquer le passé, mais devant la candeur — presque la naïveté — de Rachel, elle s'était abstenue.

Sa petite-fille projetait parfois d'aller en ville et elle faisait en sorte de l'en dissuader. Que se passerait-il le jour où elle devrait lui lâcher la bride ? Peut-être que personne ne remarquerait sa présence, mais cela semblait improbable. Les étrangers ne passaient pas inaperçus à Reflection. D'ailleurs les gens étaient déjà au courant : Marge, sa coiffeuse attitrée, lui avait téléphoné pour s'enquérir de sa santé et lui avait parlé de Rachel. La vitesse de circulation des nouvelles risquait de doubler à partir du moment où le salon de coiffure entrait en jeu !

— J'ai désherbé le maïs ce matin, dit soudain Rachel en désignant du doigt le jardin. J'espère finir avant ce soir.

— Je pourrais payer quelqu'un pour le faire, protesta Helen. Tu te fatigues...

Rachel, assise sur la balancelle, l'interrompit d'un geste impératif.

— Ça me fait plaisir, Gram. Vraiment plaisir ! Mais il y a un problème : la cour manque de lumière par là-bas.

— Oui, c'est vrai !

Helen se souvint tout à coup qu'elle devait faire tailler les arbres, et une idée machiavélique lui vint à l'esprit. Incapable de dissimuler son sourire, elle se tourna vers sa petite-fille :

— Tu pourrais appeler Michael Stoltz de ma part. Il taille les arbres et il fait des travaux de jardinage pendant l'été.

Le visage de Rachel s'empourpra plus vite encore que ne l'avait supposé Helen.

— Michael Stoltz ?

— Vous étiez amis d'enfance, n'est-ce pas ?

Helen n'ignorait rien de cette grande amitié, car Michael lui en avait parlé plusieurs fois au cours des dernières années.

— Oui, amis d'enfance ! répliqua Rachel, les yeux tournés vers le jardin et les joues écarlates. Mais je ne savais pas qu'il habitait encore ici.

— Il est revenu après les études de médecine de Katy,

sa femme. Elle souhaitait exercer ici, comme son père. Te souviens-tu du docteur Esterhaus, qui avait son cabinet en ville quand tu étais petite ?

Rachel acquiesça, sidérée.

— Katy a repris sa clientèle pédiatrique après sa retraite. Pour l'instant, elle participe à un programme d'aide bénévole organisé par les mennonites. Je crois qu'elle est en Russie, et Michael est pasteur de l'église mennonite.

Le livre de cuisine roula des genoux de Rachel sur le sol ; elle se pencha pour le ramasser.

— Il est *quoi* ?

— Pasteur.

Rachel hocha la tête comme si elle tombait des nues.

— On l'apprécie beaucoup en ville, reprit Helen. Il dirige le mouvement qui s'oppose aux projets immobiliers de Marielle Hostetter, avec peu de chances de succès, hélas. Elle refuse de lui adresser la parole. En fait elle ne parle qu'à ses neveux et à son avocat !

Rachel ne semblait pas l'entendre.

— Michael est pasteur... reprit-elle. Ont-ils des enfants ?

— Un garçon de onze ans, peut-être douze maintenant. Je ne sais plus s'il est resté ici avec Michael ou s'il a suivi Katy, et j'ai oublié son prénom. Ma mémoire commence à me jouer des tours.

— Michael n'appartenait pas à la secte mennonite. Il me semble... qu'il n'a pas eu d'éducation religieuse. Alors, il s'habille en noir et il roule en boghei ?

Helen laissa fuser un rire.

— Oh non, pas du tout ! L'église de Michael est très libérale. Seuls les mennonites de l'Ancien Ordre roulent encore en boghei, mais certains achètent des voitures — des voitures noires dont ils noircissent les chromes.

Rachel promena ses doigts sur la couverture du livre de cuisine.

— J'ai du mal à me souvenir des caractéristiques. Est-ce une secte pacifiste ?

— Elles le sont toutes ! Et elles estiment qu'une Eglise doit se composer d'adultes qui ont choisi de croire, au lieu d'être simplement baptisés à leur naissance. Seuls les amish et certains mennonites de l'Ancien Ordre s'habillent encore en noir, refusent l'électricité, et s'opposent aux études universitaires. La plupart des mennonites modernes vont à l'Université et participent très activement à de nombreux programmes philanthropiques.

— Je comprends, murmura Rachel.

Un instant, Helen crut voir briller des larmes dans les yeux de sa petite-fille.

— Michael était objecteur de conscience pendant la guerre du Vietnam, dit celle-ci.

— Je sais. Je le revois très bien en train de parler du haut des marches de l'hôtel de ville. (Helen se souvenait parfaitement de son discours, mais si elle l'avait avoué à Rachel, elle risquait de provoquer des questions auxquelles elle n'avait nulle envie de répondre.) Il a gardé son éloquence, paraît-il. Ses sermons sont fort appréciés.

Rachel se mit à rire.

— J'ai du mal à l'imaginer en pasteur !

— Eh bien, veux-tu l'appeler toi-même au sujet des arbres, ou préfères-tu que je m'en charge ?

— Je l'appellerai... demain.

Elle se replongea dans son livre de cuisine qu'elle se mit à feuilleter à un rythme régulier, mais sans distinguer un seul mot.

Après avoir gravi d'un bon pas l'escalier branlant du grenier, Rachel finit par trouver le commutateur. Des piles de cartons étaient entassés autour d'elle et il faisait une chaleur étouffante. Elle se faufila jusqu'à la fenêtre, qu'elle mit quelques minutes à ouvrir. Elle transpirait à grosses gouttes, mais une douce brise nocturne la récompensa de ses efforts.

Les mains sur les hanches, elle fit un tour d'horizon. Où se trouvaient les cartons contenant les affaires ayant appartenu à ses parents ? Au nord, d'après les indications de sa grand-mère, mais de quel côté était le nord ? Elle vit le nom de John écrit sur l'un d'eux, à l'autre extrémité du grenier. Après avoir empoigné un vieux tabouret métallique, elle marcha dans cette direction et s'assit.

Elle appréhendait ce moment depuis son arrivée. Cette maison était un merveilleux refuge : loin du centre-ville et à un millier de miles de San Antonio, elle s'était d'abord sentie sur une autre planète. Le premier jour où elle avait repensé à Luc et Michael, après avoir aperçu son ancien immeuble, lui semblait se perdre dans la nuit des temps ; mais maintenant qu'elle savait Michael dans le voisinage et qu'elle risquait de le rencontrer, elle ne pouvait plus échapper à ses souvenirs...

Penchée sur le premier carton, elle sentit la ceinture de son jean lui scier l'estomac. Elle avait déjà perdu une ou deux livres, mais son embonpoint tenace la déprimait. Elle pesait au moins quinze livres de plus que la dernière fois qu'elle avait vu Michael, à l'époque de ses vingt-trois ans.

Et alors ? Il était marié et pasteur ! Elle n'arrivait pas encore à se faire à cette idée. Que penserait-il en apprenant qu'elle était devenue unitarienne ? Elle avait trouvé cette solution pour que Chris bénéficie d'une éducation religieuse, sans qu'elle-même ait l'obligation de croire en quoi que ce soit.

Le carton contenait des agendas reliés de cuir qui avaient dû appartenir à son père et trois journaux intimes, d'une écriture bizarre, couverts de dates et de noms de lieux. A côté, Rachel trouva deux photos encadrées de ses grands-parents — Helen et Peter Huber — aussi beaux que dans ses souvenirs d'enfance. Fouillant encore, elle découvrit une photo sans cadre et légèrement floue d'une jeune femme, portant robe, chapeau et chaussures, qui sautait d'un rocher dans des remous. Etait-ce Helen ? Indécise, elle l'examina en souriant.

Elle sortit quelques feuilles de papier éparses : voyant des notes de musique manuscrites, elle retourna aussitôt le carton sur toutes ses faces à la recherche du prénom de son père, mais en vain... Soigneusement, elle remit agendas, journaux intimes et photos encadrées à leur place, garda celle de la femme en train de sauter, et jeta un dernier regard fasciné aux feuillets noircis de notes de musique griffonnées. C'était certainement la première version d'œuvres de son grand-père.

Après avoir refermé le carton, elle le fit glisser vers le côté sud du grenier et s'attaqua à ceux qui portaient le nom de « John » écrit en toutes lettres.

Les deux premiers contenaient des figurines de porcelaine enveloppées avec soin. Les trésors de sa mère ! Elle avait presque oublié que le moindre recoin de la maison était envahi de bibelots. Dans le troisième carton, était déposé un service à thé d'argent, bien terni.

Ses parents avaient-ils gardé certains souvenirs lui ayant appartenu ? Elle avait tout laissé derrière elle au moment de son départ précipité — sauf quelques vêtements. Il ne lui était pas venu à l'esprit d'emporter quoi que ce soit, et surtout pas ce qui aurait pu lui rappeler son mari.

Peu de temps après elle, ses parents avaient quitté la ville pour s'installer dans un autre coin du comté de Lancaster. Ils étaient venus la voir trois fois à San Antonio — dont une à l'occasion de son mariage avec Phil — puis avaient trouvé la mort dans un accident de voiture. Elle avait appris la nouvelle une quinzaine de jours après l'enterrement, quand quelqu'un avait fini par découvrir son adresse dans leurs papiers. Ils avaient donc préféré, comprit-elle alors, garder secrètes ses coordonnées.

Le carton suivant contenait ses affaires. Elle frissonna en sortant un à un divers objets. Des annuaires du lycée, quelques vieux albums des Beatles, et deux boîtes de chaussures sur lesquelles sa mère avait écrit « Rachel ». A l'intérieur, étaient entassées d'anciennes photos, prises il y a bien longtemps : son chien Laredo, et surtout Luc et Michael enfants. Elle sursauta à la vue de ces visages oubliés, auxquels elle se contenta de jeter un regard fugitif.

Sous la deuxième boîte de chaussures, elle reconnut son petit album de mariage blanc, recouvert de plastique. RACHEL et LUC... Leurs prénoms étaient gravés en lettres d'or sur la couverture, ainsi que la date — 9 juin 1972 — en plus petits caractères. La main posée sur l'album, elle hésita un moment.

Quand elle se décida à le feuilleter, elle se retrouva plongée dans ce jour lointain — vraiment le plus beau jour de sa vie. Son visage rayonnait et Luc, en uniforme, avait un sourire tendre et chaleureux. Aucun pressentiment ne ternissait leur regard... Comme elle était innocente ! Comme le monde lui inspirait confiance ! Elle avait décidé de passer au Peace Corps le temps pendant lequel Luc serait au Vietnam. Son inscription avait posé des problèmes : elle était encore célibataire à l'époque, et on hésitait à séparer de son époux la future jeune mariée. Mais elle avait fini par avoir gain de cause. Ensuite, le hasard avait voulu que Michael et elle soient affectés dans le même village. Katari avait besoin de deux enseignants — un homme et une femme parlant français. Ils avaient postulé et obtenu les deux postes...

Certaines personnes lui avaient reproché de ne pas attendre Luc à la maison pendant qu'il risquait sa vie. Elle aurait pu l'accueillir s'il avait eu des permissions... Mais elle n'était pas du genre à rester confinée chez elle : au contact de ses deux amis d'enfance, elle avait acquis un caractère indépendant et aventureux. L'Afrique l'attirait, et elle pensait que le temps passerait plus vite ainsi.

Elle put détecter une ombre de mélancolie sur quelques photos, sans doute à cause de la longue séparation qui les attendait, mais un tel amour brillait dans leurs yeux ! Ils avaient la certitude, partagée par tous ceux qui les connaissaient, que ce mariage les comblerait de bonheur. Ils étaient jeunes et faits l'un pour l'autre.

La ressemblance de Luc avec son fils la frappa étrangement. Luc n'avait que vingt et un ans sur ces photos, Chris allait en avoir vingt. Presque le même âge et faits de la même pâte ! Depuis les événements, elle n'avait gardé dans son portefeuille qu'un petit instantané de Luc en uniforme. Elle était bouleversée de retrouver, sous des angles différents, son sourire séduisant, ses yeux bleus expressifs. Tenant les photos en pleine lumière, elle scruta ses traits à la recherche d'un signe qui trahirait la face sombre de sa personnalité. Elle n'en trouva aucun. Tout ce qui avait fait de lui un homme dangereux venait de l'extérieur !

Michael, leur garçon d'honneur, souriait sur chacune de ces photos. A l'université, il avait brusquement perdu son air gauche. Toujours mince, il était de ces hommes dont les lunettes mettent le visage en valeur. Il sortait à l'époque avec Katy Esterhaus, qui apparaissait sur un seul des clichés. Elle était blonde et affublée de lunettes elle aussi, mais un certain charme transparaissait derrière son air sérieux. Rachel se demanda à quoi Katy ressemblait maintenant.

Deux jours après leur mariage, Luc partait au Vietnam ; Rachel et Michael s'envolaient ensemble pour le Zaïre, puis le Rwanda, où ils allaient passer l'année dans un village misérable, à travailler, enseigner, apprendre et grandir... A cette époque, elle en voulait parfois à Luc de ne pas être devenu objecteur de conscience comme Michael et elle avait du mal à comprendre son patriotisme. Un patriotisme à toute épreuve, bien qu'en 1972 beaucoup de gens aient déjà mis en doute la légitimité de la guerre ! Ses lettres étaient rares et arrivaient lentement, mais débordaient d'amour pour elle et d'affection pour Michael.

Petit à petit, leur contenu se mit à changer. Trois mois après son arrivée au Vietnam, il annonçait qu'il avait tué un homme et elle devina qu'il avait pleuré en écrivant. Quelques mois plus tard, il ne manifestait ni chagrin ni regret à propos des détails sanglants de l'horrible guerre qu'il menait. A chaque lettre, elle sentait le cœur de Luc s'endurcir. Elle faisait la lecture à Michael, généralement après avoir dîné dans sa petite maison en parpaings, plus vaste et plus claire que celle de son ami.

« Hier, nous avons tendu une embuscade à ce groupe, écrivait-il dans l'une d'elles. *Ça a été dur, mais nous les avons eus. Quelques gosses se sont fait tuer au passage. Dommage, mais on n'y peut rien ! »*

Elle interrogea Michael du regard. Il marmonna : « Que lui arrive-t-il ? » Sans oser lui répondre, elle hocha la tête en silence. Luc n'était plus le même...

Elle changeait elle aussi, comme on change lorsqu'on passe une année entière dans des conditions infernales avec une autre personne, partageant les mêmes révoltes devant les injustices de la vie et les mêmes joies infimes. Ni elle ni Michael n'avaient eu jusqu'alors l'expérience quotidienne de la mort, de la souffrance et de la pauvreté. Il se produit fatalement quelque chose lorsqu'une personne que vous avez toujours connue devient votre unique lien avec votre vie antérieure et votre santé mentale. Surtout quand cette personne possède une exceptionnelle valeur humaine — et que vous la voyez enseigner à des enfants qui vivaient dans l'ignorance, aider un homme à creuser la tombe de son plus jeune fils, ou conduire à l'hôpital voisin la mère affolée d'un bébé en pleine crise de malaria.

Il arriva donc ce qui devait arriver, et Rachel sentit un jour son cœur se serrer bizarrement alors qu'elle regardait Michael. Elle avait franchi le seuil entre une grande affection et un amour d'un tout autre ordre...

Ensuite, vint la peur. La peur que ce sentiment devienne incontrôlable. La peur de ne plus cesser de penser à lui, le soir quand elle s'allongeait sur son lit. Cette peur était terrible ; pire que la culpabilité.

Ils travaillaient ensemble depuis cinq ou six mois quand elle réalisa — pendant sa deuxième crise de malaria — que Michael partageait ses sentiments. Il avait passé la nuit à son chevet, baignant son front d'eau fraîche pour combattre la fièvre. Au matin, il lui fit une tasse de thé dont elle avala à peine une goutte, puis il promena un linge humide sur son visage, ses bras, son cou. C'était un dimanche : ils ne travaillaient pas ce jour-là, ils parlèrent donc. Ils parlèrent différemment...

— Je t'ai vue avec Mbsa, hier, dit Michael. (Mbsa était la mère d'un gamin de trois ans, disparu pendant la nuit, que Rachel avait découverte, presque hystérique, au bord du ruisseau.) Tu es restée toute la journée avec elle et tu as su trouver les mots pour la réconforter. J'étais vraiment impressionné.

Il détourna son visage ému, et elle comprit au son de sa voix ce qu'il éprouvait pour elle. Beaucoup plus que de la tendresse...

— Michael, demanda-t-elle, en posant la main sur sa joue, tu m'aimes ?

— Bien sûr ! Depuis ma plus tendre enfance, je vous ai toujours aimés, Luc et toi. (Il s'interrompit.) Ce n'est pas ce que tu voulais dire ?

Elle acquiesça d'un signe de tête.

— Oui, avoua-t-il, je t'aime, et ça m'épouvante !

Elle fondit alors en larmes, laissant éclater les sentiments qui bouillaient en elle depuis plusieurs mois. Elle lui dit combien elle l'aimait et à quel point le souvenir de Luc était devenu évanescent. Il lui écrivait des lettres respirant la mort, la violence et la colère, alors que lui, Michael, incarnait la sérénité et la compassion.

— Ecoute-moi bien, reprit Michael en serrant son poignet entre ses doigts, ce que nous éprouvons n'a rien de surprenant après ce que nous avons vécu ensemble, mais nous ne devons pas céder à la tentation. Luc passe par une terrible épreuve, pire que tout ce que nous pouvons imaginer. Nous savons qu'il a le cœur tendre, nous l'avons toujours su. Rappelle-toi le jour où il avait trouvé des chatons derrière l'école : il a presque fondu en larmes quand le vétérinaire a dit qu'ils étaient malades et qu'il fallait les piquer.

Rachel, brûlante de fièvre, parvint avec peine à rassembler ses souvenirs.

— Nous sommes dans une situation très spéciale, poursuivit Michael. Luc est à l'autre bout du monde et il écrit des lettres dans lesquelles on ne le reconnaît pas ; tandis que toi et moi nous travaillons ensemble chaque jour dans cette grande tension émotionnelle...

— Tout cela peut nous conduire au désastre, mais nous allons faire face, conclut-elle en souriant.

Elle se sentit rassurée à l'idée qu'elle ne serait pas seule à se battre, et à partir de ce jour ils évitèrent tout contact. Alors qu'ils n'avaient jamais craint de se prendre par le bras ou de s'embrasser sur la joue, ils se comportèrent comme si un mur invisible les séparait.

En mars, Luc fut parmi les derniers soldats à quitter le Vietnam et Rachel reçut l'autorisation de prendre l'avion jusqu'à San Francisco pour passer une semaine avec lui, avant son transfert à Fort Meyer, en Virginie. Cette semaine en compagnie de son mari ne contribua guère à apaiser ses craintes. A peine l'avait-elle accueilli à l'aéroport qu'un adolescent à cheveux longs, portant des jeans troués, cracha par terre à la vue de son uniforme. En un éclair, il le cloua au sol, et elle se mit à l'écart, effarée par la haine qu'elle avait lue dans les yeux de son mari et par sa riposte foudroyante.

La rage de Luc continua à couver longtemps après qu'il eut quitté l'aéroport : il la dissimulait sous son silence, mais elle embuait ses yeux lorsque leurs regards se croisaient. Une nuit, il lui déclara qu'il n'éprouvait plus aucune estime pour Michael, ni pour quiconque fuyant ses responsabilités vis-à-vis de son pays. Elle voulut engager une discussion, mais il se réfugia à nouveau dans un profond silence jusqu'à la fin de la semaine. Le corps de Luc était à San Francisco, mais son esprit était toujours au Vietnam, et Rachel retrouva le village de Katari et Michael avec un soulagement coupable.

Elle décida de quitter le Rwanda et le Peace Corps au bout d'un an, d'une part parce qu'elle semblait avoir peu de résistance à la malaria, d'autre part parce que Luc devant être démobilisé en août, elle se faisait un devoir de le rejoindre. Les lettres qu'il lui adressait maintenant de Virginie semblaient vibrer de colère et d'une étrange paranoïa.

Son départ était prévu en juillet. Michael restait encore un an au Rwanda, mais Katy Esterhaus devait lui rendre visite la semaine suivante. Rachel apprécia de ne pas le laisser entièrement seul. Elle comptait chercher un appartement à Reflection et y passer des entretiens pour des postes d'enseignante auxquels elle avait postulé par écrit. Le 2 août, elle irait chercher son mari à l'aéroport de Philadelphie et il leur resterait un mois pour refaire connaissance, avant qu'elle se mette au travail et Luc à la recherche d'un emploi.

Elle perdait le sommeil et l'appétit à mesure que le jour fatidique approchait. Malgré la réserve que Michael et elle s'étaient imposée, elle se sentait coupable. Que se passerait-il si, une fois avec Luc, elle continuait à rêver de Michael ? Elle essayait d'oublier l'éprouvante semaine passée à San Francisco avec son mari. Consciente de ses devoirs d'épouse, elle était décidée à honorer ses engagements. Puisqu'elle avait aimé Luc depuis toujours, peut-être avait-elle cherché à se protéger en l'aimant moins, au cas où il se ferait tuer. Dans ce cas, son amour ne demanderait qu'à renaître dès qu'ils seraient réunis.

Comme elle faisait ses bagages, Michael entra dans sa maisonnette de parpaings. Le dos tourné à la porte, elle se penchait sur sa valise posée sur son lit, lorsqu'elle sentit ses deux bras autour de sa taille. Elle ne l'avait pas entendu arriver, mais elle n'eut pas même un sursaut, comme si elle s'attendait à sa venue et à cette étreinte. Il enfouit ses lèvres dans son cou et elle se laissa aller en arrière. Elle ferma les yeux en retenant son souffle lorsqu'elle sentit sa main remonter sous sa chemise jusqu'à son sein nu. Sa paume plaquée contre sa poitrine, il promena son pouce sur son mamelon vibrant d'excitation. Si elle ne réagissait pas à l'instant même, il serait trop tard pour revenir en arrière...

— Michael ! murmura-t-elle en s'arrachant à lui. Ce n'est pas possible !

Michael s'assit sur son lit et contempla sa paume comme s'il sentait encore la chaleur de son sein sous ses doigts. Puis il hocha la tête en la regardant dans les yeux.

— On devrait nous canoniser, Rachel, pour notre héroïsme.

— Je suis fière de notre conduite, admit-elle. Nous n'avons rien à nous reprocher.

Malgré tout, elle avait honte. Non de ce qui venait de se passer, mais parce que la pensée de Michael ne la quittait plus, parce que c'était à lui qu'elle pensait le soir, seule dans son lit. Jamais à Luc... Elle essayait d'évoquer l'image de son mari, mais il restait toujours étranger à ses fantasmes nocturnes.

— Je ne veux pas que tu partes, chuchota Michael, les yeux rougis de larmes.

Elle s'assit à côté de lui sur le lit et le serra affectueusement dans ses bras.

— Je t'aime, dit-il enfin.

Dans un souffle, elle répondit :

— Moi aussi.

— Jamais je n'éprouverai un pareil sentiment pour quelqu'un d'autre, je tiens à ce que tu le saches. (Michael se redressa au prix d'un effort évident.) Tu vas bientôt retrouver Luc, et tu seras une excellente épouse. Rends-le heureux, il le mérite bien après l'enfer qu'il a vécu !

— Tu dois avoir raison. Je suis contente que tu restes ici et que nous passions un an sans nous revoir.

Il approuva sans conviction.

— Et puis, Katy va arriver.

— Exactement. Quand je reviendrai à Reflection, tout sera rentré dans l'ordre, et tu me regarderas en te demandant ce que tu as bien pu trouver en moi.

Rachel referma son album de mariage et s'adossa au mur nu du grenier en séchant de ses doigts ses joues trempées de larmes. Elle n'avait plus revu Michael après cette scène poignante. Le lendemain il était de service et quelqu'un d'autre l'avait conduite à l'aéroport.

Du fond du cœur, elle aurait souhaité que tout s'arrange avec Luc, mais le sort s'acharnait sur elle. Elle éprouvait un amour coupable pour un homme, et son mari était devenu un étranger qu'elle ne pourrait plus jamais aimer...

5

La nuit tombait. Une dernière visite, et Michael en aurait fini pour ce soir-là. Il jeta un coup d'œil à sa montre : dans une heure, il avait rendez-vous avec Drew. Pourvu qu'Amos Blank ne soit pas trop long à convaincre, pensa-t-il.

Il avait obtenu trente et une signatures depuis midi en s'arrêtant dans des fermes appartenant à des amish. La pétition était tout ce qu'il y a de plus simple : elle demandait à la commission d'enquête de refuser à Marielle Hostetter le permis de construire sur ses terres. Le projet avait déjà reçu un avis favorable, malgré l'étude d'impact qui montrait clairement — en tout cas selon Michael — le tort que les promoteurs feraient à la ville. D'où l'importance des pétitions. Michael avait obtenu deux cents signatures des habitants de Reflection, mais les sectes étaient une autre affaire.

Il s'engagea dans l'allée menant à la ferme des Blank. Le macadam traversait une grande étendue de pâturages au clair de lune, et la ferme blanche baignait dans une lueur accueillante. Michael gara sa voiture près de la maison et sortit.

Un chien, croisement de colley et de chien de berger, aboya sous le porche, tandis que, derrière les volets de l'une des fenêtres de façade, un enfant jetait un coup d'œil furtif. Michael, rieur, adressa un signe amical dans cette direction.

Le chien fondit au bas des marches, aboyant de plus en plus fort à mesure que Michael approchait.

— Chut ! fit-il.

L'animal agita la queue en humant le dos de sa main et trotta tranquillement à côté de lui jusqu'à l'entrée de la maison. Amos vint lui ouvrir la porte sans lui laisser le temps de frapper.

— Entrez, Michael, dit-il comme s'il s'était attendu à sa visite.

— Merci.

La salle spacieuse était éclairée par une lanterne au propane, posée sur le manteau de la cheminée, qui donnait un reflet doré à toute la pièce.

Michael sortit ses papiers.

— Je vous apporte une pétition...

— Je suis au courant. Asseyez-vous.

Un cliquetis de couverts résonna dans la cuisine. Michael se demanda s'il avait interrompu le repas des Blank, d'autant plus qu'une odeur de choux, de jambon et de gâteaux flottait dans la pièce. La fillette aperçue à la fenêtre apparut dans l'encadrement de la porte ; elle avait de grands yeux, et une raie au milieu séparait ses cheveux retenus par une barrette. Quand Amos lui adressa quelques mots en allemand, elle disparut en pouffant de rire.

Michael concentra toute son attention sur son hôte.

— Cette pétition exprime simplement notre inquiétude au sujet du projet Hostetter.

Il tendit la liste à Amos, mais ce dernier n'esquissa pas un geste pour la prendre.

— Je ne sais pas si nous devons nous mêler de cette histoire, grommela-t-il en caressant sa longue barbe grisonnante.

Il avait sans doute une quarantaine d'années, comme Michael, mais en paraissait au moins dix de plus.

— Jetez donc un coup d'œil sur les autres signatures ! Trente et une rien qu'aujourd'hui !

Michael cita les noms de plusieurs voisins d'Amos, mais passa sous silence ceux qui avaient refusé de signer. En effet, les amish, profondément attachés à la résistance passive, étaient divisés — non sur le sentiment qu'il ne fallait pas toucher à ces terres, mais sur la manière de prendre position et de faire respecter leur point de vue.

— Il y a quelque chose de bizarre, observa Amos.

— Ah bon ?

— Il paraît que Drew Albrecht est de votre côté, qu'il fait signer des pétitions comme celle-ci.

Michael comprit tout de suite où il voulait en venir. Drew étant entrepreneur en bâtiment, les gens hésitaient à croire à la sincérité de ses inquiétudes concernant le développement de la ville, mais sa loyauté était évidente. En outre, il avait des relations utiles avec le monde des affaires, qui complétaient les siennes avec les amish de l'Ancien Ordre et les mennonites. Qu'ils signent ou non la pétition, ces derniers ne doutaient pas de sa parole !

— C'est vrai, répondit-il. Drew est dans le bâtiment, mais je peux vous assurer qu'il a un point de vue totalement désintéressé sur cette question.

Amos scruta le visage de Michael avec attention.

— Et votre cousine ? Qu'est-ce qu'elle pense de vos pétitions ?

Michael esquissa un sourire, car sa cousine, Ursula Torwig, en tant que maire de Reflection, était favorable à l'expansion de la ville.

— Je ne sais pas, répondit-il à tout hasard, bien qu'il n'ait guère de doutes sur la question. Nous n'avons jamais eu beaucoup d'affinités, Ursula et moi.

Amos pinça les lèvres et tendit la main vers la liste en soupirant. Puis il lut les noms à la lumière de la lampe à gaz en hochant la tête. L'ombre du papier se projetait sur sa chemise blanche et ses bretelles, tandis que la lampe sifflait doucement dans le silence de la pièce. Pour finir, il prit le stylo que lui proposait Michael et ajouta son nom au bas de la liste.

— Il y aura un débat public très important le 6 septembre, à la Starr and Lieber Bank, dit Michael en se levant. Le public aura la possibilité de donner son point de vue avant la décision finale de la commission. Nous avons prévu des voitures à cheval pour tous les amish qui souhaiteraient s'y rendre.

— Nous verrons.

Sur ces mots, Amos raccompagna Michael à la porte.

Après avoir posé la pétition sur le siège à côté de lui, Michael roula lentement sur la longue allée menant à la route, puis il traversa le centre-ville pour regagner le quartier où il habitait. La voiture de Drew stationnait, vide, devant sa maison ; Jason l'avait sans doute fait entrer.

Il trouva son ami dans la chambre de Jason, en train de disputer une partie d'échecs.

Le jeune garçon leva la tête.

— Encore deux minutes papa, je l'aurai bientôt battu.

Michael, debout derrière son fils, posa une main sur son épaule. Ce dernier supporta ce geste paternel pendant une dizaine de secondes avant de se dégager d'une secousse. Michael s'assit au bord de l'un des lits jumeaux.

Drew souriait à contrecœur en passant la main dans ses cheveux pâles, de plus en plus clairsemés. Affublé d'une chemise hawaïenne rouge et bleue, il avait les coudes sur la table et son regard semblait rivé à l'échiquier. Quelques pions blancs étaient posés sur la table de son côté, alors que Jason avait amassé une armée de pions noirs. Leur reflet dansait dans ses lunettes quand il remuait la tête. La longueur inhabituelle de sa crinière blonde frappa Michael. Katy en serait malade si elle le voyait, songea-t-il.

Drew fit une moue hésitante en poussant l'une de ses tours noires vers le bataillon blanc de Jason.

— Je tiens à te dire, Jace, que je t'ai laissé gagner cette partie pour te donner confiance en toi.

— Echec et mat ! murmura son adversaire en plaçant sa dame.

— Sapristi !

Drew se carra dans son siège en hochant la tête.

— Ton fils est sans pitié, Michael.

— Une autre partie ? demanda Jason.

Michael se releva et tapota l'épaule de son fils.
— Je suis sûr qu'il accepterait avec plaisir, Jace, mais nous avons du travail !

Jason prit cet air de chien battu qu'il affectionnait depuis le départ de Katy en Russie et se mit à ranger les pions.

— La prochaine fois, je t'aurai, l'avertit Drew en quittant la pièce.

Il suivit Michael dans la salle de séjour où il prit son tas de pétitions avant de s'asseoir sur le canapé.

— Jace se fait des amis à son stage d'informatique ? demanda-t-il.

— Je ne crois pas. Tous les matins il grogne pour ne pas y aller !

Michael était perplexe au sujet de ce stage : devait-il ou non céder à son fils qui insistait pour rester à la maison ? La solitude de Jason ne lui rappelait que trop la sienne autrefois. Son fils avait la même allure de maigrichon à lunettes, doté d'une intelligence trop aiguë pour son âge. Il lui avait dit qu'il avait été comme lui et qu'il comprenait ses réactions, mais Jason avait réagi par un « je-ne-sais-pas-de-quoi-tu-veux-parler » indigné.

Katy se laissait systématiquement convaincre par ses dénégations et reprochait à Michael de se faire des idées ; mais elle se trompait. Il savait détecter au premier coup d'œil le chagrin d'un enfant solitaire.

— J'ai obtenu trente-deux signatures, annonça-t-il.

— Formidable ! s'écria Drew qui avait pensé que pas un amish ne signerait. J'en ai cinquante-sept, mais je dois te dire que le monde des affaires est plutôt favorable à la cause adverse.

— Tu parles à des gens pour qui le profit passe avant tout. Chaque signature qu'ils nous accordent est un bénéfice inespéré.

— Le fait est que beaucoup de gens sont sincèrement convaincus qu'Ursula a raison. Ils estiment que l'économie a besoin d'un coup de pouce.

— Papa ? demanda Jason qui venait de surgir sur le pas de la porte.

— Oui ?

— J'aimerais qu'on ait le câble ! Tous mes copains l'ont, et je suis le seul à ne pas être au courant des programmes !

Michael soupira. Quand il voulait quelque chose, Jason prétendait que le fait d'en être privé était à l'origine de ses problèmes de sociabilité. C'était sa nouvelle tactique.

— Non, Jace, pas question de câble. Il y a assez de programmes comme ça !

Jason poussa un grognement exaspéré en trainant les pieds jusqu'à sa chambre.

— Il est difficile depuis le départ de Katy, marmonna Michael en classant ses papiers sur ses genoux. Elle lui manque terriblement et il demande beaucoup d'attention. Merci d'avoir joué aux échecs avec lui.

— Un plaisir pour moi, mais je n'ai pas aimé me faire battre à plates coutures.

— Quelque chose à boire ? proposa Michael.

Il sortait deux bouteilles d'eau de Seltz du réfrigérateur lorsque le téléphone sonna. Il décrocha.

— Michael ? demanda une voix féminine qu'il ne parvint pas à identifier.

— Oui, qui est à l'appareil ?

— Michael, ici Rachel Huber.

Sidéré, il posa les deux bouteilles sur le comptoir.

— *Rachel*... Je n'y crois pas !

Elle éclata de rire, d'un rire plus profond, plus généreux qu'autrefois, mais qu'il aurait reconnu entre tous.

— Je suis chez ma grand-mère, elle a eu un accident et...

Il l'interrompit.

— Je sais. Comment va-t-elle ?

— Ça va. Elle n'est pas du genre à se plaindre, et je l'aide un peu pendant sa convalescence...

Michael, bouleversé, ne trouvait plus ses mots. Rachel était là, à quelques miles de chez lui... Il eut envie de renvoyer Drew et de foncer chez Helen en voiture. Ça serait si bon de voir Rachel !

— Michael, serais-tu devenu muet ? demanda-t-elle.

— Allons, secoue-toi ! Je veux te voir tout de suite.

Rachel rit à nouveau.

— Nous pourrions nous voir demain. D'ici là, j'aurai peut-être perdu dix livres.

— Aurais-tu pris du poids ?

Il essaya de s'imaginer des rondeurs sur sa silhouette élancée et il éprouva un trouble inattendu. Ce serait une erreur de la voir, surtout en l'absence de Katy.

— Plus de poids que je n'aurais dû ! Je t'appelle pour la raison suivante — enfin surtout pour cette raison... Ma grand-mère voudrait faire émonder des arbres qui assombrissent son jardin. Il paraît que tu peux te charger de ce genre de travail en été. Aurais-tu le temps ?

— Bien sûr ! (L'esprit de Michael ne fit qu'un tour. Il retrouverait Rachel sans aucun danger, en présence d'Helen.) Je peux passer samedi matin.

— Très bien. Je me réjouis de te voir.

— Rachel ? (Les doigts autour d'une des bouteilles posées sur le comptoir, il s'aventura sur un terrain dangereux.) Nous ne nous sommes pas rencontrés depuis vingt ans. J'aimerais te voir une première fois avant samedi. Aurais-tu un peu de temps demain en fin d'après-midi ?

— Oui, répondit Rachel, comme si elle s'attendait à cette suggestion. Mais où ?

— A l'étang de Spring Willow. (Il se reprit en pensant qu'elle ne comprendrait pas ce qu'il voulait dire.) A l'étang Huber !

— C'est ça, dit-elle d'un ton profondément nostalgique. Dans le coin de verdure où nous allions nous promener.

— Que dirais-tu de seize heures trente ?

— A demain. Je suis impatiente de te revoir !

Après avoir raccroché, il déboucha les bouteilles d'eau de Seltz et revint dans la salle de séjour.

Drew leva les yeux et posa la pétition sur la table basse.

— Pourquoi ce grand sourire ?

Michael lui tendit l'une des bouteilles.

— Devine qui est à Reflection ?

Drew haussa les épaules.

— Aucune idée.

— Eh bien, Rachel Huber !

— Sans blague ?

Michael se souvint que Drew avait moins d'une trentaine d'années à son arrivée à Reflection ; il n'avait donc pas connu Rachel, sinon par la rumeur publique...

Après avoir avalé une gorgée d'eau, Michael s'assit.

— Nous étions inséparables pendant toute notre enfance, et ensuite nous sommes partis en même temps au Peace Corps. Nous habitions de vieilles barraques en parpaings. Enfin, elle ; moi, j'étais dans une simple case. En tant que femme, elle avait droit à une habitation un peu moins fruste. (Il hocha la tête, emporté par ses pensées.) Si elle n'avait pas été mariée, tout aurait pu être différent...

Drew fronça les sourcils.

— Méfie-toi, Mike. A un moment où vous êtes dans une situation critique, Katy et toi, évite de t'attirer des ennuis !

Michael avait confié à Drew, et à lui seul, ses problèmes avec Katy. Toute autre personne, dans cette petite ville, aurait été choquée d'apprendre que tout n'allait pas pour le mieux entre le pasteur et sa femme médecin.

— Je vais simplement retrouver une vieille copine, déclara Michael.

— Alors, passe un bon moment.

Drew se releva sans toucher à son soda et glissa l'enveloppe des pétitions sous son bras.

— Tu pars déjà ? s'étonna Michael.

— Oui, j'ai à faire chez moi.

En le voyant serrer les mâchoires, Michael se souvint aussi brusquement que s'il avait reçu un coup de poing en plein ventre que Drew connaissait Rachel Huber, lui aussi.

Il se leva à son tour et alla poser la main sur le bras de son ami.

— Pardonne-moi, Drew. Je suis navré de ne pas avoir pensé à Will...

Drew chercha à s'esquiver.

— C'était il y a si longtemps ! Rachel était une jeune enseignante sans expérience. Elle a dû mûrir depuis, et je n'ai pas l'habitude de garder éternellement rancune aux gens.

Michael le suivit jusqu'à la porte en maudissant son manque de tact. Drew le salua, la tête tournée sur le côté ; mais un profond chagrin se lisait dans ses yeux. Comme il ne parlait jamais de Will, on aurait pu s'imaginer à tort qu'il n'avait jamais eu d'enfant. Mais si le temps avait adouci sa peine, elle ne l'avait pas effacée totalement.

La porte refermée, Michael entendit de la musique dans la chambre de Jason. Il rassembla les papiers épars sur la table basse et traversa le vestibule pour aller tenir un moment compagnie à son fils solitaire.

6

Ce grondement si faible pouvait-il être un lointain roulement de tonnerre ? Assise dans la bibliothèque, Helen essaya de lire en espérant que Rachel ne tarderait pas à rentrer de ses courses à l'épicerie. A dix heures passées, le magasin devait être fermé.

Derrière les vitres, les bois s'illuminèrent un court instant, faisant apparaître les feuilles dans leurs moindres détails. Helen retint son souffle. Il y avait trop de fenêtres dans cette maison, trop de verre. Elle connaissait les règles à observer : éviter l'eau, ne pas utiliser le téléphone, se tenir à distance des fenêtres.

Après avoir refermé son livre, elle se releva lentement, car un rideau noir voilait parfois sa vue lorsqu'elle changeait trop vite de posture. Ménageant sa cheville, elle se dirigea vers le petit corridor entre la bibliothèque et la salle de séjour, et s'adossa au mur de ce lieu béni. Pas une seule fenêtre ! Mais elle voyait tout de même la lumière blanche vaciller sur les murs autour d'elle.

Les bras croisés sur la poitrine, elle se sentait ridicule. Une petite vieille craintive... Ces dernières semaines, son corps était devenu imprévisible ; elle ne pouvait plus lui faire confiance. Elle souffrait le matin en se levant et restait ankylosée pendant des heures. Ses douleurs musculaires étaient constantes certains jours, intermittentes quelquefois — mais toujours assez présentes pour lui rappeler qu'elle était faible et vulnérable. Il lui arrivait de s'endormir à n'importe quelle heure de la journée : elle sombrait alors dans un sommeil vide de rêves, comme la mort. Elle était assoiffée, nerveuse, sursautait au moindre bruissement de branche derrière les vitres. Son poignet allait mieux, mais elle avait encore des élancements et craignait de ne plus jamais pouvoir se remettre au piano, de ne plus jamais se sentir bien. Allait-elle passer le reste de ses jours dans cet état ?

Après avoir fait quelques lectures au sujet de la foudre, elle qui n'avait jamais été superstitieuse avait demandé à Rachel de lui acheter des herbes aromatiques en pots pour les placer à la fenêtre de la cuisine : du romarin, du mille-pertuis et de la farigoule. Elle espérait que ces plantes protègeraient la maison en cas d'orage. Rachel ne trouvant pas de farigoule avait rapporté du thym à la place. Sans lui expliquer pourquoi elle y tenait tant, elle l'avait envoyée chercher de la farigoule chez un pépiniériste de Lancaster.

Helen sursauta en entendant la porte s'ouvrir.

— Me voici ! s'écria Rachel.

Tonnerre et nuages se déchaînaient maintenant à l'unisson, et Helen prit sur elle pour quitter le petit corridor sans fenêtre et marcher jusqu'à la cuisine.

Rachel déballait déjà les deux sacs de provisions.

— Tu es trempée, observa Helen en détournant son regard des illuminations qui apparaissaient derrière les vitres.

— Je me sens bien comme ça !

Depuis qu'elle avait parlé à Michael, environ une heure plus tôt, un sourire éclairait son visage.

— Que fais-tu debout à cette heure, Gram ? s'enquit-elle.

— Je lisais.

Helen aurait aimé dire qu'elle allait maintenant se coucher, mais ses pieds étaient cloués sur place. Comment faisait Rachel pour rester impassible devant un pareil déchaînement de bruit et de lumière ?

Un grondement de tonnerre explosa soudain au-dessus de leurs têtes, et Helen laissa échapper un cri. Elle recula d'un pas pour s'adosser au mur, les joues rouges de confusion.

Rachel, qui rangeait un paquet de céréales dans le placard, resta la main en suspens dans les airs.

— Cet orage te terrifie, n'est-ce pas ?

Helen approuva d'un signe de tête et une larme perla dans ses yeux.

— Allons dans ma chambre, suggéra Rachel en posant le paquet sur le plan de travail. Nous baisserons les stores et nous serons tranquilles.

Elle passa un bras autour des épaules de sa grand-mère pour la guider vers la porte. Helen se fit un devoir d'avancer, comme un petit enfant sous la protection d'une personne beaucoup plus forte et courageuse.

Tandis que Rachel baissait les stores de la chambre d'amis et allumait la lampe de chevet, elle s'assit sur le lit.

— Je me trouve si stupide, Rachel. Autrefois, j'adorais les orages. Plus ils étaient violents, plus j'étais heureuse.

— Quand on a été frappé par la foudre, Gram, on a fatalement peur de l'orage !

— Peut-être.

Elle se sentait déjà beaucoup mieux. Les stores baissés laissaient à peine entrer les éclairs et les grondements de tonnerre semblaient s'éloigner. Une photo posée contre les livres, sur l'un des rayonnages couvrant les murs, attira son attention. Elle crut se reconnaître en train de sauter dans le fleuve Delaware, il y a bien longtemps.

— Qu'est-ce que...

Rachel prit la photo et la tendit à Helen qu'elle avait rejointe sur le lit.

— Je voulais t'interroger sur cette photo. Je l'ai dénichée au grenier quand j'ai ouvert par erreur l'un de tes cartons. C'est toi ?

Helen resta un moment sans répondre. Si Rachel avait fouillé dans ses cartons, qu'avait-elle trouvé ?

— Oui, dit-elle enfin, penchée sur sa propre image. C'était le jour de mon dix-huitième anniversaire. Nous avions pique-niqué dans un parc près de chez moi, à Trenton, ma sœur Stella, quelques amies et moi. Il faisait si chaud que j'ai décidé de prendre un bain.

Rachel sourit.

— Tu as sauté toute habillée ?

— Je n'avais peur de rien à l'époque.

Quand elle était jeune, elle ne reculait devant aucun risque. A douze ans, elle avait conduit la voiture d'un ami sur une pente glacée des environs de Trenton ; à quinze, elle avait traversé la rivière à la nage, plus vite que l'un de ses petits camarades. Chaque fois qu'elle en trouvait le moyen, elle filait à New York sans l'autorisation de ses parents pour écouter ses musiciens préférés jouer au Carnegie Hall, en se faufilant par des entrées de service ou en racontant des mensonges aux ouvreuses.

Rachel lui reprit la photo et la posa sur ses genoux pour l'observer attentivement.

— Je sais si peu de choses à ton sujet ! Tu ne m'avais jamais dit que tu vivais dans le New Jersey. Quel genre de famille avais-tu ?

Helen s'adossa au mur.

— Mon père — ton arrière-grand-père — se prenait pour un écrivain. C'était un homme brillant, mais il ne suffit pas de briller pour nourrir une famille, malheureusement. Il écrivait beaucoup, surtout des réflexions sur la politique de l'époque. Des ouvrages très ardus, qui ne se vendaient pas. Je crois qu'il s'en moquait. Ce n'était pas son problème. Il était infirme, Rachel.

— Je ne savais pas.

— Il était mutilé des deux jambes depuis un accident qu'il avait eu tout enfant, il lui était donc difficile de travailler. Ma mère jouait du piano et du violoncelle. Elle appartenait à une famille fortunée, qui l'avait déshéritée au moment de son mariage. Elle faisait des ménages pour nous permettre de subsister.

Après un silence, elle poursuivit sous le regard interrogateur de Rachel.

— A table, nous parlions musique et politique. Ma mère me donnait des leçons de piano et j'aurais voulu faire des études musicales, mais je savais ce qui m'attendait. L'arthrite de ma mère empirait de jour en jour, mon père ne travaillait pas, et j'étais l'aînée de quatre enfants. Après l'école, j'ai dû chercher un emploi pour faire vivre ma famille.

— Comment as-tu rencontré grand-père ?

— Attends, j'y viens ! J'ai donc trouvé un poste de secrétaire à New York — à l'école de musique de l'université de Columbia, car je tenais à rester dans un milieu musical ! On m'a donné une chambre sur le campus et j'envoyais mon salaire à mes parents.

— Grand-père enseignait à Columbia, n'est-ce pas ?

— C'est ça. Il avait étudié la composition à Paris. J'étais fascinée par lui et je le harcelais de questions.

Helen se souvint de la manière dont elle le suivait à la trace sur le campus. Peter était entouré d'admiratrices ! Il avait une apparence et une prestance exceptionnelles, mais ce n'était pas son physique qui l'avait attirée. Elle appréciait son talent et ses grandes connaissances en matière de composition. Pour finir, il l'avait invitée à dîner. Pendant le repas, ils avaient longuement discuté sans avaler une bouchée, et une profonde amitié était née ce soir-là.

— Il s'est intéressé à moi, poursuivit-elle. Pas un intérêt sentimental, mais il a réalisé à quel point j'aimais la musique. Il a voulu me donner une chance d'apprendre, et... (Helen pesa soigneusement ses mots.) La famille de ton grand-père était très à l'aise.

Rachel hocha la tête.

— Alors ?

— Il m'a proposé de m'inscrire à l'Université.

— Vraiment ? Je ne savais pas.

— Comme je ne pouvais pas accepter son offre à cause de ma famille, il s'est occupé d'elle aussi.

Rachel fronça les sourcils.

— Tu veux dire que...

— Il envoyait de l'argent tous les mois à mes parents. Il a offert un appareil orthopédique à mon père et il l'a fait soigner le mieux possible. Et puis il a donné à ma mère les moyens de rester chez elle et de s'occuper de ses enfants.

— Pourquoi a-t-il fait tout cela ? demanda Rachel.
— Parce qu'il était le meilleur et le plus généreux des hommes.
La lèvre inférieure d'Helen se mit à trembler et ses yeux s'emplirent de larmes.
— Il devait beaucoup t'aimer, dit Rachel, la main posée sur le bras de sa grand-mère.
— Il me trouvait du talent et il me jugeait digne de cet investissement. Toujours est-il que nous nous sommes mariés environ un an après.
— Il était beaucoup plus âgé que toi ?
— J'avais dix-neuf ans, et lui vingt-sept. Il commençait à peine à se faire un nom et la musique comptait plus que tout pour lui, comme pour moi. Et puis, nous partagions le même intérêt pour les problèmes sociaux, que m'avait transmis mon père.
Rachel posa la photo sur la table.
— J'avais oublié tout cela. En quelle année a-t-il reçu le prix Nobel de la paix ?
— En 1963. La seule récompense qu'il ait jamais acceptée ! Je te rappelle qu'il n'était pas très populaire auprès du gouvernement dans les années cinquante ; on le considérait comme un artiste « gênant ». Ils ont même hésité à lui donner un passeport parce qu'ils le croyaient affilié à des organisations communistes.
Helen sourit tristement au souvenir de cette période difficile. Elle avait souffert alors de la plus grande dépression de toute sa vie. Rachel se rappelait-elle la grand-mère triste et angoissée qu'elle avait été pendant ses toutes premières années ?
— En tout cas, Peter a eu beaucoup de chance : sa célébrité lui a permis d'exercer une influence politique qui a particulièrement compté pour lui, ajouta Helen.
— J'ai un peu fouiné dans ses livres ; ils traitent tous de musique ou de politique, à part les albums de rébus.
Helen rit de bon cœur.
— C'était sa passion ! S'il avait été moins antimilitariste, il aurait pu devenir un excellent cryptographe.
— Et toi, Gram, as-tu poursuivi tes études ?

— Non. J'en avais bien l'intention, mais je suis tombée enceinte, et voilà...

— Tu avais pourtant un avenir prometteur devant toi !

— J'ai tout de même continué à étudier, d'une certaine manière... Peter m'apprenait tout ce qu'il savait en musique et en composition. On était dans les années trente, Rachel. A l'époque, on n'incitait guère les femmes à composer, mais on les poussait vivement à devenir de bonnes mères de famille — ce que je suis devenue. Une bonne mère...

— Ce n'est pas juste ! murmura Rachel en s'adossant au mur, face à Helen. Quand vous êtes-vous installés ici, grand-père et toi ?

Helen reprit son récit.

— Les parents de Peter possédaient la majorité des terres des environs — dont ils ont beaucoup perdu pendant la Dépression. Ils habitaient près de la ferme Jensen. Peter et moi nous leur rendions souvent visite. Je préférais New York où nous étions installés, mais j'adorais ce coin, et Peter avait toujours eu un faible pour lui. Il voulait à la fois la stimulation de la ville et la paix de la campagne. Ses parents nous ont donné ce terrain de dix acres en 1933, et nous avons fait construire cette maison.

— En 1933 ! s'exclama Rachel. Elle a un style si contemporain !

— Elle a été remaniée plusieurs fois depuis sa construction, mais les gens d'ici l'ont toujours trouvée un peu choquante. Ils mettaient ça sur le compte de l'excentricité de Peter, un artiste... C'est lui qui en a tracé les plans et qui a voulu qu'elle soit tout en verre. J'aime ces vitres qui font entrer la forêt dans la maison, quoique je ne me sente plus si à l'aise au milieu des orages !

Elle jeta un regard narquois aux stores tirés, en songeant qu'elle pouvait sourire de ses craintes quand le tonnerre n'était plus qu'un lointain grondement.

— New York me manquait, reprit-elle en soupirant. Je regrettais les concerts, les pièces de théâtre, les musées et l'ambiance de la ville. Mais j'étais une épouse et une mère et je devais m'assagir !

— Tu as renoncé à beaucoup de choses pour grand-père, observa Rachel avec une indignation contenue. Tes études, ta carrière !

Helen baissa les yeux et se tut.

— Nous appartenons à des générations différentes, Rachel, dit-elle enfin, et nous n'avons pas les mêmes réactions. J'étais prête à tous les sacrifices pour Peter, après ce qu'il avait fait pour moi !

Elle soupira à nouveau et s'agrippa au dossier du lit pour se relever. Le rideau noir tomba à peine un instant devant ses yeux.

— Merci de m'avoir si gentiment accueillie ce soir, dit-elle en souriant.

Rachel, toujours assise sur le lit, releva la tête.

— Cette petite conversation m'a fait très plaisir. J'espère que ce que je viens de te dire ne t'a pas trop peinée.

Helen coupa court à ses excuses d'un geste énergique, et prit la photo posée sur la table de nuit.

— Tu permets ?

— Bien sûr.

Une fois dans sa chambre, Helen se sentit brisée par toutes ces émotions. La crainte, le réconfort, les regrets...

Après avoir enfilé sa chemise de nuit, elle se glissa sous les couvertures et éteignit aussitôt. Dans l'obscurité, les paroles de Rachel lui revinrent à l'esprit.

Tu as renoncé à beaucoup de choses pour grand-père.

Elle ralluma et prit la photo posée sur la table de nuit pour l'observer de plus près. Une telle joie de vivre illuminait le visage de cette jeune fille !

Oui, elle avait renoncé à beaucoup de choses. Beaucoup plus que ne le supposait Rachel.

7

Rachel gara sa voiture sur Walker Street et marcha jusqu'au centre-ville. Sur son chemin, elle dépassa la Starr and Lieber Bank au coin de la rue, et la bibliothèque dont les moulures pain d'épice auraient eu bien besoin d'une couche de peinture fraîche. Elle transpirait maintenant dans son chemisier à manches longues et son pantalon. Après s'être examinée dans la glace, elle avait troqué son short pour ce pantalon : une tenue convenant mieux à une rencontre avec un pasteur.

Elle s'arrêta devant l'église mennonite, qui lui sembla plus grande que dans ses souvenirs et très blanche sur le fond vert des bois. Ses étroites fenêtres en ogive avaient des vitres claires et son haut clocher s'élançait vers le ciel, tandis que son reflet exact brillait dans les eaux calmes de l'étang Huber. Rachel sourit, perplexe à l'idée que Michael officiait en ce lieu.

Son regard alla se poser sur la petite chapelle de brique, à côté de l'église mennonite. « United Church of Christ », annonçait un écriteau sur la pelouse. De l'autre côté de la rue, apparaissait la masse basse et large de son ancienne église luthérienne, avec ses pierres grises et son accueillante porte rouge. Elle n'y était pas entrée depuis le jour de son mariage.

Reflection comptait vingt églises. Tout en longeant

l'étang en direction des magasins de Main Street, elle se souvint des statistiques de son enfance : vingt églises, trois banques, trois écoles, et une boulangerie exceptionnelle.

Halper's Bakery était là, juste en face. Elle entra. Allait-elle retrouver les brownies d'autrefois dans leurs vieilles boîtes en verre ? Ils n'avaient pas changé depuis qu'adolescente elle en achetait pour les deux garçons et elle. Des gâteaux plats, denses, d'un brun sombre et recouverts d'un épais glacis de chocolat. Un vrai délice !

Seule dans le magasin, elle s'adressa à la femme grisonnante qui s'affairait derrière le comptoir.

— Deux brownies, s'il vous plaît.

— Je m'occupe tout de suite de vous, répondit-elle en disposant des gâteaux sur un plateau, de ses mains noueuses.

Des panneaux vitrés entouraient la caisse enregistreuse. Rachel fit la moue en y découvrant son image. Elle n'avait pas eu le temps de passer chez le coiffeur à San Antonio, et ses cheveux châtain clair pendaient en boucles incertaines.

La femme s'approcha de la boîte de brownies.

— On a changé le nom de l'étang Huber, dit Rachel. Je ne savais pas.

— Il y a longtemps qu'on l'a changé, répliqua la vieille femme en ouvrant l'arrière de la boîte.

A son intonation, Rachel comprit qu'elle n'avait pas intérêt à insister.

— Quand j'étais gosse, je venais souvent acheter ces brownies, dit-elle. Il étaient divins ! Je suis contente que vous fassiez toujours les mêmes.

La vendeuse, qui venait de prendre un mouchoir en papier, s'immobilisa brusquement, et fixa sur elle un regard atterré.

— Etes-vous Rachel Huber ?

— Oui, répondit-elle, surprise.

Les traits de son interlocutrice s'étaient figés, ses narines se dilataient, et elle pinçait ses lèvres pâles. Elle esquissa un geste en direction des brownies, puis se ravisa. Après avoir posé son mouchoir en papier, elle referma la boîte vitrée et se dirigea vers l'arrière-boutique, où elle disparut derrière une porte tournante.

Rachel attendit, mal à l'aise.

— Il y a quelqu'un ? demanda-t-elle au bout d'un moment.

N'obtenant pas de réponse, elle était sur le point de s'en aller, quand une adolescente apparut devant la porte tournante.

Elle rejeta en arrière une mèche de cheveux blonds qui lui tombaient dans les yeux.

— Vous voulez des brownies ?

— Oui, deux, répondit Rachel en désignant la boîte d'un main tremblante.

Quand elle eut posé le sac en papier sur le comptoir, Rachel lui tendit un billet de cinq dollars.

— Elle a un problème ? dit-elle en indiquant d'un signe de tête la porte derrière laquelle avait disparu la vieille femme.

— Ça va aller, chuchota l'adolescente sans la regarder. Elle a eu un choc !

Après avoir rendu la monnaie à Rachel, elle haussa les épaules d'un air gêné. Sa mèche blonde retomba sur ses yeux.

— Vous feriez peut-être mieux de ne pas revenir ici, reprit-elle, en tournant les talons.

L'adolescente avait disparu sans attendre de réponse. Rachel sortit de la boulangerie, le cœur lourd. Elle marcha jusqu'à l'étang, dépassa la statue de son grand-père et s'engagea sur le chemin circulaire. Ce dernier plongeait dans les bois et débouchait sur une petite clairière. Michael attendait, assis sur un banc. Il se leva en l'apercevant.

Elle s'approcha de lui, un sourire aux lèvres. Il avait juste assez grossi pour perdre son allure efflanquée. Une pointe de gris apparaissait dans ses cheveux bruns qui dégageaient légèrement son front, mais il avait gardé ses traits aigus, et, même de loin, elle était frappée par la chaleur de son regard, derrière ses lunettes à monture métallique. Il portait un short kaki et un tee-shirt noir. Elle se sentit un peu ridicule dans sa tenue austère et étouffante.

Quand il l'eut rejointe, ils restèrent un moment enlacés en silence. Rachel se sentait incapable de rouvrir les bras et elle dut faire un effort surhumain pour ne pas fondre en larmes. Elle comprenait maintenant pourquoi son amour pour Phil ne l'avait jamais pleinement comblée : son cœur appartenait à cet homme.

— Michel !

C'était la première fois qu'elle pensait à lui sous ce nom depuis leur séjour au Rwanda francophone, où elle l'avait appelé ainsi pendant une année entière.

Son rire fusa doucement près de sa joue.

— Il y a bien longtemps que plus personne ne m'appelle Michel !

Ils finirent par relâcher leur étreinte. Michael balaya du bout des doigts les larmes qui humectaient ses joues.

— Asseyons-nous, dit-il.

Elle acquiesça en cherchant un kleenex dans son sac.

— Ce banc n'était pas ici, observa-t-elle, et elle s'assit de manière à lui faire face.

— On l'a installé il y a quelques années, sur mon instigation. J'aime venir ici pour lire ou pour écrire. Rien de plus pratique, car mon bureau est là, précisa-t-il, en montrant du doigt l'église de l'autre côté de l'étang.

Elle lui tendit l'un des brownies qu'elle avait sortis du sac en papier.

— Qu'écris-tu ?

— Merci, dit-il d'un air enchanté. Ces brownies me rappellent de lointains souvenirs. (Il croqua son gâteau et lécha une miette restée sur son doigt.) J'écris surtout des sermons.

Rachel hocha la tête.

— C'est incroyable, Michael ! Quand ma grand-mère m'a dit que tu étais devenu pasteur, j'ai cru qu'elle confondait avec quelqu'un d'autre.

Elle s'interrompit pour savourer une succulente bouchée.

— Au début, j'ai eu du mal à y croire, moi aussi, murmura Michael.

— Que s'est-il passé pour que ?...

— Attends une minute ! Je veux d'abord que tu me

parles de toi. Mets-moi au courant de tout. Tu enseignes toujours ?

— Oui, dans le secondaire. Aux enfants en échec scolaire et un peu le français.

Michael parut soulagé.

— Voilà une bonne nouvelle. Je craignais que tu n'aies abandonné après...

— Je n'ai pas songé un seul instant à abandonner ! J'aime profondément mon métier, et je serais plutôt du genre à m'acharner quoi qu'il arrive.

— Je vois.

Ils restèrent un moment silencieux. Rachel avait tant à lui raconter qu'elle ne savait par où commencer.

— Je regrette que nous ayons perdu contact, dit-elle enfin. Je mourais d'envie de te parler, après le drame. Mais tu étais encore au Rwanda et il ne m'a pas semblé souhaitable de chercher à te joindre, à cause de Katy. Tu étais marié et je n'osais pas...

Michael l'interrompit.

— Tu aurais dû me donner de tes nouvelles. J'ai cherché à me procurer ton adresse, mais tes parents refusaient de dire où tu étais. Ils voulaient te protéger au maximum, sans doute. Quant à Helen et Peter, ils avaient perdu ta trace.

Elle s'étonna de l'entendre appeler ses grands-parents par leurs prénoms, comme s'il les connaissait bien.

— Je sais que depuis quelques années tu écris des cartes à Helen au moment de Noël. Ça lui a fait grand plaisir. Une ou deux fois j'ai été sur le point de lui demander tes coordonnées, mais je ne voulais pas remuer tout ce passé par égard pour toi.

Il avait sans doute eu raison de s'abstenir, se dit Rachel en glissant le reste de son brownie dans le sac en papier.

Michael sourit.

— Comment pouvions-nous manger ces choses-là quand nous étions enfants ? Nous devions être indestructibles...

Rachel essuya avec son kleenex le chocolat resté sur ses doigts.

— Alors, ce n'est plus l'étang Huber ?

— Il s'appelle maintenant « étang de Spring Willow ». Le conseil municipal a pris cette décision peu après ton départ.

Michael n'en dit pas plus, mais Rachel comprit qu'elle était à l'origine de ce changement : Huber, un nom qui inspirait jadis un si grand respect, avait perdu sa connotation positive.

— J'aime ces bois, dit-elle en plongeant son regard dans leur profondeur vert sombre.

— Helen a dû te parler des projets de construction des Hostetter.

— Oui, et j'ai appris que tu essayais de t'y opposer.

Michael pinça les lèvres.

— J'essaye, mais sans grand espoir.

— Il s'agit bien de la femme chauve-souris ? Tu te souviens comme elle nous faisait peur ?

— Oui, et nos craintes étaient justifiées, même si nous n'en connaissions pas la raison. (Il interrogea Rachel du regard.) Sais-tu pourquoi cette femme est comme ça ?

Rachel hocha la tête.

— Je l'ai appris après mon retour ici, reprit Michael, donc je doute fort que tu connaisses cette histoire. Sa mère lui a tiré une balle dans la tête quand elle avait quatre ans, puis elle a retourné l'arme contre elle-même.

— C'est une rumeur ?

— Non, je te dis la pure vérité ! Son cerveau a été légèrement atteint. Son père, qui l'a élevée, est mort quand elle avait une vingtaine d'années. Ensuite, elle a vécu seule jusqu'à ces derniers temps.

— Pourquoi sa mère a-t-elle fait cela ?

— Je crois que personne ne connaît la réponse à cette question.

Rachel éprouva une soudaine sympathie pour cette femme inquiétante.

— Et maintenant, ses neveux et elle veulent rentabiliser ce terrain, n'est-ce pas ?

— Ils vont s'en mettre plein les poches. (Michael leva les yeux vers le clocher, de l'autre côté de l'étang.) Et ma pauvre petite église sera entourée d'immeubles de bureaux.

Rachel suivit son regard.

— Non, ce n'est pas pensable !

Michael ébaucha un sourire.

— Tu te rappelles le jour où tu es tombée à travers la glace ?

Elle tourna les yeux vers la partie de l'étang proche du belvédère. Un jour, les deux garçons l'avaient entraînée par là en sachant que la glace était mince après une journée d'exposition au soleil. Elle était passée à travers la glace, et même dessous, dans une lumière translucide qu'elle revoyait encore. Sans éprouver la moindre panique, elle s'était sentie fascinée par cette étrange réverbération. Fous d'inquiétude, Michael et Luc avaient fini par la tirer d'affaire et s'étaient confondus en excuses.

— Je me suis vengée ensuite assez souvent !

— Oui, tu ne nous a pas épargnés.

Pendant un moment, ils évoquèrent avec délice leurs souvenirs d'enfance. Les parties de pêche. Les chambres à air sur lesquelles ils se laissaient flotter le long du ruisseau, à travers bois. Leurs expéditions à bicyclette dans d'inquiétantes carrières. Ils étaient si jeunes et si sûrs d'eux...

— Tu sais ce qui a été le plus dur pour moi ? demanda Michael, accoudé sur ses genoux. Nous étions si unis tous les trois que je nous considérais comme un ensemble indivisible. Je comprenais que vous aviez un lien différent Luc et toi, mais je ne me suis pas senti exclu même quand vous avez commencé à sortir ensemble. C'est au moment où vous avez eu vos premières relations sexuelles, que j'ai brusquement pris conscience de mon exclusion.

Rachel se mit à rire, rassurée de pouvoir parler sans détours à l'homme d'Eglise qu'était devenu Michael.

— Que voulais-tu de plus ? Nous t'avons donné des explications détaillées.

Luc et elle n'avaient que quinze ans quand ils étaient tombés dans les bras l'un de l'autre. Ils avaient fait l'amour pour la première fois dans les bois derrière l'étang, pas très loin de l'endroit où elle était assise avec Michael. Préalablement, ils avaient annoncé leur intention à leur camarade et, ensuite, ils lui avaient raconté, avec une précision presque clinique, ce qu'ils avaient éprouvé.

— Nous avions une étrange relation tous les trois, dit Michael.

— Je sais, mais j'ai eu une enfance merveilleuse entre vous deux.

Ils se turent, tandis qu'une hirondelle égratignait de ses ailes la surface lisse de l'étang. Le reflet de l'église blanche vibra un moment avant de se stabiliser.

Jusqu'où pourraient-ils s'abandonner à leurs réminiscences sans danger ? se demandait Rachel.

Elle questionna Michael :

— Qui est resté en ville parmi nos copains de classe ?

— Voyons, dit-il en étendant ses longues jambes. Pas grand monde, à part Becky Frank. Elles est gestionnaire de crédit à la filiale de Starr and Lieber de Bird-in-Hand. Vous vous entendiez bien, non ?

Rachel revit aussitôt le visage de cette rousse, pétillante de vitalité.

— Oui, assez. J'aimerais la revoir. A-t-elle gardé le même nom ? Elle est sans doute dans l'annuaire du téléphone.

— Je vais l'appeler et lui suggérer de te faire signe.

Rachel approuva, bien que cette démarche lui parût superflue.

— Parle-moi de ton mari et de ton fils, suggéra Michael.

C'était le meilleur moyen de procéder. Eviter pour l'instant les années les plus difficiles, se dit Rachel qui ne se sentait pas encore prête à replonger dans son chagrin.

Elle parla de Phil qui l'avait embauchée à son arrivée à San Antonio... Un mari attentionné, dont le tendre soutien lui avait été précieux. Michael écouta avec sympathie le récit de sa longue maladie et de sa mort.

— Il me manque beaucoup, dit-elle doucement. Je me réveille parfois le matin en oubliant qu'il n'est plus là, et j'ai l'impression de recevoir un coup sur la tête quand je prends conscience de la réalité. (Elle sourit.) Ce n'est pas facile de redevenir célibataire !

— Je n'en doute pas, approuva Michael. Tu as traversé de rudes épreuves !

— Mais j'ai eu aussi beaucoup de bons moments, protesta Rachel qui ne voulait pas lui donner l'impression que sa vie n'était qu'une succession de malheurs. Elle lui parla de ses récompenses universitaires, des voyages qu'elle avait faits pendant des années avec Phil. Et puis elle lui raconta la course de vélo à laquelle elle avait participé avec Chris, l'année d'avant.

— Vraiment ? s'étonna Michael. J'ai fait une course moi aussi. C'était formidable, bien que je sois arrivé dans les derniers.

— Tu n'as jamais eu le goût de la compétition, il me semble.

— Ni de l'athlétisme, approuva Michael en riant, mais j'aime les balades à vélo. Nous pourrions en faire une, un de ces jours.

— Excellente idée !

— Tu disais que ton fils a fait cette course avec toi ?

— Oui.

Elle enchaîna en parlant de Chris, de ses réussites et de son bon cœur, mais elle ne put cacher ses graves soucis à son sujet. Des soucis qu'elle ne pouvait plus partager avec Phil !

Le matin-même, elle avait eu Chris au téléphone. Il lui avait parlé avec enthousiasme de son groupe de musiciens : programmes, projets d'avenir, etc. Elle l'avait écouté patiemment, mais elle avait perdu son calme lorsqu'il avait envisagé d'abandonner ses études pour se consacrer à la musique. Après avoir discuté quelques minutes sans résultat, il lui avait dit de ne pas se faire de souci, car sa décision n'était pas encore prise. Ensuite, elle avait senti percer dans ses questions une certaine inquiétude à son sujet. Comment allait-elle ? Ne se sentait-elle pas trop seule ? C'était la première fois que son fils de vingt ans se préoccupait d'elle. Ce changement l'avait émue et, depuis, Chris lui manquait plus que jamais.

— Ce matin, reprit Rachel, je regardais d'anciennes photos de mon mariage. Luc avait vingt et un ans, Chris en a vingt, et... (Elle cligna des yeux pour retenir ses larmes.) J'ai été frappée par leur ressemblance.

— As-tu une photo de lui ?

— Chez ma grand-mère. Je te la montrerai quand tu viendras.

Michael parla alors de son fils, Jason, qu'il appelait Jace. Il allait entrer en cinquième et se passionnait pour l'informatique.

— Tu te fais du souci pour Chris, observa-t-il en hochant la tête, eh bien, figure-toi que Jace est comme moi il y a trente ans. Gauche, efflanqué et impopulaire ! Moi, je vous avais, Luc et toi. Vous m'avez vraiment sauvé la vie, tu sais.

— Tu te serais débrouillé sans nous.

— Pas si sûr ! Enfin, j'espère que oui. Je suppose que Jace finira par s'épanouir, le pauvre. Si tu savais combien de fois je me suis réveillé au milieu de la nuit en me demandant comment je pourrais lui trouver deux amis comme vous. J'ai eu beaucoup de chance.

Il serra un instant la main de Rachel, et elle murmura :

— Nous avons eu de la chance tous les trois.

— Je devrais consacrer plus de temps à Jace, dit Michael avec l'air soucieux d'un homme qui s'interroge sur ses relations avec son fils. Je rentre tard de mon travail, et nos voisins, les Pelman, l'accueillent chez eux jusqu'à mon retour. Ils ont un fils aîné dans les ordinateurs, avec qui il s'entend très bien. Généralement, il n'a pas de problèmes avec les adultes.

Il ôta ses lunettes et se frotta les ailes du nez avant de les remettre.

— Je pars demain car je vais participer à un voyage paroissial : c'est un groupe de jeunes qui passe une dizaine de jours à Philadelphie pour restaurer des habitations bon marché. Jace m'a demandé de l'accompagner, ce qui te donne une idée de ses problèmes de sociabilité. Je repartirai au début de la semaine. Pourvu qu'il se fasse des amis d'ici là ! Il n'a jamais quitté la maison aussi longtemps et il paraît très désemparé depuis le départ de Katy.

— Parle-moi de Katy, demanda Rachel sans laisser

paraître sa déception à l'idée que Michael s'absentait pendant plusieurs jours.

Michael joignit les mains au-dessus de sa tête en s'étirant.

— Mon Dieu, Katy... Par où commencer ? D'une certaine manière, elle a joué un rôle essentiel dans ma vie. C'est à cause d'elle que je suis ici. (Il fit un signe de tête en direction de l'église.) A cause d'elle que je suis devenu pasteur...

Rachel remonta ses jambes sur le banc.

— Raconte-moi, Michael.

— Après tout ce qui s'est passé avec toi, Luc, et les enfants... Enfin, après le drame, je me suis effondré, comme si je me sentais coupable.

— Pourquoi coupable ?

— A cause de ma lettre.

Elle prit une profonde inspiration en se rappelant ce à quoi il faisait allusion.

— Tu as épousé Katy bien avant tout cela !

— En effet. (Il la regarda dans les yeux.) Tu sais pourquoi je l'ai épousée, n'est-ce pas ?

Elle se souvenait de ces quelques lignes écrites à l'encre noire.

— Tu me l'as dit dans ta lettre, mais...

— Il n'y a pas de « mais ». Je t'ai écrit que je l'avais épousée pour t'oublier, et c'est la pure vérité. Je ne l'avais pas vue pendant toute ma première année au Rwanda, et elle est arrivée juste après ton départ. Je l'aimais bien. C'était merveilleux qu'elle soit là pour entendre tout ce que j'aurais voulu te raconter à toi. Je ne pouvais plus me passer de sa présence ; nous nous sommes mariés sur un coup de tête. Ses parents étaient furieux ! Elle a décidé de rester avec moi jusqu'en novembre et elle a séché son premier trimestre de médecine, bien que la vie à Katari ne l'ait pas enchantée. Comme de juste, elle ne se doutait pas de mes sentiments vis-à-vis de toi. Ça t'ennuie, que je te parle de tout cela ?

Rachel sourit malgré les paillettes de glace qui semblaient se cristalliser sous sa peau.

— Katy savait naturellement que nous étions de grands amis, poursuivit Michael. Elle devait se douter que j'avais un petit faible pour toi, mais nous n'en avons jamais parlé. Elle ne s'épanche pas beaucoup, ce qui m'a facilité la vie au début. Notre vie de couple n'a pas toujours été... facile.

Après avoir soigneusement pesé ses mots, il s'interrompit.

— Donc, Katy était avec moi à Katari, reprit-il au bout d'un instant, lorsque j'ai appris... au sujet de Luc et des enfants de ta classe... Tous ces innocents ! Cette nouvelle m'a foudroyé.

Il s'étira, et Rachel attendit la suite avec inquiétude.

— Je ne sais pas si tu te souviens que Katy appartient à une famille mennonite.

— Oui, vaguement.

— Eh bien, elle a senti que j'étais mûr pour une conversion. Elle m'a appris à prier. Ça ne s'est pas fait en un jour, mais j'ai fini par trouver un réconfort dans la prière, en Dieu...

Ne pouvant le suivre sur ce terrain, Rachel garda le silence.

— Je pensais tant à toi, insista Michael. Je me demandais si tu pourrais retrouver la paix de l'esprit après ce que tu avais vécu.

— Ça a été dur.

— Es-tu toujours luthérienne ?

— Unitarienne, tout au plus. Presque une mécréante.

— Tu vis selon le bien, Rachel, que tu aies ou non la foi. Il est permis de douter ! Même moi je n'ai jamais cessé de me poser des questions, mais je crois sincèrement en un Dieu d'amour qui dépasse mon entendement.

— Une foi comme la tienne doit être apaisante.

— Oh oui ! (Il hocha la tête avant de reprendre le fil de son récit.) A notre retour aux Etats-Unis, Katy et moi habitions Philadelphie. J'y enseignais et elle étudiait, mais nous venions ici tous les dimanches. Elle m'emmenait à l'église et elle m'a présenté au pasteur, et surtout à l'un des anciens, Lewis Klock, un homme merveilleux qui est toujours en vie, grâce à Dieu. Ce qui était arrivé à Luc n'avait toujours aucun sens pour moi — et n'en aura sans doute jamais —, mais j'ai fini par retrouver la paix de l'esprit. Les mennonites m'attiraient beaucoup par leur engagement dans l'action humanitaire et leur idéologie pacifiste.

— Je comprends.

— Je me suis donc passionné pour tout cela et j'ai réalisé que je souhaitais devenir pasteur. C'était ma vocation...

— Es-tu allé au séminaire ?

— Oui, à Harrisonburg, puis je suis revenu ici. (Il laissa errer son regard vers son église.) Nous avons la congrégation mennonite la plus progressiste de toute la région. Nous menons une action humanitaire dans de nombreux domaines. Nous faisons une collecte que nous enverrons au Rwanda — enfin, aux camps de réfugiés du Zaïre — d'ici un mois.

— Vraiment ?

Rachel fut tentée de l'interroger sur le Rwanda. Comment réagissait-il à la vue des souffrances de ce pays qui s'étalaient chaque jour sur les photos des journaux ? Il devait se sentir encore plus attristé qu'elle. Au Peace Corps, elle avait pris conscience des problèmes, mais aussi de ses limites personnelles. Michael, lui, ne se laissait arrêter par rien. Il utilisait les quelques sous qu'il gagnait chaque mois pour acheter des médicaments aux enfants malades, ou de la nourriture aux familles affamées. Il donnait ses vêtements, son temps, son énergie. Il était follement généreux ! Il lui avait dit une fois que Katari lui rappelait Reflection : tous les gens étaient solidaires comme une grande famille.

— L'enseignement ne m'aurait pas suffi, Rachel, observa-t-il, les yeux brillants d'enthousiasme.

Rachel lui effleura la main.

— Je suis heureuse que Katy t'ait fait du bien.

Il la regarda d'un air pensif.

— D'un certain point de vue, certainement... Comment dire ? J'appartiens à un groupe de soutien — les mennonites sont très axés là-dessus — mais je ne ne leur parle jamais de mes rapports avec Katy. Pourtant, assis ici avec toi, je... Nous avions pris l'habitude de tout nous dire, n'est-ce pas ?

— Oui, mais rien ne t'y oblige.

— J'ai besoin de parler, pour une fois ! La seule personne à qui il m'arrive de me confier est mon ami Drew. Sinon, je deviendrais fou... (Il enleva un brin d'herbe au bord de son short et le projeta dans les airs.) Tout ne va pas pour le mieux entre Katy et moi. Elle est ambitieuse, intelligente et belle. Un excellent médecin... Mais elle garde toujours ses distances. Tu vois ce que je veux dire ?

C'était effectivement la Katy dont se souvenait Rachel.

— Elle garde ses distances même avec toi ?

— Avec moi et Jace. Elle n'est ni chaleureuse ni communicative. Cette tendance s'accentue depuis quelque temps. Avant de partir à Moscou, elle m'a dit qu'elle se sentait malheureuse, sans savoir pourquoi. Je lui ai proposé d'aller voir ensemble un conseiller matrimonial, mais elle a refusé sous prétexte que quelques mois de séparation nous feraient du bien. Nous pourrions en profiter pour réfléchir.

— Elle est partie depuis longtemps ?

— Trois semaines, et nous n'avons parlé au téléphone que quelques minutes depuis son départ ; elle a appelé Jace un peu plus souvent. (Il croisa les bras sur la poitrine.) Je m'inquiète. Je voudrais que notre couple surmonte cette crise. Mais je doute que nous puissions changer, Katy et moi. Quant au divorce, il n'en est pas question.

— Pour des raisons religieuses ?

Michael hocha la tête.

— Il n'y a pas de pasteur mennonite divorcé. Je perdrais tout ! Dans l'ensemble de notre congrégation, les divorcés sont très rares, et, selon les cas, on les tolère ou on les évite discrètement. (Il poussa un soupir.) Voilà toute la vérité sur le pasteur et son épouse, le médecin. Les gens s'imaginent que nous formons un couple brillant et harmonieux : ils ne savent pas que quand nous nous retrouvons le soir, nous n'avons rien à nous dire. Désolé de t'avoir tout raconté, conclut-il d'un air navré.

— Tu as bien fait.

— Si nous parlions d'autre chose ? proposa soudain Michael. Donne-moi des nouvelles d'Helen.

Rachel suivit des yeux le soleil couchant, derrière le toit à claire-voie du belvédère.

— Elle ne va pas mal. Un peu effrayée par le tonnerre et les éclairs, mais qui l'en blâmerait ? A propos, je crois que je ne devrais pas tarder à rentrer. Je joue les chefs cuisiniers, cet été.

Michael sourit.

— Je suis sûr que tu y excelles. Jamais je n'oublierai tes prouesses avec ce sanglier, à Katari.

Ce sanglier était un précieux cadeau de ses voisins, qu'elle avait invités à festoyer. Elle l'avait assaisonné avec des épices italiennes, et personne n'y avait touché, à part Michael et elle-même...

— Michael, comment te sens-tu quand tu vois ces images du Rwanda à la télévision ou dans les journaux ?

Il la regarda dans les yeux.

— Désespéré, comme si une partie de moi-même était en train de mourir sans que je puisse intervenir.

— Moi aussi. Crois-tu que je pourrais participer aux œuvres de ton Eglise sans être mennonite ?

— Bien sûr ! Je ne sais pas si notre collecte a déjà commencé. Je pourrais te mettre en rapport avec Celine Humphrey, l'une de nos anciennes, qui a la responsabilité de ce programme.

— Parfait. Et j'ai d'autres projets pendant mon séjour ici.

— Lesquels ?

— Faire du soutien scolaire bénévole. Dis-moi qui je pourrais contacter pour trouver des élèves.

Il hésita et son manque d'enthousiasme la surprit.

— Je peux m'occuper d'enfants dont personne d'autre ne veut. (Ces dix dernières années, elle s'était chargée de classes entières d'enfants en difficulté.) Alors, qui dois-je appeler ?

Michael lui donna le nom de l'une des conseillères d'éducation du lycée.

— Elle est là tout l'été. Essaye de la joindre de 9 heures à 14 heures.

— Entendu.

Rachel se leva et Michael lui emboîta le pas lorsqu'elle

se dirigea vers la rue. Le chemin plongeait à nouveau dans les bois. Elle finit par lui poser la question qui l'obsédait depuis plus d'une heure :

— Comment s'appelle la femme qui travaille à la boulangerie ?

— Arlena Cash ?

— Une femme grisonnante, dont les mains sont déformées par l'arthrite.

— C'est ça.

Rachel pinça les lèvres.

— Quand j'ai acheté les brownies, elle m'a demandé si j'étais Rachel Huber. Aussitôt que j'ai dit oui, elle a disparu dans l'arrière-boutique. Finalement, une gamine est venue me servir, et elle m'a dit que je ferais mieux de ne pas revenir dans le magasin.

— Arlena avait un fils dans ta classe, murmura Michael, les yeux fixés sur le chemin.

— L'un de ceux qui...

Rachel s'interrompit, incapable de terminer sa phrase.

— Oui, et Jimmy, le fils d'Otto Derwich, le propriétaire de la boutique, était aussi dans ta classe, précisa Michael. Mais Jimmy n'a eu qu'une légère blessure au pied. Il est producteur de disques en Angleterre, et tout va bien pour lui. (Il posa la main sur son épaule.) Je te conseille de te passer de brownies pendant ton séjour ici.

— Je n'avais pas réalisé ! s'écria Rachel, le visage tourné vers son ami d'enfance. Je ne pensais qu'à moi ; il me semblait que ce séjour à Reflection pourrait me faire du bien. Je suis toujours hantée par certains souvenirs, mais je n'imaginais pas que des gens souffrent encore de ce qui s'est passé il y a si longtemps...

Elle avait haussé la voix sans s'en rendre compte, et se félicita d'être à l'abri des sous-bois.

— Ça s'est passé il y a longtemps, mais cette ville n'a pas oublié, murmura Michael, la main toujours posée sur son épaule.

— Si j'allais parler à Arlena et à Mr... Derwich. (Ce nom rappelait vaguement à Rachel sa classe d'alors.) Si je leur présentais mes regrets... Je n'ai pas eu l'occasion de le faire à l'époque, Michael. Je suis partie si vite... Ils doivent s'imaginer que je n'éprouve aucun remords. Mon Dieu, comment ai-je pu dire ces inepties dans la boulangerie au sujet du nom de l'étang et des brownies, alors que je m'adressais à l'une des mères ? Je dois absolument parler à Arlena.

— Ecoute-moi, Rachel. Arlena Cash n'est pas la seule... Elle ne représente que la partie visible de l'iceberg. (Michael parlait posément, en la transperçant du regard comme si elle avait l'esprit trop lent pour comprendre son point de vue.) Ça s'est passé il y a longtemps, mais leurs souvenirs les hantent autant que toi. Il y a les mères, les pères aussi. Mon ami Drew est l'un d'eux. Et il ne faut pas oublier non plus les frères, les sœurs, les cousins, les amis... Reflection est une petite ville. Tous ses habitants ont été touchés d'une certaine manière et tu es fatalement leur bouc émissaire. Essaye de leur parler, mais ne te fais pas trop d'illusions.

Il semblait si grave qu'elle se demanda s'il lui en voulait lui aussi.

— Que puis-je faire ? demanda-t-elle, navrée.

— Pour l'instant, je ne vois pas. Il te suffit de réaliser que certaines personnes risquent de ne pas t'accueillir les bras ouverts.

Elle baissa la tête, les yeux fermés, tandis qu'il l'attirait vers lui.

— Je regrette, souffla-t-il.

Elle s'écarta avec un long soupir.

— Merci quand même de m'avoir mise en garde.

Ils reprirent leur marche, laissant les bois derrière eux à mesure qu'ils approchaient de la route.

— Où est ta voiture ? demanda Michael en arrivant sur le trottoir, face à l'église mennonite.

Elle indiqua la direction de Water Street.

— Alors, je te dis au revoir ici. Préviens Helen que je passerai samedi. (Il se pencha pour l'embrasser sur la joue.) Je suis bien content que tu sois revenue, Rachel.

Gram et toi, vous êtes sans doute les seuls à vous réjouir de ma visite, se dit-elle en le serrant rapidement dans ses bras. Puis elle fit volte-face pour se diriger vers sa voiture.

8

Ce mercredi-là, Lily arriva en retard au salon de coiffure. L'un des chiens — elle ne savait pas lequel — avait vomi sur le tapis de la salle de séjour et elle avait pris le temps de tout nettoyer avant de partir. Quand elle apparut, son *bagel*[1] à la main, Polly, Marge et CeeCee avaient déjà préparé le café.

Elle s'en versa une tasse.

— Quelqu'un a pris les messages ? demanda-t-elle.

— Je m'en charge, dit Polly en posant le carnet de rendez-vous et un stylo près du répondeur.

Une voix s'éleva de l'appareil et les quatre femmes l'écoutèrent bouche bée : « Ici Rachel Huber. Je voudrais un rendez-vous pour une permanente. Pourrais-je venir aujourd'hui ou demain ? »

Rachel Huber avait indiqué son numéro. Polly arrêta le répondeur.

— Bien, dit-elle. Qui la prend ?

— Pourquoi pas Marge, puisque c'est elle qui coiffe Helen ? suggéra CeeCee.

— J'aime autant pas, bredouilla Marge. Trop de gens vont crier à la trahison.

---

1. Petit pain en croissant ou en couronne.

— Et moi, je crains de ne pas être inspirée par cette personne, avoua CeeCee.

Accoudée au comptoir, Lily buvait son café à petites gorgées en regardant ses collègues. Elles estimaient sans doute qu'elle n'était pas dans la course.

— Si nous tirions au sort, proposa Polly.

— Ne vous inquiétez pas, dit Lily en prenant le carnet de rendez-vous. Je m'en charge.

Les trois femmes la regardèrent en silence.

— Rien ne t'y oblige, Lily. Nous sommes libres de la rappeler et de lui dire que tout est complet, suggéra Marge.

— Ne fais pas ça, supplia Polly en regardant Lily comme un animal blessé. Pourquoi cherches-tu les complications ?

Lily décrocha le combiné et commença à composer le numéro.

— Tout n'est pas complet, et elle a droit à un rendez-vous comme n'importe quelle cliente !

La voix au bout du fil était la même que sur le répondeur.

— Etes-vous Rachel Huber ? demanda-t-elle.

— C'est bien moi.

— Ici Lily Jackson, du salon Hairlights. Je vous propose de venir aujourd'hui à deux heures. Est-ce possible ?

— Parfait !

— Alors, à tout à l'heure.

Elle raccrocha en haussant les épaules devant la mine incrédule et chagrinée de ses collègues.

— Et maintenant au travail !

Elle séchait les cheveux de Diana Robinson lorsque Rachel Huber arriva. CeeCee et Marge échangèrent des regards au-dessus de la tête de leurs clientes, et Polly fit craquer ses articulations comme chaque fois qu'elle était préoccupée.

Lily eut du mal à reconnaître son ancienne institutrice de deuxième année. « Miss Huber » avait vingt ans de moins quand elle avait été son élève pendant six jours ! Pourtant, elle ne doutait pas que la femme en short de jean et à la permanente incertaine, debout à la réception, fût bien Rachel Huber.

Polly, chargée de l'accueil, nota son nom, lui offrit une tasse de café soluble, et la fit asseoir dans la petite salle d'attente. Rachel prit un magazine qu'elle posa sur ses genoux. Une vague d'angoisse submergea Lily...

Après avoir coiffé Diana Robinson, elle s'arma de courage pour se diriger vers la salle d'attente.

— Rachel Huber ?

La femme releva la tête. Lily remarqua la chaleur de son sourire et son visage ouvert. Elle pesait quelques kilos de trop et ses traits n'étaient pas parfaitement réguliers, mais elle avait beaucoup de charme. Comment pouvait-on résister à un tel sourire ?

Lily lui tendit la main, persuadée que son ancienne institutrice aurait rajeuni de dix ans une fois qu'elle l'aurait coiffée.

Elle se présenta, et Rachel lui serra la main. Elle la conduisit à son poste de travail, sous le regard brûlant de ses collègues.

Debout derrière sa cliente, elle compara leurs deux visages dans le miroir. La différence d'âge sautait aux yeux, et on pouvait deviner que l'une avait été l'institutrice, l'autre l'élève. Mais rien ne l'effrayait dans le visage de Rachel. Quand il lui arrivait, encore maintenant, de la voir dans ses cauchemars, elle n'avait pas du tout cette expression.

— Que puis-je faire pour vous ? demanda Lily.

— J'ai besoin d'une permanente. (Rachel releva ses cheveux, puis les laissa retomber.) J'habite San Antonio et je m'en fais faire une tous les cinq ou six mois, mais là, ça fera bientôt huit. Je suis partie sans avoir le temps d'y penser.

Lily passa les doigts dans l'épaisse chevelure châtain clair.

— Vous en avez sacrément besoin !

Rachel sourit.

— Vous voulez être très frisée ? ajouta Lily.

— D'habitude, oui ; mais j'ai envie de changer cette fois-ci.

— Que diriez-vous d'une mini-vague ? Nous allons rafraîchir les extrémités. Une frange vous irait bien. (Elle disposa les cheveux de Rachel sur son front.) Juste une ombre légère.

— Allez-y, dit Rachel.

Son esprit de décision plut à Lily. Après avoir coupé sa frange, elle l'emmena dans l'arrière-boutique pour lui laver les cheveux. La shampouineuse ne venait que le samedi ; les autres jours, les coiffeuses faisaient tout le travail elles-mêmes.

— Comment va votre grand-mère ? demanda-t-elle en frictionnant le crâne de Rachel. Je la vois à peu près tous les mois. Elle est extraordinaire.

— Ça peut aller.

Rachel décrivit les troubles d'Helen et Lily frissonna en imaginant ce que l'on éprouve sous la foudre.

— C'est elle qui m'a conseillé de venir ici, précisa-t-elle.

— Son petit chien ne lui manque pas trop ? Il s'appelait Rocky, je crois.

Lily se rappelait plus facilement le nom des chiens que celui des enfants de ses clientes...

— Oui, il a succédé à Rachmaninov. Elle n'en parle pas beaucoup, mais je sais qu'elle pense à lui. Ça doit être terrible, quand on arrive à son âge, de perdre peu à peu tous ses amis. Je pense que Rocky était un bon compagnon.

— Je recueille des chiens errants. Si vous pensez qu'elle a envie d'un jeune chiot, prévenez-moi, je lui en trouverai un.

— Peut-être, quand elle aura repris des forces. J'ai laissé mon chien à San Antonio. Mon fils s'en occupe le mieux du monde, mais il me manque.

Son chien lui manquait, se dit Lily. Rachel Huber était donc une femme bien.

— Quel genre de chien avez-vous ?

— Un boxer, appelé Phénix. Il est très câlin, à la différence des autres boxers.

— Au fond, tous les chiens sont câlins.

Lily lui fit lever la tête, sécha ses cheveux et la ramena à sa place. Puis elle lui posa des rouleaux violets et blancs, tandis que Rachel l'interrogeait sur les chiens qu'elle recueillait — son sujet préféré.

— Ma propriétaire pense que je n'en ai que deux, dit Lily en riant. Quand elle vient, je dois cacher les autres.

— Adressez-vous à moi si je peux vous aider, proposa Rachel. En cas de besoin, vous pouvez cacher vos protégés chez ma grand-mère, ce qui comblerait nos besoins d'affection canine.

Elle semblait sincère, et d'autant plus sympathique à Lily.

La coiffeuse ouvrit d'un coup de ciseau la capsule de la bouteille de lotion et commença à en enduire les rouleaux. Polly, CeeCee et Marge gardaient les yeux rivés sur elle, comme si elles s'attendaient à un acte de vengeance de sa part...

— Vous restez jusqu'à ce qu'Helen soit à nouveau sur pied ? s'enquit-elle.

— Sans doute jusqu'à la fin de l'été, et rien ne m'empêche de prolonger mon séjour s'il le faut. Je suis enseignante, mais j'ai pris une année de congé.

Lily sursauta en apprenant qu'elle enseignait toujours. Pour une raison ou une autre, elle ne s'y attendait pas.

— Reflection doit beaucoup vous changer de San Antonio, observa-t-elle.

Rachel hésita un court instant avant de répondre.

— Oui, mais je connais bien cette ville. J'ai habité Water Street pendant toute mon enfance.

— Avez-vous encore des amis ici ?

— Au moins un. Michael Stoltz, qui...

— Michael ! s'exclama Lily. Il est le pasteur de mon église.

Rachel lui sourit dans le miroir.

— Je ne l'avais pas vu depuis longtemps. Je ne m'attendais pas à ce qu'il entre dans les ordres.

— Un type admirable ! Il a célébré mon mariage, et il dirigeait mon groupe de jeunes, il y a des siècles.

C'était l'année où Michael était devenu pasteur. Elle

l'adorait, au point d'avoir eu un béguin passager pour lui. Elle pouvait se fier à sa parole et il encourageait sa pugnacité, au lieu de l'inhiber comme la plupart des adultes.

— Je lui coupe les cheveux, ainsi qu'à sa femme, reprit-elle. Tout le monde l'apprécie, sauf quelques réactionnaires, choqués qu'il soit devenu pasteur sans appartenir à une famille mennonite. Etes-vous allés au lycée ensemble ?

— Au lycée, à l'université, et nous nous sommes engagés en même temps au Peace Corps.

— Sans blague ?

— Mais si ! Nous étions au Rwanda, dans un petit village.

Rachel lui raconta ce qu'ils avaient fait en Afrique, et Lily ne tarda pas à comprendre que ses sentiments pour Michael étaient plus qu'amicaux. Katy ne revenait qu'en octobre... Elle envisagea tous les scénarios possibles. Rachel pourrait certainement rendre à Michael son sourire, de plus en plus rare depuis quelque temps.

Son mariage avec Katy lui avait toujours semblé une énigme. Il était enthousiaste et chaleureux, alors que sa femme... Comment la décrire ? Une personne plutôt sympathique et inspirant le respect de tous. « Si convenable ! », avait dit Ian d'un air dédaigneux après avoir fait sa connaissance. Lorsqu'elle venait au salon, elle se plongeait dans un magazine pour éviter toute conversation. Sans être impolie, elle gardait ses distances de peur des ragots — mais d'autres s'en chargeaient à sa place.

Lily, qui avait horreur des cancans, recevait, qu'elle le veuille ou non, de nombreuses confidences. A peine assis, ses clients se mettaient à lui parler, comme si elle leur avait versé du sérum de vérité dans leur café.

— Depuis quand êtes-vous mariée ? demanda Rachel à brûle-pourpoint.

— Cinq ans. J'ai rencontré mon mari à une soirée où il faisait un numéro d'illusionniste. C'est son métier.

— Son métier ! Il exerce à plein temps ?

Lily éclata de rire.

— Vous réagissez exactement comme ma mère quand je lui ai parlé de lui.

— Oh, pardon !

— Il adore sa profession et il a vraiment beaucoup de talent.

Un silence inhabituel régnait dans le salon de coiffure. Lily réalisa soudain que CeeCee, Polly et Marge étaient trop occupées à écouter sa conversation avec Rachel pour parler avec leurs propres clientes.

— Ian est un garçon brillant, fit-elle. Vraiment brillant, surtout en maths. Il a eu des bourses d'études à l'université, mais au bout de deux ans il a découvert la magie. C'est sa passion : la magie et les plantes. Il s'est construit une serre où il passe des heures à s'occuper de ses « bébés verts ».

Ian souhaitait aussi avoir de vrais bébés, mais cette idée effrayait Lily : les enfants sont si fragiles !

Rachel soupira.

— Vous me faites penser à mon fils. Alors qu'il aurait pu faire une brillante carrière dans la musique classique, il a l'intention d'abandonner ses études pour jouer avec un groupe de rock.

— Laissez-le suivre sa voie ! s'exclama Lily en exerçant une légère pression sur ses épaules. Ian rayonne de bonheur quand il fait de la magie ; jamais les maths n'ont eu cet effet sur lui, croyez-moi. Michael Stoltz est pareil quand il prêche, moi quand je m'occupe de mes chiens. Et vous ?

— Quand j'enseigne, répondit Rachel sans hésiter. Je m'occupe d'enfants en échec scolaire, et rien ne me passionne plus !

En écoutant Rachel, Lily se sentit bizarrement émue. Un instant, elle s'arrêta de travailler. Elle observa le visage de son ancienne institutrice dans le miroir, puis elle retrouva ses esprits et glissa un bonnet de plastique sur ses cheveux.

— Bon, nous n'avons plus qu'à attendre, dit-elle en déclenchant son minuteur.

Une heure plus tard, il ne restait que le séchage à effectuer. Assise face au miroir, Rachel se tapota les cuisses.

— J'ai besoin d'un cours d'aérobic, Lily. Pourriez-vous m'en conseiller un ?

— Tout le monde va au cours qui a lieu au sous-sol de l'église luthérienne, deux fois par semaine.

Perplexe, elle posa son séchoir sur le comptoir : quel accueil allait recevoir Rachel si elle venait ?

Une fois secs, les cheveux de la jeune femme paraissaient doux et brillants. La permanente avait ravivé leur couleur, et Rachel semblait contente du résultat, autant qu'elle-même de son savoir-faire.

A la caisse, Rachel paya avec une carte de crédit. En la voyant signer, Lily se décida brusquement à lui parler.

— J'étais dans votre classe, annonça-t-elle.

Rachel parut frappée de stupeur.

— Lily ? Mais bien sûr, j'avais une Lily. Lily... Wright, n'est-ce pas ?

— Oui. Maintenant, je m'appelle Jackson. J'étais une enfant terrible. Jenny, ma sœur jumelle, avait un tempérament calme et studieux. (Sans attendre la réponse de Rachel, elle lui prit la main.) Les gens d'ici risquent d'être durs avec vous. Ne vous laissez pas abattre !

9

Rachel se retourna après avoir rangé les assiettes dans le lave-vaisselle et remarqua l'expression attristée de sa grand-mère.

— Je suis navrée que toutes les tâches ménagères retombent sur tes épaules, dit Helen, assise à table. Il me semble que je ne suis plus bonne à rien.

— Ne t'inquiète pas, Gram.

Elle ferma doucement le lave-vaisselle et passa l'éponge sur le comptoir.

Michael n'allait pas tarder à arriver pour émonder les arbres et Rachel gardait malgré elle les yeux fixés sur sa montre, tout en nettoyant la cuisine. Il l'avait appelée deux fois de Philadelphie pendant son séjour avec le groupe de son fils, et ils avaient parlé près d'une heure, heureux de retrouver la même intimité chaleureuse que sur le banc près de l'étang.

Elle pensait souvent à lui. A vrai dire « souvent » était un euphémisme pour désigner la nature obsédante de ses pensées. La mort de Phil était encore récente ; elle se sentait fragile et vulnérable. A moins qu'elle n'ait simplement trop de temps libre et l'esprit trop disponible.

Qu'attendait-elle de Michael ? La nuit, elle se posait cette question, allongée sur son lit, en écoutant le coassement des grenouilles par la fenêtre ouverte. Elle voulait profiter de son amitié pendant l'été, parler et rire avec lui. Tant qu'elle vivrait, elle ne perdrait plus contact avec son ami d'enfance...

En son âme et conscience, elle savait qu'elle attendait beaucoup plus et qu'elle avait tort — comme au Rwanda en 1973. Mais si elle avait pu résister à la tentation du temps où elle était jeune, impulsive, et privée de rapports sexuels depuis un an, elle serait capable d'être aussi forte maintenant. De plus, elle se faisait des illusions. Il y avait un monde entre l'évocation de lointains souvenirs sur un banc près d'un étang, et une histoire d'amour avec un homme marié, pasteur de surcroît. Oui, l'oisiveté était certainement dangereuse.

Helen se leva avec précaution.

— Je vais chercher quelques disques pour écouter de la musique. Un peu d'exercice fera du bien à ma cheville.

Comme Rachel s'apprêtait à l'aider, la vieille dame lui fit signe de la laisser.

— Ça va, dit-elle. Mes vertiges ne durent plus qu'une seconde ou deux.

Elle boîtilla dans la salle de séjour en maudissant sa canne.

Rachel sourit. Sa grand-mère l'avait surprise. Elle s'attendait à passer un été solitaire, dans une retraite apaisante et propice à la méditation. Or, la présence constante d'Helen était celle d'une personne dynamique et pleine de vie.

Elle n'avait pas beaucoup réfléchi avant d'entreprendre ce voyage. Quand l'assistante sociale l'avait appelée, elle avait sauté sur cette occasion de se changer les idées. A l'époque, si on lui avait demandé si elle aimait sa grand-mère, elle aurait dit oui, mais, dans ce contexte, ce mot n'aurait pas signifié grand-chose. Le souvenir qu'elle gardait de Gram était trop vague pour éveiller en elle une réelle tendresse et elle l'imaginait comme une petite vieille malade et un peu grincheuse. En réalité, on pouvait difficilement faire abstraction d'Helen et vaquer à ses affaires en l'ignorant. Ignorer Helen, c'était s'ignorer soi-même !

Rachel se découvrait sans cesse de nouveaux points communs avec sa grand-mère. Elle partageait son amour de la musique. Comme Helen, elle pouvait passer des heures sous le porche à observer les oiseaux voltiger dans les arbres ; elle adorait le jardin et voyait avec joie éclore les petites pousses vertes. Elle ne comprenait que trop son regret de ne plus avoir la force de travailler elle-même la terre ; Helen la suivait des yeux quand elle allait arracher les mauvaises herbes ou pincer le haut des tiges de basilic.

Il était évident qu'Helen se sentait diminuée par ses infirmités. Quand Rachel eut l'idée de rapporter des fleurs à la maison, ce fut comme si elle lui offrait la lune et les étoiles. Elle clopinait d'une pièce à l'autre pour avoir le plaisir de les admirer. Rachel décida alors de la promener. Elles commencèrent par sillonner la campagne en voiture : Gram ouvrait grand les fenêtres pour respirer les odeurs de basse-cour. Ces odeurs, dont elle avait perdu l'habitude, rappelaient à Rachel son enfance champêtre. Quand elles traversaient les villages voisins, Gram lui parlait d'anciennes relations qui avaient habité telle ou telle rue. Bien qu'elle ait connu beaucoup de monde, la plupart de ses amis intimes étaient morts depuis plusieurs années.

C'est en préparant leur deuxième promenade en voiture que Rachel eut l'idée d'une chaise roulante. Elle en loua une à Lancaster, la glissa dans son coffre, et attendit pour la sortir de se trouver au milieu des bois, là où elle allait le plus souvent cueillir des fleurs pour ses bouquets. Après y avoir installé Gram, elle s'engagea — non sans efforts — sur le chemin de terre, au milieu des prés émaillés de fleurs multicolores.

Les cahots du chemin ne semblaient pas troubler Helen. Elles traversèrent les bois en silence — un silence si profond qu'elles aperçurent un renard au détour d'un chemin ; un cerf et son faon au détour d'un autre. Brusquement, Gram posa sa main sur celle de Rachel, qui guidait la chaise roulante et murmura :

— C'est un beau cadeau que tu me fais là, Rachel. Merci.

A cet instant, Rachel comprit que son amour pour sa grand-mère prenait une nouvelle dimension.

Elle faillit l'interroger sur les réactions des gens après ce qui était arrivé dans sa classe, mais il lui sembla qu'un accord tacite les obligeait à éviter ce sujet. La maison de sa grand-mère pourrait ainsi rester un refuge pour elle.

Lorsque Lily, la coiffeuse, lui avait annoncé qu'elle avait été son élève, un trouble étrange l'avait envahie. Elle s'était souvenue aussitôt de cette petite fille, bien que sa sœur jumelle et les autres enfants soient devenus flous dans son esprit. Dès le premier jour de l'année scolaire, elle avait compris que Lily lui poserait des problèmes... Un petit diable blond, qui se rebellait à chacun de ses ordres et faisait systématiquement le contraire de ce qu'elle exigeait. Elle avait même demandé l'avis d'un professeur plus expérimenté : comment s'y prendre avec un enfant de sept ans récalcitrant ? Lily était devenue une personne charmante, aimable et communicative, qui lui avait inspiré une sympathie immédiate.

Les gens risquent d'être durs avec vous, lui avait-elle dit. Sur le point de lui raconter l'incident de la boulangerie, elle s'était tue, par égard pour cette jeune femme qui avait perdu sa sœur jumelle dans sa classe.

Depuis l'épisode des brownies, personne ne l'avait humiliée. Trois fois, elle avait fait des courses en ville, dont deux à l'épicerie et une au magasin de musique de Main Street. L'épicerie était assez grande pour lui donner une impression d'anonymat. Quand elle avait acheté des artichauts, la caissière lui avait prodigué des conseils culinaires, et elle avait apprécié le caractère détendu et presque amical de leur conversation. Mais cette femme ignorait son identité. Comment aurait-elle réagi si elle avait su ? Lily savait, et elle avait été parfaitement aimable.

Elle avait acheté quatre CD de musique contemporaine qu'elle voulait faire découvrir à sa grand-mère ; la caissière d'un certain âge ne s'était montrée ni froide ni aimable, et ne lui avait pas déconseillé de revenir. Malgré tout, Rachel avait ressenti une culpabilité insensée pendant toute la transaction, et elle avait payé en argent liquide, de peur de dévoiler son nom en utilisant sa carte de crédit.

Gram avait adoré cette musique, et, de la cuisine, Rachel remarqua qu'elle avait sélectionné l'un des nouveaux disques ce matin-là.

Il était près de neuf heures trente lorsque Michael arriva. Rachel, qui mettait de l'ordre dans sa chambre, l'entendit appeler depuis la porte.

— Mesdames Huber sont-elles là ?

Elle traversa la salle de séjour pour aller lui ouvrir. Il arborait ce sourire qu'elle aimait tant quand elle était enfant, et qu'elle avait adoré, une fois adulte.

— Comment va ma païenne favorite ?

Rachel sourit.

— Bien. Es-tu content de ton séjour à Philadelphie ?

— Enchanté. (Il effleura son bras, s'approcha d'Helen qui venait d'entrer en boitillant, et déposa un baiser sur la joue de l'aïeule.) Où est cette chaise roulante dont m'a parlé Rachel ?

— Dans la voiture. Mon Dieu, il n'est pas question que je m'en serve à la maison ! Chaque fois que je m'y assieds, je me dépêche de me relever pour me prouver que je n'y suis pas clouée pour toujours. Tu vois ce que je veux dire ?

— Oui, grommela Michael.

— Si j'en arrive là, promets-moi de m'aider à ne pas m'éterniser sur cette Terre.

Rachel rit de cette remarque, mais l'expression de Michael l'obligea à retrouver son sérieux.

— En ce cas, je ferais mon possible pour vous, Helen, dit-il.

Rachel devina qu'un lien profond les unissait : à un moment ou à un autre leurs chemins s'étaient mystérieusement croisés. Mais pourquoi ? Elle se sentit soudain en dehors du coup.

— Comment s'est passé le camp ? demanda-t-elle.

— Une bonne expérience. Les enfants ont mis du cœur à l'ouvrage et ils ont eu des contacts avec les familles qu'ils aidaient, ce qui est essentiel. (Il cligna de l'œil en direction de Gram.) Maintenant, je ne demande qu'à travailler en plein air.

Gram leva sa canne d'un air approbateur.

— Je vais chercher mon chapeau et m'installer sur le porche pour te regarder travailler.

Rachel lui proposa de lui apporter son couvre-chef, mais sa grand-mère prit le chemin de sa chambre. Michael la suivit des yeux.

— Elle se débrouille mieux que je ne pensais.

— Vous avez l'air de bien vous connaître tous les deux, observa Rachel.

— Ouais, pas mal.

— Pourquoi ?

— Elle ne te l'a pas dit ?

Rachel hocha la tête, et Michael tourna les yeux vers la chambre de Gram.

— Tu sais, tout le monde se connaît à Reflection.

Cette réponse laissa Rachel sur sa faim.

Tandis que Michael mettait l'échelle en place, elle alla ouvrir toutes les fenêtres de la façade pour pouvoir entendre la musique depuis la cour. Le deuxième CD — *Patchwork* — venait de se mettre en marche lorsqu'elle ressortit. Déjà grimpé à l'échelle, Michael s'attaquait aux plus hautes branches et Gram était à son poste, sous le porche. La distance qui les séparait rendait la conversation difficile, mais cela n'avait pas d'importance. Les mains plongées dans la terre, et en compagnie de deux personnes qu'elle aimait, Rachel, proche de la béatitude, écouta la musique composée par son grand-père.

Vers onze heures, ils firent une pause. Rachel avait préparé de la citronnade et le pain aux graines de pavot de sa mère, dont la recette avait resurgi de sa mémoire. Assis face à face sur les marches du porche, aux pieds d'Helen, Michael et elle grignotèrent les dernières fraises du jardin qu'elle avait cueillies.

— Que devient la bataille pour la sauvegarde des terres ? demanda la vieille dame.

— L'audience a lieu le 6 septembre et nous essayons de rassembler le plus de monde possible. Nous avons fait signer une pétition, Drew et moi. A propos, je l'ai dans la voiture, si vous voulez nous donner votre appui.

— Je signerai volontiers ! s'exclama Helen. C'est bien le moins !

— Nous avons même obtenu la signature de pas mal de fidèles des Ordres Anciens.

— Votre entente avec Drew Albrecht ne vous fait pas de tort ?

— Un peu, mais c'est un atout d'avoir un promoteur de notre côté contre les Hostetter.

Rachel leva les yeux vers sa grand-mère en se protégeant du soleil.

— Michael m'a appris que Marielle Hostetter avait été blessée à la tête par sa propre mère.

Helen laissa son regard errer au-dessus des arbres et prit son temps pour répondre.

— Oui, dit-elle, un jour de folie, sa mère a tiré sur Marielle qui avait quatre ans à l'époque et sur son mari, avant de retourner l'arme contre elle-même. Son mari, blessé au bras, a survécu, mais sa carrière de peintre a connu une longue interruption.

— Qu'est-ce qui a bien pu passer par la tête de cette femme ? demanda Michael.

Rachel questionna à son tour sa grand-mère :

— Le père de Marielle était peintre ?

— Un peintre de grand talent ! Tu connais le tableau au-dessus du canapé...

Rachel se souvint aussitôt du magnifique paysage : Reflection, sous la neige, du haut de Winter Hill.

— C'est de lui ?

— Oui. Il en a fait cadeau à Peter. Les deux artistes excentriques du pays étaient amis, bien sûr. Le pauvre, il serait navré s'il voyait ce coin qui l'a tant inspiré pris d'assaut par les bulldozers ! (Helen laissa peser son regard sur Michael.) Je suppose que ta cousine est enchantée...

— Je vous en prie, Helen, faites-moi grâce de ma cousine !

— De qui s'agit-il ? demanda Rachel.

— Ursula Torwig, notre maire.

— Oh ! (Rachel se souvint brusquement de la « cousine Ursula », dont les parents avaient un élevage de porcs aux environs de Reflection.) Elle a fait son chemin.

— Un peu trop, grommela Michael.

Helen bâilla en se relevant avec précaution.

— Eh bien, une petite sieste me fera le plus grand bien.

— Veux-tu un calmant ? proposa Rachel.

— Non merci, j'ai besoin d'une simple sieste.

Rachel la suivit dans sa chambre et tira les rideaux.

— Mon Dieu, j'oubliais de donner son chèque à Michael ! s'écria Helen, une fois glissée sous les couvertures. Il est dans mon sac, sur la table de la cuisine. A l'ordre de l'Eglise, évidemment ; il ne veut jamais rien pour lui. Pourrais-tu lui donner de ma part ?

— Bien sûr.

Lorsqu'elle plongea la main dans le sac de sa grand-mère, Rachel eut la surprise d'y trouver un sachet en plastique transparent contenant des herbes séchées. Les herbes aromatiques qu'elle lui avait fait acheter... Helen aimait-elle leur odeur, ou était-ce une superstition ?

Elle tendit le chèque à Michael, avant de reprendre sa place sous le porche.

— Merci, dit-il en l'empochant sans jeter un regard au chiffre qu'y avait inscrit Helen. Que dirais-tu d'une promenade à vélo demain ? En fin de journée, car je suis très occupé le dimanche.

— Avec plaisir !

Ils parlèrent un moment de leurs bicyclettes et elle réalisa qu'il était aussi passionné qu'elle. Ils avaient acheté le même modèle haut de gamme.

— Je n'avais pas réalisé qu'un mennonite pouvait posséder un matériel aussi luxueux, dit-elle pour le taquiner.

— Rien ne s'y oppose... mais nous nous sentons coupables.

— As-tu une télévision ? Un magnétoscope ?

— Bien sûr. Et plus de matériel photo qu'il n'est humainement concevable.

Une idée traversa l'esprit de Rachel.

— Tu développes toi-même tes photos ?

— Oui, en noir et blanc.

— Alors, tu pourrais peut-être m'aider. Un type a fait cadeau de tout son matériel à mon école. Il y a même des agrandisseurs, des plateaux, et toutes sortes de produits chimiques. Ça serait un exercice formidable pour mes gosses en difficulté, mais je ne sais pas m'en servir !

— Tu apprendras cet été, déclara Michael. J'utilise la chambre noire du lycée quand je veux, on m'a donné la clef. As-tu apporté un appareil photo ?

— Non.

— Ça ne fait rien, je te prêterai l'un des miens.

Il se pencha en avant, le sourire aux lèvres.

— Quand es-tu allée à Hershey Park pour la dernière fois ?

D'innombrables souvenirs submergèrent Rachel. Elle se revit dans le parc et crut sentir l'odeur de la barbe à papa, des frites et de l'huile de graissage des vélos.

— Ça devait être en 69, avec Luc et toi. Et une fille, peut-être Katy.

— Pourtant, nous ne sortions pas encore ensemble à cette époque.

Rachel était allée à Hershey Park un nombre incalculable de fois, mais sans doute pas une seule sans Luc.

— Si nous y allions ? risqua-t-elle.

— Ça s'impose. Tu verras comme ça a changé !

— Nous pourrions attendre le retour de Jason et l'emmener avec nous. Je voudrais tant le connaître.

— Non, déclara Michael d'un ton énergique qui fit sursauter Rachel. Nous savons toi et moi que nous sommes simplement amis, mais Jace est assez... vulnérable ces temps-ci. Katy lui manque, et il n'apprécierait pas de voir son père en compagnie d'une autre femme.

Elle approuva d'un air impassible, malgré sa gêne, et pesa soigneusement ses mots.

— Je ne croyais pas nécessaire de dissimuler notre amitié.

Michael poussa un soupir et arracha une écharde qui dépassait de la plus haute marche ; son visage se rembrunit.

— Je dois me montrer prudent, Rachel. D'abord parce

que tu ne m'es pas indifférente ; ensuite à cause du qu'en-dira-t-on.

Adossée au pilier, les yeux fermés, elle chercha à formuler avec précision la pensée désagréable qui lui venait à l'esprit.

— Peux-tu m'assurer que la raison pour laquelle tu ne veux pas t'afficher avec moi n'a rien à voir avec le fait que je suis Rachel Huber ?

Michael comprit immédiatement.

— Je te donne ma parole !

Les yeux baissés, elle promena la main en silence sur les lattes du porche.

— Si je te montrais une photo de mon fils ? demanda-t-elle enfin.

Le visage de Michael s'éclaira, soit que cette idée lui plût, soit qu'il appréciât de changer de sujet.

— Volontiers !

Rachel alla chercher dans le tiroir de sa table de nuit trois photos récentes de Chris, prises à l'occasion de son anniversaire au mois de mai. Sur le seuil, elle reprit place à côté de Michael pour qu'il puisse les regarder par-dessus son épaule.

Il observa la première avec une émotion non dissimulée. Rachel comprit qu'il était frappé par cette ressemblance entre le père et le fils, qui l'avait fascinée elle aussi le soir où elle avait retrouvé d'anciennes photos de Luc.

— Mon Dieu ! murmura-t-il, incapable de détacher ses yeux de la photo.

Elle l'entendit déglutir, tandis qu'il enlevait ses lunettes pour s'essuyer les yeux. Emue aux larmes, elle laissa aller sa joue sur son épaule, et se sentit apaisée lorsqu'il passa son bras autour de sa taille.

— Fichtre ! grommela-t-il en hochant la tête. Je repense si fort à Luc !

— Luc avant le Vietnam.

— C'est le seul que j'aie connu !

Michael examina la deuxième et la troisième photo.

— Il a une queue de cheval ?

— Très discrète. Et une boucle d'oreille.

En riant, il dégagea son bras resté autour de sa taille.

Elle releva la tête et s'assit un peu plus loin sur la marche.

— Tu as de la chance de l'avoir, dit-il en lui rendant les photos.

— Oui, je sais.

Michael embrassa le jardin du regard avec un pâle sourire.

— Si je me remettais au travail ?

Quand il eut traversé la cour, elle se replongea dans la contemplation des photos de Chris. Sa réaction l'avait émue, mais nullement étonnée. Elle le connaissait trop bien et depuis trop longtemps pour éprouver la moindre surprise à son sujet...

10

Lily fit monter Mule et Wiley ainsi que ses trois « pensionnaires » à l'arrière de son break. Le service d'adoption avait trouvé des familles pour deux des nouveaux de la semaine précédente, mais lui avait rapidement confié ces mâles énormes, qui risquaient de ne pas faire très bon ménage ! Comme ils se montraient les dents, il valait mieux les placer différemment. Avant de démarrer, elle installa le bâtard de chien de berger à côté d'elle, sur la banquette. Elle avait quitté son travail assez tôt pour un samedi. La tâche qu'elle avait projeté d'accomplir ne l'enthousiasmait guère, mais avait-elle le choix ? Ian, qui en principe n'ignorait rien à son sujet, n'était toujours pas au courant, car elle avait jugé inutile de lui imposer ce fardeau. Il fallait donc qu'elle fasse seule le chemin jusqu'à Fair Acres, tout en profitant de l'occasion pour promener les chiens...

Fair Acres était à quinze miles de la ville, par une route de campagne. Elle dut ralentir deux fois pour éviter des paysans qui marchaient le long de la route, mais le chemin lui parut facile et pittoresque. Comme elle avait mis en marche l'air conditionné, une véritable odeur de fauve se dégageait des chiens dans cet espace réduit.

C'était la première fois qu'elle s'arrêtait à Fair Acres, dont elle connaissait bien les environs. En arrivant devant le grand portail, elle regretta de ne pas avoir annoncé sa visite. Jacob Holt serait-il chez lui ? Il s'était retiré là depuis trois ans, après avoir été directeur d'établissements scolaires pendant la quasi-totalité de sa longue carrière. Il dirigeait l'école élémentaire de Spring Willow quand elle y était élève, puis avait été transféré dans le secondaire au moment où elle y entrait. Dans son discours d'adieu, il avait déclaré de sa voix profonde et sonore qu'il avait toujours rêvé d'être fermier.

Le portail était ouvert. Une arcade en fer forgé, sur laquelle était écrite « FAIR ACRES », le surmontait. Les mains moites, Lily s'engagea dans l'allée menant à la ferme.

Après s'être garée sur le côté de la maison, elle se dirigea vers les marches du porche, puis elle frappa sur les moulures en bois d'une vieille porte grillagée. Quand elle eut frappé une seconde fois, elle vit apparaître, dans l'ombre, la silhouette d'une vieille femme qui approchait à petits pas. Elle avait oublié que Jacob Holt vivait avec sa mère.

— Bonjour, dit Lily, je cherche Mr. Holt.

— Il est dans la grange, dit la femme avec un fort accent du terroir.

— Très bien. Croyez-vous que je pourrais laisser mes cinq chiens ici ? Je ne pense pas qu'ils gêneront vos bêtes.

— Vous pouvez les lâcher.

Lily rebroussa chemin jusqu'à son break et ouvrit la porte. Excités par leur soudaine liberté et par un si grand espace, ses chiens l'encerclèrent et elle marcha vers la grange en riant. Des Black Angus broutaient paresseusement dans les prés à sa gauche ; un poulet fila sur le chemin pour se mettre à l'abri des chiens.

Les portes de la grange étaient grandes ouvertes. Elle s'arrêta sur le seuil et jeta un coup d'œil dans l'obscurité. Une forte odeur de foin et de fumier lui monta aux narines.

— Mr. Holt ?

— Par ici, répondit une voix sur sa droite.

Elle contourna la grange et aperçut Holt sur son tracteur.

Il leva la tête en l'entendant. Puis, le dos très droit, il s'essuya les mains à un chiffon qui sortait de la poche de sa salopette. Lily remarqua qu'il avait rajeuni depuis la cérémonie d'adieux. Son teint respirait la santé et de petites rides souriantes marquaient ses yeux. Mais, à cet instant précis, il ne souriait pas, loin de là.

— Lily ? s'écria-t-il en haussant les sourcils.

— Salut, Mr. Holt. (Elle le connaissait depuis toujours, pourtant elle n'aurait jamais osé l'appeler par son prénom.) Vous avez l'air en pleine forme. La campagne vous réussit !

— Certainement. J'aurais dû prendre ma retraite des années plus tôt.

Mule bondit au coin de la grange et plaqua ses énormes pattes de devant sur la poitrine du fermier. Lily sursauta, mais Mr. Holt se mit à rire et plongea ses mains dans la robe noire de l'animal.

— Alors, mon beau, je vois que tu n'es pas seul !

Wiley et le reste de la meute fonçaient vers eux, les deux mâles grondant comme des fous.

— J'espère que je ne vous dérange pas avec mes chiens. J'ai demandé l'autorisation à votre mère, mais si...

— C'est très bien !

Mr. Holt, accroupi, caressait l'un, tapotait l'autre, et riait tandis qu'ils lui léchaient le visage. Cette passion qu'elle ignorait jusque-là contribua à perturber les sentiments contradictoires qu'elle éprouvait à son égard.

Elle le regarda un moment jouer, puis prit une profonde inspiration avant d'annoncer :

— Rachel Huber est en ville.

Jacob Holt leva les yeux, mais l'ombre du tracteur rendait ses traits indiscernables.

— Elle est venue pour quelque temps, soigner sa grand-mère, reprit Lily.

Holt se releva lentement et essuya ses mains sur sa salopette.

— J'ai appris qu'Helen avait été frappée par la foudre.

— Oui.

La tête sous le capot du tracteur, Holt parut concentrer toute son attention sur le moteur. Leur conversation allait-elle s'arrêter là ? Ne dirait-il pas un mot de plus ? se demanda Lily.

— Les gens causent. J'ai l'impression qu'ils vont lui en faire voir de toutes les couleurs, dit-elle.

Holt fronça les sourcils en tirant sur une pièce du moteur qui refusait de céder. Il attendait qu'elle s'en aille, comme il avait certainement attendu le départ de Rachel — en espérant qu'elle ne remettrait plus jamais les pieds à Reflection.

— Mr. Holt ? (Lily plongea les doigts dans l'épaisseur du poil, derrière les oreilles de Mule.) Je voudrais...

— Lily, dit Holt en se redressant, il faut laisser l'eau couler sous les ponts... Ne t'en mêle pas !

Sur le point d'engager une discussion, elle se demanda de quel droit elle pourrait prendre une décision à la fois déterminante pour elle-même et dangereuse pour lui. De plus, il avait peut-être raison ; elle risquait de faire du mal...

Mule, dont elle avait empoigné le poil à pleines mains, se blottit contre elle.

— Ne vous arrive-t-il jamais de... (Lily s'interrompit en hochant la tête.) Quelquefois, quand je suis seule, je repense à ce qui est arrivé et un poids si lourd pèse sur ma poitrine que je peux à peine respirer.

Les yeux fixés sur son tracteur, il ne l'écoutait plus.

— Ça ne vous arrive jamais ? reprit-elle. Vous ne vous sentez jamais coupable ?

Il chercha son regard.

— Coupable de quoi ? (Comme elle restait muette, il ajouta :) Ne t'en mêle pas, Lily, c'est ce que tu as de mieux à faire.

Après s'être essuyé le front avec son chiffon, il replongea les mains dans la mécanique de son tracteur.

Lily observa son visage encore un moment avant de lui tourner les talons. Elle aurait juré que ses rides s'étaient creusées depuis le début de sa visite et que son visage avait pris une teinte grisâtre. C'était peut-être son imagination qui lui jouait des tours, mais Jacob Holt paraissait dix ans de plus...

11

Comme tous les dimanches matin, Michael, assis dans son bureau, à l'église, mettait une dernière touche à son sermon. La bonne odeur du pain frais, posé devant lui, lui donnait faim. Il avait trouvé cette miche ainsi qu'un sac de tomates et quelques épis de blé devant sa porte : c'était l'un des bénéfices secondaires d'un poste dans une communauté essentiellement agricole.

Son bureau, au rez-de-chaussée, était une grande pièce ensoleillée, dont les larges baies donnaient sur un paysage en pente douce. Aux murs, s'alignait sa collection d'ouvrages de référence dans lesquels il aimait se plonger.

Il était arrivé très tôt, selon son habitude, et avait passé un long moment dans le sanctuaire, à la lumière douce et tamisée de l'aube : c'était le meilleur moment pour prier. Il priait en général pour d'autres — les membres de sa congrégation ou sa famille. Exceptionnellement, il avait prié ce jour-là pour lui-même. Dieu pourrait-il le guider dans sa relation avec Rachel ? Lui donnerait-il la sagesse de ne pas consacrer à son amie d'enfance plus de temps qu'il n'aurait dû ?

Ensuite, il s'était accordé quelques minutes de solitude dans son bureau, avant de se lancer dans son activité trépidante. Au service religieux succéderait l'école du dimanche, puis les visites à quelques paroissiens hospitalisés ou alités chez eux. Il avait promis de faire une apparition au cinquantième anniversaire de mariage de deux anciens membres de la communauté. Un rythme étourdissant qui n'était pas pour lui déplaire, mais il se réjouissait surtout de cette promenade à bicyclette, en fin de journée, avec Rachel. D'autant plus que Jason, toujours à Philadelphie, lui manquait terriblement.

Il griffonnait des notes dans la marge de son sermon quand un prospectus vert, glissé au coin de son buvard, attira son attention. Il l'exposa à la lumière qui venait de la fenêtre : c'était l'annonce de l'audience du 6 septembre, dont l'une des adolescentes du groupe de jeunesse, Donna Garry, avait conçu le projet. Elle avait eu la bonne idée d'ajouter une bordure d'arbres aux quelques lignes d'information, de manière à rappeler aux lecteurs ce qu'ils perdraient si les promoteurs avaient gain de cause.

Il espérait que Donna participerait à la cérémonie de Reflection Day. C'était au tour de l'Eglise mennonite d'organiser cette manifestation et il avait proposé spontanément d'en prendre la responsabilité : il avait une motivation précise, mais plus le jour approchait, plus il craignait d'avoir commis une erreur. Un mois avant Reflection Day, il n'avait pas encore trouvé le temps de réunir les jeunes. A cette idée, il grommela d'un air maussade. Comment aurait-il pu s'enthousiasmer pour un événement qu'il détestait — le souvenir obsédant d'une ancienne tragédie ? Il fit des vœux pour que Rachel soit repartie d'ici là.

Reflection ne parvenait pas à oublier son passé ; tout le problème était là ! Il connaissait des gens qui ne pouvaient pas passer à côté de l'école élémentaire de Spring Willow sans se souvenir, des gens qui entendaient encore les sanglots résonnant dans la cour de récréation en cette lointaine matinée de septembre.

— Ma mère l'a vue se promener en ville « comme chez elle », lui avait déclaré l'une des fillettes du groupe de jeunes à propos de Rachel.

— Elle est chez elle, ici, avait-il répondu. Reflection est sa ville natale, comme la tienne.

— Beaucoup de gens se passeraient de sa présence !

« Pas moi », avait-il pensé, et il avait expliqué à la fillette qu'on avait monté en épingle le rôle de Rachel. A vrai dire, il s'était toujours demandé comment il aurait réagi s'il avait eu un enfant dans cette classe. Aurait-il pardonné à Rachel ? Quand Jason était dans sa deuxième année d'école, il y pensait presque chaque jour. Comment supporte-t-on de ne plus jamais revoir vivant l'enfant qu'on a envoyé le cœur léger en classe le matin même ? Considère-t-on son institutrice comme responsable ? Sans doute.

Il mit son sermon de côté et tourna son siège face à la fenêtre. La vue de l'étang lui rappela de lointains souvenirs : Rachel, Luc et lui traînaient une vieille caisse jusqu'au bord de l'eau, y sautaient et faisaient voile jusqu'au centre de l'étang où la caisse se brisait.

Tant de souvenirs lui revenaient à l'esprit depuis le retour de Rachel Huber ! L'un d'eux lui était particulièrement pénible ; il l'avait longtemps hanté et venait de resurgir alors qu'il ne s'y attendait plus. Pourquoi toutes les peines s'émoussent-elles au fil des ans sauf celles que provoque l'humiliation ?

Il n'avait que treize ans à l'époque, et l'entraîneur de basket avait fini par le persuader de jouer avec l'équipe scolaire pendant la saison. Nul n'ignorait qu'il n'avait pas l'étoffe d'un athlète. Il était d'ailleurs le seul de l'équipe à porter des lunettes.

En fin de saison, à la dernière minute d'un match très serré, il avait joué un excellent coup... pour l'équipe adverse. Personne ne lui avait adressé la parole au vestiaire, et il avait dû subir de multiples sarcasmes pendant la fête donnée ensuite chez l'un des basketteurs.

Dans cette belle maison rustique, tout le monde était allé se baigner dans la piscine couverte. Deux de ses coéquipiers l'avaient attaqué et laissé sans slip de bain. Il ne pouvait plus ressortir de l'eau...

Katy était là. A douze ans, elle venait d'arriver à l'école publique après des années de scolarité dans une institution mennonite, et semblait aussi godiche que lui. Mais elle cherchait par tous les moyens à s'adapter à son nouveau milieu, au point de fumer quelques cigarettes pendant la soirée ! La trouvant plutôt gentille, il lui avait demandé de lui apporter une serviette de bain quand il l'avait vue passer au bord de la piscine. Après lui avoir jeté un regard dédaigneux, elle lui avait tourné le dos pour parler à un autre garçon.

Finalement, Rachel, qui était dans un autre coin de la maison, l'avait secouru ; mais il avait dû attendre qu'elle vienne au bord de la piscine. Dès qu'elle avait réalisé ce qui se passait, elle lui avait tranquillement apporté une serviette. Un peu plus tard, il l'avait entendue traiter de « crétins irresponsables » les deux garçons qui l'avaient mis dans l'embarras.

Katy ne lui avait jamais reparlé de cet épisode. Sans doute l'avait-elle oublié : ce n'était pas elle qui avait subi l'humiliation. Evidemment, il lui avait pardonné, mais il trouvait beaucoup plus difficile d'oublier. Quand il regardait sa femme, il lui arrivait encore de revoir sur son visage cet air de mépris avec lequel elle lui avait tourné le dos.

Trois églises aussi rapprochées posaient un problème de stationnement. Rachel se gara dans une rue latérale, près de la boulangerie, puis elle marcha d'un bon pas jusqu'à l'église mennonite, en essayant de dissimuler sa gêne. Les passants la regardaient, elle en était certaine.

Avaient-ils deviné qu'elle n'allait pas régulièrement à l'église ? Même si elle assistait de temps à autre aux services unitariens, la religion ne pesait pas très lourd dans sa vie. Michael lui avait expliqué ce que signifiait la prière pour lui. Elle-même y avait trouvé un réconfort quand Phil était malade, sans savoir précisément en quoi consistaient ses prières, ni à qui elles s'adressaient. Prier lui donnait l'impression de prendre un certain contrôle sur une situation éprouvante. Pourtant elle n'avait pas la foi — cette foi qui avait apaisé Michael après la tragédie.

Comme elle arrivait devant le portail de l'église, elle

entendit quelqu'un l'appeler par son nom. Elle se retourna. Lily Jackson approchait, en compagnie d'un homme grand et mince, dont les cheveux noirs étaient peignés en queue de cheval.

— Bonjour, Lily, dit-elle, rassurée par son visage avenant.

Il était clair que les gens la dévisageaient, soit qu'ils s'interrogent sur une nouvelle venue, soit qu'ils la reconnaissent. Heureusement, Lily allait la prendre sous son aile protectrice.

— Venez vous asseoir avec nous, proposa Lily.

— Volontiers, merci.

— Je vous présente mon mari, Ian. Ian, voici Rachel.

— Ah, la dame au boxer !

Rachel lui serra la main avec une sympathie immédiate.

— Lily identifie les gens de cette manière, ajouta l'illusionniste en riant. Que vous ayez obtenu le prix Pulitzer, ou rencontré votre mari au sommet de l'Everest, elle ne se souviendra que de la race du chien dont vous êtes propriétaire.

Après avoir jeté un regard rieur à son mari, Lily prit Rachel par le bras.

— Avez-vous déjà assisté à un office mennonite ? lui demanda-t-elle en franchissant le seuil.

— Non, c'est la première fois, murmura Rachel dans un souffle.

Elles trouvèrent des places sur un banc du milieu, et Rachel s'installa entre Lily et Ian. Elle parcourut le programme qu'on lui avait donné à l'entrée : beaucoup d'hymnes, quelques rapports de commissions, et le sermon prononcé par Michael.

— Michael tout court ? s'étonna-t-elle. Pas de « révérend » ? Pas de nom de famille ?

Lily lui sourit.

— Pas de « révérend » ici ! Notre simplicité va peut-être vous surprendre.

En effet, l'absence de cérémonial était encore plus nette que chez les unitariens. L'église lui parut très austère avec ses murs blancs et ses poutres sombres. Ni peintures religieuses, ni ornements, ni vitraux. Le service débuta par plusieurs hymnes chantés *a capella*. Aucun ne lui était familier, mais elle s'en tira tant bien que mal, en écoutant la voix haute et claire de Lily à côté d'elle.

Après les hymnes, une grande femme brune prit le micro et parla du Rwanda.

— Celine Humphrey, lui souffla Lily à l'oreille. L'une de nos anciennes.

Rachel se souvint que Michael lui avait cité ce nom. Le comité central mennonite comptait organiser une collecte et envoyer des volontaires dans les camps de réfugiés. Celine demandait à tous de préparer des layettes et des trousses d'urgence, de rassembler des couvertures et des vêtements usagés.

Un homme en pantalon kaki et chemise bleue à manches courtes lui succéda au micro. Il parla un moment de la souscription pour la paix, puis une adolescente raconta le séjour de son groupe de jeunes en Bolivie. Tout en l'écoutant, Rachel remarqua Michael assis non loin de la chaire. Depuis quand était-il là ? Il était peu visible de sa place, mais elle distingua sa chemise et sa veste. Il ne portait pas de cravate, et sa tenue semblait décontractée.

Le rire de Michael se mêla un moment à celui des fidèles après une remarque de l'adolescente. Rachel eut ensuite beaucoup de mal à se concentrer sur le service. Elle ne l'avait pas informé de sa présence, et se demandait quelle serait sa réaction.

Il y eut d'autres hymnes, et Celine Humphrey lut un passage de la Bible. Enfin, Michael se leva et monta en chaire.

— En tenue de ville ? souffla-t-elle à Lily.

— Eh oui !

— Un homme comme tout le monde ?

— Exactement.

A vrai dire, on s'apercevait vite qu'il n'était pas « comme tout le monde ». Rachel reconnut ce ton calme et persuasif, cette force sereine avec laquelle il avait fait son discours d'objecteur de conscience sur les marches de l'hôtel de ville. Il n'avait pas besoin de hausser la voix, on aurait entendu une mouche voler dans l'église.

Parlant de communication, il imaginait la parabole d'un jeune homme qui réalise, à la veille de son mariage, que le pantalon de son costume neuf a dix centimètres de trop. Il va se coucher, la mort dans l'âme à l'idée de se couvrir de ridicule. Pendant la nuit, sa grand-mère, navrée par la déconvenue de son petit-fils, se relève pour couper dix centimètres du pantalon et faire un ourlet. Une heure plus tard, sa mère en fait autant, puis sa sœur un peu avant l'aube.

Michael tenait son public en haleine comme un acteur de talent.

— Un peu de communication aurait évité à ce jeune homme beaucoup d'embarras, conclut-il.

Lily rit de bon cœur et des sourires éclairèrent les visages. Il passa immédiatement à une autre anecdote que Rachel connaissait bien.

— J'avais vingt-deux ans à l'époque et j'enseignais au Rwanda. Je faisais de tels progrès en kinyarwanda, la langue du village où j'habitais, qu'il m'arrivait même de rêver dans cette langue. Mais parfois les mots ne permettent pas une communication suffisante.

Impatiente d'entendre la suite de l'histoire, Rachel crispa ses doigts sur le programme posé sur ses genoux.

— Une nuit, un homme vint me trouver chez moi. Il me dit en kinyarwanda : « Tu as une voiture. Conduis-moi à Kilgari, j'ai besoin d'y aller. » Kilgari était la grande ville la plus proche.

A trois heures du village ; dis-le-leur, Michael ! pensa Rachel.

— J'avais une voiture, reprit-il. Une vieille jeep achetée cinquante dollars. Au lieu de foncer en ville au milieu de la nuit, je lui ai proposé de l'emmener avec moi quelques jours plus tard. J'étais si content de m'exprimer dans sa langue que je me suis mis à parler de choses et d'autres — du village, des enfants. Le kinyarwanda était mon nouveau jouet et j'étais fier de le maîtriser si bien. Je croyais communiquer avec cet homme, alors que je ne comprenais rien à sa culture. Il était trop poli pour oser m'interrompre, et j'ai continué à lui parler pendant une heure jusqu'à ce qu'une amie arrive.

Rachel se mordit les lèvres : elle était l'amie.

— Déjà à l'époque, j'aimais parler en public, plaisanta Michael. J'ai donc poursuivi mon monologue jusqu'à ce que mon amie m'interrompe en anglais. « Quelque chose ne va pas, me dit-elle. Regarde ses yeux. » Elle y avait vu briller une larme que je n'avais pas perçue. Tout à coup, j'ai compris la détresse de cet homme et je l'ai interrogé. Il m'a annoncé que sa femme se mourait et qu'il l'avait déposée derrière ma maison pour que je l'emmène à la clinique de Kilgari. « Tu aurais dû me le dire ! » m'écriai-je, mais je savais très bien que je n'avais pas su entendre ce qu'il cherchait à me communiquer.

Michael décrivit ensuite leur trajet dans la nuit noire, tandis que la malade se débattait contre la mort. Puis il se mit à parler des Ecritures : il ne suffit pas de les lire, il faut être *attentif*. Il aborda le problème de la communication avec Dieu, mais l'esprit de Rachel était toujours au Rwanda. Elle se revoyait assise à l'arrière de la jeep, entourée de trois êtres humains désespérés : la femme fiévreuse qui avait posé sa tête sur ses genoux, le mari fou d'inquiétude, et Michael qui se reprochait en silence le temps perdu.

Après avoir parlé, Michael regagna sa place et les fidèles entonnèrent un autre hymne.

— On va maintenant faire passer le micro, chuchota Lily. Les gens vont se lever pour parler d'événements heureux ou malheureux qu'ils viennent de vivre. Les nouveaux pourront aussi se présenter.

Rachel écarquilla les yeux, sur le point de lui demander si elle devait se présenter, mais Lily avait déjà détourné la tête.

Une femme à côté d'elle se leva et prit le micro qu'on lui tendait.

— Je tiens à remercier tous ceux qui m'ont soutenue la semaine dernière après l'accident de Patricia. Elle va beaucoup mieux maintenant, et le médecin pense qu'elle pourra rentrer à la maison d'ici quelques jours.

Dès qu'elle se fut rassise, le micro passa à deux autres

personnes. Rachel ne savait que faire. Elle craignait d'attirer l'attention... *Tu n'as rien fait de mal,* se dit-elle. *Arrête de te comporter comme une coupable.*

Elle se leva, la main tendue vers le micro.

— Je suis Rachel Huber. (Elle remarqua l'air surpris de Michael, suivi d'un sourire.) Cette première visite à votre église a été un grand bonheur pour moi.

Une fois rassise dans un profond silence, elle confia le micro à un homme au bout du banc.

Après le service, elle dit au revoir à Lily et Ian, puis s'approcha de Michael qui saluait ses ouailles sur le seuil de l'église.

Il lui serra la main.

— Je ne savais pas que tu viendrais.

— Je me suis décidée à la dernière minute. Tu m'as paru si humain... Rien à voir avec les pasteurs que j'ai connus jusque-là.

Elle lâcha soudain sa main qu'elle avait gardée dans la sienne.

— Quel courage de te présenter de cette manière ! Ça ne m'étonne pas de toi. (Il fit signe à une personne qui se tenait derrière elle.) Permets-moi de te présenter Celine.

Une femme aux cheveux bruns s'approcha d'eux, en compagnie d'un homme beaucoup plus âgé.

— Rachel, voici nos deux anciens, Celine Humphrey et Lewis Klock, annonça Michael.

L'homme aux cheveux gris semblait bienveillant. Elle se souvint que, dans le parc, Michael lui avait dit que son influence avait contribué à éveiller sa vocation.

— Nous étions ensemble au Rwanda, Rachel et moi, précisa le pasteur.

Celine la jaugea d'un regard glacial qui contrastait avec l'expression chaleureuse de Lewis.

— D'après Michael, vous souhaiteriez nous aider quand nous organiserons notre collecte, dit-elle.

— Volontiers !

— Alors, je vous appelle d'ici deux semaines. Nous aurons du travail pour vous si vous êtes toujours intéressée.

— Merci.

Rachel se demanda si Celine traitait tout le monde avec cet air hautain, ou si elle lui réservait sa froideur.

D'autres gens approchaient pour saluer Michael ; et elle jugea préférable de partir.

— Je dois aller m'occuper de ma grand-mère, annonça-t-elle. A ce soir ?

— Vers six heures.

Avant de s'éloigner, elle entrevit le sourire de Michael qui tendait la main à des paroissiens, ainsi que l'air surpris et les sourcils froncés de Celine.

Lorsque Michael arriva sur sa bicyclette bicolore, Rachel, en tenue sportive, était prête à partir. Ils laissèrent Helen occupée à lire dans la bibliothèque et descendirent sans hâte Winter Hill, avant de s'engager sur des routes de campagne. Ils roulaient en pleine nature, dans un silence à peine troublé par le bruissement des pneus et le craquètement des cigales.

Nos rythmes s'accordent à merveille, se dit Rachel en suivant paisiblement Michael. Au bout d'une heure, ils s'arrêtèrent à une table de pique-nique, au bord de la route, pour déballer leurs provisions. Michael avait apporté un pain de pommes de terre, cadeau d'une paroissienne, et une part de fromage. Elle s'était contentée de quelques pêches et d'une bouteille d'eau minérale. Après avoir vidé son sac à dos, il lui tendit un appareil photo.

— Tu devrais prendre quelques photos avant la tombée de la nuit. Nous les développerons dans quelques jours dans la chambre noire du lycée.

Grimpée sur la table, elle tourna son objectif vers les silos et les granges, des vaches dans un pâturage, et un vieux chêne tordu dans le pré voisin. Michael lui donna des conseils de cadrage qu'elle chercha à retenir pour en faire profiter ses élèves.

En se rasseyant, au bout d'un moment, elle le visa de son objectif. Il sourit avec indulgence quand elle appuya sur le déclic. Le clair-obscur accentuait sa mâchoire, et des éclats d'or scintillaient dans ses yeux noisette. Elle se sentit impatiente de voir ce qu'ils donneraient en noir et blanc.

Après avoir posé son appareil, elle se coupa une seconde tranche de pain.

— J'aime rouler sur ces chemins de campagne, dit-elle.

Michael avala une bouchée de sa pêche.

— Moi aussi. Si seulement Jace acceptait de m'accompagner ! Mais pour lui, ça ne présente aucun intérêt. Quant à Katy, elle n'a même pas de bicyclette. Vous faisiez des promenades à vélo, Phil et toi ?

Cette question attrista Rachel.

— Quelquefois, avant qu'il tombe malade, mais nous avions cessé depuis plusieurs années. (Elle avait pris l'habitude de se promener toute seule, et ces sorties à vélo étaient devenues le seul moyen d'échapper à l'angoisse de la maladie qui pesait sur leur maison.) De temps à autre, je m'en allais sur les chemins, sans but précis.

Michael plaça la lame du couteau sur le fromage et en découpa une tranche.

— Tu avais déjà une âme d'aventurière quand nous étions enfants. Tu te documentais sur des pays lointains et tu cherchais le moyen d'y aller.

— Oui, et je suis arrivée à mes fins. Nous avons beaucoup voyagé Phil et moi, avant sa maladie. Le seul pays que je rêve encore de découvrir est la Norvège.

— Tu plaisantes ? s'étonna Michael, sur le point de croquer dans son fromage. J'en rêve, moi aussi !

— Non ?

— Je t'assure que si. Depuis que j'ai vu cette affiche...

— Avec les fjords et un petit village ?

— Oui. Comment le sais-tu ?

— Parce que c'est probablement la même affiche qui a attiré mon attention. Je la vois quand je suis chez mon dentiste, et pendant qu'il s'acharne sur sa fraise, je me crois à l'autre bout du monde.

Michael hocha la tête.

— Elle est sur un mur du bureau de Lewis Klock. Je la trouve envoûtante, comme toutes les bonnes photos.

— Et toi ? demanda-t-elle. As-tu beaucoup voyagé ?

— Très peu. Mon travail ne me laisse guère le temps de m'absenter.

— Nous pouvions profiter, Phil et moi, des vacances scolaires. Et puis, l'argent n'était pas un problème. Il avait hérité de la fortune de ses grands-parents quand nous nous sommes mariés.

— C'est ce qui te permet de prendre une année de congé ?

— Oui, quoique je n'aie pas pu me faire à l'idée d'avoir tout cet argent. J'en ai gardé assez pour m'assurer une bonne retraite et pour financer les études de Chris. Le reste, je l'ai donné.

— Donné ?

— J'en ai fait don à la Fondation de recherche sur la leucémie et à d'autres œuvres de bienfaisance. J'avais d'abord mis Chris au courant pour être sûre qu'il ne se sentirait pas spolié de son héritage. Mais Phil lui a légué directement un gros capital. Je pensais qu'il allait s'acheter une voiture ou quelque chose d'extravagant. Il m'a beaucoup touchée en plaçant une partie de cette somme sur un compte d'épargne et en donnant le reste à des œuvres, comme moi. (Il avait choisi des fondations liées à la protection des animaux, car il était végétarien depuis son plus jeune âge.) Je me suis sentie fière de lui !

— Tu lui as donné l'exemple.

— Sans doute.

— J'ai agi comme toi avec l'argent légué par mes parents. Ce n'était pas une fortune colossale, mais j'ai pris ce dont j'avais besoin pour élever Jace, et j'ai donné le reste à l'Eglise. (Il sourit d'un air préoccupé.) Oh, Rachel, je commence à avoir peur !

Sa voix la fit frémir.

— De quoi as-tu peur ?

Il effleura très légèrement le dos de sa main.

— De ta présence ici. Nous étions très proches l'un de l'autre autrefois ; je ne l'ai pas oublié. C'est merveilleux de pouvoir te parler, comme si nous ne nous étions jamais quittés. Nous avons tant de souvenirs communs ! (Il fit rouler l'une des pêches autour de la table avec sa paume.) Tout irait bien si nous n'avions que des souvenirs communs, mais je m'aperçois que nous partageons les mêmes intérêts, les mêmes valeurs, encore aujourd'hui. Nous aimons les promenades à vélo, nous rêvons de découvrir la Norvège, nous avons renoncé à notre héritage ! Nous pouvons nous comprendre sans le moindre effort. J'ai l'impression que nous nous sommes toujours aimés...

Elle acquiesça, consciente de partager ses sentiments.

— Ce lien qui nous unit m'effraye. Cette intimité... Je souhaiterais la connaître avec ma femme, mais c'est impossible. L'autre soir, au téléphone, quand je lui ai dit que tu étais en ville, j'ai eu l'impression de lui confier un honteux secret. (Il se redressa avec un soupir.) Ce problème me paraît de plus en plus évident. Je tiens à te dire que je souhaite sincèrement te voir cet été, mais je dois faire preuve d'une extrême prudence.

Il la regarda d'un air interrogateur, espérant qu'elle comprendrait.

L'inquiétude de Michael lui parut limpide.

— Que puis-je faire pour t'aider ? demanda-t-elle.

— Sois patiente avec moi. S'il m'arrive de refuser de te voir, ou si j'hésite à parler de toi avec Jace, ou je ne sais quoi encore, comprends que tu n'y es pour rien. C'est de moi qu'il s'agit.

— Très bien. (Elle se souvint de leur rencontre à l'église.) Je n'aurais pas dû dire, ce matin, que nous allions nous voir ce soir ?

Il lui sourit.

— Tu as mis la puce à l'oreille de certaines personnes.

— Désolée, murmura-t-elle en se promettant d'être plus discrète.

Quand ils eurent rangé les restes de leur pique-nique, ils reprirent leurs bicyclettes. Après tout, Rachel se sentait rassurée à l'idée qu'elle n'était pas seule à souhaiter l'impossible.

12

Assise dans son petit bureau, au deuxième étage de la vieille Starr and Lieber Bank, le maire de Reflection, Ursula Torwig, laissait errer son regard sur l'étang de Spring Willow. Il lui arrivait de plus en plus souvent de regarder dans cette direction en imaginant les deux immeubles de bureaux qui allaient bientôt surgir de terre.

Des structures vitrées dans lesquelles jouerait le reflet de l'étang... Deux étages qui n'auraient rien d'imposant. Elle s'étonnait que ce projet fasse tant de bruit. Certaines personnes tenaient au *statu quo*, dût-il signifier le déclin économique de la ville. Elle aimait Reflection autant — sinon plus — que d'autres, et elle souhaitait sa prospérité. Un jour ou l'autre, les gens finiraient par s'adapter au changement ; ces constructions seraient considérées comme le centre d'une petite ville dynamique. Son bureau serait alors au dernier étage de l'un des nouveaux immeubles. Elle n'aurait plus à croupir dans cet espace exigu, prêté par la banque, et elle aurait une vue magnifique sur l'étang.

Les plans étaient étalés sur son bureau. Incapable de s'en lasser, elle les parcourait au moins une fois par jour. Des rues incurvées, des centaines de maisons rutilantes... Ce projet serait décisif pour l'avenir de la ville et on se souviendrait d'elle comme d'un maire à qui l'on devait beaucoup.

C'est ce que lui avait dit Drew lui-même. A son réveil, un matin, elle l'avait trouvé en train de l'observer, une main posée sur sa hanche. « Ça va être grandiose, Ursula, avait-il murmuré. Cette ville, reconnaissante, finira par t'élever une statue à côté de celle du vieux Peter ! »

Elle allait certainement gagner. Les opposants étaient majoritaires, mais la plupart des hommes d'affaires et des promoteurs la soutenaient, et ils étaient de loin les plus puissants. En outre, ils appartenaient à la commission d'enquête. De quoi se composait l'opposition ? De simples habitants et de quelques fermiers amish, pas même capables de se défendre si leur vie était en péril. Tant pis si elle s'aliénait ces amish ! Ils ne votaient pas.

Elle s'étonnait que Michael soit descendu dans l'arène, mais son cousin avait toujours été une source d'irritation pour elle. Elle l'avait entendu parler de la manière dont s'était éveillée sa vocation, et dont il avait lutté pour trouver une réponse à ses nombreux problèmes existentiels. Elle bouillait de rage... *Oui, Michael, tu as eu une vie si dure !* Sa famille se nourrissait de porc et de haricots, tandis que celle de Michael mangeait du steak dans des assiettes de porcelaine. Il avait été élevé en ville, disposant d'une bicyclette, puis d'une voiture, et il avait su éviter de partir au Vietnam. Elle se levait à quatre heures du matin pour se charger des corvées à la ferme de ses parents ; aussitôt l'école finie, elle devait rentrer chez elle pour se remettre à la tâche. Elle avait peur de garder sur ses vêtements l'odeur de la ferme et n'aurait jamais osé inviter des amis à la maison.

Sachant que c'était le seul moyen de s'en tirer, elle avait travaillé très dur au lycée. Entre ses corvées à la ferme et ses études, il lui restait peu de temps pour dormir et encore moins pour jouer, mais elle était en tête de classe au moment de son diplôme, obtenu deux ans plus tard que son cousin. Après avoir suivi les cours d'une université locale — la seule que ses parents pouvaient lui offrir, même en tenant compte des bourses d'études —, elle était devenue maire de Reflection. Cette pensée la fit sourire. *Tu reviens de loin, ma petite.* Elle jeta un regard à l'espace vide, au bord de l'étang, et crut voir le nouvel immeuble miroitant qui abriterait son bureau.

Bientôt, se dit-elle. Très bientôt...

13

Rachel choisissait des choux de Bruxelles au rayon fruits et légumes de la supérette, lorsqu'elle remarqua un jeune homme en train d'empiler les laitues. Elle l'avait aperçu de profil, puis de face, penché sur un cageot. Il devait approcher la trentaine et ses épais cheveux blond cendré étaient coupés court, à l'exception d'une petite queue de cheval sur la nuque, comme Chris. Il avait des traits harmonieux — des pommettes saillantes, un nez droit et un menton énergique —, mais son visage était couvert d'un réseau de cicatrices, de la joue au menton et au-dessus de l'œil.

Soudain, la main de Rachel s'immobilisa. Le pauvre garçon ! Etait-ce un accident ? Ou bien — les battements de son cœur s'accélérèrent à cette idée — aurait-il été dans sa classe ?

Il lui jeta un coup d'œil en coin et elle se sentit confuse d'avoir été surprise en train de l'observer avec insistance. Les gens devaient le dévisager comme elle et les enfants demandaient sans doute à leurs parents si la même chose pourrait leur arriver. Quel calvaire d'avoir un si beau visage sous de telles cicatrices !

Elle finit de se servir, troublée par la présence de ce jeune homme. Soudain, il tourna à nouveau les yeux vers elle, une salade à la main.

— Vous êtes bien Rachel Huber ?

— Oui, répondit-elle, en s'agrippant à la poignée de son caddy. Vous étiez dans ma classe à Spring Willow ?

— Pas besoin de poser la question !

Elle voulut prendre sa main, qu'il retira aussitôt.

— Je suis désolée, absolument désolée...

— On me dit que j'ai eu de la chance. Mais pas autant que vous ! Vous n'étiez pas dans la salle quand c'est arrivé.

— Comment vous appelez-vous ?

— Kenneth Biers.

— Kenneth, si le temps pouvait revenir en arrière, je donnerais le reste de ma vie pour que cette journée n'ait jamais eu lieu.

Elle disait la pure vérité, les yeux brûlants de larmes. Il lui adressa un sourire dubitatif.

— Si je peux faire quoi que ce soit pour vous aider, dites-le-moi, reprit-elle.

Il se remit au travail avec un grognement sarcastique qui ne la surprit guère, car elle n'avait que trop conscience de la vanité de son offre. Pour la première fois, elle regretta d'avoir fait don de la fortune de Phil : elle aurait pu l'utiliser pour venir en aide à des jeunes gens comme celui-ci.

Lentement, elle s'éloigna des fruits et légumes, en direction des produits laitiers. Les jambes flageolantes et la vision floue, elle se dit que sa grand-mère devait éprouver les mêmes sensations la moitié du temps. « Non, ce n'est pas le moment de me trouver mal et de me donner en spectacle ! », murmura-t-elle entre ses dents, en se retenant d'ajouter : « Ce n'était pas ma faute. » Elle était une victime, elle aussi...

Au cours de ses achats, elle envisagea la possibilité de retourner aux fruits et légumes pour parler à Kenneth. Plusieurs fois elle orienta son caddy dans cette direction, mais elle ne parvint pas à se décider. Que pourrait-elle lui dire ? Elle craignait de voir son visage se fermer et d'imaginer ce que ressentait la mère de ce garçon quand elle tournait les yeux vers lui. Cette femme devait la haïr...

Devant le magasin, Rachel chargea sa voiture avec

l'impression que tous les gens présents sur le parking la transperçaient du regard. Elle devenait réellement paranoïaque ! Ensuite, au lieu de prendre Farmhouse Road qui la mènerait chez sa grand-mère, elle tourna à droite, vers la ville. En plein centre, elle se gara devant la bibliothèque, et, malgré son coffre empli de denrées périssables, prit la direction du petit parc circulaire, face à l'étang Huber.

Le parc était désert. Elle éprouva un étrange réconfort lorsque les chênes, les érables et les bouleaux se refermèrent derrière elle comme un écran protecteur. Elle savait pourtant qu'elle n'allait pas trouver la paix en ce lieu... Tout en marchant lentement parmi les arbres, elle se mit à compter les cerisiers pleureurs jusqu'à ce qu'elle en ait trouvé dix. Au dixième, elle se retourna pour apercevoir le monument commémoratif. Il était bien là, cet arc symétrique en pierre de taille ; elle s'en approcha à petits pas. On y avait déposé des bouquets de fleurs, certaines déjà fanées, d'autres fraîchement cueillies. Elle lut l'inscription, sur une plaque de bronze :

En souvenir des dix enfants de Reflection, arrachés à nous le 10 septembre 1973. Jamais nous ne les oublierons.

Suivait une liste de noms : William Albrecht, Fredric Cash, Ruth Kitchin, Annie Paris, Patrice Rader, Jennifer Wright, Julia Shouse, Gary Feldman, Jacob Geyer et Thomas Pike.

Ces dix noms lui étaient étrangers... Les connaissait-elle au moins quand elle avait fui la ville ? Elle n'en était pas sûre ; pourtant elle aurait dû savoir.

Elle remit en place l'un des bouquets qui avait glissé et s'assit sur un banc voisin.

A l'époque où elle était revenue du Peace Corps, laissant Michael au Rwanda, elle avait vingt-trois ans. Après avoir obtenu un poste à l'école élémentaire de Spring Willow, elle s'était trouvé un studio et son père l'avait aidée pendant le week-end à y installer ses affaires restées dans l'immeuble familial. Sa mère lui parlait de Luc et de la joie de ces retrouvailles, après une si longue séparation. Son père avait dit en plaisantant que personne ne les dérangerait pendant une bonne semaine, et même plus s'ils le souhaitaient.

— Les tourtereaux, on vous laissera tranquilles, avait-il déclaré. C'est bien naturel !

Tout en appréciant son tact, elle ne pouvait se cacher que le retour de Luc la laissait indifférente. Les souvenirs de Michael la hantaient, et surtout le moment où elle avait senti sa main sur son sein nu. Comment aurait-elle pu avouer à ses parents qu'elle n'avait aucune envie de se retrouver en tête-à-tête avec son mari ?

Luc la serra énergiquement dans ses bras à l'aéroport de Harrisburg. Il était toujours beau malgré sa maigreur, mais son corps n'était plus qu'un faisceau de muscles tendus. En l'enlaçant, il chuchota : « Ma belle dame ! » et elle crut retrouver l'homme qu'elle aimait.

Il surveilla attentivement ses bagages de crainte d'en oublier, puis il se chargea de trois sacs, elle en prit deux. Lorsqu'elle les posa à ses pieds pour chercher dans sa poche le ticket du parking, il l'empoigna par le bras.

— Fais donc attention ! rugit-il sauvagement.

Elle eut alors la certitude que Luc n'était plus lui-même. Il semblait aussi hargneux et tendu que pendant leur brève rencontre à San Francisco, sinon plus...

Dans la voiture, il resta d'abord silencieux.

— Tu es fatigué ? lui demanda-t-elle.

— Pas vraiment.

Il replongea dans son silence en regardant les paysages de Pennsylvanie défiler derrière la vitre. Elle n'avait plus rien à lui dire...

— Tu m'as manqué, dit-elle, bien que ce ne fût pas l'exacte vérité.

— Toi aussi.

Il lui décocha un sourire rapide et forcé.

Que faire ? Elle n'était pas disposée à lui raconter ses expériences de l'année écoulée, et lui non plus. Il fallait se concentrer sur le présent.

— Je crois que notre studio te plaira, Luc.

— Oui, marmonna-t-il en se retournant sur une motocyclette qui passait près de la voiture.

— Tout le monde se réjouit de te revoir.

Il laissa échapper un ricanement dédaigneux, et elle le regarda, déconcertée.

— Te rends-tu compte que vous vivez dans un cocon ici ? demanda-t-il. Là où j'étais, c'était la merde, et j'ai vu ce qu'il y avait de pire, putain !

Les mains de Rachel se crispèrent sur le volant ; elle n'avait pas l'habitude d'entendre Luc jurer.

— Reflection me rappelle Disneyland, reprit-il. Tu y as passé ton enfance comme moi, et tu ne peux pas imaginer la merde qu'il y a ailleurs...

Elle répliqua, choquée par ce ton condescendant :

— Luc, je te rappelle que je viens de passer un an dans un coin misérable d'Afrique. Je sais que ce n'est pas comparable avec ce que tu as vécu. Je n'ai pas couru les mêmes risques que toi, mais je t'en prie, ne me parle pas comme si j'étais restée dans ma tour d'ivoire.

Il donna un coup de poing dans le tableau de bord.

— Arrête cette foutue voiture au bord de la route !

— Enfin, Luc...

— Je te dis de t'arrêter !

Elle mit son clignotant et se glissa le plus prudemment possible sur le bas-côté.

— Coupe le contact.

Elle obéit, la main tremblante.

— T'as pas la moindre idée de ce que je veux dire ! D'accord, tu reviens du Rwanda. Tu as vu des gens souffrir, mais as-tu déjà tué ? (Il l'empoigna par le bras et l'attira vers lui.) As-tu déjà vu tes copains sauter sur une mine, les jambes arrachées ? As-tu reçu en plein visage leurs mains sanglantes, détachées de leur corps ?

Elle hocha la tête avec un haut-le-cœur. Son bras qu'il serrait lui faisait mal.

— Alors, ma fille, le Rwanda c'était le paradis, comparé au Vietnam !

Il la lâcha et se rassit à sa place, face à la route.

— Maintenant, vas-y, ordonna-t-il.

Incapable de démarrer, elle fondit en larmes, les bras croisés sur la poitrine, puis elle posa timidement la main sur son épaule.

— Luc, ce n'est pas un bon début. Nous devrions nous sentir si heureux ensemble après cette longue séparation !

Le visage écarlate, il s'affala sur son siège, les yeux dans le vague.

— Je regrette, mais il fallait t'y attendre. Après ce que j'ai vécu, je ne peux pas être le même qu'avant mon départ.

Il se décida enfin à la regarder, et elle crut retrouver un instant l'homme qu'elle avait connu.

— Quand j'étais au Vietnam et à Fort Myer, ça m'a aidé de savoir que tu m'attendais, souffla-t-il. Je savais que nous étions mariés, que j'avais une femme et qu'à mon retour nous pourrions fonder une famille. (Sa pomme d'Adam rebondit dans sa gorge tandis qu'il avalait.) Je veux mener une vie normale. Je pensais que ça n'avait plus d'intérêt pour moi, mais maintenant c'est ce que je souhaite le plus au monde, Rachel.

Elle se pencha pour l'embrasser.

— Nous mènerons une vie normale.

Quand une étincelle brilla dans ses yeux, elle sentit son amour renaître. Elle l'enlaça en répétant :

— Je te promets que nous mènerons une vie normale.

Il lui sourit de son bon sourire d'avant le Vietnam.

— Ramène-moi à la maison, Rachel, je t'en prie.

Pendant les semaines suivantes, elle crut retrouver par moments son ami d'enfance, le garçon qu'elle avait aimé comme un frère, puis comme un amoureux ; mais ces moments étaient trop rares et trop brefs pour alléger sa déception. Des cauchemars le réveillaient en sursaut, trempé de sueur ; elle fit installer l'air conditionné dans leur chambre, mais en vain. Elle comprit alors que la chaleur n'était pas la seule cause de ses troubles. Il sanglotait parfois au milieu de la nuit ou hurlait des mots qu'elle ne comprenait pas. Leur propriétaire finit même par se plaindre de ce tapage nocturne...

Luc se montrait brutal en amour. Qu'était devenue la tendresse qui avait toujours présidé à leurs rapports ? Depuis son retour, il la prenait avec brusquerie, comme s'il était en colère. Comme s'il la haïssait... Il traitait de

« putes » les femmes qu'il voyait dans la rue et faisait allusion aux prostituées vietnamiennes ou aux femmes que les soldats violaient. Quand il en parlait, il ne portait aucun jugement et elle finit par se demander s'il avait lui-même participé à ces exactions. Mais elle avait trop peur de sa réponse pour oser le questionner.

Il possédait des armes, et elle n'osait pas non plus l'interroger à ce sujet. Les avait-il achetées ? Volées ? Une nuit, elle le trouva revêtu de son uniforme, en train de nettoyer son fusil. Il avait non seulement un fusil, mais des grenades et un couteau. Il achetait des livres sur les armes, qu'il lisait pendant les repas. Elle s'inquiétait pour lui et pour l'avenir de leur couple, mais elle n'avait pas peur de Luc lui-même. Elle éprouvait des frayeurs devant ses hurlements ou ses gestes trop brusques, mais elle le connaissait trop bien pour vraiment le craindre. Même lorsqu'elle le trouvait en pleine nuit occupé à bichonner son fusil, elle retournait se coucher sur la pointe des pieds sans le moindre sentiment d'insécurité. Cependant, son amour pour Luc faisait place petit à petit à une réelle pitié.

Il lui fallait de l'aide, bien qu'il refusât de l'admettre. Elle téléphona au conseiller militaire de Fort Myer. Luc ne lui avait posé aucun problème, affirma ce dernier. Il l'adressa néanmoins à un psychiatre de Lancaster, dont Luc ne voulut pas entendre parler.

La seule personne capable de le sauver était Michael, car ils avaient été comme des frères toute leur vie. A l'approche du mois de septembre, elle songea à prendre contact avec lui. Il pourrait téléphoner à Luc, et peut-être même revenir. La situation équivalait à une urgence familiale ! Luc irait mieux s'il parlait à son ami d'enfance. Quant à elle, il lui semblait parfois qu'elle perdait la raison. Seul Michael pourrait l'empêcher de sombrer dans la folie.

Elle n'osa pas aborder ce sujet avec Luc, et sa nouvelle tâche d'enseignante l'absorba de plus en plus. Malgré ses efforts pour trouver un poste, son mari était au chômage, les écoles ne recrutant pas en septembre.

Pendant la première semaine de cours, il fit deux apparitions successives à Spring Willow. La première fois, elle ignorait sa présence. On lui apprit qu'il était venu rôder dans le hall, en tenue de camouflage ; il avait salué systématiquement tous les adultes et les enfants croisés sur son passage. La seconde fois, il avait surgi dans sa classe, avec l'intention de parler de la guerre à ses petits élèves. Bouche bée à la vue d'un « vrai » soldat, les garçons l'avaient assailli de questions, tandis que les filles — à l'exception de Lily Wright — étaient paralysées par la crainte et le respect.

— Tu dois partir, Luc, lui avait-elle dit.

— Les enfants ont envie de me parler ! avait-il protesté en prenant à témoin les élèves éberlués.

— On te demandera de revenir une autre fois ; pour l'instant je dois terminer ma leçon.

Cette ruse lui avait permis de le chasser, mais elle sentit qu'elle devait agir. Elle appela le psychiatre et prit un rendez-vous pour Luc le jeudi suivant. Quoi qu'il arrive, elle l'obligerait à y aller...

Le lendemain, un vendredi, Jacob Holt la convoqua dans son bureau. Principal de l'école élémentaire de Spring Willow depuis pas mal d'années, Jacob était un homme habituellement aimable, qu'elle avait apprécié au cours de son entretien d'embauche. Son air sévère la déconcerta, mais elle comprit son inquiétude.

— Si votre mari revient à l'école, déclara-t-il, je serai obligé d'appeler la police.

Une telle humiliation semblait impensable ! On était vendredi, elle aurait donc le week-end entier pour persuader Luc d'aller la semaine suivante à son rendez-vous chez le psychiatre.

— Il ne reviendra plus, promit-elle.

En arrivant à la maison, elle devina devant les fenêtres éteintes que son mari n'était pas rentré. Sans doute traînait-il au bar voisin, comme il en avait l'habitude depuis quelque temps. Elle prit le courrier dans la boîte à lettres et reconnut sur l'enveloppe l'écriture de Michael. Elle l'ouvrit aussitôt et lut sa lettre, assise sur les marches.

Chère Rachel,

Je tiens à t'annoncer que Katy et moi nous nous sommes mariés samedi. Je sais que ce sera un choc pour toi ; je n'en reviens pas encore moi-même... Je t'aime beaucoup — beaucoup trop — et jamais je n'oublierai les moments que nous avons passés ensemble, mais nous savons l'un et l'autre que nous n'avons pas d'avenir devant nous. Je serai honnête avec toi, avec toi seule, en t'avouant que j'épouse Katy pour t'oublier. Elle passe quelque temps ici avec moi. Nous serons à l'étroit, mais nous nous débrouillerons. J'espère te retrouver un jour pour parler de notre expérience au Rwanda, sans tristesse ni regrets. En attendant, je vous souhaite à Luc et à toi le plus grand bonheur, mais je t'aime, Rachel.

Michael

La lettre lui brûlait les doigts. Elle la posa sur ses genoux, perdue dans ses pensées, mais un bruit lui fit soudain tourner la tête : Luc venait d'apparaître au milieu de la rue. Elle rangea rapidement le papier dans son porte-monnaie.

Luc n'était pas ivre, pourtant il avait bu. Il voulut faire l'amour ; ou plutôt coucher avec elle, car l'amour n'avait plus sa place dans leurs rapports sexuels. Ensuite, il sombra dans un profond sommeil, et elle pleura à chaudes larmes en pensant à Michael. Elle haïssait Luc...

Le samedi, elle revint prudemment à l'attaque.

— *Nous* avons rendez-vous jeudi chez ce thérapeute de Lancaster ; *nous* avons besoin de son aide, lui dit-elle en espérant le convaincre par ce biais.

— Tu vas travailler !

— Je trouverai une remplaçante.

— Pas la peine, je ne fonctionne pas comme ça. Dans ma famille, personne n'a jamais consulté un psy, et ce n'est pas moi qui vais donner l'exemple.

— Dans ta famille, personne n'a vécu ce que *tu* as vécu.

— Ne te fais pas de souci pour moi !

Elle baissa les yeux.

— Le principal te fait dire de ne plus jamais remettre les pieds à l'école. Tu m'entends ? Sinon, je risque de perdre mon poste.

— Je croyais que tu voulais que je revienne raconter mon expérience au Vietnam à tes élèves.

— Plus tard peut-être. Pour l'instant, nous devons calmer Mr. Holt. Promets-moi de ne jamais revenir.

— Si je trouvais un foutu job, tout irait bien.

— Je sais.

Ils parlèrent de ses démarches. Après avoir passé quelques heures tous les matins en quête d'un emploi, il se mettait chaque jour à boire un peu plus tôt. Elle évita de lui adresser ce reproche, et elle se tint à l'écart toute la journée en pensant à la lettre de Michael.

Le dimanche elle revint sur la question du psy, en insistant pour qu'il l'accompagne à Lancaster.

— Je t'en prie, viens avec moi, lui dit-elle. J'ai besoin de prendre conseil ; je n'arrive pas à m'adapter.

Cet argument finit par convaincre Luc. Il tenait donc encore à elle et il souhaitait vivre en paix. Quand il lui eut donné son accord, elle se détendit et ils passèrent ensemble un après-midi qui leur rappela le bon vieux temps. Ils regonflèrent même les pneus de leurs vélos pour aller pique-niquer à Winter Hill.

A leur retour, elle prit un bain pendant qu'il faisait les courses. Du moins, elle le croyait à l'épicerie. Comme elle sortait de la baignoire, elle réalisa qu'il avait fouillé dans son porte-monnaie où se trouvaient les clefs de la voiture.

Enveloppée d'un drap de bain, elle ouvrit en tremblant la porte de leur chambre. Assis sur le lit, il l'attendait, la lettre en boule dans son poing.

— Qu'est-ce qui s'est passé entre Michael et toi au Rwanda ? gronda-t-il.

Elle voulut prendre son peignoir dans la penderie, mais il bondit sur elle et lui tordit le bras jusqu'à ce qu'elle pousse un cri.

Le visage contre le sien, il répéta :

— Qu'est-ce qui s'est passé ?

— Rien.

Elle tenta de se dégager, mais il la retint en la poussant vers le bord du lit.

— Dans cette lettre, il dit qu'il t'aime. Ce salaud !

— Il m'aime comme un ami.

Luc la frappa au visage du revers de la main et elle s'effondra sur le lit.

— Dis-moi la vérité ! rugit-il.

Sa main comprimait sa poitrine, à quelques centimètres de sa gorge, et elle sentit les battements précipités de son cœur.

— Vraiment, Luc, je n'ai rien à me reprocher. Nous étions de grands amis, tu le sais bien, et notre amitié s'est encore accrue...

— Tu as couché avec lui.

— Non, je te jure que non !

— Tu mens.

Luc la maintenait sur le lit d'une main. De l'autre, il défit la boucle de sa ceinture et ouvrit la fermeture éclair de sa braguette.

— Tu vas voir qu'on ne me la fait pas !

Il arracha son drap de bain en lui écartant sauvagement les jambes, et la pénétra malgré sa résistance. Les ongles plantés dans ses épaules, elle gémit de douleur et crut étouffer tandis qu'il la possédait.

Il sanglotait, accroché à elle, et sa propre réaction la surprit. Elle n'avait plus peur. Elle le serra contre elle en lui caressant les cheveux. L'homme qu'elle aimait autrefois n'avait pas totalement disparu, il devait être encore là, quelque part. Il n'était pas responsable de ce qui lui était arrivé, et, avec un peu d'aide, il reprendrait le dessus. Jeudi... Elle concentrait tous ses espoirs sur le jeudi suivant.

— Tout ira bien, murmura-t-elle, mais le son de sa voix sembla raviver la colère de Luc.

Il bondit hors du lit.

— « Tout ira bien. » Je ne comprends pas ce que tu veux dire !

Son air à la limite de la paranoïa la glaça d'effroi. Elle comprit tout à coup qu'elle devait se mettre à l'abri. Lentement, elle se leva pour s'habiller.

— Tout ira bien, jeudi. Nous allons voir ce psychiatre et...

— Tu vas lui mentir, comme à moi. On ne ment pas dans ces cas-là, Rachel. Tu devras dire ce qui s'est passé exactement entre toi et mon meilleur ami.

Elle enfila un jean et un tee-shirt avant de prendre un sac de voyage sur l'étagère supérieure de la penderie, puis elle articula timidement :

— Je vais passer la nuit chez mes parents.

— Qu'est-ce que tu racontes ?

— Il vaut mieux que nous ne restions pas ensemble ce soir. Nous sommes trop bouleversés tous les deux...

Luc ramassa à terre la lettre froissée et se mit à lire : « Je t'aime beaucoup, beaucoup trop... J'épouse cette mocheté de Katy pour t'oublier... » Rouge de rage, il leva les yeux vers Rachel, qui se hâta d'attraper sa trousse de maquillage et de boucler son sac.

— Tu veux me faire croire qu'un innocent écrirait ces mots-là ? reprit-il. Tu oses prétendre qu'il a été amoureux de toi une année entière sans jamais te toucher ? Je vais le flinguer, c'est tout ce qui me reste à faire ! Je vais le châtrer et lui mettre une balle dans la cervelle !

Elle quitta la pièce sans qu'il cherche à la retenir, mais elle l'entendit hurler dans le couloir :

— Et ensuite, ce sera ton tour, Rachel.

Dans sa voiture, elle eut un haut-le-cœur, puis elle aperçut dans le rétroviseur la zébrure rouge qui marquait sa joue. Son bras qu'il avait tordu était encore douloureux, mais elle fouilla dans son sac et prit le temps d'étaler une bonne couche de fond de teint sur son visage avant d'aller chez ses parents.

Elle leur raconta qu'elle s'était disputée avec Luc et qu'elle avait besoin de calme ; sa mère lui conseilla de parler avec son mari au lieu de s'enfuir. Elle ne prit pas la peine de l'écouter.

Le lendemain matin, il lui fallut une vingtaine de minutes pour cacher le bleu qu'elle avait sur la joue. Elle avait entendu parler de femmes battues par leur mari, mais jamais elle n'aurait cru qu'elle ferait un jour partie des victimes... Sur la coiffeuse de son ancienne chambre à coucher trônait encore une photo de Luc lycéen. Qu'était devenu ce joli garçon aux yeux clairs ?

Ses dix-huit petits élèves étaient follement agités ce matin-là. Elle redoutait les lundis, car ces gamins de sept ans, excités par leur week-end, mettaient une bonne demi-heure à se calmer. Quand elle voulut les faire travailler, une petite blonde, Lily Wright, continua à se lever toutes les deux minutes pour tailler son crayon ou demander à aller aux toilettes. De l'autre côté de la salle de classe, sa sœur jumelle, la brune Jenny, travaillait paisiblement. Elle serait sans doute sa meilleure élève. Ces deux sœurs étaient comme le jour et la nuit !

Pour la quatrième fois, Lily se dirigea vers le taille-crayons. Rachel l'appela à son bureau et la fillette s'approcha d'un air innocent.

— Tu as parfois du mal à rester tranquille, Lily, lui dit-elle.

— Je ne sais pas.

Rachel soupira en regardant l'horloge qui indiquait 10 h 30. Dans une demi-heure elle ferait une pause pour appeler Luc et s'assurer qu'il allait bien.

— Il y a des règles à respecter, Lily, expliqua-t-elle. Je vois que tu as beaucoup de mal à rester assise, mais essaye de faire un effort. C'est nécessaire.

— Mon crayon, je veux le tailler !

Rachel laissa errer son regard par la fenêtre, et ce qu'elle vit la glaça d'horreur. Luc traversait la rue, en direction de l'école. Le fusil à l'épaule, il portait sa tenue de camouflage et tenait quelque chose contre sa poitrine. « Une grenade », se dit-elle, affolée.

Elle se leva si brusquement que Lily bondit en arrière, comme si elle s'attendait à recevoir un coup.

Voulait-il s'attaquer à elle ? La terroriser ? Ou lui parler ? A moins qu'il rende une simple visite à sa classe, comme la fois précédente ; mais, dans ce cas, Jacob Holt allait appeler la police. Elle souhaita de tout son cœur que le principal ne l'ait pas aperçu de la fenêtre de son bureau.

Elle frappa dans ses mains.

— Les enfants, écoutez-moi ! Vous allez tous prendre votre livre préféré ou un album à colorier, et courir au vestiaire.

Elle leur désigna le vestiaire ouvert, au fond de la classe, où elle espérait les mettre à l'abri. Ils se regardèrent entre eux d'un air ahuri, sans bouger d'un pouce.

— C'est un jeu, reprit-elle. Voyons qui sera installé le premier.

— Un jeu idiot, marmonna Lily en retournant à sa place d'un pas traînant.

Rachel eut envie de la secouer.

— Allons, allons, plus vite !

Le cœur battant, elle vit Luc disparaître à l'angle du bâtiment.

Les enfants commençaient à se prendre au jeu. Ils semblaient avoir retrouvé leur ardeur du week-end et couraient maintenant au vestiaire. Lily fut la dernière à se décider ; elle la tira par le bras plus brusquement qu'elle ne l'aurait fait en temps normal.

— Allongez-vous à terre ! ordonna-t-elle, et lisez. Je reviens tout de suite.

Elle traversa la classe en s'efforçant de garder son calme, puis elle sortit et ferma la porte à clef — mais elle perdit quelques précieuses secondes car la clef s'était coincée dans la serrure. En tout cas, Luc ne pourrait pas entrer dans la classe. Et avec un peu de chance, elle allait l'intercepter avant qu'il n'atteigne l'école.

Par quelle porte allait-il passer ? Il éviterait certainement le bureau du principal. Elle courut vers la porte arrière, à l'ouest, et poussa d'un geste énergique le double battant. Une fois dehors, elle ne le vit nulle part. Elle fit le tour du bâtiment, le cherchant des yeux dans la rue, puis dans la cour de récréation. Tout était calme. Mon Dieu, où pouvait-il bien être ?

Elle rentra dans l'école. Aux toilettes des garçons, il n'y avait personne. Alors, elle se précipita, tout essoufflée, dans sa classe. Le bruit de ses talons résonnait dans le silence, et soudain, au bout du couloir, elle distingua la voix de Luc.

— Il n'y a personne ? demandait-il.

Elle crut entendre la voix caverneuse de Jacob Holt lui répondre, puis une détonation accompagnée d'un éclair argenté la cloua sur place, le dos au mur.

Sans aller plus loin, elle put se rendre compte que sa classe était devenue un véritable champ de bataille.

14

Le parking d'Hershey Park était particulièrement bondé pour un lundi soir, mais Michael trouva une place près de l'entrée. Bien que Rachel ait à peine dit un mot depuis une demi-heure, il devina sa surprise.

— Pas mal de changement, hein ! fit-il.

— Oui, dommage !

Il se sentit mélancolique. L'absence de Jason lui pesait...

Après avoir pris leurs billets, ils franchirent le portail.

— Cette partie est nouvelle, dit Rachel en apercevant les maisonnettes de style Tudor qui s'élevaient à l'entrée. Il y avait une aire de pique-nique, ici !

Ils firent tranquillement le tour du parc de loisirs. Michael notait les changements au passage et cherchait à se souvenir des anciennes attractions, mais Rachel semblait indifférente.

— Tu es bien calme ce soir, dit-il en marchant près du carrousel.

— Oui, j'ai eu une dure journée.

— Nous pourrions nous asseoir et parler un peu.

Elle acquiesça d'un signe de tête et il la mena à un banc, assez loin de la piste des Mill Chutes pour éviter les gerbes d'eau projetées par les voitures.

Elle allongea les jambes.

— Je me suis promenée aujourd'hui dans le petit parc du mémorial. J'avais vu un jeune homme, à la supérette... le visage couvert de cicatrices ! Il était dans ma classe le jour où...

— Ken Biers, sans doute.

— Tout à coup, j'ai réalisé pourquoi j'inspire tant de haine.

— *Haine* est un bien grand mot, objecta Michael.

Il savait que certains de ses concitoyens éprouvaient des sentiments violents à l'encontre de Rachel, bien que Lily et quelques autres paroissiens l'aient accueillie aimablement à l'office de la veille.

— J'ai gâché tant de vies ! s'exclama-t-elle. Si je n'avais pas été l'institutrice de cette classe, rien n'aurait troublé l'existence de ces familles. (Elle leva les yeux comme si elle apercevait le toboggan pour la première fois.) Ici aussi, ça a changé.

Michael effleura le dos de sa main.

— Parle-moi, Rachel.

— Au mémorial, je me suis replongée dans des souvenirs que j'évitais depuis longtemps. C'est très douloureux. Je me sens terriblement déprimée ; j'ai l'impression qu'il n'y a pas d'issue. On dirait que les gens me jugent personnellement responsable, comme si c'était *moi* qui avais lancé la grenade.

Michael l'écouta en hochant la tête. C'était une conversation qu'il appréhendait, mais il la savait inévitable.

— Tu es partie si vite, après l'événement, que tu n'as pas assisté au contrecoup. Bien sûr, je ne t'en blâme pas. C'était peut-être la seule solution, mais ça t'empêche de comprendre réellement la réaction des gens.

Il se pencha en avant, les coudes appuyés sur ses genoux.

— Tu vois, chacun avait son idée sur la question. Ton attitude a été critiquée. On a dit que tu avais abandonné les enfants tout seuls dans ce vestiaire.

Un pli profond barra le front de Rachel et ses mains se nouèrent sur ses genoux.

— Que pouvais-je faire ? J'ai eu à peine deux secondes pour me décider...

Il lui dénoua les mains et serra l'une d'elles.

— Je sais.

— J'avais l'impression de mettre mes petits à l'abri en les cachant au fond de ce vestiaire.

— Je ne dis pas le contraire, mais, dans ces cas-là, les gens ne peuvent pas s'empêcher de faire des hypothèses. Si tu avais fait ceci ou cela...

Quoi ? Qu'aurais-je pu faire d'autre ?

Michael hésita avant de répondre.

— Certaines personnes pensent que tu aurais dû envoyer un groupe d'élèves prévenir Holt et rester avec ta classe ; d'autres disent qu'il fallait faire sortir tout le monde. On ne comprend pas que tu aies laissé les enfants seuls.

Rachel se tordit à nouveau les mains.

— Je pensais arrêter Luc au passage.

— Tu aurais pu, au moins, fermer la porte à clef en partant.

— Je l'ai fermée ! protesta Rachel. Enfin, j'ai essayé de la fermer, mais la serrure s'est coincée et ça n'a pas dû marcher.

— Peu importe que tu aies essayé, il n'y a que le résultat qui compte. (Michael se reprocha sa dureté, mais il tenait à être clair.) De toute façon, des parents endeuillés ne pouvaient pas te donner raison, quoi que tu fasses. Tu étais vouée à devenir leur bouc émissaire, et ton départ brusqué t'a fait paraître d'autant plus coupable. Holt t'a porté un coup fatal lorsqu'il a déclaré que tu avais promis la semaine précédente de faire interner Luc, mais que tu n'avais pas tenu parole.

— Il n'a jamais été question de faire interner Luc !

— Holt est censé t'avoir dit qu'il considérait ton mari comme un danger public et qu'il souhaitait le faire interner. Tu aurais admis qu'il était dangereux et tu te serais engagée à faire les démarches nécessaires pendant le week-end.

Rachel parut troublée.

— Je n'ai jamais dit qu'il était dangereux ! Il me semblait réellement inoffensif. J'ai affirmé à Jacob Holt que je l'empêcherais de revenir à l'école et que nous allions consulter quelqu'un. Il a parlé de la police... (Elle comprima ses tempes entre ses paumes.) Mon Dieu, je ne me rappelle plus ! Après tout, il a peut-être parlé d'internement...

Michael observa une voiture chargée d'adolescents hurlants qui plongeait dans l'eau. Il reprit la main de Rachel : ses paroles allaient la peiner.

— Je comprends la réaction des gens, parce que même moi qui t'aimais et qui t'aurais confié aveuglément mes enfants, je me suis demandé si tu aurais pu avoir une attitude différente ce jour-là.

Elle détourna la tête.

— Pardon, murmura-t-il.

— Parmi les gens qui sont encore en ville, dis-moi qui a été frappé par ce malheur. Tu m'as parlé du fils de l'un de tes amis.

— Oui, Will, le fils de Drew. (Il se déplaça sur le banc.) Il y a Arlena et Otto à la boulangerie. Russell Martin, au bureau de poste, était l'un de tes élèves, ainsi que Sarah Holland, qui travaille à la librairie. Elle a le même genre de cicatrices que Ken.

— Oh, mon Dieu !

— Tu as déjà rencontré Lily Jackson, qui a perdu sa sœur. Une institutrice de Spring Willow était autrefois dans ta classe. Ses parents ont déménagé juste après le drame, mais elle est revenue l'année dernière. Elle pense que c'est le seul moyen de surmonter son angoisse. Une femme très courageuse !

Michael lui énuméra les parents dont les enfants avaient leur nom inscrit sur le mémorial. Des fermiers, des professeurs, des commerçants et le gardien du parc. Deux autres travaillaient à la banque et le dernier à la teinturerie.

Rachel soupira.

— Ils sont si nombreux !

— Oui, et Reflection ne veut pas passer l'éponge. Le deuxième lundi de septembre s'appelle Reflection Day ; c'est un jour consacré au souvenir.

— Une cérémonie annuelle ? s'étonna Rachel. Après vingt et un ans ?

— Absolument. Les écoles et les magasins ferment. A tour de rôle, les groupes de jeunes des différentes églises organisent une commémoration dans l'auditorium du lycée.

— En quoi consiste-t-elle ?

— Les gosses lisent des textes, en prose ou en vers, qu'ils ont rédigés sur trois principaux thèmes. (Michael lâcha la main de Rachel pour compter sur ses doigts.) Premièrement, l'importance des enfants dans une communauté : il faut les chérir et les protéger. Ensuite, la folie de la guerre : elle peut transformer un lycéen parfaitement sain en un individu — il prit le temps de peser ses mots — tout à fait inadapté.

— Et le troisième thème ?

Michael pinça les lèvres à l'idée d'évoquer ce point.

— La responsabilité de l'individu face à la communauté.

— Je ne comprends pas.

— Certaines personnes pensent que tu as abandonné ta classe pour sauver ta peau.

Un poing contre sa bouche, Rachel resta un moment silencieuse, puis elle se croisa les bras en frissonnant comme si son sang s'était glacé dans ses veines.

— Et toi ?

Il posa sa main sur son bras.

— Non, je n'ai jamais pensé cela.

— Comment pourrais-je les convaincre ? Si seulement les gens acceptaient de me parler ! Je ne suis pas un monstre.

— Je sais, Rachel.

— Et moi qui pensais me faire pardonner grâce à un peu de soutien scolaire bénévole ! (Elle rit sous cape en se relevant nerveusement.) Je te remercie de m'avoir dit tout cela. Maintenant, j'y vois un peu plus clair.

— Cette année, je suis responsable du programme de Reflection Day, murmura Michael d'un ton de confidence.

Elle prit un ton presque offusqué.

— Toi, Michael ?

— Oui, et je suis content que mon tour arrive, parce que j'estime qu'il est temps d'en finir avec cette commémoration. Je voudrais les faire réfléchir sur le thème du *dernier* Reflection Day...

Elle lui effleura doucement la main.

— Tu as de grandes ambitions pour Reflection, n'est-ce pas ? Tu cherches à guérir ses blessures, et à lui éviter l'intervention des promoteurs.

— J'espère avoir plus de chance avec cette histoire de commémoration qu'avec les promoteurs !

— Ça ne marche pas ?

— C'est David contre Goliath.

— Je n'arrive toujours pas à comprendre comment une personne comme Marielle Hostetter peut avoir un rôle aussi déterminant.

— La vie réserve parfois des surprises.

— Il faudrait lui parler. Elle a peut-être une certaine conscience...

— Crois-moi, j'ai cherché à l'aborder, mais elle n'accepte de communiquer que par l'intermédiaire de son avocat.

— Et si j'essayais ?

Michael laissa échapper un rire moqueur.

— Toi ?

— Je suis devenue un peu étrangère à la ville. Peut-être qu'elle se braquera moins contre moi que si j'étais personnellement impliquée dans cette affaire. De plus, son père et mon grand-père étaient amis, m'a dit Gram. Ça pourrait me fournir une entrée en matière...

— Tu te fais des illusions, elle refusera de te parler ! s'exclama Michael, certain que Marielle Hostetter ne pourrait pas contribuer au salut de sa ville natale.

Ils gardèrent un moment le silence. La tête de Rachel reposait sur l'épaule de Michael, qui maudit le plaisir de cette proximité. Il avait été si ému, la veille, en la voyant à l'église ! Sa joie avait fait place à une grande inquiétude devant sa vulnérabilité et son courage, quand elle s'était présentée aux paroissiens. Il l'aimait d'un amour qu'il aurait souhaité plus licite...

— Quelle idée de venir à Hershey Park pour pleurer sur un banc ! finit par chuchoter Rachel.

— Tu tiens à t'amuser ?

— Oui, dit-elle en se levant.

— A propos, le Palais du Rire n'existe plus ; il y a un nouveau manège à sa place.

— Je l'aimais tant ! soupira Rachel.

Elle se revoyait avec ses deux amis, riant et trépignant sur place. A sept, douze, quinze et même dix-huit ans... Leurs voix, leurs désirs, leurs relations changeaient, mais ils formaient toujours le même trio. Ce souvenir l'attrista.

— Le Monde des Horreurs est toujours là ?

Michael hocha la tête.

— Penses-tu ! Leurs attractions sont interdites pour des motifs de sécurité.

— Cet endroit me terrifiait quand j'étais enfant.

Il tremblait lui aussi dans ces étroits couloirs où d'étranges choses vous sautaient au visage, où des mains vous empoignaient au passage, où des toiles d'araignée s'accrochaient à vos joues, et où le sol se dérobait sous vos pieds. Plus tard, cette obscurité était devenue leur refuge : un ami de Luc les laissait entrer discrètement dans une petite pièce sombre, derrière l'une des portes. Luc et Rachel y passaient des heures brûlantes, à même le sol ; il y emmenait parfois des filles lui aussi.

— Tu te rappelles la petite pièce sombre ? demanda Rachel qui avait lu dans ses pensées.

— Oui, très bien.

Ils allèrent seulement sur quelques manèges de peur d'avoir le tournis, mais ils passèrent de bons moments, anonymes au milieu de la foule. En deux heures, Michael n'avait aperçu aucune de ses connaissances, et Rachel aurait pu être une femme sans aucun passé.

Elle s'arrêta à un stand pour acheter un tee-shirt à son fils. Assis sur un banc, il l'observa de loin. A ses yeux, elle était toujours la jeune fille du Rwanda ; il eut un choc en réalisant qu'elle avait quarante-trois ans. Objectivement, il n'aurait su dire si elle était jolie, mais son sourire le faisait vibrer du même désir qu'une vingtaine d'années plus tôt, lorsqu'il la voyait au travail avec de petits Africains.

Elle rit d'une remarque du caissier et se retourna en lui adressant un signe. Non, elle n'était pas jolie, mais belle ; et lui, qu'allait-il devenir ?

Quand elle se rapprocha pour lui montrer le tee-shirt qu'elle venait d'acheter, il remarqua à peine le motif. Il avait envie de la prendre dans ses bras, d'être avec elle dans la petite pièce sombre...

Les mains dans les poches, il se remit à marcher.

— Que dirais-tu des montagnes russes ? demanda-t-elle, en lui montrant du doigt la vieille installation de bois, avec ses courbes et ses virages.

— Je n'y suis pas allé depuis des siècles.

— Viens !

Elle le prit par la main et Michael se laissa entraîner, contraint et forcé, dans la première voiture. Il n'avait jamais accompagné Rachel sur ce parcours, car la deuxième place du véhicule était toujours réservée à Luc.

Après une lente montée, les tournants et les descentes se succédaient sans interruption. La vitesse propulsait leurs corps l'un contre l'autre, et l'expérience parut de trop courte durée à Michael.

Quand la voiture ralentit avant de s'arrêter, il l'enlaça et elle abandonna sa tête sur son épaule. Ses cheveux sentaient bon ; ils avaient la douceur de la soie. Soudain, il dut se rendre à l'évidence : il fallait fuir cette femme.

Rachel sortit de la voiture en riant et lui tendit la main pour l'aider à se dégager.

— Michael !

Il se retourna et aperçut Sean Howe, un des jeunes de son groupe, qui lui faisait signe. Il était en compagnie de sa mère, Mary, dont l'époux appartenait à son groupe de soutien du vendredi soir.

— Bonjour Sean, bonjour Mary.

Il lâcha la main de Rachel pour leur rendre leur salut, mais il se souvint brusquement du corps de Rachel contre le sien. Sean et Mary continuèrent leur chemin ; il se sentit soulagé qu'ils ne se soient pas arrêtés pour lui parler.

Comment allait se passer son groupe de soutien le vendredi suivant ? Il n'était pas pensable d'avouer à ses amis mennonites les sentiments contre lesquels il se débattait depuis quelques jours. Mieux vaudrait s'abstenir...

Le moment était venu de songer au départ. Ils se dirigèrent vers le parking. Son léger écœurement n'était pas dû seulement aux tours de manège. Dans la voiture, Rachel se contenta d'écouter la radio les yeux fermés, et ils gardèrent le silence pendant tout le trajet, mais il se sentait de plus en plus captivé par sa présence.

Arrivé chez Helen, il s'engagea dans l'allée jusqu'à l'arrière de la maison.

— Tu t'assieds un moment sous le porche ? proposa Rachel.

Le porche au clair de lune le tenta, mais il hocha la tête en évitant son regard.

— Non, je veux appeler Jace avant qu'il soit au lit.

— Alors, on vous voit demain soir, Jace et toi ?

Il acquiesça en regrettant d'avoir accepté l'invitation à dîner d'Helen, pour fêter le retour de Jason. Puis il raccompagna Rachel jusqu'à la porte, et il l'embrassa sur la joue.

— Bonsoir, Rachel, c'était une bonne promenade.

Elle lui sourit d'un air perplexe.

— A demain, dit-il.

Il sentit son regard peser sur lui tandis qu'il retournait vers sa voiture, et son image le poursuivit sur le chemin du retour lorsqu'il traversa la ville, éperdu de désir.

Il rêvait de Rachel et de la petite pièce sombre lorsque le téléphone sonna : elle était assise par terre, son visage à peine visible dans les ténèbres, et elle posait sa main sur sa jambe, sa cuisse...

A demi endormi, il chercha le récepteur à tâtons.

— Michael ?

C'était Katy.

— Bonsoir, répondit-il, appuyé sur un coude.

— Désolée de t'appeler en pleine nuit, mais je me sentais un peu... Un peu déprimée, je crois, et j'avais envie de te parler.

Katy, un peu déprimée ! Ce n'était pas son genre... Il s'assit dans son lit en essayant de chasser le rêve qui le hantait encore.

— Qu'est-ce qui t'arrive ? demanda-t-il avec la vague impression qu'elle pleurait.

— Pas grand-chose. Je voulais seulement avoir de tes nouvelles.

— Je vais très bien.

Il réalisa qu'il ne pouvait pas lui parler de sa promenade au parc de loisirs.

— J'ai réfléchi à ce que tu m'avais dit, chuchota Katy d'une voix étrange. Nous devons prendre un nouveau départ... Si tu veux, allons voir un conseiller matrimonial. Cette idée me déplaît, mais il n'y a peut-être pas d'autre solution.

Michael secoua la tête pour chasser le rêve dont il n'arrivait pas à se défaire.

— Michael, reprit Katy, veux-tu toujours prendre conseil à mon retour ?

Elle n'était pas capable d'exprimer son chagrin, mais Michael eut la certitude qu'elle souffrait.

— Oui, répondit-il, bien qu'en son âme et conscience il n'eut plus réellement envie de trouver une solution à leurs problèmes.

— J'ai peut-être le mal du pays. Ça ira sans doute mieux demain. Ce séjour est trop long ; Jace me manque.

— Tu lui manques aussi. Nous t'appellerons quand il rentrera à la maison.

Selon son habitude, elle n'avait même pas dit à Michael qu'il lui manquait ou qu'elle l'aimait. Il arrivait parfois à Katy d'écrire une formule tendre au bas d'une lettre ou d'une carte postale, mais il ne l'avait jamais entendue prononcer des mots d'amour.

— Dis-lui que j'ai hâte de le revoir, reprit-elle.

— Entendu.

Ils se dirent adieu et il raccrocha.

Les yeux au plafond, il fut tenté de replonger dans son rêve, mais la réalité se rappelait à lui. Il pensa à sa femme, à son fils qui avait besoin de parents unis. Il avait une réputation à sauvegarder, une congrégation qui avait foi en lui, et une ville qu'il ne pouvait abandonner à son sort.

15

Rachel terminait son muffin quand le téléphone sonna.

— Je vais répondre, déclara Helen en se levant pour décrocher le téléphone mural.

Depuis quelques jours, ses progrès s'accéléraient : elle boitillait beaucoup moins, refusait de prendre sa canne et ne ratait pas une occasion de s'activer et de faire ses exercices d'assouplissement de la cheville.

— Bonjour, Michael, dit-elle au téléphone.

Rachel se sentit apaisée comme par miracle en entendant prononcer le nom de son ami. Elle ne comprenait pas pourquoi il était devenu si distant la veille avant de la quitter, alors qu'ils venaient de passer un si bon moment ensemble ; un moment de véritable détente dont elle avait perdu l'habitude !

Elle se leva de table après s'être essuyé les lèvres sur sa serviette.

— Prends la communication dans la bibliothèque, suggéra Helen. Je vais débarrasser la table.

Dans la bibliothèque, Rachel s'affala dans l'une des grandes bergères de moleskine, face à la fenêtre, et posa le téléphone sur ses genoux.

— Salut, dit-elle. (Au même instant, un déclic indiqua que Gram avait raccroché.)

— Salut. Comment vas-tu ce matin ?

— Bien. Je suis ravie de notre sortie d'hier.

Gênée par le silence de Michael, elle se mordit les lèvres.

— J'aimerais te parler, dit-il enfin.

— Nous trouverons un moment ce soir quand tu viendras dîner avec Jason, ou préfères-tu passer me voir ?

— Parlons tout de suite ! Je voulais te dire, entre autres, que nous ne pouvons pas venir ce soir. Désolé de ce contretemps !

— Que s'est-il passé ?

— Rien de spécial. (Il soupira et elle l'imagina en train de se passer la main dans les cheveux.) Oh, Rachel, je ne m'attendais pas à cela.

— A quoi ?

— J'ai commis une erreur hier, et je ne dois pas recommencer. Sortir avec toi, être si proche de toi... La tentation était trop grande. Je crois que nous sommes trop fragiles en ce moment tous les deux.

Elle ferma les yeux en se disant qu'elle ne lui avait pas facilité la tâche en prenant sa main, en posant sa tête sur son épaule. Mais c'était si bon d'être avec lui !

— Je crois comprendre, murmura-t-elle.

— Et puis, je n'ai pas vu Jace depuis longtemps ! Je tiens à passer cette soirée en tête-à-tête avec lui.

— Bien sûr.

— Enfin, j'ai eu un appel de Katy au milieu de la nuit. Si elle m'avait demandé comment j'avais passé ma soirée, j'aurais dû lui mentir. Ce n'est pas dans ma nature. Je ne peux pas vivre dans le mensonge. D'ailleurs je me suis senti coupable quand nous avons rencontré ce garçon et sa mère au parc de loisirs.

— Tu n'as pas à te sentir coupable. Nous avons simplement partagé un grand moment d'amitié.

— J'ai fait beaucoup plus par la pensée !

— Tu pourrais avoir une haute idée de toi-même dans la mesure où tu as ce genre de pensée sans y céder.

Elle crut l'entendre rire.

— Non, je ne raisonne pas comme ça ! Katy semble avoir réfléchi sérieusement à nos problèmes, pour une fois. Elle propose d'aller voir un conseiller matrimonial avec moi à son retour. (Il soupira.) Du *déjà vu*, il me semble. Nous allons devoir être aussi héroïques qu'à l'époque du Rwanda.

— Très bien, répondit doucement Rachel.

— Nous courions un risque hier soir, n'est-ce pas ?

— Un certain risque...

— Je ne veux pas d'une affaire de cœur !

— Moi non plus.

— Je sais que tu ne cherches pas à me tenter, mais ta simple présence est une tentation. Ton corps contre le mien, sur les montagnes russes, m'a mis au supplice. Parfois, le simple fait de te parler me trouble.

Elle aurait voulu le contredire, mais au fond d'elle-même elle le comprenait. Il suffisait qu'il commence une phrase par « Te rappelles-tu... » pour que le souvenir de leur intimité partagée la bouleverse, elle aussi.

— Tu as raison, Michael, reconnut-elle. Si tu n'as que ton amitié à m'offrir, j'estime que c'est un merveilleux cadeau. Nous avons fonctionné de cette manière pendant longtemps ; pourquoi ne pas recommencer ? (Elle ne fit aucune allusion aux difficultés que cette situation avait présentées pour eux.) Mais... C'est pour cette raison que tu ne viens pas ce soir. En somme, tu préfères m'éviter.

— Oui, admit Michael sans détour. Attendons un peu pour nous revoir. D'accord, Rachel ? Je devais développer des photos avec toi cette semaine. Remettons ça à plus tard, si tu veux bien.

— Entendu. (Elle hésita un instant.) Est-ce qu'il t'arrive de t'adresser à Dieu et de lui demander son soutien dans de telles circonstances, Michael ?

— Pourquoi pas ?

Rachel imagina le réconfort qu'il trouvait dans la prière et elle l'envia.

— Je voudrais essayer de prier moi aussi, dit-elle en souriant. Tu devrais me donner une leçon !

Michael se mit à rire.

— Tu es l'incarnation du diable, Rachel. Le diable en personne !

Helen emplit le lave-vaisselle, et, dans son élan, balaya autour de la table. Elle se sentait en pleine forme. Depuis plusieurs jours, elle n'avait pas pris de calmants. Sa cheville se consolidait, ses vertiges s'espaçaient, son poignet allait beaucoup mieux ; bientôt, elle pourrait se remettre au piano. Chaque fois qu'elle traversait le salon, il lui semblait que le clavier lui lançait un clin d'œil tentateur.

Elle alla dans la salle de séjour mettre la stéréo en marche, et une douce musique s'éleva à travers la pièce. Dans la bibliothèque voisine, Rachel parlait toujours au téléphone. Elle prit dans sa chambre le livre qu'elle dévorait depuis quelques jours — le septième depuis son accident — et s'assit sur la chaise à haut dossier, près de la fenêtre donnant sur le jardin.

Elle lisait les livres de la bibliothèque municipale et commandait certains ouvrages à la librairie. Pour rien au monde elle n'aurait supporté d'être à court de lecture !

Un coup à la porte de sa chambre, restée ouverte, lui fit dresser l'oreille.

— Je peux entrer ? demanda Rachel.

— Bien sûr !

Rachel s'assit sur le lit, et Helen déplaça sa chaise pour lui faire face.

— Merci d'avoir débarrassé, dit Rachel, mais tu n'aurais pas dû. Ton poignet ne t'a pas gênée ?

Helen posa son livre sur ses genoux.

— Pas le moins du monde.

Elle faillit lui avouer qu'elle n'avait presque plus besoin d'aide, mais elle redoutait par-dessus tout le départ de sa petite-fille. En outre, chaque fois qu'éclatait un orage, elle était pratiquement incapable de se passer d'elle, malgré les herbes aromatiques qui étaient censées protéger la maison, et dont elle gardait toujours quelques brins dans son sac en cas de besoin...

Rachel regardait par la fenêtre et Helen eut la certitude qu'elle voulait parler. *Vraiment* parler. Il ne serait question ni du jardin, ni du CD qu'elles allaient écouter, ni des oiseaux qu'elle avait aperçus dans les bois.

— Qu'y a-t-il, Rachel ? demanda-t-elle.

— Michael et Jason ne viennent pas dîner ce soir.

— Oh !

Rachel la fixa intensément.

— Il se sent mal à l'aise avec moi.

Helen opina du chef : elle n'était guère surprise, car Michael lui avait paru grave au téléphone.

— Pourquoi ? interrogea-t-elle avec une feinte candeur.

Rachel baissa les yeux et se concentra avant de répondre.

— Quand nous étions au Peace Corps, nous sommes devenus très proches.

— Ah bon ! fit Helen, d'un air surpris. Vous êtes tombés amoureux ?

Rachel acquiesça d'un signe de tête.

— A l'époque, je venais de me marier, alors... nous nous sommes avoués nos sentiments mais nous n'en avons jamais tiré les conséquences.

Elle interrogea Helen du regard, comme si elle cherchait à savoir ce que la vieille dame avait compris.

— Vous n'êtes pas devenus amants, fit celle-ci en espérant que son franc-parler faciliterait ses confidences.

— Non. (Rachel fixait ses mains, croisées sur ses genoux.) Et à mon retour ici... Bon, tu sais ce qui s'est passé... Papa et maman m'ont plus ou moins fait disparaître comme par enchantement et je n'ai pas eu la force de...

— Tu étais sous le choc, Rachel. Je pense que tu n'avais pas le choix.

— Ensuite, j'ai perdu contact avec Michael jusqu'à aujourd'hui.

— Et vos sentiments n'ont pas changé.

— Non, mais il est marié lui aussi, et pasteur...

— Il n'a pas épousé la femme qu'il lui fallait.

Rachel leva les yeux, incrédule.

— Je n'en sais rien, mais c'est elle qui l'a aidé à trouver la foi.

— Elle n'est pas la femme qu'il lui faut, répéta Helen avec conviction. Je l'ai toujours su !

— Que veux-tu dire par là ? Et pourquoi le connais-tu si bien ?

Helen posa son livre sur une petite table à côté d'elle.

— Je sais tout sur tes rapports avec Michael à l'époque du Peace Corps. A son retour du Rwanda, il est venu nous demander si nous savions où tu étais. Evidemment, nous n'en avions aucune idée. Le pauvre garçon était désespéré. Il nous a confié à Peter et moi ses sentiments pour toi. Il disait qu'il t'avait toujours aimée, mais sans oser l'admettre parce que vous étiez destinés à vous marier, Luc et toi.

Rachel baissa les yeux comme si Helen exposait au grand jour les secrets les plus intimes de Michael.

— Il a sangloté sous nos yeux, ajouta Helen, et nous avons pleuré avec lui parce que nous savions ce qu'il éprouvait. Nous t'avions « perdue » nous aussi, quelques années plus tôt, quand tes parents avaient décidé de t'arracher à nous.

Des larmes brillèrent dans les yeux de Rachel.

— Je n'ai jamais compris...

Helen éluda d'un geste sa remarque et la question qu'elle sentait venir. Ce n'était pas le moment.

— Michael nous a dit qu'il avait épousé Katy dans l'espoir de t'oublier, reprit Helen. Il a compris plus tard son erreur. Si j'avais su où tu étais, je lui aurais dit de s'expliquer avec sa femme et de te retrouver, te revendiquer. (Les mots qu'elle choisissait firent apparaître un sourire fugitif sur les lèvres de Rachel.) Katy était très jeune, elle aurait surmonté l'épreuve, comme elle la surmonterait maintenant si...

Rachel releva brusquement la tête.

— Gram ! Je ne peux pas faire ça à une autre femme ! Michael tient à sa vie conjugale, et il a raison. Katy et lui ne forment pas un couple idéal, mais elle l'a appelé hier soir de Moscou : elle accepte d'aller voir un conseiller matrimonial à son retour. Je te rappelle aussi qu'il est pasteur. Sa vocation est tout pour lui, et un pasteur mennonite ne peut pas divorcer. Donc, il n'y a pas de solution !

— Je comprends tes scrupules. (Helen laissa échapper

un soupir.) Ta bonne foi t'honore, mais certaines choses dans la vie sont trop précieuses pour qu'on y renonce. Vous êtes des âmes sœurs Michael et toi, vous l'avez toujours été et vous ne pouvez pas le nier. Il faut savoir se battre.

Rachel frémit. Sa grand-mère faisait si peu de cas du lien entre Michael et sa femme !

— Je ne me battrai pas pour une telle cause ; je n'ai pas le droit. Tu ne peux pas comprendre parce que tu as eu tout de suite de la chance : vous étiez Peter et toi des... « âmes sœurs », comme tu dis, et vous n'avez fait de mal à personne pour trouver votre bonheur ensemble.

— Nous n'avons *jamais* connu la passion !

Rachel fronça les sourcils.

— Je croyais que...

— Nous nous aimions tendrement, nous nous respections et j'éprouvais une profonde reconnaissance pour l'aide qu'il m'avait apportée. Mais nous n'étions pas unis par ce lien du cœur qui existe entre Michael et toi. Un lien trop précieux pour le négliger ! Tu n'étais pas totalement satisfaite toi non plus par tes rapports avec Phil, si je ne m'abuse.

Un instant sur la défensive, Rachel répondit en toute honnêteté.

— La perfection n'est pas de ce monde, mais je me sentais bien avec lui.

— Et avec Michael ?

Rachel sourit avec nostalgie.

— Avec Michael, tout aurait été différent.

— Alors, ne renonce pas !

— Je refuse de lui nuire. Il tient à son couple, je le sais, et il ne veut pas avoir à rougir de lui-même !

Helen s'adossa sur sa chaise. Rachel avait raison : de quel droit se mêlait-elle de cette affaire ? Elle ne faisait pas grand cas de Katy Stoltz — excellent médecin, respecté et apprécié de tous les parents de Reflection, qui pouvaient la réveiller en pleine nuit pour un enfant fiévreux. Pourtant, jamais elle n'avait éprouvé une grande sympathie pour cette jeune femme.

Rachel se leva en souriant.

— Je dois dire, Gram, que tes conseils me surprennent, mais ils me touchent sincèrement.

Helen reprit son livre et tourna son visage vers la fenêtre. Le jardin était inondé de lumière. Elle aperçut l'entaille, sur le flanc de l'érable, là où Michael avait scié la branche.

Ces deux-là étaient faits l'un pour l'autre...

Elle hocha la tête dans l'espoir de chasser cette pensée. Il ne lui appartenait pas de résoudre leur problème. D'autre part, elle n'avait pas trouvé, en d'autres temps, une solution si brillante au sien.

Helen avait vingt-six ans et son fils six, lorsque le pianiste Karl Speicer, invité par Peter, vint leur rendre visite pour la première fois à Reflection. Né en Allemagne, Karl avait grandi en Angleterre. Il était arrivé à New York à vingt et un ans. Son accent indéfinissable et sa voix profonde la fascinèrent immédiatement.

De nombreux musiciens et compositeurs étaient déjà venus les voir, mais dès que Karl — ou Hans, comme elle l'appela par la suite — franchit le seuil, il crut découvrir le paradis. Elle avait ouvert toutes les fenêtres pour que le ciel et la forêt pénètrent dans la maison en cette fin de printemps. Les yeux fixés sur les arbres, il marcha d'une pièce à l'autre, caressant les lambris et inspirant de grandes bouffées d'air pur.

— Je me sens chez moi, murmura-t-il, ébloui par sa visite.

— Je m'en aperçois, répliqua Helen, souriante.

— Je savais que ça vous plairait, observa à son tour Peter, la main posée sur l'épaule de sa femme. La ville aussi vous plaira.

Hans désigna d'un grand geste la maison, les arbres et l'ensemble du paysage.

— Comment garder tout cela avec moi ?

— C'est impossible. Il faudra venir nous rendre visite aussi souvent que vous le souhaiterez. (Helen connaissait à peine Hans, mais savait déjà qu'elle ne se lasserait jamais de le recevoir sous son toit.)

Le lendemain, tandis que Peter travaillait à une nouvelle sonate qu'il avait en tête depuis plusieurs jours, elle emmena Hans en ville. Quand Peter mettait la « dernière touche » à une composition, elle préférait prendre ses distances, car il avait du mal à contrôler son humeur.

Hans fut charmé par l'influence hollandaise sur la Pennsylvanie et par la présence des amish. Il discuta en allemand avec de vieux boutiquiers, qui en oublièrent presque leurs autres clients. Dans le premier magasin, un vieillard le confondit avec un certain Hans Schulmann, connu jadis en Allemagne. Pendant le reste de la matinée, elle le taquina en l'appelant Hans, et ce prénom lui resta.

Ils avaient déjeuné à la cuisine. Hans voulut ensuite faire une promenade ; elle l'accompagna avec le petit Johnny. Après avoir marché un moment, le pianiste remarqua un chêne énorme, portant deux grosses branches perpendiculaires au tronc. Il décida d'y construire une maison, et l'enfant bondit de joie. Ils allèrent donc en ville tous les trois acheter le bois de charpente dont ils auraient besoin.

Lorsque Johnny commença à se lasser, Helen le ramena à la maison où Peter accepta de le faire dîner et de le coucher — et elle se remit à la tâche avec Hans. Ils travaillèrent tard dans la nuit, et encore le lendemain, tout en causant.

— C'est la première fois de ma vie que je construis quelque chose, dit Hans.

Elle en fut surprise, car il lui paraissait habile et sûr de ses gestes. Il lui confia aussi son admiration pour Peter.

— Je suis devenu pianiste, déclara-t-il, pour jouer le genre de musique que compose Peter.

Avec un enthousiasme qui la surprit elle-même, elle lui répondit qu'elle souhaitait l'entendre.

Il maniait le marteau et clouait des planches. A la différence de la plupart des pianistes, il ne traitait pas ses mains comme de précieux bibelots. Pourtant, il avait de longs doigts fuselés, qu'elle pouvait imaginer dansant gracieusement sur le clavier.

La maison dans l'arbre prenait forme petit à petit ;

quand vint la nuit, ils travaillèrent à la lumière d'une lanterne. Helen avait des douleurs dans les épaules, et les genoux ankylosés, mais elle s'en moquait. Un espace infime les séparait et elle sentait le souffle de Hans la frôler. Même lorsqu'ils se taisaient, elle avait l'impression de communier avec lui par la pensée : un courant les traversait, une sensation inconnue... Elle ne doutait pas de ses sentiments pour Peter, mais jamais elle ne s'était sentie galvanisée par sa présence. Jamais elle n'avait désiré passer la nuit à lui parler. Jamais, jusqu'à cette nuit-là, un homme n'avait exercé un tel pouvoir sur elle.

Quand ils rentrèrent à la maison, Peter était toujours penché sur le piano. Elle aurait souhaité qu'il fasse entendre sa composition à Hans, mais il n'était pas prêt. Elle alla donc préparer un thé à son hôte et ils s'assirent sous le porche.

— J'ai toujours vécu en ville, soupira-t-il.

Fasciné par les bruissements d'une nuit d'été à la campagne, il fermait les yeux pour écouter les grenouilles, les cigales et les grillons. Quand il eut fini son thé, elle prit une lampe torche et l'emmena sur le chemin derrière la maison. Ils marchèrent dans la nuit jusqu'au ruisseau, et toutes les grenouilles, surprises, s'enfuirent sur-le-champ. Hans, ayant aperçu la corde accrochée à un arbre, se lança au-dessus de l'eau avec un grand cri. Assise sur la berge, elle se demanda comment il pouvait lui rester tant de force dans les bras après une telle journée de travail. Il vint ensuite la rejoindre et elle lui parla de la sonate à laquelle travaillait Peter — du début qui annonçait les principaux thèmes et du *scherzo* qu'elle lui fredonna, tandis qu'il écoutait en silence.

— Peter ne m'avait pas dit que vous aviez des connaissances musicales, observa-t-il quand elle se tut.

Elle se sentit quelque peu trahie.

— Sous quels traits me présente-t-il quand il parle de moi ?

— Il dit que vous êtes une mère et une épouse admirable, et que vous le soutenez beaucoup dans sa carrière. (Hans lui prit la lampe torche qu'il dirigea vers les eaux sombres.) Mais il ne dit jamais à quel point vous êtes belle.

Surprise par cette remarque, elle ne sut que répondre.

— Je ne voudrais pas vous embarrasser, ajouta Peter en éteignant la lampe, mais j'ai été frappé au premier regard par votre grande beauté. Je m'étonne que Peter n'y ait jamais fait allusion, mais votre mari est... un homme hors du commun, n'est-ce pas ?

Bien qu'elle fût du même avis, elle tenta de lui faire préciser sa pensée.

— Que voulez-vous dire ?

— Il est trop passionné par son travail et par ses engagements politiques pour perdre la tête devant la beauté d'une femme.

En effet, Peter n'avait jamais manifesté d'intérêt pour son physique. Il appréciait son esprit, son talent, ses convictions. Pas une fois il ne lui avait dit qu'elle était belle.

— Je l'envie ! poursuivit Peter. Il peut voyager aux quatre coins du monde et vous retrouver à son retour, les bras ouverts pour l'accueillir. J'espère avoir un jour autant de chance que lui.

Le lendemain matin, Hans confectionna un siège au bout de la vieille corde, à l'aide du bois de charpente restant. Ils allèrent ensuite pique-niquer au bord de l'eau avec Johnny et un petit camarade ; Peter resta au piano. Les enfants passèrent des heures à se balancer au-dessus de l'eau, pendant qu'ils bavardaient, assis sur une couverture.

Le soir, Peter tout souriant annonça qu'il avait presque terminé sa sonate : il ne manquait plus que la touche finale. Détendu, il montra après le dîner ses albums de rébus à Hans, qui partageait sa fascination. Pendant qu'elle débarrassait la table, elle les entendit rire de bon cœur dans la bibliothèque.

Peter se remit au travail et ils retournèrent à la balançoire, au-dessus du ruisseau. Par un accord tacite, ils se comportèrent comme deux gamins dans cette chaude nuit printanière.

Après sa première chute dans l'eau froide, elle crut

étouffer de rire. Ce plongeon tout habillée lui rappelait sa folle jeunesse depuis longtemps reléguée aux oubliettes. Trempés et glacés, Hans et elle se rassirent dans l'herbe. Au bout de quelques minutes, elle se rendit compte que sa blouse blanche, plaquée sur ses seins, était devenue presque transparente. Le regard de Hans s'y reposait sans cesse ; elle eut honte d'en éprouver un tel plaisir.

Peter les attendait, rayonnant. Il leur dit d'aller vite se changer : il avait enfin terminé...

Aussitôt prêts, Hans et elle placèrent des sièges autour du piano pour écouter Peter. Seule une lampe était allumée ; elle ferma les yeux tandis que la musique s'élevait dans la pièce sombre.

Bravo, Peter, pensa-t-elle. *Tu es un maître.*

— Parfait ! Merveilleux ! s'exclama Hans en applaudissant après les dernières notes de la sonate.

Il se leva, alla prendre la partition avec l'accord tacite de Peter, plaça un siège devant le second piano et se mit à jouer. Il déchiffrait divinement et la nouvelle composition de Peter prit une autre sonorité sous ses doigts. La pièce elle-même semblait différente — les meubles, les tapis, le papier mural, les pianos n'étaient plus que des ombres évanescentes. Derrière les immenses fenêtres, les arbres vert jade frôlaient les vitres de leurs branches comme pour se rapprocher de la musique. Peter écoutait, un sourire aux lèvres, en apparence satisfait mais sans partager le trouble d'Helen.

Elle se leva tranquillement et sortit sans bruit par la porte principale, qu'elle referma avec précaution. Sous le porche, elle s'effondra dans l'un des rocking-chairs d'osier et fondit en larmes.

16

Les classes d'été étaient terminées pour la journée, et Rachel ne croisa que quelques rares élèves dans le couloir principal du lycée lorsqu'elle se dirigea vers le bureau de la conseillère d'éducation. L'odeur n'avait pas changé depuis l'époque où elle était élève, vingt-six ans plus tôt. Cette curieuse odeur de cafétéria et de transpiration, à laquelle se mêlaient des senteurs indéfinissables émanant des murs et du plancher, lui rappelait surtout de bons souvenirs.

Appelée par la réceptionniste, Mrs. Reagan — une jeune femme portant des lunettes violettes assorties à sa robe — apparut immédiatement sur le seuil.

— Que puis-je pour vous ? demanda-t-elle.

Rachel lui serra la main.

— Je suis Rachel Huber. (Elle nota le regard intrigué de la réceptionniste, mais la conseillère ne sembla pas réagir à son nom.) Je viens de la part de Michael Stoltz ; j'envisage de donner des leçons particulières.

La conseillère sourit.

— Entrez, je vous prie.

Rachel la suivit dans un petit bureau assez semblable à un cagibi, et prit le siège qu'elle lui offrait.

— J'enseigne à San Antonio et je passe l'été ici. Je travaille surtout avec des jeunes présentant des troubles émotionnels et je souhaiterais faire un peu de soutien scolaire pendant mon séjour. Bénévolement...

Mrs. Reagan ôta ses lunettes et se pencha en avant, les coudes sur son bureau.

— Vous voulez vous occuper bénévolement des enfants les plus durs de l'école ?

— C'est ça.

Rachel tendit à son interlocutrice un dossier contenant ses lettres de référence. Cette dernière les parcourut avec intérêt.

— Parfait ! Je pense à plusieurs de nos élèves qui ont de grosses difficultés cet été. (Elle prit un stylo et une feuille de papier.) Je vais noter votre numéro de téléphone. Votre nom est bien... Rachel Huber.

Son visage se rembrunit brusquement et Rachel laissa échapper un soupir.

— Il me semble que vous venez de réaliser qui je suis, murmura-t-elle.

Mrs. Reagan posa son stylo, qu'elle fit rouler sur son bureau du bout du doigt.

— En effet, je suis dans l'embarras. Pour ma part, j'estime qu'une personne de votre compétence peut nous rendre de précieux services. Je vais en parler aux parents des enfants en difficulté, mais vous comprenez que c'est un peu... délicat. J'ignore quelle sera leur réaction.

— Je comprends.

Rachel se leva, démoralisée. Tout à coup, elle aurait voulu replonger dans le passé : Phil et Chris lui manquaient tant ! Phil l'aurait prise dans ses bras et elle se serait indignée contre ce refus humiliant. Chris — enfin Chris enfant — l'aurait embrassée en lui disant qu'il l'aimait.

— Je vous donne tout de même mon numéro de téléphone, reprit-elle. Si ces élèves ont vraiment besoin d'aide, j'espère qu'ils ne laisseront pas passer l'occasion.

— J'espère aussi, approuva Mrs. Reagan.

La jeune femme nota ses coordonnées et se leva pour lui serrer la main. Elle ne semblait pas éprouver la moindre antipathie à son égard, mais Rachel eut la certitude, en quittant son bureau, qu'elle n'entendrait plus jamais parler d'elle.

Elle remonta Farmhouse Road en voiture, les mains crispées sur le volant. Non, les esprits ne s'étaient pas apaisés ! Pourtant, elle avait fait des courses en ville et pris des livres à la bibliothèque pendant la semaine. Elle était même allée chercher la commande de Gram à la librairie, où elle avait aperçu — dans l'arrière-boutique — Sarah Holland, la jeune employée au visage balafré... Elle ne se sentait pas vraiment à l'aise lorsqu'elle sortait, mais elle refusait de rester cloîtrée chez sa grand-mère par lâcheté.

Le seul endroit qu'elle évitait était Halper's Bakery. Mercredi, elle était allée courageusement jusqu'à l'entrée du magasin pour rencontrer Arlena Cash et lui exprimer sa sympathie. Mais il y avait plusieurs clients dans la boulangerie ; elle avait jugé préférable de rebrousser chemin. Elle voulait voir Arlena en tête-à-tête. Et, même dans ces conditions, cette femme allait-elle apprécier son initiative ?

Au lieu de rentrer chez Gram par Farmhouse Road, elle s'engagea dans Main Street, qui traversait le centre de Reflection. Elle avait envie d'apercevoir l'église mennonite. Une idée absurde ! Depuis plusieurs jours elle se sentait accablée par la solitude, et son état risquait d'empirer si elle pensait à Michael. Le sachant à la fois proche et inaccessible, elle avait trouvé le temps bien long.

Elle passa devant l'église, les yeux fixés sur la route et le pied sur l'accélérateur. Devrait-elle rester tout l'été sans le voir ? C'était à lui de trancher...

Elle se sentait si déprimée lorsqu'elle arriva chez sa grand-mère qu'elle courut à la bibliothèque appeler son fils. Assise dans l'une des bergères, elle composa le numéro sur le cadran.

— Bonjour, Chris !

— Maman, encore toi ! Tu n'as pas besoin de me surveiller.

Rachel réalisa qu'elle l'avait appelé deux fois dans la semaine. Plus que quand il était en pension.

— Je ne te surveille pas, mon chéri. Tu me manques !

— Bon, excuse-moi. (Il ne voyait pas la nécessité de discuter ce point.) Je peux te rappeler plus tard ? On est en train de répéter.

Elle distingua une musique de fond et des rires. Ce n'était pas le moment de le sermonner sur la nécessité de reprendre ses études à l'automne suivant. Chaque fois qu'elle abordait ce sujet, elle espérait l'entendre dire qu'il avait réfléchi et qu'il était d'accord avec elle ; il préférait lui parler des soirées et des clubs inscrits au programme de son groupe de rock.

— Tu pourrais venir quelques jours ici avant la fin de l'été, proposa-t-elle.

De tout son cœur, elle souhaitait le voir, et lui dire la vérité — toute la vérité sur elle-même et sur Luc. Il était temps qu'il sache, et elle jugeait bon de lui parler ici, dans sa ville natale...

— Qui s'occupera de Phoenix ? demanda Chris, sans grand enthousiasme pour son invitation.

— Les Lawton pourraient s'en charger, je suppose. (Leurs voisins adoraient son chien.)

— J'y réfléchirai, mais nous allons avoir beaucoup de travail, insista Chris.

— Tu sais, ça serait l'occasion ou jamais de faire la connaissance de ton arrière-grand-mère.

Rachel se reprocha cette remarque culpabilisante. Il se contenta de répondre en soupirant :

— Je tâcherai de venir un de ces jours, mais je ne peux pas encore fixer la date.

— Très bien, dit Rachel, ravie. Tu n'auras qu'à me tenir au courant de tes projets.

La seule crainte de Rachel était que Chris — le fils de Luc Pierce, après tout ! — ne reçoive un accueil mitigé à Reflection.

Elle préparait le dîner lorsque Betty Franck, son ancienne camarade de classe, l'appela au téléphone.

— Michael m'a annoncé ton arrivée, lui dit-elle en riant. Il me semble que j'ai été la dernière informée !

Rachel lui ayant annoncé qu'elle cherchait un cours d'aérobic, Becky lui proposa de la rejoindre à la séance du lundi soir. Lorsqu'elles auraient pris leur douche, elles pourraient aller dîner ensemble.

Rassérénée par ce projet, Rachel se remit à la tâche en chantonnant.

Après dîner, Gram s'installa dans la salle de séjour avec quelques livres. Pendant toute la semaine, Rachel avait pris plaisir à la dorloter : elle cuisinait, jardinait, mettait de l'ordre dans la maison. Elle appréciait la compagnie d'Helen, qui parlait volontiers musique ou littérature, et adorait les sorties en voiture. Maintenant capable de faire quelques pas, la convalescente marchait souvent sur les chemins de campagne à côté de sa chaise roulante.

— Il nous faut de la musique, déclara Rachel après avoir lu quelques pages.

— Oui, de la musique ! approuva Gram.

Rachel choisit quelques CD et appuya par mégarde sur un bouton. Elle interrompit l'air dès les premières notes. Gram leva les yeux.

— Prokofiev. 3e Concerto, en do majeur.

— Tu m'impressionnes ! s'exclama Rachel en constatant sur l'étiquette du disque que Gram avait vu juste. Si nous recommencions ?

— Haydn, dit Gram après avoir entendu les premières notes d'un autre CD. *La Passion*. 49e Symphonie, en fa mineur.

Rachel considéra sa grand-mère avec perplexité, puis elle chargea une dizaine de CD. Munie de la télécommande, elle s'allongea ensuite sur le canapé : Gram écoutait quelques mesures et devinait le nom du compositeur, l'œuvre, le mouvement. Elle ajoutait parfois des commentaires inattendus et passionnants. Cette diversion lui donnait une occasion inespérée de tester sa mémoire et ses facultés cérébrales, pour le plus grand plaisir de sa petite-fille, éblouie.

Un jeu qui amuserait Chris aussi, songea Rachel en appuyant sur les boutons de la télécommande. *Je tâcherai de venir un de ces jours*, avait-il dit. Elle brûlait d'impatience à l'idée de voir son fils rebelle dans la maison de sa grand-mère, baignée de musique classique et hantée par le fantôme aimable et bienveillant de Peter Huber.

17

Penché au-dessus de ses notes pour la prochaine conférence de presse concernant le projet Hostetter, Drew interrogea Michael, assis sur le canapé.

— Si on dînait ?

— Bonne idée !

Michael posa à côté de lui la pile de prospectus entassée sur ses genoux. Ils avaient passé l'après-midi à distribuer ces prospectus — au sujet de l'audience du mois prochain — dans les rues et les magasins, donnant des explications à qui acceptait de les entendre. Il était maintenant près de six heures et son estomac criait famine.

Drew se leva.

— Je m'occupe des braises et toi des steaks, si tu veux. Ils sont dans le réfrigérateur.

Il sortit de la pièce et Michael relut ses notes pour le dossier de presse. Leur objectif était d'attirer l'attention de la presse, ce qu'ils avaient fait parfaitement jusque-là. Ce communiqué traitait de l'impact culturel du projet Hostetter sur les sectes religieuses de Reflection et des environs.

Michael s'approcha du foyer. Drew avait construit lui-même sa maison en la dotant d'une multitude de curieux détails architecturaux, comme ce bloc de bois massif au-dessus de la cheminée de pierre. Pourtant ce n'était pas le manteau de la cheminée qui attirait l'attention de Michael, mais l'unique photo encadrée reposant sur cette poutre : un jeune garçon rieur, avec un nuage de taches de rousseur sur le nez et un regard malicieux. Bien qu'il ait vu des dizaines de fois cette photo de Will, Michael se sentit submergé par une vague de mélancolie.

Drew, peu enclin aux confidences, lui avait confié un jour — après avoir bu quelques bières — que la faillite de son mariage datait de la mort de Will. Sa femme, déprimée, avait tenté de se suicider, et elle avait séjourné maintes fois à l'hôpital l'année suivante. Quand son état s'était amélioré, il avait eu à son tour une crise de dépression, comme s'il attendait ce moment pour se pencher sur son propre chagrin. Sa femme n'avait pas supporté ses humeurs noires ; elle avait fini par quitter le domicile conjugal. Après dix années de solitude, Drew ne semblait nullement attiré par l'idée d'un remariage ou d'une liaison de longue durée. Il sortait avec des amies, les invitait au cinéma ou à dîner et avait sans doute des relations sexuelles avec certaines d'entre elles, mais Michael le considérait comme un célibataire endurci.

— Le mariage ne m'a pas gâté, lui avait confié Drew, dans les vapeurs de la bière. Mon fils m'a été repris, et ma femme est devenue cinglée. Aucune envie de renouveler l'expérience !

Michael prit les steaks dans le réfrigérateur, les enduisit de sauce et les apporta dans la cour, où Drew activait les braises dans le barbecue de pierre. Il lui tendit l'assiette et prit sur la table de pique-nique une bouteille de soda dont il dévissa la capsule.

La photo de Will le hantait toujours. Il ne pouvait pas s'imaginer perdant son enfant ! Bien que Rachel lui ait terriblement manqué pendant toute la semaine, il avait apprécié les longs moments passés avec son fils.

— Alors, dit Drew en disposant l'un des steaks sur le gril, comment se passent ces retrouvailles ?

Michael comprit, à son intonation, qu'il faisait allusion à Rachel et non à Jason.

— Difficilement ! (Il s'accouda à la paroi de pierre du

barbecue, dont il sentit la fraîcheur à travers sa chemise.) J'essaye de ne plus la voir pendant un certain temps et je ne lui ai pas adressé la parole depuis une semaine. Nous devenions trop proches.

Drew fronça les sourcils.

— Si proches ?

Surpris par les arrière-pensées de Drew, Michael hocha la tête en riant.

— Pas comme tu l'imagines ! Nous avions vingt-trois ans la dernière fois que nous avons failli tomber dans les bras l'un de l'autre. On peut supposer qu'il est plus facile — ou en tout cas moins frustrant — de se dominer à quarante-quatre ans.

— Je vois ce que tu veux dire.

— Ne te figure pas non plus qu'il s'agit d'une attirance purement physique. Dans ce cas ce serait plus simple !

Il pouvait combattre la tentation, se dit-il. Le mal opposé au bien, comme le noir au blanc... Mais Rachel lui offrait bien d'autres choses auxquelles il serait beaucoup plus difficile de résister.

— L'amour avec un grand A ? demanda Drew d'un air entendu.

Michael laissa échapper un rire embarrassé et baissa les yeux sur la bouteille de soda qu'il avait en main.

— J'ai du mal à en parler. (Il ne s'était pas rendu à la réunion de son groupe de soutien le vendredi précédent, mais comptait y aller la prochaine fois avec l'intention de s'exprimer à cœur ouvert comme il se doit.) Je suppose que c'est un peu des deux. Nous avons des tas de points communs et je l'ai aimée dès ma plus tendre enfance. J'avais un peu oublié tout ça depuis vingt ans, et son retour me pose des problèmes.

Drew souleva l'un des steaks à l'aide d'une grande fourchette, puis il regarda Michael dans les yeux.

— Ecoute-moi bien, Mike. Je sais que nous n'avons pas exactement la même conception du monde. La religion, qui compte tant pour toi, n'entre pas dans mes préoccupations. Mais... pourquoi te frustrer ?

— Pas si simple ! protesta Michael.

— Ton sens aigu du bien et du mal te paralyse.

— En effet, je ne tiens pas à céder à une tentation impardonnable. De quel droit fréquenterais-je Rachel au risque de saborder ma vie conjugale ?

Drew hocha la tête.

— Tu sais bien que vous n'avez plus rien en commun, Katy et toi. Tu me l'as dit toi-même...

— Une minute, s'il te plaît ! (Un semblant de panique inattendu s'empara de Michael, qui regretta presque d'avoir parlé trop librement de ses problèmes à son ami.) En tout cas, nous avons encore Jace en commun.

— Oui, mais vous ne pouvez pas compter sur un enfant pour faire votre bonheur. Jace surmonterait l'épreuve si vous vous sépariez. D'ailleurs, reprit-il après avoir avalé une lampée de bière, je ne t'ai jamais entendu dire quelque chose de positif sur Katy depuis que je te connais.

Michael fit mine de l'interrompre, mais Drew poursuivit son monologue.

— Bien sûr, tu admires son intelligence et ses succès professionnels, mais j'ai l'impression qu'elle ne t'a jamais rendu heureux.

— Ce n'est pas seulement Katy qui me retient, murmura Michael.

— Sais-tu que tu es pris au piège, Mike ? demanda Drew après avoir retourné les steaks. Plus d'une fois j'ai envié ton calme, ton air si équilibré... Tu avais l'air en paix avec toi-même et avec ta religion. Mais je m'aperçois que tu t'es laissé coincer. Tu n'y peux rien...

— C'est faux ! rétorqua Michael. Je n'ai jamais eu cette impression, en tout cas jusqu'à maintenant.

— Ça n'a rien à voir avec un mauvais tour que tu jouerais à Katy derrière son dos. Tu m'avais dit que vous envisagiez de vous séparer...

— Eh bien, ce n'est plus à l'ordre du jour.

Drew resta interloqué, la fourchette en suspens.

— Que veux-tu dire ?

— Elle m'a parlé au téléphone récemment. Elle me semble déprimée et elle souhaite faire le nécessaire pour résoudre nos problèmes à son retour.

Ne sachant plus que répondre, Drew retourna les steaks d'un geste automatique.

— Sans doute un moment de cafard passager, suggéra-t-il enfin.

— Je ne sais pas, mais il est clair que je ne peux pas me comporter comme si elle n'existait pas.

Drew s'assit sur la table de pique-nique.

— Permets-moi de te dire deux choses, et ensuite j'arrête de te tourmenter. O.K. ?

— Je t'écoute.

Drew leva un doigt d'un air prophétique.

— D'abord, j'estime personnellement que Rachel et toi vous devriez agir selon votre bon plaisir. Je sais que tu me considères comme un horrible mécréant, mais c'est un simple avis que je te donne !

Michael tenta en vain de protester.

— Deuxièmement, reprit Drew, penché vers lui, quoi que vous fassiez — amis ou amants — soyez discrets !

— Comment ?

— J'ai déjà entendu des ragots. Les gens vous ont vus ensemble et ils n'aiment pas cette femme. A tort ou à raison, là n'est pas la question ! Ils lui sont hostiles, et tu dois les ménager, surtout au moment où nous nous battons contre les promoteurs... Tes paroissiens te vénèrent, mais leur admiration ne leur ferme pas les yeux. Méfie-toi.

— Qui a rapporté ces cancans ?

— Deux ou trois personnes. Russell, au bureau de poste... Ceux qui ne disent rien n'en pensent pas moins. Tu es un personnage très en vue dans cette petite ville, et Rachel aussi. Un scandale a vite fait d'arriver ! A mon avis, tu devrais t'éclater avec elle et oublier ta femme qui n'avait que le mot « séparation » à la bouche, mais quoi que tu fasses, sois discret.

Les steaks une fois cuits, Michael et Drew s'installèrent à la table de pique-nique dans un silence inhabituel. Michael, pensif, avait perdu l'appétit.

— J'ai découpé un article pour toi dans le *Washington Post* de dimanche dernier, dit enfin Drew.

— A quel sujet ?

— Une publicité pour l'Orchestre philharmonique national. Il donne un récital Huber, pas ce week-end-ci, mais le suivant — le 19, il me semble. J'ai pensé que ça pourrait intéresser Rachel et sa grand-mère.

— Sûrement.

Michael le remercia. Il s'imaginait passant lui aussi un week-end dans le district de Columbia, loin de Reflection et de ses ragots. Mais il fallait d'abord se soucier de Jace, et de tout le reste...

Il quitta Drew plus tôt que prévu et se rendit directement à l'église. Au lieu de descendre dans son bureau, il entra dans le lieu de culte désert et obscur. Il n'éclaira que le vestibule, avant de s'asseoir sur l'un des bancs centraux.

L'élégante simplicité de son église lui plaisait. Par l'une des hautes et étroites fenêtres, il aperçut la demi-lune dans le ciel bleu nuit, et, sans la voir, sentit la proximité de la forêt et de l'étang. Les yeux fermés, il conserva l'empreinte sombre de l'astre sous ses paupières.

J'avais surestimé mes forces, Seigneur.

Il avait vécu saintement sans que cela lui coûtât le moindre effort. Rien de plus facile que de suivre le droit chemin lorsque aucune tentation ne vous en détourne ! Plus jeune, il avait commis une faute ; il avait eu la faiblesse de désirer ce qui ne lui était pas destiné. Et maintenant Rachel était de retour !

Seigneur, j'ai besoin de Ton aide pour surmonter l'épreuve que Tu m'envoies...

Certains paroissiens n'avaient pas voulu de lui comme pasteur sous prétexte qu'il avait été élevé hors de la religion. On l'avait initié à des valeurs et à un idéal laïcs, qui le rendaient particulièrement vulnérable. Jusque-là, il n'avait pas cru à de tels arguments.

Seigneur, donne-moi l'humilité et aide-moi à me souvenir de ceux dont j'ai la charge. A mon avis, Tu devrais envoyer cette femme au diable !

Michael ouvrit les yeux et revint brusquement à la réalité. Derrière les vitres, la lune incandescente brillait dans le ciel. Il lui fallut un moment pour en détacher son regard et se replonger dans sa méditation.

Je t'en prie, Seigneur, donne-moi la force de résister à la tentation.

Il passa encore une heure à prier, les lèvres brûlantes d'angoisse. Mais, pour la première fois de sa vie, il lui sembla que personne ne l'écoutait.

18

Les mains moites, Rachel gara sa voiture devant l'United Church of Christ, une petite église de brique. Elle avait rendez-vous à dix-neuf heures précises avec Becky Frank, mais n'avait nulle intention de sortir de sa voiture. Quelques femmes — et un ou deux hommes — circulaient sur le large trottoir menant au portail peint en rouge de l'église. Un sac de sport à la main, ils riaient ou bavardaient d'un air détendu.

Bien qu'elle se soit fréquemment exposée aux regards du public ces derniers temps, l'idée d'attendre seule, au milieu d'inconnus, lui était insupportable.

Tout à coup, elle reconnut la chevelure rousse de Becky. Arrivée devant l'église luthérienne, son amie se retourna et consulta sa montre. Elle sortit de sa voiture pour lui faire signe et se jeta dans ses bras.

— Tu as l'air en pleine forme ! Tu n'as pas changé ! s'exclama Becky.

— Toi non plus, répondit-elle en souriant.

Mis à part quelques très fines rides sur une peau laiteuse, Becky paraissait à peine plus âgée qu'à l'époque de ses dix-sept ans. Ses cheveux d'un roux somptueux étaient toujours coupés au carré — une coiffure qui datait déjà un peu du temps où elles étaient écolières.

Elles pénétrèrent dans le vestibule de l'église, puis descendirent au sous-sol, dans une grande salle basse de plafond. Des hommes et des femmes attendaient en s'étirant ou en bavardant. Une expression de surprise apparut sur certains visages ; quelques personnes saluèrent Betty chaleureusement.

— Je vous présente mon amie Rachel, dit celle-ci aux deux femmes les plus proches.

Elles échangèrent des signes de tête, mais une monitrice d'une trentaine d'années coupa court aux présentations en mettant la musique en marche.

C'était une bonne leçon — assez tonique pour que Rachel réalise qu'elle n'avait pas encore retrouvé sa forme malgré ses promenades à vélo, mais pas assez épuisante pour la décourager. La monitrice était une personne enthousiaste, à l'énergie contagieuse, et au bout de trois quarts d'heure, à force de rire et de battre des mains, Rachel se sentit rougir de joie.

Dans les vestiaires confortables mais exigus, elle prit une douche et se rhabilla en même temps qu'une demi-douzaine d'autres femmes. Savaient-elles à qui elles avaient affaire ? Certaines se montrèrent amicales, d'autres ne daignèrent même pas lui jeter un regard ; c'était ainsi dans tous les groupes, se dit-elle.

Tandis que Becky, parfaitement à l'aise, leur parlait de leurs enfants ou de leur travail, elle évitait de se mêler à la conversation, de peur de franchir par inadvertance des frontières invisibles.

Au moment où elle glissait les pieds dans ses sandales, une jeune femme lui demanda comment allait sa grand-mère. Elle savait donc *qui* elle était.

— Gram se remet très bien, répondit-elle avec un sourire ravi, car cette marque d'intérêt lui avait réchauffé le cœur. Merci d'avoir pris de ses nouvelles !

Elle se dirigeait avec Becky vers les toilettes quand une autre femme lui cria : « J'espère que vous reviendrez la prochaine fois ! » Comblée par cette invitation, elle entendit à peine les murmures qui fusèrent dès qu'elle eut fermé la porte.

— C'était mon amie Dina, lui annonça Becky dans

l'escalier menant au rez-de-chaussée de l'église. Une collègue de la banque !

Quelques blocs plus loin, elles arrivèrent devant un petit restaurant italien, situé dans une rue latérale.

— Mon préféré ! dit Becky en poussant la porte vitrée. Pas très élégant, mais on s'y régale.

Dans une petite salle carrée, de nombreux clients se serraient autour de huit tables couvertes de l'inévitable nappe à carreaux rouges et blancs. L'éclairage au néon était éblouissant et les affiches placardées aux murs représentaient des paysages italiens pâlis, mais l'odeur qui s'échappait de la cuisine était prometteuse.

— Ce cours m'a beaucoup plu, dit Rachel en s'asseyant, encore tout excitée.

— N'est-ce pas qu'il est bien ? (Becky lui tendit le menu sans lui accorder un regard ; elle savait manifestement ce qu'elle voulait.) Suzy nous donne des cours depuis trois ans, et je pense qu'il n'y a pas mieux ! A propos, les macaronis sont irrésistibles.

Elles commandèrent toutes deux des macaronis, avant de passer en revue les vingt-six dernières années. Betty s'était mariée deux ans après sa sortie du lycée. Elle avait vécu dans le Massachusetts, eu deux enfants. Depuis cinq ans, elle était divorcée.

— Ça a été dur au début, mais je pense que nous n'étions vraiment pas faits l'un pour l'autre. Ensuite, je suis revenue ici. (Elle sortit sa paille de son étui.) Cette ville... Quand on y passe son enfance, on meurt d'envie de la quitter ; mais au bout d'un certain temps, on rêve d'y revenir.

Rachel médita cette pensée.

— La vue du haut de Winter Hill... Quand je pensais à Reflection, c'était toujours la première image qui me venait à l'esprit.

— Tu es veuve, d'après ce que m'a dit Michael, fit doucement Becky.

— Deux fois veuve, s'entendit répondre Rachel.

Becky entoura son verre d'eau de ses deux mains.

— Je suis navrée de ce qui s'est passé avec Luc, Rachel. Tu as dû avoir des moments très difficiles.

— Oui, c'est vrai.

— Je me souviens de Luc, un garçon si bien ! Il avait dû changer terriblement pour en arriver là...

— La guerre avait fait de lui un autre homme. Il était devenu... imprévisible, ajouta Rachel, soulagée par le langage sans détour de Becky.

— Il paraît que certaines personnes sont choquées par ta présence ici. Elles ont tendance à te considérer comme un bouc émissaire.

« Encore ce mot ! » songea Rachel.

— Tu dois savoir que tout le monde ne réagit pas comme ça, reprit Becky. L'idée de suivre ce cours me paraît excellente. Tu es devenue une légende ici, comme ton grand-père, mais pour des raisons différentes. Vingt années se sont écoulées, et très peu de gens connaissent la véritable Rachel Huber. Ils se souviennent seulement du mythe de l'institutrice... qui a tout fait sauter.

Rachel réprima un sursaut devant les mots employés par Becky.

— Pour rétablir la vérité, reprit-elle, tu dois donner à tous l'occasion de te connaître. Michael m'a parlé des récompenses que tu as reçues en tant qu'enseignante. Il faut le faire savoir ! J'ai l'intention de répandre la bonne parole — si tu n'y vois pas d'inconvénient.

Rachel sourit.

— Tant que tu voudras.

— Certaines personnes te croient encore responsable de tous leurs malheurs, mais compte sur moi pour remettre les pendules à l'heure.

On leur servit leur repas et Becky donna à Rachel des nouvelles de plusieurs de leurs anciennes condisciples, ainsi que de leurs professeurs, des secrétaires de l'école et des employées de la cafétéria. Quand elles sortirent du restaurant, à la nuit tombée, Rachel se sentait particulièrement en forme. Elle avait pris de l'exercice, et bien dîné en compagnie d'une amie d'enfance.

Après avoir fait ses adieux à Becky au coin de la rue, elle reprit sa voiture garée devant l'United Church of Christ et mit le contact.

— Rachel !

Elle se retourna en entendant la voix de Michael. Les traits à peine visibles dans l'obscurité, il longeait le trottoir devant l'église mennonite.

— Tu sors du travail ? demanda-t-elle.

Il s'arrêta sur le trottoir, de l'autre côté de la voiture, et se tourna vers son église.

— Si on veut... Et toi ? Tu étais à la bibliothèque ?

— Non, je prenais un cours d'aérobic avec Betty. Ensuite, nous avons dîné ensemble.

Michael parut sincèrement ravi.

— Je suis content que tu aies des activités.

— Je suis contente de te voir... Comment va Jason ?

— Bien. Nous avons passé une semaine super, ensemble.

Il détourna les yeux vers l'étang Huber, et elle devina le conflit qui se jouait en lui. Puis il lui proposa de prendre un café ; il avait donc perdu la partie.

— Volontiers, répondit-elle, mais est-ce une si bonne idée ?

Il fit une grimace à sa manière et grommela :

— J'ai des doutes. Tant pis !

Sans éprouver le besoin d'en dire davantage, ils marchèrent jusqu'au petit café au bord de l'eau. Les murs étaient décorés d'instruments de musique et de portraits de compositeurs, dont Peter Huber. Grâce à l'aérobic, Rachel se sentait relativement sereine.

— Assieds-toi où tu veux, Mike ! fit la serveuse.

Elle considéra les arrivants avec curiosité et reconnut presque aussitôt la personne qui accompagnait le pasteur.

Rachel crut sentir son regard brûlant lui transpercer le dos tandis qu'elle se dirigeait vers un box avec Michael. Un homme assez âgé passa à côté d'eux et la dévisagea ; il dit bonjour à Michael, qui lui rendit son salut.

— C'était plutôt une mauvaise idée, chuchota Rachel dès qu'il se fut éloigné de quelques pas.

Michael hocha la tête en soupirant.

— Il y a quelques heures, Drew m'a justement sermonné à ce sujet. Il pense que je ne dois pas me montrer en public avec toi, mais je ne suis pas d'accord.

— Nous ne faisons de mal à personne !

— Voilà pourquoi je refuse d'agir comme si je me sentais coupable.

La serveuse s'approcha de leur table.

— Riz au lait ? demanda-t-elle à Michael.

— Et un café aussi.

— Je prendrai juste un déca, dit Rachel en se tournant vers la serveuse, qui évita son regard.

Un couple venait d'entrer. La serveuse le fit asseoir dans un box de l'autre côté de la travée centrale.

— Bonjour, Mike, dit la femme aux cheveux argentés en s'installant.

— Salut, Marge.

Michael hésita un instant.

— Connaissez-vous Rachel ?

— Nous nous sommes rencontrées à Hairlights, le salon de coiffure. Je vous présente Dow, mon mari, reprit Marge à l'intention de Rachel, et elle plongea le nez dans la carte du restaurant.

Michael sourit à Rachel d'un air navré.

— Plus personne n'ignorera que nous avons pris une tasse de café ensemble. Marge est une vraie pie.

— J'aime beaucoup Lily, observa Rachel en repensant à la jeune femme qui l'avait coiffée.

— Une fille formidable !

— Elle me donne de l'espoir. On dirait qu'elle symbolise quelque chose. (Rachel chercha ses mots.) Elle a vécu une tragédie, mais elle semble si forte, si bien adaptée... On dirait qu'elle ne m'en veut pas.

Rachel avait baissé la voix, de crainte que Marge et son mari ne l'entendent. Michael opina du chef, mais il ne semblait pas partager totalement son point de vue sur la jeune coiffeuse.

— Lily est bien adaptée et elle n'est pas médisante pour un sou, admit-il. La religion nous apprend à pardonner ; elle se conforme à ses préceptes... Mais c'est une femme blessée, même si elle n'en laisse rien paraître.

— Comment le sais-tu ?

— Quand elle était encore au lycée, elle faisait partie de mon groupe de jeunes. Elle m'a beaucoup parlé de sa sœur. Je sais qu'elle se sent coupable d'avoir survécu et qu'elle a peur d'avoir des enfants — de les perdre.

— La pauvre !

Rachel pinça les lèvres. Elle aurait souhaité que les souffrances qui accablaient tant d'autres eussent au moins été épargnées à Lily...

Michael sortit une coupure de journal de sa poche et la plaça en évidence sur la table.

— Qu'en dis-tu ? demanda-t-il à brûle-pourpoint. C'est une annonce du *Washington Post*, Drew y est abonné.

— Un concert entièrement consacré à Huber ! s'exclama Rachel après s'être penchée sur le papier. Je dois y emmener Gram !

— Et moi aussi, n'est-ce pas ? Il faudrait retenir des chambres près du Kennedy Center. On ne peut pas repartir en pleine nuit.

Eperdue de joie, Rachel faillit avouer à Michael qu'elle s'était languie de lui pendant toute la semaine, mais elle préféra se montrer discrète et ne pas l'effrayer par une réaction trop vive.

Tandis que Michael réfléchissait à la manière de pren dre des billets, elle regarda sur l'annonce la photo du pianiste qui accompagnait l'orchestre ce soir-là. Karl Speicer. Ce nom lui disait quelque chose, c'était un bel homme, d'un âge vénérable, aux cheveux blancs et au sourire engageant.

— Gram va être aux anges ; je crois qu'elle a des enregistrements de ce pianiste, dit-elle. Il joue beaucoup d'œuvres de mon grand-père. Tu as eu une excellente idée, Michael !

La serveuse apparut avec le riz au lait et les boissons.

— Comment se passent les préparatifs de l'audience et tout le reste ? demanda Rachel.

— Nous avons distribué nos tracts aujourd'hui. Ça a l'air de marcher, et j'ose espérer que des amish se joindront à nous. (Il s'interrompit pour savourer une cuillerée de riz au lait.) Vendredi aura lieu notre première réunion au sujet de Reflection Day. J'ai suggéré ce matin à l'élève qui dirige le groupe de jeunesse que cette célébration pourrait être la dernière. Au début, elle m'a paru un peu choquée. Tu comprends, elle n'a que dix-sept ans et elle a toujours célébré cette journée. Mais nous avons discuté un moment, et je crois qu'elle a fini par admettre mon point de vue. J'aime travailler avec des adolescents : ils ont une âme de rebelles !

Rachel se rembrunit, le nez dans sa tasse de café. Ce Reflection Day lui semblait une aberration.

— Quelle est la date prévue ?

— Le 12 septembre. C'est toujours le deuxième lundi de septembre.

Une date qu'elle connaissait mieux que quiconque, se dit Rachel, en espérant être de retour à San Antonio d'ici là.

— J'apprécie au moins un aspect de cette célébration, dit-elle avec un soupir. C'est l'accent qu'elle met sur les conséquences de la guerre.

— Oui, moi aussi. (Michael termina lentement son riz au lait et la regarda bien en face, après avoir posé sa cuillère dans sa coupe vide.) J'ai toujours regretté de ne pas avoir été là au moment du retour de Luc. J'aurais pu l'aider, vous aider...

— Tes obligations te retenaient au Rwanda. D'ailleurs, tu as été prévenu trop tard.

Il baissa les yeux et repoussa légèrement la table du bout des doigts.

— Le Vietnam... murmura-t-il d'un air sombre. Je suis passé des dizaines de fois à Washington ces dernières années, et je ne me résous toujours pas à aller au Mémorial.

— Tu as été sage de refuser de te battre.

Rachel le revoyait, debout sur les marches de l'hôtel de ville, se déclarant objecteur de conscience devant un petit groupe de protestataires. Il affirmait son refus de la violence en toute circonstance.

— Ce jour-là, reprit Rachel, j'ai douté pour la première fois de mes sentiments pour Luc. Je t'admirais d'avoir pris position, et en t'écoutant parler, j'ai fondu en larmes.

Michael lui sourit.

— Sais-tu qui m'a aidé à devenir objecteur de conscience ?

— Aucune idée.

— Tes grands-parents.

— Comment ?

— Tu te demandais pourquoi je connais si bien ta grand-mère. Eh bien, voilà ! Quand j'ai décidé d'obtenir le statut d'objecteur de conscience, Helen et Peter m'ont aidé. Pas si facile, dans la mesure où je n'étais pas encore entré dans les ordres ! Peter a passé des heures à m'écouter, pour me permettre de traduire mes sentiments par les mots justes.

Rachel s'adossa à son siège et considéra son ami d'enfance avec stupéfaction. Elle qui croyait tout savoir sur lui !

— Tu ne m'avais rien dit ! s'exclama-t-elle d'un ton amer qui la surprit elle-même. Je ne me doutais même pas que tu les voyais. On m'interdisait de les rencontrer, et tu passais des heures avec eux !

— Je ne voulais pas trop ébruiter les activités de Peter et Helen.

— Quelles activités ?

— Ils étaient connus de tous les jeunes gens du comté en âge de faire leur service. Au nom de leur idéal pacifiste, ils ne reculaient devant rien ! Ils se moquaient de la légalité ; je dirais même qu'ils agissaient la plupart du temps dans l'illégalité... Ils donnaient asile à des déserteurs qu'ils conduisaient au Canada. Parfois, ils truquaient les dossiers médicaux et apprenaient aux jeunes à simuler. Ils conseillaient aussi des objecteurs de conscience comme moi. Te souviens-tu de Bobby Mullen ?

Rachel hocha la tête au souvenir de cet ancien camarade de classe.

— Ils ont truqué son dossier médical pour faire croire à un problème de genou. Ils ont falsifié celui de Darren Wise en suggérant une hypertension, et ils lui ont donné un médicament avant l'examen médical pour que sa tension corresponde au chiffre indiqué.

— Voilà donc leur crime ! La raison pour laquelle mes

parents leur ont tourné le dos ! (Malgré le choc, Rachel se mit à rire.) Ils ont osé empêcher des jeunes gens de subir le même sort que Luc ! Mais pourquoi n'ont-ils pas aidé Luc ?

— Ils ne demandaient pas mieux. Une fois, j'ai réussi à l'entraîner chez eux, mais il considérait que son devoir était de se battre. D'après lui, j'étais un lâche.

La voix de Michael se brisa un instant sur ce dernier mot, et Rachel posa une main sur la sienne. Il se dégagea lentement, mais délibérément, et ils gardèrent le silence.

Rachel refoula ses larmes : elle n'aurait jamais dû faire ce geste, alors que Marge était à son poste d'observation.

— Je regrette, Rachel, murmura-t-il.

Le cœur serré, elle resta muette. Michael se pencha vers elle.

— J'ai beaucoup réfléchi. Beaucoup prié... Je me suis longuement interrogé, et j'ai fini par comprendre certains points difficiles à admettre...

— Lesquels ?

— Je croyais avoir trouvé la foi en réaction à la mort de Luc, à celle des enfants, et à tous ces événements tragiques qui me rendaient la vie intenable. Je croyais avoir trouvé ma voie, mais je réalise maintenant que c'était une conduite de fuite. (Il laissa son regard vagabonder par la fenêtre. A moins d'un bloc, l'église mennonite dressait son clocher dans la nuit.) Je me suis isolé. Je me suis protégé de tout ce qui risquait de troubler mon âme. C'était si difficile de renoncer à toi après ton départ du Peace Corps ! Un terrible dilemme... Les règles et les contraintes qui s'imposent maintenant à moi sont si claires et nettes que je me croyais invulnérable. Mais tu es venue, Rachel ; tu es la tentation...

Elle protesta avec véhémence.

— Je n'aime pas ce mot, Michael ! Il me donne l'impression d'être une vile séductrice, et non une amie sincère qui te veut du bien.

Il l'observa un long moment d'un regard attendri, derrière ses lunettes.

— C'est juste : j'ai tendance à me donner le beau rôle. Si je te considère comme une tentatrice, je dois lutter pour te résister ; mais si tu n'es qu'une amie sincère, ma tâche devient beaucoup plus ardue !

Elle sourit.

— Tu as tendance à t'imaginer que tu es le seul à avoir des principes moraux. Je t'assure que j'en ai, moi aussi ! Je m'interdis purement et simplement d'avoir des vues sur un homme marié. Comprends-tu ?

— En somme, dit-il en riant, tu penses que je me complique la vie plus qu'il ne faut.

Après avoir posé quelques billets sur la table, il se leva en lui faisant signe de le suivre.

Ils marchèrent en silence jusqu'à sa voiture, et elle le quitta sans l'embrasser. Une fois assise, elle le regarda s'éloigner. Elle sentit alors le désir contre lequel elle s'était débattue toute la semaine la tenailler ; sa culpabilité se réveilla soudain. Michael avait peut-être eu raison de parler de tentation...

19

Helen jouait une mélodie de sa main la plus valide, lorsqu'elle entendit la voiture de Rachel dans l'allée. Abandonnant le piano, elle alla s'installer sur le canapé aux motifs de lierre, un livre sur les genoux. Au bout d'une minute, la porte de la voiture claqua et les pas de sa petite-fille résonnèrent sur le seuil.

— As-tu passé une bonne soirée ? lui demanda-t-elle en la voyant entrer.

Rachel s'effondra dans un fauteuil.

— Je n'arrive pas à croire que maman et papa m'ont interdit l'accès de cette maison simplement parce que vous aidiez des jeunes à échapper au service militaire.

Helen sourit. Michael lui avait donc parlé...

— Ce que nous faisions choquait tes parents, et aurait choqué beaucoup de gens s'ils avaient su. Tes parents s'imaginaient que tu serais en danger si tu venais chez nous. D'autant plus que notre maison était toujours pleine de garçons.

Le regard dans le vague, Helen se dit qu'elle ne mentait pas : c'étaient là les véritables motifs de la brouille — du moins en partie. Elle retourna le livre posé sur ses genoux et observa le visage chagriné de Rachel.

— Nous avions le sentiment de faire notre devoir. Je

n'aurais jamais renoncé à ma petite-fille sans cette conviction.

— Je comprends.

— Cette période de ma vie a été très difficile. (Helen leva une main qu'elle reposa aussitôt sur ses genoux en constatant qu'elle tremblait.) Je pensais que John — ton père — finirait par oublier. Comment pouvais-je prévoir qu'il allait nous séparer pour de bon ? Pardonne-moi, Rachel.

— Tu n'as rien à te faire pardonner. Je suis contente que tu aies agi de cette manière, et fière de toi !

— Nous agissions selon notre cœur ! s'exclama Helen, émue. Peter a été arrêté plusieurs fois.

— Vraiment ? Et toi ?

— Une seule. (Helen posa son livre à l'autre bout de la table et croisa les mains d'un air grave.) Je ne me doutais pas que tu verrais Michael ce soir...

— Nous nous sommes rencontrés par hasard et nous avons pris un café ensemble. Oh, devine ce que nous allons faire !

— Quoi ?

— Michael et moi nous t'emmenons à Washington D.C., le 19, pour écouter l'orchestre philharmonique jouer un concert entièrement dédié à Huber.

— A Huber ?

— Il y aura *Patchwork, Lionheart*, et le Concerto n° 2. Qu'en dis-tu ?

Helen se pencha en avant.

— Qui va jouer ?

— L'Orchestre national philharmonique.

— Je veux dire quel pianiste ? précisa-t-elle en retenant son souffle.

— Speicer, je crois. Karl Speicer.

La pièce tournoya un instant autour d'Helen, qui dut se retenir à l'accoudoir du canapé. Rachel bondit et s'agenouilla devant sa grand-mère.

— Ça va, Gram ?

Le tourbillon se calma, mais Helen sentit son cœur fragile battre la chamade.

— Oui, souffla-t-elle, ça va. Mais la date du concert... Je ne suis pas sûre que ça me convienne.

Rachel fronça les sourcils.

— As-tu d'autres engagements ?

Helen hocha la tête.

— Tu ne souhaites pas y aller, Gram ? Nous pensions te faire plaisir.

Evidemment, ce concert la tentait, mais elle n'était pas sûre de supporter le chagrin qui l'attendait.

— Allons-y, murmura-t-elle en posant la main sur le bras de sa petite-fille. Tu as raison, c'est une excellente idée !

20

Accoudée sur le capot de son break devant Hairlights, Lily buvait un café en attendant Rachel. Il était six heures du matin et l'aube teintait d'une lueur rosée les petits immeubles et les rues désertes de Reflection.

Rachel avait amené Helen la veille au salon de coiffure pour une coupe de cheveux. Il avait été question du marché champêtre, le jeudi matin près de Leola. Quand Rachel avait manifesté le désir d'y aller, Lily lui avait proposé de l'accompagner. Certaines personnes — dont Marge, Polly et CeeCee — la jugeaient complètement folle. Elle-même s'interrogeait sur sa sympathie pour Rachel. Après ce qu'elle avait vécu, elle aurait eu de bonnes raisons d'éviter cette femme...

Pendant qu'elle coupait les cheveux d'Helen, Rachel lui avait parlé du cours d'aérobic : elle ne réalisait pas le moins du monde le mécontentement que sa présence avait suscité. Lily avait même entendu dire qu'Ellie Ryan avait quitté le cours. (Ellie, une hystérique notoire !) Au moment du drame, elle n'habitait pas encore Reflection mais elle fréquentait l'église mennonite, ce qui expliquait peut-être sa réaction absurde.

La rumeur au sujet de Rachel et Michael n'avait cessé de s'amplifier. Quelqu'un les avait surpris ensemble près de l'étang de Spring Willow ; un autre les avait vus se promener à bicyclette. Ces derniers jours, les ragots se multipliaient...

Lundi soir, Marge les avait rencontrés au café Brahms. « Ils s'aiment, avait-elle déclaré avec son aplomb habituel. Ils parlaient comme s'ils étaient seuls au monde, et, à un moment, elle a fondu en larmes. »

Marge était capable de faire un opéra d'un feuilleton télévisé ! Malgré tout, Lily n'était pas insensible à ce qu'elle avait appris.

Elle s'inquiétait pour Michael, qu'elle aurait souhaité « infaillible ». Ian avait immédiatement compris ce qu'elle voulait dire par là. Elle avait besoin de Michael. Il était indispensable à la communauté en tant que pasteur, donc elle redoutait qu'il soit aussi vulnérable que le commun des mortels. S'il recherchait la compagnie de Rachel, il y avait péril en la demeure !

Rachel était une femme aimante et tendre ; il suffisait de passer quelques secondes avec elle pour s'en rendre compte. Il suffisait de la voir effleurer une mèche de cheveux sur la joue de sa grand-mère, ou de suivre son regard quand cette dernière avait raconté comment le père de Polly — son vétérinaire — l'avait découverte dans son jardin, la nuit du 4 juillet, après l'orage. Rachel avait posé la main sur le bras de Polly, qui avait sans doute éprouvé des sentiments mitigés...

Rachel Huber était la chaleur même, alors que Katy Stoltz était aussi froide que l'étang de Spring Willow en plein hiver. Et si distante ! Idéalement, Lily aurait souhaité voir Michael et Rachel ensemble. Dans l'état actuel des choses, c'était impensable.

Au cours de son sermon dominical, Michael avait abordé la question du pardon. L'un de ses meilleurs sermons ! Ian l'avait qualifié de « magique », un précieux compliment de sa part. Mais tout le monde avait compris ce que Michael voulait exprimer à travers les paraboles et les Ecritures. Tout le monde savait qu'il parlait de Rachel et de Reflection. Lily avait senti les paroissiens se crisper à mesure que le sermon progressait ; ils n'étaient pas tous sensibles à la magie...

Elle fit signe à Rachel qui venait d'apparaître au coin de la rue.

— Je plains les dormeurs qui manquent ce spectacle, lui cria-t-elle de loin en embrassant d'un grand geste la ville nimbée d'or et de rose.

— Tu as raison. Cette heure est ma préférée. (Par la fenêtre ouverte, elle prit le thermos dans le break.) J'ai apporté du café. En veux-tu ?

— Volontiers, dit Rachel.

Lily versa le café dans une chope en plastique qu'elle lui tendit.

— J'ai un faible pour cette boisson, expliqua-t-elle, en remplissant à nouveau sa chope.

— Un péché véniel !

Dans le break, Lily se souvint de l'odeur des chiens qu'elle ne sentait même plus et pria Rachel de l'excuser.

— J'ai l'habitude de ce parfum, plaisanta cette dernière.

— Viendras-tu au gala de bienfaisance organisé par la SPA ? proposa Lily.

— Quel jour est-ce ?

— Le 25. Je prépare quelques numéros avec des chiens, et Ian fera des tours de magie. Ça ne sera pas triste !

— Je m'en doute ! dit Rachel.

Elles dépassèrent sans un mot le cimetière amish-mennonite. Selon son habitude, Lily jeta un regard en coin à la tombe de Jenny, à l'ombre d'un arbre. Et soudain Rachel demanda :

— Que se passerait-il, à ton avis, si j'allais voir Marielle Hostetter, pour lui parler de ses terres ?

Lily éclata de rire.

— Tu perdrais ton temps !

— Peut-être, admit Rachel en haussant les épaules, mais ça ne pourrait pas faire de mal.

Lily ne voyait pas ce que pourrait apporter une conversation avec Marielle. Elle tourna à l'intersection suivante et trouva plus prudent de parler des chiens et de la SPA pendant le reste du trajet.

Comme toujours, le marché était en effervescence.

Après avoir laissé la voiture sur le vaste terre-plein, elles se dirigèrent vers les stands — certains en plein air, d'autres couverts. A l'extérieur, les étalages regorgeaient de fruits, de fleurs, de légumes, de pains de campagne et de pots de confiture.

— Les viandes et les fromages sont à l'intérieur, dit Lily.

— Je regrette que nous n'ayons pas ça à San Antonio, déclara Rachel.

Le marché était normalement un lieu de rencontre pour Lily : elle prenait des nouvelles de ses amis et des gens du voisinage ; les commerçants la taquinaient, discutaient avec elle et insistaient pour lui vendre leurs produits. Dès le premier instant, elle comprit que ce ne serait pas un jour comme les autres : un courant d'air glacial s'abattait sur ses épaules.

En revanche, Rachel, calme et souriante, se faufilait au milieu des stands comme si de rien n'était et saluait les commerçants, sans se formaliser de leurs réponses laconiques.

Elle désigna un étalage d'épis de maïs.

— Il faut que j'aille jeter un coup d'œil.

Lily regarda immédiatement qui vendait le maïs. Un inconnu, donc Rachel ne devrait pas avoir de problèmes. Rassurée, elle finit d'emplir un sac de pêches.

— Ça va, Sally ? demanda-t-elle à la marchande.

Sally posa le sac sur la balance, les lèvres pincées, et nota le prix.

— Ça va. On dirait que tu t'es fait une nouvelle amie.

Lily, malgré son esprit de répartie, hésita à répondre, car Sally avait de bonnes raisons de ne pas aimer Rachel...

— Oui, marmonna-t-elle.

— Elle est ici pour combien de temps ? demanda Sally, les yeux fixés sur Rachel qui tendait une poignée de dollars au marchand de maïs.

— Juste pour l'été, je pense, répondit Lily en glissant des pièces de monnaie dans la main de Sally. Elle attend que sa grand-mère soit guérie.

— Elle a pas intérêt à rester plus longtemps.

Désertant son stand de légumes, Barbara Jasper vint mettre son grain de sel.

— Juste pour l'été, vous disiez ?

— Probablement, répondit Lily.

— Ma sœur m'a dit qu'elle fréquentait Michael Stoltz, chuchota Barbara.

Sally prit un air navré.

— Non, pas possible !

— Allons, allons, calmez-vous ! grogna Lily en les regardant d'un œil noir. Bien sûr, ils se voient. Ils sont amis d'enfance. Leurs parents habitaient le même immeuble et ils sont allés à l'école ensemble !

Cette remarque cloua le bec des commères, pour un temps. Elle fit encore quelques achats ; les gens se montraient un peu distants, à moins qu'elle-même ne fût sur ses gardes. Un tour d'horizon lui permit d'apercevoir Rachel se dirigeant vers le stand de tomates, à l'ombre de la halle. Le stand de George Holland n'était pas de tout repos...

Lily fendit la foule aussi discrètement que possible en direction de Rachel, mais il s'en fallut d'une seconde pour qu'elle puisse la retenir.

Rachel lui sourit ; elle avait déjà rempli plusieurs sacs de tomates.

— Elles sont magnifiques, n'est-ce pas ! s'exclama-t-elle en désignant l'appétissant étalage.

— Oui ! approuva Lily.

Mr. Holland surgit d'un coin de la halle.

— Salut, Lily !

Son ton jovial laissait supposer qu'il ignorait encore la présence de Rachel Huber, mais son regard se posa sur l'intruse, tandis qu'elle humait une tomate avec délices.

Il se tourna vers Lily, noir de colère.

— Tu as osé l'emmener ici ? A mon stand ?

Rachel, décontenancée, chercha Lily des yeux.

— Pas spécialement chez vous, Mr. Holland, répondit celle-ci. Nous faisons un tour au marché !

La voix hésitante de Rachel se fit entendre.

— Je suis Rachel Huber... Est-ce que... vous aviez quelqu'un dans ma classe ?

— Sa fille, chuchota Lily sans lui laisser le temps de répondre.

Mr. Holland arracha la tomate des mains de Rachel et la jeta dans la boîte à ordures près de lui. Elle atterrit si violemment que des pépins, projetés dans les airs, éclaboussèrent son tablier blanc. Rachel semblait sur le point de balbutier quelques mots, mais Lily la poussa du coude.

— Avance un peu. Je te rejoins tout de suite.

Figée devant les tomates, Rachel se tourna vers Mr. Holland.

— Je voudrais vous parler, monsieur. Je ne comprends pas...

— Il ne fallait pas revenir !

— Avance, Rachel, insista Lily. (Elle ne savait lequel des deux elle plaignait le plus : son institutrice injustement accusée, ou son voisin dont elle comprenait le chagrin.)

George Holland se pencha vers Rachel.

— J'ai gardé une balle en réserve pour vous !

Bouleversée, Rachel tourna les talons après avoir jeté un bref regard à Lily.

Mr. Holland avait le visage aussi rouge que ses tomates, mais il pâlit subitement et sembla se dégonfler, sous les yeux de Lily, comme un ballon piqué par une aiguille. Ses mains massives posées sur la table, il soupira.

— Je n'aurais pas dû dire ça, mais j'ai été choqué en la voyant. Je ne peux pas être poli avec elle ! Et toi, Lily, comment fais-tu ? Qu'est-ce qu'elle dirait ta mère, si elle te voyait en train de te promener avec cette femme ?

— Rachel aussi a vécu une tragédie, murmura Lily, mais il ne sembla pas l'entendre.

— Au moins ma Sarah est toujours en vie, reprit-il. Dans un bel état, avec ses cicatrices et tout ! (Il hocha la tête.) Ta Jenny n'a même pas eu cette chance...

Lily suivit des yeux Rachel qui allait disparaître dans la foule.

— J'ai sans doute eu tort de l'emmener. Elle voulait voir le marché. Comme je venais aujourd'hui, je lui ai proposé de m'accompagner. Mais c'est une erreur... Je regrette de vous avoir peiné.

— Elle a envoyé Arlena Cash à l'hôpital, tu le sais ?

— Première nouvelle !

— Arlena est malade depuis le jour où elle a aperçu cette Huber au beau milieu de son magasin. Elle est à l'hôpital depuis mardi, avec des douleurs à la poitrine.

— Ça aurait pu arriver sans Rachel, objecta Lily.

Mr. Holland la dévisagea, la tête penchée sur le côté.

— Tu es jolie et pleine de vie, Lily. Quand je te vois, je pense à Sarah. Elle était mignonne, elle aussi. Elle aurait dû avoir tous les hommes à ses pieds, se marier, devenir maman. Elle le méritait... Je ne peux pas te voir sans penser à ma petite fille.

Lily s'avança d'un pas et enveloppa la masse imposante de George Holland de ses deux bras.

— Désolée, souffla-t-elle.

George était la crème des hommes... Tous ces fermiers, qu'elle connaissait depuis sa plus tendre enfance, étaient de braves gens, prêts à se saigner aux quatre veines pour leur prochain. De braves gens, mais pleins de rancune dans certains cas...

Lorsqu'elle reprit ses distances, elle vit des larmes briller dans les yeux du marchand. Sans la regarder, il ouvrait un sac en papier posé devant lui.

— Il ne faut pas rendre le mal par le mal, marmonna-t-il en lui tendant le sac empli de tomates. Donne ça à l'institutrice, et explique-lui que son irruption m'a fait un choc.

— Très bien, dit Lily en se retournant.

— Eh, Lily...

Elle lui fit face, sur le qui-vive.

— Tu lui diras aussi que je n'ai plus d'arme depuis au moins dix ans !

Lily marcha vers le terre-plein en pensant à l'erreur qu'elle avait commise : elle n'aurait pas dû sortir avec son ancienne institutrice, les gens étaient trop intolérants, et Rachel d'une naïveté qui frisait l'inconscience. Certes, cette femme avait roulé sa bosse plus qu'elle, mais elle ne comprenait pas grand-chose à ce coin de l'Amérique profonde !

Rachel l'attendait dans le break, la portière ouverte pour profiter de la brise. Elle s'assit près d'elle.

— Tiens ! fit-elle en lui tendant le sac de tomates, il m'a donné ça pour toi.

Les yeux rougis, Rachel ouvrit le sac avec curiosité.

— Il a changé d'avis ?

— Il regrette ses paroles et il te fait dire qu'il ne possède pas d'arme.

Rachel esquissa un sourire.

— Ta gentillesse me touche, Lily.

— Je regrette que les gens aient une si mauvaise opinion de toi, balbutia Lily, mais je comprends leurs sentiments...

— Tu as perdu ta sœur...

Au bord des larmes, Lily tourna la tête vers la porte ouverte du break.

— Nous étions très différentes... Le jour et la nuit ! Mais il existait un lien profond entre nous, sur le plan inconscient.

Encore maintenant, elle ne pouvait entendre prononcer le mot « jumelle » sans que son cœur se serre.

— Je ne me rappelle pas bien Jenny, dit Rachel, mais je me souviens de toi. Tu allais être mon problème de l'année.

Le visage de Lily s'éclaira.

— J'ai toujours été un problème pour mes professeurs.

— Je sais maintenant comment réagir face à des élèves turbulents. Au lieu de redouter ce trait de caractère, j'essaye d'en faire un facteur de créativité. Mais à l'époque j'étais trop jeune ; ta personnalité me déroutait...

— Aucun de mes professeurs n'a fait mieux que toi !

Après un moment de silence, Lily reprit, songeuse :

— Je me rappelle ton mari. Lui, ou sa photo dans les journaux... Je le trouvais très beau.

Elle revit brusquement un lambeau ensanglanté de la chemise de camouflage de Luc Pierce, sur le bureau de Rachel après l'explosion. Un autre sur le rebord du tableau noir. Ces images avaient gardé une intensité insoutenable, et la chaleur du break l'oppressait.

— Mon Dieu, dit-elle, la main sur son front.

— Ça ne va pas ? s'inquiéta Rachel.

— Ça va, dit Lily en claquant la porte du break. Partons vite !

Après être sortie du terre-plein, elle essaya de fixer son regard sur les champs éblouissants de lumière, de chaque côté de la route, mais elle ne voyait plus que des lambeaux de tissu sanglants.

Les secrets sont tenaces, se dit-elle. Quoi qu'on fasse, ils refusent de lâcher prise, et deviennent un jour ou l'autre aussi corrosifs que l'acide.

21

Assis à son bureau, Michael grignotait un sandwich, comme tous les vendredis soir avant la réunion du groupe de soutien. Il appréhendait celle-ci, car depuis peu il se sentait mal à l'aise lorsqu'il croisait le regard de ses paroissiens. Ces derniers semblaient lire dans ses pensées. Mais lire quoi ? Il n'avait pas à se sentir coupable, et pourtant il traînait sa culpabilité avec lui, comme un sac de pierres.

Il était nettement plus à l'aise avec son groupe de jeunes. Pendant la réunion sur Reflection Day qui avait eu lieu dans la journée, il avait retrouvé avec joie l'assurance et la sérénité dont il manquait ces derniers temps. La discussion avait tourné autour du sens de Reflection Day, du rôle de Rachel et du caractère faillible des humains. Il avait dit aux jeunes qu'ils représentaient l'avenir de Reflection et que leur attitude aurait une importance décisive. Pour finir, ils avaient admis que leur attachement à la commémoration était lié à la crainte de perdre un jour de congé.

« Ce n'est pas à nous de trancher », avait objecté un jeune garçon. Il avait alors insisté sur l'influence qu'ils pourraient exercer et sur leur force de persuasion.

Celine apparut à la porte de son bureau, un sourire énigmatique aux lèvres.

— Salut, Michael. Bientôt dix-neuf heures trente.

— J'arrive tout de suite.

Dès que Celine eut disparu, Michael se leva à contrecœur et poussa un soupir avant de se jeter à l'eau.

Le groupe comprenait sept personnes, deux manquaient ce soir-là. D'un côté de Celine était assis Ian Jackson, qui avait lui aussi adopté la foi mennonite après son mariage. De l'autre côté, se tenait Frank Howe, le père du gamin que Michael avait croisé à Hershey Park pendant son escapade avec Rachel. Après Frank, venait Ellie Ryan, sans doute la femme la moins libérale de la paroisse. Elle avait abandonné l'église de Bird-in-Hand pour celle de Reflection, mais, au bout de deux ans, elle n'était pas encore vraiment intégrée.

— Salut, révérend, dit Ian en déplaçant sa chaise pour faire entrer Michael dans le cercle.

Ian était le seul paroissien à lui donner ce titre. Une preuve d'affection de sa part ! Michael l'avait connu cinq ou six ans plus tôt, à l'époque ou Lily l'avait attiré à l'église, et le couple avait pris conseil auprès de lui avant de se marier. La réponse de Ian, à qui il demandait comment il avait rencontré sa future femme, était restée gravée dans son esprit. Il travaillait bénévolement à la SPA, où Lily venait promener les chiens.

— Je l'ai observée un moment, et je me suis dit : cette femme est comme une serre, avait-il confié à Michael.

— Une serre ?

— Oui, sa présence a le pouvoir de vous réchauffer, et elle est si transparente qu'on peut lire à travers elle.

Il n'avait pas douté un seul instant que ces deux-là étaient faits pour s'entendre. Depuis ce jour, chaque fois qu'il voyait Lily, elle évoquait pour lui la clarté réchauffante d'une serre.

Personne ne dirigeait officiellement le groupe, mais Celine ou lui prenaient en général la direction des opérations. Ce soir-là, c'était le tour de Celine.

— Veux-tu commencer, Frank ? dit-elle.

Frank prit une profonde inspiration.

— Eh bien, ça va mieux avec Sean. (Il faisait allusion

à son fils dont il avait dû parler à la précédente réunion, en l'absence de Michael.)

— Il a surpris Sean en train de fumer, précisa Celine.

— Je n'en ai pas fait une histoire, comme vous me l'aviez conseillé. Tout est rentré dans l'ordre et je ne pense pas qu'il recommencera.

Frank tourna les yeux vers Ian, qui prit la parole.

— Ça va bien. (Ayant rarement des problèmes aigus, il se contentait de parler à l'occasion de son désir d'avoir des enfants et des craintes de Lily à ce sujet.) Rien de spécial à signaler.

Il fit un signe de tête à Michael.

— Eh bien, dit Michael, Katy manque beaucoup à Jace.

Après avoir parlé de Jace, il réalisa que son fils était le seul de ses soucis dont il était prêt à discuter avec le groupe. Il se posait en modèle... Mais quel jeu jouait-il ? Il cherchait probablement à protéger ses paroissiens. Ceux-ci supporteraient-ils d'apprendre que leur pasteur était en conflit avec lui-même ? Il valait mieux leur dire qu'il avait un fils mal dans sa peau. En somme, il leur offrait Jace en sacrifice.

Stupéfait par ce qu'il venait de découvrir, il resta un moment silencieux.

— Quand rentre Katy ? demanda Ellie.

— A la mi-octobre.

Michael avait eu Katy au téléphone le soir précédent. Froide et distante selon son habitude, elle n'avait plus rien de commun avec la femme au bord des larmes qui l'avait appelé peu de temps avant en pleine nuit.

Ne voulant plus être le point de mire, il se tourna vers Ellie.

— Avez-vous passé une bonne semaine ?

Elle répondit en quelques mots, mais il l'écouta distraitement, ainsi que Celine quand vint son tour. Il attendait ce qui ne manquerait pas d'arriver, et qui se produisit en effet après un long silence.

Frank se balança sur sa chaise.

— Nous avons abordé cette question la dernière fois, Michael. Tu n'étais pas là... Nous nous sentions un peu gênés de parler de toi derrière ton dos, mais il le fallait. Je dois dire que nous sommes de plus en plus soucieux.

— Oui, insista Celine, la situation s'est encore aggravée cette semaine.

— Je me demande ce que vous entendez par « situation », risqua Michael, sur ses gardes.

— C'est exactement ce qui s'est passé dans mon ancienne paroisse, observa Ellie. Quand un pasteur commence à perdre son... intégrité, la paroisse ne tarde pas à être atteinte. Je ne veux pas que la même chose se produise ici.

Michael sentit sa peau devenir moite sous son col de chemise.

— Ellie, je ne comprends pas ce que cela signifie. Je perds mon intégrité ?

— Vous exagérez un peu, Ellie ! protesta Ian.

— Tu peux compter sur notre soutien, Michael, dit Celine en se penchant vers lui.

Celine aurait jadis souhaité entrer dans les ordres, mais des obligations familiales avaient fait obstacle à sa vocation. Elle était donc devenue l'une des anciennes de la paroisse. Bien qu'elle prenne son rôle très à cœur, Michael n'avait pas l'habitude de s'effacer en sa présence, et ce soudain renversement des rôles lui était pénible.

Il soupira.

— S'agit-il des rumeurs ?

— Des rumeurs fondées, observa Frank.

— Nous ne sommes pas ici pour te juger ou pour juger Rachel Huber, déclara Celine. Nous voulons t'aider car tu es très important pour nous.

Piégé, Michael se pencha en avant, les coudes sur les genoux.

— Je vous en prie, écoutez-moi, dit-il. Je connais Rachel depuis l'âge de sept ans. Elle était l'une de mes meilleures amies. Si je consacrais du temps à un ami d'enfance, vous ne trouveriez rien à redire.

— Si on te voyait l'enlacer comme Rachel Huber, il y aurait sûrement des ragots ! protesta Frank.

Ian grogna d'un air navré. Il était à la tête du comité

de tolérance et ne supportait pas l'agressivité vis-à-vis des homosexuels, mais Michael était trop affecté par les paroles de Frank pour remarquer sa réaction. On l'avait vu enlacer Rachel... Un tel geste lui semblait impossible, du moins en public.

— C'est scandaleux, renchérit Ellie. Il s'agit d'une femme et pas n'importe laquelle ! J'habitais Bird-in-Hand à l'époque de l'événement, et je n'avais que douze ans. Heureusement, Reflection me semblait le bout du monde et j'étais dans une école mennonite. Ça m'a rassurée. Mais j'y ai repensé dès que je suis venue m'installer ici. Pour tout le monde, Reflection est synonyme de cette tragédie. D'accord, vous étiez de grands amis, Michael, mais vous choquez beaucoup de gens. Ils ont l'impression que vous trahissez non seulement Katy mais l'Eglise.

— Je ne trahis personne ! (Michael s'efforça de baisser la voix.) On donne beaucoup trop d'importance à cette histoire.

— J'ai reçu de nombreux coups de téléphone, dit Celine, ainsi que les autres anciens. Les gens appellent par sympathie pour toi. Certains pensent que l'absence prolongée de Katy t'a éprouvé. Tu t'occupes tout seul de Jace... C'est la première fois qu'elle fait du volontariat sans toi, n'est-ce pas ?

— Oui, mais...

— Je t'en prie, Michael, étouffe cette affaire dans l'œuf.

— Il n'y a rien à étouffer, dit Michael en regrettant son groupe de jeunes turbulents.

— Ecoute, reprit Frank, on vous a vus partout ensemble et vous ne vous conduisiez pas comme de simples amis.

Michael se redressa et tenta de sourire.

— Il y a des explications logiques à tout cela, et je refuse d'avoir à me défendre contre de vulgaires ragots.

— Ça serait peut-être préférable, observa posément Ian. Je veux dire, si tu abordais le problème de front...

Ellie l'interrompit sans ménagement.

— Votre femme se sacrifie ! Elle est à des milliers de

kilomètres de son pays natal et de sa famille, pour aider des gens dans le besoin. Même si votre relation avec Rachel Huber est totalement innocente — ce dont nous doutons tous —, il faut y mettre fin.

La réunion parut interminable à Michael. Il essaya d'expliquer la teneur de ses relations avec Rachel, de démentir les rumeurs, d'engager les membres du groupe à se battre à ses côtés contre la médisance, mais il avait conscience de ne pas être plus honnête avec ses paroissiens qu'avec lui-même.

Celine vint le trouver dans son bureau après la réunion, alors qu'il se préparait à partir.

Il leva les yeux à son arrivée.

— Je suis vraiment désolée, Michael, lui dit-elle, mais il fallait en parler. Ça prend des proportions inquiétantes. Moi qui te vois chaque jour, je sais combien ça pèse sur toi. Tu ne me regardes plus en face, tu as l'œil vague et parfois des difficultés à te concentrer.

— Vraiment ?

Celine hocha la tête en s'asseyant.

— Pourquoi ne pas en parler à l'un des anciens ? Lewis, peut-être. Il a beaucoup d'affection pour toi !

Je lui parlerai si j'en éprouve le besoin.

Celine croisa les mains sur le bureau.

— Si tu ne veux pas admettre devant nous ce qui t'arrive, j'espère au moins que tu as conscience du problème et que tu fais le nécessaire pour le résoudre par toi-même.

Il la regarda par-dessus son bureau et sentit qu'il cédait. Jusque-là il avait été son mentor ; tout à coup le pouvoir changeait de mains.

— J'ai toujours suivi tes conseils, reprit-elle. Tu m'as appris à affronter les problèmes graves à la lumière de la foi, et maintenant... Tu sais ce que cela signifierait, n'est-ce pas, si tu laissais ton couple aller à la dérive ?

— Mon couple ne va pas à la dérive ! Mon couple...

Il y eut soudain un blanc dans l'esprit de Michael concernant son mariage, et il se tut.

— Sans parler de l'aspect personnel, les conséquences professionnelles seraient immenses, insista Celine.

— Je n'en suis pas là !

— Tu as une responsabilité vis-à-vis de nous, Michael.

— Je sais.

— Très bien. (Celine se leva en souriant.) Nous en resterons là pour ce soir. Bonne nuit, Michael, et que Dieu te bénisse.

Il garda les yeux fixés sur la porte ouverte un moment après qu'elle eut quitté la pièce. Lui aussi devait avoir la transparence d'une serre pour que les gens sachent si bien ce qui se cachait dans son cœur...

22

La maison de santé de Lancaster semblait plus propre et accueillante que la moyenne. L'odeur d'antiseptique était plutôt discrète, et un grand bouquet de fleurs, posé sur une table basse, décorait la salle de réception. Marielle Hostetter avait apparemment les moyens de s'offrir un endroit présentable, se dit Rachel.

Elle s'adressa à la réceptionniste, qui la fit asseoir pendant qu'elle allait chercher une infirmière. Installée sur un canapé, derrière la table basse, elle attendit. C'était un lundi après-midi et elle n'avait informé personne de sa visite. Gram et Michael l'en auraient dissuadée, or elle tenait à entreprendre cette démarche que personne n'avait tentée jusque-là.

Elle jeta un coup d'œil à sa montre. Allait-on la laisser entrer ? La chambre de Marielle Hostetter était peut-être sous surveillance.

Soudain, une femme aux joues rebondies apparut dans l'embrasure de la porte.

— Vous venez voir Marielle Hostetter ? s'enquit-elle avec un sourire aimable.

— Oui, répondit Rachel en se levant.

— Très bien ! Je suis son infirmière, suivez-moi.

Au bout d'un long corridor, elle s'arrêta devant une porte ouverte et sa voix couvrit le son de la télévision.

— Une visite pour vous, mamie ! (Puis elle se tourna vers Rachel.) Entrez donc, et n'hésitez pas à m'appeler si vous avez besoin de moi.

L'infirmière disparut. Dans la chambre, une femme assise dans un grand fauteuil inclinable, face à l'écran de télévision, regardait une émission de jeux. Le public riait bruyamment et elle l'imitait, indifférente à la présence de sa visiteuse.

— Mrs. Hostetter ? dit Rachel en avançant d'un pas.

N'obtenant pas de réponse, elle alla se placer à côté de la télévision et répéta :

— Mrs. Hostetter ?

Marielle leva les yeux vers Rachel puis fixa à nouveau l'écran.

— C'est *La Roue de la Fortune*, mon émission préférée.

Etait-ce une manière de lui signifier qu'elle souhaitait avoir la paix ? se demanda Rachel en observant son visage ravagé. On aurait dit que quelqu'un avait longuement étiré une feuille de mastic pour lui donner cet aspect monstrueux. Sur un côté de son front, courait une grande cicatrice rouge ; Rachel frissonna en se souvenant des circonstances de cette blessure. C'était la première fois qu'elle voyait son visage : si elle avait eu l'occasion de l'apercevoir dans les bois, elle ne l'aurait jamais oublié. Pourtant, malgré son étrangeté, il ne ressemblait en rien à celui de la femme chauve-souris qu'elle avait imaginée. Marielle semblait inoffensive...

— Pourrais-je vous parler un instant ? lui demanda-t-elle.

Marielle tourna les yeux vers elle et lui fit signe de baisser le son. Le calme revint dans la chambre. Rachel poussa une petite chaise de bureau près du fauteuil et s'assit.

— Je m'appelle Rachel Huber. (Elle se demanda si ce nom allait faire apparaître une lueur sur le visage de la vieille femme, mais rien ne se produisit.)

— Rachel Huber, répéta Marielle.

— Mon grand-père était un ami de votre père. J'aimerais vous parler de vos terres, si vous voulez bien.

— Elle devrait choisir une voyelle, murmura Marielle,

toujours fascinée par le jeu télévisé qu'elle n'entendait plus.

— On vous conseille de vendre votre terrain à des promoteurs, mais rien ne vous y oblige. Vous avez votre mot à dire...

Marielle gardait les yeux rivés sur l'écran de télévision. Que n'aurait donné Rachel pour prendre sa tête entre ses mains et la tourner de force dans sa direction ? La vieille femme l'écoutait-elle ? Son manque d'intérêt pouvait être une feinte pour laisser son avocat parler en son nom.

— Vous ne réalisez sans doute pas l'impact de votre projet, reprit-elle.

Elle énuméra toutes les conséquences désastreuses pour l'environnement, avant d'évoquer le départ possible des amish.

— Je vous écoute, marmonna plusieurs fois Marielle, le regard toujours rivé à l'écran muet.

Rachel finit par se relever en soupirant, et elle tourna le bouton du son.

— J'espère que vous réfléchirez un peu à tout cela, conclut-elle. Vous possédez un terrain magnifique, ça serait dommage de le gâcher.

Marielle releva brusquement la tête.

— Un magnifique terrain ! A moi seule... Un bien terrestre, comme on dit dans ma bible !

Rachel se demanda si Marielle avait toute sa tête et si ses actes ne lui étaient pas « dictés » par les Saintes Ecritures.

— Dans votre bible ?

— Oui.

Marielle appuya sur un levier de son siège et parvint à se relever, avec l'aide de Rachel. Elle marcha ensuite sans peine jusqu'à une commode, ouvrit un tiroir, et fouilla un moment sous des articles de lingerie soigneusement pliés.

— La voilà, dit-elle en glissant quelque chose dans la main de Rachel.

Une clef...

— C'est dans ma bible, marmonna à nouveau la vieille femme. Un bien terrestre !

— La clef de votre maison ? demanda Rachel, intriguée.

— *La Roue de la Fortune*, mon émission favorite ! grommela encore Marielle en la poussant vers la porte.

Sur le seuil, Rachel resta un moment perplexe à observer Marielle qui n'avait d'yeux que pour son téléviseur. Après avoir décidé de garder la clef, elle la glissa dans la poche de son pantalon et reprit le chemin de la petite salle de réception.

Dans la pièce toujours vide, un téléphone reposait sur une table. La réceptionniste lui ayant permis de l'utiliser, elle composa le numéro de l'église en se mordant les lèvres. Michael ne serait pas nécessairement ravi de l'entendre. Il l'avait appelée vendredi soir à propos de son soi-disant groupe de soutien, et pour la prévenir qu'il ne la verrait pas pendant le wek-end : il allait camper avec Jason.

Pourtant, elle tenait à le mettre au courant des derniers événements.

— Où es-tu ? lui demanda-t-il.

— A la maison de santé. J'ai pu rencontrer Marielle sans problème.

— Elle t'a parlé ?

— Oui, à sa façon. Elle semble plutôt déboussolée.

Michael soupira.

— Je suis sûr que ses neveux sont mêlés à cette histoire. Le plus gros bénéfice sera pour eux.

— As-tu discuté avec eux ?

— Des dizaines de fois ! Ils disent qu'elle a le droit de construire sur ses terres et que ça sera un bienfait pour la ville. Des tas de gens partagent leur point de vue, et je suppose que certaines minorités seront en effet avantagées.

— Elle m'a donné une clef. Celle de sa maison, je suppose.

— La clef de sa maison ? murmura Michael après un silence.

Rachel lui raconta leur étrange entrevue, y compris l'allusion de Marielle aux « biens terrestres » de la Bible.

— Elle m'a donné spontanément cette clef, insista

Rachel. Je pense que nous devrions aller faire un tour chez elle.

— D'accord, j'ai toujours eu envie de voir le four dans lequel elle jetait les petits enfants.

— En tout cas, elle n'en aurait plus la force aujourd'hui !

Rachel avait pris un air brave, alors que l'idée de pénétrer dans cette profonde forêt la replongeait dans ses angoisses d'enfant.

— Pourquoi veux-tu aller chez elle ? demanda Michael.

— Je ne sais pas. Elle a peut-être souligné dans sa bible certains passages qui nous aideraient à comprendre ses raisons. Ensuite nous pourrions la dissuader plus facilement...

— Ça me paraît tiré par les cheveux.

— Tu as sans doute raison.

Un long silence plana sur la ligne. Rachel promena un doigt sur le clavier du téléphone, décidée à ne pas laisser Michael lui échapper si vite.

— Ta randonnée s'est bien passée ?

— Très bien, répondit Michael d'un ton las.

— As-tu surmonté l'épreuve du groupe de soutien ?

— Au fond, ils ont raison. J'ai beau le nier, je sais que j'ai un problème. Peut-être pas aussi dramatique qu'ils le supposent, mais parfaitement réel...

— Que pourrais-je faire pour t'aider, Michael ?

— Rien, sinon repartir à San Antonio !

Blessée, elle ne répondit pas.

— Pardon, Rachel, chuchota Michael. Tu sais bien que je ne souhaite pas ton départ ; mais j'ai besoin de réfléchir à tête reposée à mes problèmes et ta présence m'en empêche.

Un instant, Rachel se demanda si elle pourrait encore se considérer comme une personne honnête et respectable. Evidemment, elle ne ferait rien pour attirer Michael ou pour intervenir dans sa vie, mais elle ne pouvait plus se passer de lui.

— Veux-tu toujours nous accompagner à Washington vendredi prochain, Gram et moi ? demanda-t-elle.

— L'idée que je serai vendredi soir avec toi, loin d'ici, est comme une lumière à l'horizon. Si seulement je pouvais me passer de ma conscience, ça serait encore mieux !

— Que fais-tu de Jace ?

— Les Pelman l'emmènent samedi à une exposition d'ordinateurs, à Lancaster. Il dormira chez eux.

La réceptionniste passa la tête par la porte.

— Il ne va pas tarder à pleuvoir. Vous avez remonté vos vitres de voiture ?

— Oui, merci.

Rachel jeta un coup d'œil par la fenêtre, le ciel était de plus en plus noir.

— Je dois partir, dit-elle à Michael. Il vaut mieux que je sois avec Gram quand l'orage éclatera. Il ne pleut pas encore dans ton secteur ?

— Non, mais c'est imminent.

— Alors, je me dépêche !

— Rachel, c'est bon d'entendre ta voix.

— Dis-toi que je suis à San Antonio, Michael.

Elle sourit et eut un instant l'illusion d'être la plus forte. Puis elle raccrocha sans lui laisser le temps d'avouer qu'elle lui manquait.

Helen adorait la compagnie de sa petite-fille, mais, après une matinée passée avec elle, un moment de solitude lui avait paru nécessaire. Son poignet allait bien — ou presque — et elle ne pouvait pas résister à l'appel de la musique. Ayant joué plusieurs fois en secret depuis quelques jours, elle attendait maintenant avec impatience le moment de se remettre au piano.

La crainte de jouer en public n'y était pour rien. Elle souhaitait simplement un tête-à-tête avec son piano, comme des amoureux éprouvent le besoin d'un moment d'intimité après une longue séparation. Dès qu'elle avait entendu Rachel démarrer dans l'allée, elle s'était assise devant le clavier en oubliant le reste du monde.

Quand elle jouait, elle appréciait plus que jamais ces grands panneaux vitrés dont Peter avait eu l'idée. Elle avait l'impression d'être transportée en pleine forêt, dans un écrin de verdure, tandis que la lumière du soleil, filtrée à travers les arbres, nimbait le piano d'une douce lumière.

Assise ainsi, elle se sentait proche de Hans. Elle croyait le voir à l'autre piano, une mèche brune barrant son front, en train de jouer avec fougue en écho à ses notes. Après avoir joué, son visage rayonnait, et elle était à bout de souffle. Elle avait longtemps cru que c'était le seul simulacre de l'amour qui leur serait jamais permis...

Vendredi soir, elle allait l'apercevoir depuis la salle de concert du Kennedy Center. Aurait-elle dû trouver une excuse pour rester chez elle ? Il était encore temps. Elle pouvait prétexter un malaise. Mais elle ne concevait pas de rester à l'écart d'un concert dédié à son mari. Elle n'aurait qu'à regarder Hans jouer ; après tout, elle avait supporté des épreuves autrement pénibles dans sa vie.

Elle acheva son morceau, en commença aussitôt un autre plus lent et plus doux. Depuis au moins un an elle n'avait pas eu autant de plaisir à jouer ; elle avait plus ou moins perdu le goût du piano, et sans doute le goût de la vie. Après avoir été frappée par la foudre, elle avait même souhaité mourir, mais une nouvelle lumière semblait maintenant éclairer sa vie. Elle devait cette renaissance à Rachel. Rachel, si enjouée, si affectueuse, et dont elle avait été séparée tant d'années...

Mais Rachel ne semblait guère partager sa béatitude. Cette petite, si heureuse de retrouver Michael, était dans une situation sans issue ! Jamais elle ne se plaignait, mais une grande tristesse se lisait dans ses yeux et elle affichait parfois un sourire forcé. Avec ou sans piano, Helen se dit qu'elle avait une nouvelle raison de vivre : son réconfort et ses conseils étaient indispensables à sa petite-fille...

Rachel se garait dans l'allée au moment où les premières gouttes de pluie martelèrent le pare-brise. Elle coupa le contact et glissa son trousseau de clefs dans sa poche, où il tinta contre la clef de Marielle Hostetter. Peut-être celle de sa chambre à la maison de santé, se dit-elle en riant sous cape.

En sortant de sa voiture, elle entendit un lointain grondement de tonnerre et un autre son venant de la maison

— celui du piano. La tête penchée, elle écouta. Etait-ce un enregistrement ? Sans doute, car les notes avaient une sonorité extraordinaire. Mais elle connaissait tous les disques de Gram par cœur, et celui-ci ne lui était pas familier.

Instinctivement, elle renonça à entrer et fit le tour de la maison. Ce qu'elle vit par les fenêtres lui coupa le souffle. Gram, assise au piano, jouait de toute son âme. Sa grand-mère affrontait le piano en corps à corps, avec d'extraordinaires résultats.

La pianiste se lança dans un autre morceau, tour à tour lent et rapide. Appuyée au mur, Rachel écoutait, le visage balayé par une pluie fine. Le thème prit de l'ampleur, et elle l'écouta en souhaitant qu'il dure jusqu'à la fin des temps...

La pluie devenait plus insistante. Le tonnerre se rapprochait, une brève lueur apparut derrière les arbres. Rachel fit le tour de la maison en sens inverse et s'arrêta sous le porche. Elle allait poser la main sur le bouton de la porte lorsqu'un violent coup de tonnerre fit vibrer le sol. La musique s'arrêta net.

Rachel ouvrit la porte et croisa le regard fou d'inquiétude de sa grand-mère. La femme qui jouait du piano avec enthousiasme un moment plus tôt, tremblait comme une feuille en gémissant, les mains appuyées sur ses tempes. Sans un mot, elle la prit dans ses bras.

23

La voiture de Becky était garée devant l'église luthérienne. Ouf ! Elle avait séché le cours d'aérobic vendredi et lundi, et Rachel hésitait à affronter le petit groupe de femmes en l'absence de son amie.

L'ambiance du cours s'était dégradée, par sa faute évidemment. La situation se présentait ainsi : deux des femmes se montraient aimables, les autres cherchaient à l'éviter. Une certaine Ellie avait résilié son inscription, et Rachel avait compris à demi-mot qu'elles la jugeaient responsable de son départ. Après le cours, elle avait trouvé de bons prétextes — superflus, car personne ne s'en souciait — pour ne pas se changer au vestiaire. Elle appréhendait le silence, ou au contraire l'amabilité forcée et les chuchotements derrière son dos...

On finissait par la voir sous un jour presque diabolique. Une vile tentatrice, venue séduire l'homme qui voulait sauver Reflection... L'incarnation du mal... Elle se heurtait à un mutisme subtil qui l'empêchait d'établir un contact avec ses détracteurs. Comment aurait-elle osé parler aux gens dans la rue ou les magasins comme elle l'avait fait au début ? Maintenant, elle détournait les yeux devant des inconnus et gardait la bouche close tant qu'on ne lui avait pas adressé la parole. Chaque soir, avant de s'endormir, elle croyait entendre les insultes de l'homme du marché.

Le cours était sur le point de commencer lorsque Becky arriva. Celle-ci la regarda sans lui rendre son salut, mais elle était peut-être distraite. Pas d'affolement, se dit Rachel.

Au vestiaire, à la fin de l'heure, elle s'approcha de son amie.

— Tu m'as manqué la semaine dernière, lui dit-elle. Comment vas-tu ?

— Ça va, marmonna Becky, occupée à boutonner sa blouse.

— Tu as un moment pour aller dîner ?

— Pas ce soir.

A voir sa mâchoire contractée et ses gestes brusques, Becky était certainement fâchée. Elle disparut du vestiaire avec un bref salut.

Rachel fourra ses chaussons de gymnastique dans son sac de sport et la rattrapa en courant dans l'escalier.

— Une minute, Becky, attends-moi ! Il y a un problème ?

Du haut des marches, Becky tourna vers elle un visage hostile, puis attendit que ses camarades du cours soient sorties pour poser son sac de sport et croiser les bras.

— Oui, il y a un problème. J'en ai ras le bol !

— De moi ?

— Oui, de toi. J'ai l'impression que tu as abusé de ma confiance, que tu m'as manipulée...

— Je ne comprends pas.

— Ecoute-moi bien, Rachel. Je suis navrée de cette histoire à propos de Luc et toi, mais je ne te blâme pas, à la différence de la majorité des gens. Au début, je les ai trouvés trop durs. Seulement, vois-tu, je suis une amie de Katy, et j'ai été vraiment écœurée d'apprendre que tu cours après Michael.

— C'est faux, Becky ! Tu sais bien que nous sommes amis d'enfance, Michael et moi. N'avons-nous pas le droit de nous revoir de temps en temps ?

— D'après ce que j'ai entendu dire, vous êtes bien plus qu'amis. Pauvre Katy, j'imagine sa tête quand elle sera au courant ! Pendant qu'elle se sacrifie dans un bled misérable au fin fond de la Russie, Michael fait le joli cœur. C'est inadmissible ! Je le croyais au-dessus de ça. (Becky hocha la tête d'un air indigné.) Katy et lui formaient le couple le mieux assorti de la ville ; il suffit que tu arrives pour que... On dirait que le fait qu'il soit marié ne t'inspire aucun respect.

Rachel tenta de protester, mais Becky poursuivit son monologue.

— J'admets que je suis particulièrement sensible à l'infidélité masculine. J'ai failli me tuer quand j'ai découvert que mon mari me trompait, mais...

— Becky, je t'assure que personne n'est infidèle. Nous n'avons rien à cacher Michael et moi. Si quelqu'un raconte n'importe quoi à Katy, nous ne sommes pas responsables.

Becky détourna les yeux.

— Pourquoi crois-tu à toutes ces horreurs qu'inventent les gens ? demanda Rachel.

— Parce que je les connais bien, alors que toi, je t'ai perdue de vue depuis des années. Tu es peut-être devenue complètement... asociale. En plus, Michael fait une tête pas possible !

Elle reprit son sac et gagna la sortie.

Rachel la suivit avec un sentiment d'échec : Becky croirait ce qu'elle voudrait, elle n'y pouvait rien...

— Tu te fais des idées à notre sujet, dit-elle à tout hasard en franchissant la porte. Je ne peux pas te donner de preuves, mais j'aimerais que tu m'accordes le bénéfice du doute.

— Je ferai mon possible, Rachel.

Becky adressa un signe à une jeune femme qui l'attendait près de sa voiture et lui cria qu'elle arrivait tout de suite.

Rachel eut la conviction que dans quelques minutes elles seraient en train de cancaner à son sujet. Quand Becky eut rejoint son amie, elle se dirigea à pas lents vers sa voiture, garée de l'autre côté de la rue devant la petite chapelle de brique. Son regard se fixait malgré elle sur l'église mennonite, juste à côté. Le dernier endroit où aller, le dernier des derniers...

C'est alors qu'elle aperçut une lumière au sous-sol, dans le bureau de Michael. Après avoir jeté un regard en arrière, elle marcha vers l'église et s'engouffra avec soulagement dans les ténèbres.

Penché sur des livres, il écrivait.

Elle hésita un moment avant de frapper au carreau. Quand il leva les yeux, son visage s'éclaira si vite qu'elle rit malgré elle. Sans un mot, il se leva et lui indiqua d'un signe de tête l'arrière du bâtiment.

Elle fit quelques pas. Il l'attendait devant la porte, mais ne l'invita pas à entrer.

— Désolée, dit-elle, je n'aurais pas dû venir, mais je m'inquiète et j'ai à te parler.

— Qu'est-ce qui ne va pas ?

— Je viens d'avoir une explication avec Becky.

Il jeta un coup d'œil derrière lui et Rachel se demanda s'il y avait quelqu'un à l'intérieur.

— Faisons un tour, proposa-t-il, en sortant dans la nuit. Allons, viens !

Ils marchèrent le long de l'étang à grands pas et en silence. Rachel avait l'impression de se cacher. Une fois arrivés dans les bois, ils se détendirent.

— Maintenant, parle-moi de Becky, dit Michael.

Elle lui raconta leur conversation.

— Les ragots vont bon train ! grommela-t-il.

— Elle prétend que vous formez Katy et toi le couple le mieux assorti de la ville.

— Dans ce cas, je me demande à quoi ressemble le couple le moins bien assorti !

Michael lui prit le bras et l'obligea à se baisser sous une branche apparue dans l'obscurité.

— Je téléphonerai à Becky, pour la ramener à la raison.

Rachel se pencha pour éviter une autre branche.

— Ne lui parle pas de moi. Tant pis pour ma réputation ! Mais tu devrais peut-être plaider ta cause auprès d'elle. (Elle leva les yeux vers les arbres en soupirant.) Je me demande comment je pourrai expliquer à Chris ce qui se passe ici.

Le matin même, Chris lui avait annoncé par téléphone qu'il comptait arriver le 28 et rester une semaine. Elle se sentait à la fois ravie et anxieuse à l'idée de sa visite.

Ils parvinrent à l'autre extrémité de l'étang, là où les bois deviennent si touffus qu'il y fait sombre en plein jour. A huit heures et demie, on pouvait se croire en pleine nuit. Ils gardèrent le silence, comme si une oreille indiscrète avait pu les entendre. Rachel frissonna : cette partie du chemin leur semblait particulièrement terrifiante quand ils étaient enfants. La maison de Marielle Hostetter ne devait plus être bien loin...

— J'ai toujours la clef de Marielle, dit Rachel.

Michael arracha une brindille au-dessus de sa tête.

— Je ne comprends pas pourquoi elle te l'a donnée, mais nous pouvons essayer.

— Essayer quoi ? D'entrer chez elle ?

— Bien sûr !

— Je n'aurais pas osé traverser ces bois même en plein jour quand j'étais une adolescente intrépide ; tu ne t'imagines pas que je vais m'y risquer maintenant !

Il lui donna un petit coup de coude.

— Allons, Rachel !

Elle tenta de deviner son expression dans l'obscurité.

— Tu es sérieux ?

— Oui.

— Nous allons nous perdre.

— J'ai une lampe de poche dans mon bureau. Attends-moi, je vais la chercher.

— Pas question de t'attendre ! Je t'accompagne.

Ils rebroussèrent chemin jusqu'à l'église, puis revinrent à leur point de départ, munis d'une lampe de poche et d'une boussole.

Michael braqua sa lampe vers la forêt.

— Je ne vois pas de chemin, dit-il, mais regarde. (Le faisceau lumineux éclairait une zone où la végétation semblait moins dense.) Nous pouvons passer par là. Es-tu prête ?

— Oui, souffla Rachel d'un air brave, en s'étonnant de l'audace de Michael.

Il lui ouvrit la voie en avançant lentement, la lampe de

poche dans une main et l'autre bras tendu pour empêcher les branches de lui égratigner le visage. Les bois étaient sinistres et silencieux, malgré le craquement des brindilles sous leurs pas. Au bout d'une minute, elle remarqua les lucioles qui scintillaient dans les frondaisons, comme de pâles étoiles jaunes.

— Lève les yeux, dit-elle à Michael en s'arrêtant.

Il éteignit sa lampe de poche, et ils restèrent un moment immobiles. Hypnotisés...

— Nombreux pour la saison, observa Michael.

— Je n'en ai jamais tant vu à la fois !

Michael lui tapota l'épaule et ils se remirent en route.

— Je me rappelle que ton père enlevait leurs petites ampoules.

— Pour quoi faire ?

— Je ne me souviens plus, mais nous lui en apportions une grande quantité dans un pot, et il se livrait à cette opération.

— Quelle barbarie !

Rachel gardait peu de souvenirs de ses parents et elle ne tenait guère à les raviver. Elle prit la lampe.

— C'est moi qui ouvre la voie maintenant, si tu peux m'assurer que nous sommes dans la bonne direction.

— La maison est à l'est de notre point de départ. (Il plaça la boussole en pleine lumière.) Continuons vers l'est. D'ailleurs, je crois voir un chemin.

Michael avait raison. Un chemin étroit, maintenant envahi de mauvaises herbes, avait jadis été tracé là.

Ils avancèrent en silence. Le ululement d'une chouette fit tressaillir Rachel. Elle s'immobilisa, inquiète de ne plus entendre les pas de Michael derrière son dos. Puis elle se retourna et ne vit que la forêt déserte à la lumière de sa lampe.

— Michael ?

— La femme chauve-souris !

Il avait bondi sur elle. Elle poussa un cri de frayeur en pivotant sur elle-même, honteuse de s'être comportée comme une gamine.

— Mon Dieu, tu es fou ! dit-elle en riant.

Il la tenait toujours enlacée, sans exercer la moindre

pression, et elle sentit la lampe de poche trembler entre ses doigts. Ils restèrent un moment les yeux dans les yeux, en silence. Au-dessus d'eux, une chouette ulula.

— Tu as eu tort de venir à l'église ce soir, dit-il, et j'ai eu tort de t'ouvrir la porte.

— Je sais.

Les bras de Michael se contractèrent légèrement. Il était tout proche, beaucoup trop proche...

Elle vit sa main approcher et elle ferma les yeux au contact de ses doigts sur sa joue. Cette main avait effleuré son sein, il y a bien longtemps. Elle repensait à sa douceur, à sa chaleur, lorsque les lèvres de Michael se posèrent sur les siennes en un baiser presque chaste — sans rapport avec la fièvre qu'elle sentait monter en elle.

Dans l'obscurité troublante, elle se sentit vaciller lorsqu'il lui ouvrit les lèvres du bout des doigts, avant de se pencher pour l'embrasser à nouveau — passionnément, ivre de désir lui aussi.

Il la serra dans ses bras et elle laissa tomber sa tête sur son épaule, en larmes.

— C'est étrange, mais je ne me sens même pas coupable, souffla-t-il à son oreille.

Elle essaya d'analyser ses propres sentiments.

— Moi non plus !

— Je me sens terriblement *humain* et sans volonté ces derniers temps, soupira-t-il. Et ce qui m'effraye le plus, c'est que je n'arrive pas à prier.

— Tu trembles, lui dit-elle, avant de réaliser qu'elle aussi tremblait de tout son corps.

— Je te veux, Rachel. (Il la serra avec une force redoublée.) Le sais-tu ?

Elle hocha la tête contre sa poitrine.

— Mais je suis fou de jouer à ce jeu-là, reprit Michael. Nous n'avons pas le droit de céder à nos désirs.

Rachel ne demandait qu'à céder. Jamais elle n'avait aussi mal agi, mais plus rien ne la retenait.

— Je regrette que tu sois si fort, murmura-t-elle.

Il rit en reculant à peine.

— Si j'étais fort, je ne serais pas en train de t'enlacer dans l'obscurité.

Elle se dégagea et ils reprirent leur marche silencieuse sur le chemin.

Bien qu'elle ne soit jamais entrée chez Marielle, Rachel imaginait précisément sa maison. Une petite salle de séjour, une minuscule cuisine et une unique chambre à coucher, avec un grand lit double aux draps d'une étonnante blancheur.

Au diable Katy Esterhaus ! Au diable l'Eglise mennonite !

Michael la prit par l'épaule et l'orienta vers la droite.

— On y est !

Rachel braqua le faisceau lumineux sur la maisonnette délabrée, mais nullement menaçante. Les volets étaient de guingois et les bardeaux du toit tombaient en morceaux. Il y avait peu de chance de trouver à l'intérieur un lit aux draps blancs...

— Comment a-t-elle pu vivre dans cette masure toute sa vie, alors qu'elle était propriétaire d'un terrain de cette valeur ? s'étonna Rachel.

Ils firent le tour jusqu'à la porte d'entrée, fermée à double tour. Lorsque Rachel glissa sa clef dans la serrure, elle tourna et s'ouvrit sans difficulté.

— Incroyable ! murmura Michael.

Aussitôt entré, il actionna le commutateur. Une petite pièce apparut en pleine lumière.

— Elle n'avait pas coupé le courant, observa-t-il.

La pièce était encombrée de meubles vétustes, de couvertures mangées aux mites, et de centaines d'exemplaires du *Reader's Digest.*

— Et maintenant, que cherchons-nous ? demanda Michael.

— Sa bible, pour commencer.

Michael s'assit sur un coussin et commença à explorer une étagère. Rachel s'engagea dans un couloir sombre, aperçut par une porte entrouverte la cuisine d'une propreté douteuse, puis entra dans une petite chambre à coucher, au fond de la maison.

Le grand lit avait un matelas taché et jauni ; une croix de bois était suspendue au mur. Elle fouilla dans les tiroirs d'une commode poussiéreuse, où elle ne trouva que quelques vêtements épars. Le tiroir de la petite table de nuit était entièrement vide.

Déçue, elle s'arrêta au milieu de la pièce, les poings sur les hanches, et appela Michael.

— As-tu trouvé quelque chose ?

— Un grand article dans un *Reader's Digest* de 1972, sur cet aveugle qui a traversé le pays d'un bout à l'autre avec ses deux chiens.

— Michael ! s'exclama Rachel en riant.

— Sérieusement, c'est une histoire fabuleuse !

Elle hocha la tête et ouvrit la porte d'un grand placard. Quelques cintres métalliques étaient alignés au bout d'une tringle, et une vieille couverture roulée reposait sur une étagère. Elle allait refermer la porte quand elle vit dépasser un objet noir.

Elle dut se hausser sur la pointe des pieds pour l'atteindre. C'était un livre. La couverture bascula sur sa tête, tandis qu'un gros ouvrage relié de cuir atterrissait entre ses mains. La bible de Marielle Hostetter...

Elle s'assit au bord du lit, la bible sur les genoux. Qu'allait-elle découvrir ? On avait glissé parmi les pages jaunies un arbre généalogique de la famille, écrit à l'encre violette. Marielle — fille unique, sans aucune descendance — y figurait.

Elle feuilleta l'ouvrage en regrettant de ne trouver aucun indice qui pût l'éclairer sur les pensées de la vieille femme. Elle s'était sans doute fait des illusions...

Avant de refermer la bible, elle eut l'idée de jeter un coup d'œil à l'intérieur de la couverture de cuir. Une feuille de papier pelure, pliée en quatre, tomba à terre. Elle l'étala avec précaution sur le lit et la parcourut une première fois, puis une deuxième.

— Michael ! appela-t-elle. Viens ici !

Elle en était à sa troisième lecture lorsqu'il apparut sur le seuil.

— J'ai trouvé la bible, dit-elle, et ceci à l'intérieur.

Elle lui tendit la mince feuille de papier et le vit pâlir à mesure qu'il découvrait son contenu.

24

La voiture de Michael précédait celle de Rachel sur la route menant chez Helen. D'un coup d'œil dans le rétroviseur, il essaya de capter son regard, dans l'espoir d'y lire une réponse aux questions qui l'obsédaient. Sur le siège à côté de lui reposait la précieuse feuille de papier surgie de la Bible de Marielle — cet étrange codicille au testament de Peter Huber. Comment se trouvait-il là ? Etait-il légal ? Qu'en savait Helen, et qui pouvait bien être Karl Speicer ? Tout cela lui paraissait incompréhensible.

Si Rachel avait été assise à côté de lui, ils auraient pu en discuter, mais il valait mieux éviter la promiscuité. Cette promenade à travers bois avait été une trop grande tentation : chaque fois qu'il la voyait, il jouait avec le feu. Si l'un de ses paroissiens lui avait demandé conseil au sujet d'une semblable situation, il l'aurait invité à fuir la personne qui le tentait.

Mais que faire lorsque la tentatrice est votre plus ancienne et plus chère amie ?

Une fois arrêté devant la maison d'Helen, il vit Rachel apparaître à la vitre.

— J'ai réfléchi, dit-elle. Nous devrions peut-être lui épargner cette histoire. Elle semble en bien meilleure forme physique ces derniers temps, mais je ne sais pas comment elle réagira à un tel choc.

Michael prit le papier avec précaution et sortit de sa voiture.

— On ne peut pas lui cacher ce que nous avons découvert ! Il faut lui parler, Rachel.

— Alors, avec beaucoup de ménagements.

Il la prit par le bras pour l'entraîner vers le porche.

— Voyons si elle peut répondre à certaines de nos questions.

Helen lisait dans la bibliothèque. Son visage s'éclaira à la vue des deux arrivants.

— Bonjour, Michael. Quelle bonne surprise !

Il se pencha pour l'embrasser sur la joue.

— Ravi de vous voir, Helen.

Il savait qu'Helen éprouvait un plaisir d'autant plus vif à le voir qu'il était en compagnie de sa petite-fille...

Rachel poussa l'ottomane devant le siège d'Helen et s'assit.

— Nous voulons te parler, Gram. Nous avons fait une trouvaille...

Michael s'installa sur le canapé.

— Rachel a rendu visite à Marielle Hostetter il y a quelques jours.

— Vraiment ? grommela Helen en fronçant les sourcils.

— Pour une raison que nous ignorions, ajouta Michael, elle a donné à Rachel la clef de sa maison. Nous y sommes allés ce soir et, dans sa bible, nous avons découvert un codicille au testament de Peter.

Il jeta un coup d'œil à Rachel en espérant qu'elle ne serait pas choquée par son récit laborieux. Comme il lisait sur son visage plus d'appréhension que de mécontentement, il tendit le papier à Helen. Celle-ci eut un mouvement de recul et son visage se rembrunit.

— Voulez-vous que je vous le lise ? demanda-t-il.

— Je crois savoir de quoi il s'agit.

Il échangea un regard perplexe avec Rachel avant de commencer sa lecture.

La terre dont j'ai hérité de mes parents — limitée par les abords de Reflection au nord, Coley Road à l'est, l'étang de Spring Willow au sud et Main Street à l'ouest — a été le lieu d'habitation de la famille Hostetter depuis des générations. Marielle Hostetter peut continuer à y vivre jusqu'à la fin de ses jours et la léguer à ses héritiers — ou en user à sa guise et conserver le montant d'une vente éventuelle. Cette disposition sera, cependant, nulle et non avenue, si ma dernière œuvre, « Reflections », est jouée et commentée en public par Karl Speicer. Si cette condition est remplie, ledit terrain sera donné à la ville de Reflection, qui veillera à sa sauvegarde ; Marielle Hostetter touchera alors les royalties de ma dernière œuvre.

Encore étonné par ce message insolite qu'il lisait pour la quatrième fois, Michael observa Helen dont le visage était devenu livide.

— Oui, dit-elle posément, je sais...

Elle connaissait donc cette possibilité de sauver les terres et n'en avait rien dit ? Michael se préparait à intervenir sans ménagements, quand Rachel lui jeta un regard impérieux.

— Ça va, Gram ? demanda-t-elle, une main posée sur l'épaule d'Helen. Tu n'es pas trop troublée ?

— Ça va.

— Karl Speicer, poursuivit Rachel, est bien le pianiste que nous allons écouter vendredi soir ?

Michael, qui n'avait pas fait ce parallèle, parut sidéré.

Helen ne répondit pas, le regard plongé dans la nuit, à travers les vitres de la bibliothèque.

— Peter est mort depuis dix ans, dit-elle enfin, et je ne pensais plus à ce passage de son testament. Mais, pour répondre à la question que vous brûlez tous les deux de me poser, il n'y a pas d'œuvre appelée *Reflections*.

— Une seconde, Helen, dit Michael en se levant. Commençons par le commencement. Ce terrain appartenait aux Huber, n'est-ce pas ?

— Il appartenait à la famille de Peter depuis plusieurs générations, et il l'a hérité de ses parents. Comme il n'a jamais été à moi, je n'ai pas voix au chapitre. Comprends-tu ?

Michael et Rachel baissèrent la tête comme deux enfants réprimandés.

— Mais pourquoi l'a-t-il légué à Marielle ? demanda Rachel.

— Par pitié ! Peter était un homme bon et généreux. Sa famille avait autorisé les Hostetter à habiter sur ces terres depuis plusieurs générations, donc tout le monde s'imaginait qu'elles leur appartenaient. Maintenant elles appartiennent réellement à Marielle ; nous n'y pouvons rien.

— S'il avait pitié d'elle, il pouvait l'autoriser à les garder jusqu'à sa mort et décider qu'elles deviendraient ensuite un parc naturel, objecta Michael.

Helen laissa à nouveau son regard errer par la fenêtre, et Michael craignit qu'elle ne fonde en larmes.

— Nous en reparlerons une autre fois si tu préfères, chuchota Rachel en serrant la main de sa grand-mère dans la sienne.

Helen fixa Rachel, puis Michael.

— Peter avait ses raisons... Il lui arrivait d'agir sans logique apparente.

— Cette décision a-t-elle un sens pour toi ? demanda Rachel.

— Connaissant Peter, je comprends parfaitement ses intentions.

Michael se rassit, la feuille de papier posée sur ses genoux.

— Ce codicille est-il légal ?

— Oui.

— L'œuvre dont il parle doit exister, insista Michael. Où peut-elle bien être ? Karl Speicer l'aurait-il en sa possession ? Et pourquoi Peter a-t-il souhaité la lui soumettre ?

Helen fit un effort pour garder son calme.

— A quelle question veux-tu que je réponde en premier ?

— Pourquoi Karl Speicer ?

— Karl est pianiste, et c'est bien lui qui joue vendredi soir au Kennedy Center. Il doit avoir mon âge maintenant... J'ai peine à croire qu'il est toujours en activité, quoique... (La voix d'Helen se fit songeuse, et elle laissa son regard errer un moment avant de le fixer à nouveau sur Rachel et Michael.) C'était un grand ami de Peter ; il aimait jouer ses œuvres.

— Peut-il avoir une copie de sa partition ? demanda Rachel.

Helen se mit à rire. Rachel et Michael échangèrent un regard étonné.

— S'il en avait une, il s'en serait certainement aperçu, répondit-elle.

— Pourquoi Peter fait-il dépendre le sort de ses terres du fait que Karl Speicer aura eu connaissance de cette œuvre ?

— Michael, je te répète que Peter avait ses raisons. Je n'ai pas d'autre explication à te donner.

Rachel prit les deux mains de sa grand-mère dans les siennes.

— Gram, où pourrions-nous trouver cette partition ? Où se cache-t-elle ?

— *Nulle part.* J'ai bien cherché depuis la mort de Peter, il y a dix ans. Si cette partition existait, je l'aurais trouvée !

— Elle est peut-être cachée je ne sais où... Sous des lattes de plancher, par exemple... Si nous la dénichons, nous pourrions l'apporter à Washington vendredi prochain et la donner à Karl Speicer.

— Non, non, et non ! s'écria Helen, hors d'elle. Rachel, Michael, je vous prie de laisser tomber cette histoire.

Des larmes fugitives apparurent dans les yeux de la vieille dame. Michael, ému, vit Rachel, encore plus alarmée que lui, la prendre précipitamment dans ses bras.

— Gram chérie, ne t'inquiète pas !

Helen leva les bras pour se dégager.

— Promets-moi de ne jamais essayer de parler à Karl. Ni vendredi soir, ni plus tard !

— Je te le promets, dit Rachel.

— Et toi, Michael ?

Michael promit à contrecœur en lui tenant la main.

— Désolé de vous avoir contrariée, Helen.

— J'ai besoin d'être un peu seule, murmura celle-ci en laissant retomber mollement sa main sur ses genoux.

— Et je dois partir, dit Michael. Je vais chercher Jace à son groupe de jeunes.

— Je te raccompagne. (Tournée vers sa grand-mère, Rachel ajouta :) Je reviens tout de suite, Gram.

Ils marchèrent en silence jusqu'à la voiture.

— Qu'en penses-tu ? demanda Michael.

— Aucune idée !

— Pour rien au monde je ne voudrais blesser Helen, mais si cette partition existe, nous devons la retrouver !

Rachel soupira.

— Le notaire est-il au courant ? Celui qui a rédigé le testament...

— Nous pourrions tenter notre chance auprès de Sam Freed. Je le connais bien. Si je l'appelle demain, il m'expliquera peut-être les raisons de Peter.

Rachel se pencha vers la voiture.

— Pendant que nous parlions à Gram, une idée terrible m'est venue à l'esprit.

La lumière du porche éclairait la profondeur de ses yeux, et Michael eut envie de l'embrasser comme il l'avait fait dans les bois.

— Quel genre d'idée ?

— Trouves-tu logique que mon grand-père ait légué un terrain d'une telle valeur à Marielle Hostetter ?

— Ça me paraît absurde, comme toute cette histoire !

— Gram a des réactions bizarres, et elle est trop fragile pour que je la mette sur le gril. Mais il me semble que Marielle pouvait être pour mon grand-père beaucoup plus qu'une pauvre femme qui vivait sur ses terres.

Michael faillit éclater de rire.

— D'abord, elle a au minimum vingt ans de moins que Peter ! D'autre part, Peter était un intellectuel. Je ne vois pas quel intérêt Marielle aurait pu présenter pour lui !

Rachel sourit bizarrement.

— Non, tu n'as pas compris ce que je voulais dire ! C'est ridicule... Mon imagination me joue peut-être des tours... Je soupçonne Marielle d'être la fille de mon grand-père...

— Pardon ?

— La mère de Marielle a peut-être été la maîtresse de mon grand-père. Elle se serait tuée parce qu'il refusait de quitter Gram. Et Gram connaît toute cette histoire, mais ne veut pas en parler. Dans ce cas, tout s'explique.

En effet, tout devenait plus clair, se dit Michael, tout sauf cette clause étrange... D'autre part, il s'imaginait difficilement Peter folâtrant dans le voisinage.

— J'ai du mal à y croire, remarqua-t-il. Mais si tel était le cas, ce qui me paraît fort improbable, nous n'avons pas à nous en mêler. Il suffit de trouver la partition et qu'Helen nous permette de parler à ce Speicer.

Rachel se tourna vers la maison.

— Je ne veux pas la laisser seule trop longtemps, elle était mal en point.

Comme elle allait partir, il s'empara de sa main.

— Rachel ?

Les pupilles grises de Rachel s'agrandirent.

— Je t'aime, dit-il, sans baisser la voix. Je t'aime et je ne sais que faire.

— Je t'aime moi aussi.

Elle le serra dans ses bras en souriant, puis elle se dirigea vers la maison.

Helen entendit depuis sa chambre à coucher le grincement de la porte d'entrée : Rachel était donc revenue. Elle ferma aussitôt sa porte à double tour. Il lui fallait encore une minute de solitude pour se calmer. Tout étourdie, elle s'allongea sur son lit et prenait quelques amples inspirations quand Rachel frappa doucement.

— Je me repose, souffla-t-elle.

Sa petite-fille battit en retraite d'un pas résigné, et elle resta encore quelques minutes immobile, les yeux fermés.

Peter, Peter, quelle idée tu as eue là !

Depuis sa tombe, il essayait encore de tout régenter. A sa manière, il croyait agir dans son intérêt, mais il aurait dû savoir qu'elle n'avait aucunement l'intention de réaliser ses souhaits. Elle n'en était pas plus capable maintenant que dix ans plus tôt.

25

— Eh bien, il était temps ! déclara Sam Freed, assis au bord de son bureau, en souriant à Rachel et à Michael. Je me demandais combien de temps il faudrait pour que quelqu'un s'aperçoive que le terrain contesté appartenait à la famille Huber.

Le notaire portait un costume gris impeccable et une cravate bleue. Il ne devait pas avoir loin de soixante-dix ans, mais son allure fringante le faisait paraître beaucoup plus jeune.

— Savez-vous où se trouve la partition ? demanda Rachel.

Sam haussa les sourcils d'un air étonné.

— J'ai toujours supposé qu'Helen l'avait en sa possession.

— Elle affirme que non, déclara Michael.

— Alors, nous sommes en plein mystère !

— Mon grand-père avait-il un coffre-fort ? s'enquit Rachel. Un endroit où il aurait pu garder des papiers de valeur ?

— Il ne m'en a jamais informé.

— Ce codicille est-il légal ? demanda Michael en désignant le papier posé sur le bureau.

— Parfaitement légal ! (Sam frôla le document du

bout du doigt.) Cette idée m'a paru étrange, mais je connaissais assez Peter pour penser qu'il avait de bonnes raisons. Quelles raisons ? Je l'ignore.

Après avoir jeté un coup d'œil à sa montre, il se leva et guida ses visiteurs vers la porte.

— Désolé d'abréger notre entretien, mais je suis attendu. Je ne peux rien faire de plus pour vous, mais vous allez retrouver cette partition ! Ursula m'incite à m'installer un bureau flambant neuf dans l'immeuble qu'ils veulent construire près de l'étang. Franchement, ça ne me dit rien. Je préfère rester ici et garder à Reflection son visage de toujours.

Une fois dans la rue, Michael retira ses lunettes pour se frotter les yeux.

— Nous ferions mieux de ne pas parler à Helen de notre visite à Sam.

— En effet, approuva Rachel. Je pense que ce n'est pas le moment non plus de lui poser des questions au sujet du testament ou de la partition.

Depuis leur dernière conversation, deux jours plus tôt, Gram paraissait morose et soucieuse, parfois impatiente. Ni les épis odorants des quenouilles de Cléopâtre du jardin ni les bouquets de fleurs des champs qu'elle disposait dans tous les vases de la maison ne l'arrachaient plus à ses humeurs noires.

Michael remit ses lunettes.

— Quel dommage de voir Karl Speicer ce soir au Kennedy Center sans pouvoir lui parler ! Et s'il avait cette partition ? Nous pourrions...

— Une promesse est une promesse, Michael.

— Tu as raison. Je vais à mon bureau et je passe vous prendre, Helen et toi, vers quinze heures. Ça te va ?

— Parfait. (Rachel lui effleura le bras.) Je suis contente que nous ayons eu ces quelques minutes tranquilles.

Une tranquillité relative... En effet, tandis qu'il se dirigeait vers l'église, Rachel nota la présence d'une femme de l'autre côté de la rue, d'un homme dans la voiture garée à côté, et de deux adolescentes sortant d'un café.

Elle fit asseoir sa grand-mère à côté de Michael, afin qu'elle soit confortablement installée pendant ces deux longues heures de trajet jusqu'à Washington. Le visage pâle et tendu, la vieille femme avait pris son temps pour monter en voiture et une anxiété presque palpable flottait autour d'elle.

La campagne céda bientôt la place à des immeubles de bureaux et des usines. La conversation languissait, et Rachel croisait de temps à autre le regard de Michael dans le rétroviseur. Elle y devinait une excitation comparable à la sienne, à mesure qu'ils s'éloignaient de Reflection et de ses habitants.

— Quand avez-vous entendu jouer pour la dernière fois des œuvres de Peter en concert ? demanda Michael à Helen.

Elle resta un moment pensive.

— Ça devait être avant sa mort. Il y a dix ans au moins ! (Elle se retourna pour s'adresser à Rachel.) Qu'allons-nous entendre ce soir ?

— *Patchwork*, *Lionheart* et le Concerto n° 2, répéta Rachel au moins pour la quatrième fois.

A dix-sept heures trente, dès leur arrivée à Washington, ils s'installèrent à l'hôtel. Rachel et sa grand-mère partageaient une chambre à deux lits, Michael dormait dans une chambre voisine. Comme le temps pressait, ils allèrent immédiatement s'habiller. Rachel avait acheté la veille à Lancaster — où personne ne risquait de la reconnaître — une robe noire, courte et décolletée dans le dos. Elle sourit à son reflet, dans le miroir de la coiffeuse.

— Peux-tu m'aider à mettre ce collier ? demanda Gram en sortant de la salle de bains, imposante dans une simple robe bleu roi.

Rachel, admirative, actionna le fermoir du rang de perles.

— Cette robe te va à merveille !

— J'ai besoin de m'asseoir, murmura Helen en s'installant dans l'un des fauteuils clubs, les yeux fermés.

Agrippée de ses mains pâles aux accoudoirs, elle semblait aussi terrorisée qu'au milieu d'un orage.

Rachel se mordit les lèvres en observant son visage livide. Un instant, elle regretta presque de ne pas avoir apporté le fauteuil roulant.

Quand elle revint, après s'être maquillée dans la salle de bains, elle surprit Helen en train de glisser furtivement son petit sachet d'herbes aromatiques dans son sac de soirée orné de perles. Elle fit semblant de n'avoir rien vu, mais son cœur se serra à l'idée que sa pauvre grand-mère ne se séparait plus jamais de ses herbes. Quelle étrange superstition ! Tout en s'affairant devant la coiffeuse, elle la vit refermer son sac d'une main tremblante...

Elles retrouvèrent Michael dans le hall de l'hôtel, puis un taxi les déposa au Kennedy Center. Le trio prit ensuite l'ascenseur en silence jusqu'au restaurant panoramique.

— Vous êtes splendides, mesdames, dit Michael une fois assis à l'une des tables près des fenêtres.

— Merci, répondit Rachel en souriant.

Michael et elle consultèrent le menu. Gram commanda une bisque de crabe dont elle goûta à peine quelques cuillerées du bout des lèvres.

Pendant le repas, Michael jeta un regard interrogateur à Rachel, qui se contenta de hausser les épaules. Dans l'ascenseur menant à la salle de concert, il annonça d'un air mystérieux une bonne surprise.

— Laquelle ? demanda Rachel.

— Tu verras.

Ils allèrent chercher leurs billets au contrôle avant de se diriger vers la salle. En réservant les places, Rachel avait été déçue d'apprendre qu'il ne restait que les derniers sièges du parterre. Aussi fut-elle surprise lorsque l'ouvreuse les guida vers les premiers rangs ; mais apercevant le sourire espiègle de Michael, elle comprit aussitôt.

— Comment as-tu fait ? demanda-t-elle en s'asseyant entre lui et sa grand-mère. Aux premières places, face aux musiciens !

Il lui serra le bras d'un air heureux et détendu qu'elle ne lui avait jamais vu depuis son arrivée à Reflection.

— Quelques coups de téléphone ont suffi. Tu ne me croyais pas aussi influent ?

— Non, en effet.

Les lèvres près de son oreille, elle respira l'odeur ambrée de son after-shave et tout vacilla. Se blottir contre lui, abandonner sa tête sur son épaule... Elle s'obligea à poser dignement les mains sur les accoudoirs de son siège et ajouta :

— N'aurais-tu pas signalé la présence d'Helen Huber ?

Il lui sourit.

— Un peu plus, ils nous installaient sur la scène !

Rachel se plongea dans le programme avant le début du concert. La biographie de son grand-père lui était familière, mais un frisson d'orgueil la saisit à la lecture de ses succès et des récompenses qu'il avait reçues. Comme elle se penchait vers Helen pour lui demander une précision, elle réalisa qu'elle se concentrait sur la biographie de Karl Speicer. Elle tourna la page et parcourut le même texte.

Speicer était né en 1911 et vivait à New York avec sa femme, Winona, depuis quarante-quatre ans. Il avait été l'ami de toujours du compositeur, dont il admirait le génie. *Tout pianiste compétent peut donner une idée du brio d'Huber, mais Karl Speicer pénètre au cœur même de ses œuvres*, concluait le biographe.

Le concert débuta par *Patchwork*. Le chef d'orchestre était une femme, inconnue de Rachel, mais manifestement passionnée par les œuvres de Huber. Et Karl Speicer avait une extraordinaire présence ! Son épaisse chevelure argentée tranchait sur le noir et blanc de son smoking. Grand et mince, il plaquait les accords avec une fascinante énergie. Dans les moments plus lents, il levait son visage vers le ciel, les yeux fermés. Son amour de la musique semblait vibrer en lui, se dit Rachel.

Au troisième mouvement, elle sentit sa gorge se serrer. En écoutant *Patchwork*, elle se représentait le paysage de Winter Hill, menacé par les promoteurs, et elle imaginait son grand-père chez lui, composant devant son piano. Elle inspira profondément pour étouffer ses larmes.

Michael prit sa main posée sur son genou et la garda dans la sienne. Ce geste tendre porta son émotion à son comble.

Elle entendit un imperceptible reniflement de sa grand-mère. Sans hésiter, elle posa sa main libre sur ses doigts raidis et glacés qui lui semblèrent de marbre, puis elle les massa un moment avec le pouce pour les réchauffer.

Chaleureusement applaudi, Karl Speicer revint plusieurs fois s'incliner sur le devant de la scène avec une démarche de jeune homme. Il fit un signe de tête, accompagné d'un large sourire, en direction de l'orchestre, puis disparut dans les coulisses alors que les lumières se rallumaient avant l'entracte.

Michael se pencha pour se faire entendre de Rachel et de sa grand-mère.

— Je vous annonce qu'après l'entracte le chef d'orchestre va saluer votre présence.

— Que veux-tu dire ? demanda Rachel.

— Elle va présenter Helen, la femme de Peter, et toi, sa petite-fille, précisa Michael. Vous allez vous lever et...

Helen l'interrompit d'un ton sec.

— Je regrette, mais je ne peux pas assister à la fin du concert. Je dois partir.

Elle se leva et commença à s'éloigner de son siège, tandis que Michael et Rachel échangeaient un regard navré.

— Ne bougez pas, vous deux, reprit-elle. Je vais rentrer en taxi à l'hôtel.

Michael lui prit le bras.

— Que se passe-t-il ? Avez-vous des vertiges ?

— Désolée, je ne me sens pas bien, chuchota Helen, le regard fixé sur la scène vide.

— Nous t'accompagnons, dit Rachel.

— Non, je ne veux pas gâcher votre soirée.

— Voyons, Helen ! protesta Michael, nous avons eu la chance d'entendre *Patchwork* ; tant de beauté m'a rassasié au moins jusqu'à la fin de l'année. Rentrons nous reposer à l'hôtel après cette longue journée.

Rachel opina du chef, reconnaissante.

Helen sembait devenue muette. Une fois dans sa chambre, son visage retrouva quelque couleur.

— Je vais me coucher tout de suite, dit-elle, mais vous pouvez bavarder dans la chambre de Michael si vous voulez.

— Vous êtes incorrigible, Helen, plaisanta Michael.

Rassurée de voir sa grand-mère en meilleure forme, Rachel lui proposa de lui tenir compagnie devant la télévision, mais Helen insista :

— Inutile de rester avec moi, je me sens bien maintenant.

— Sûre ? demanda Michael.

— Absolument !

— Tu m'as paru bouleversée, dit Rachel. Avons-nous eu tort de t'emmener ici ?

Gram passa la main en souriant sur son sac orné de perles.

— C'était une excellente idée, mais une pareille émotion peut devenir trop éprouvante.

Rachel, convaincue, suivit Michael dans le corridor après avoir embrassé Helen. La porte refermée, elle croisa les bras sur sa poitrine.

— Non, Michael, pas dans ta chambre ! J'aime autant te prévenir que je manque de volonté ce soir. Quand tu m'as pris la main pendant le concert, j'ai failli me jeter dans tes bras.

Michael esquissa un sourire. Elle crut un instant qu'il passerait outre, mais il se contenta de hocher la tête en balayant du regard le long corridor vide. Une causeuse faisait face à une large fenêtre, à l'autre extrémité.

— Si nous allions nous y asseoir ? proposa-t-il.

Washington leur apparut à la lumière du clair de lune, le dôme du Capitole nettement visible au loin.

— Quelle belle vue ! s'exclama Rachel.

— Comment trouves-tu Helen ? demanda Michael.

— Elle allait beaucoup mieux dès que nous sommes sortis du Kennedy Center. Ces derniers temps, elle me déconcerte...

— Elle m'a vraiment inquiété. J'ai cru que nous allions la ramener sur une civière.

— Moi aussi, admit Rachel en soupirant.

Elle haussa le cou dans l'espoir d'apercevoir la Maison-Blanche parmi la myriade d'immeubles regroupés à leurs pieds.

— Te souviens-tu de notre voyage de fin d'études à Washington, Michael ?

Il passa un bras autour de ses épaules en riant.

— Bien sûr !

Toute la classe avait voyagé en autocar et dormi à l'auberge de jeunesse. Elle gardait plus de souvenirs de leurs polissonneries que de l'aspect touristique du voyage. Luc et elle avaient fait l'amour dans la chaufferie...

— Je me rappelle la nuit où les filles étaient ivres, ajouta Michael, et...

— Pas moi ! protesta Rachel.

— O.K., mais certaines d'entre vous l'étaient.

— Nous avons fait une descente dans le dortoir des garçons.

— Et Betty Franck a vomi sur mon lit.

— Sur ton lit ? Je croyais qu'elle était assise sur le lit de Luc quand ça s'est passé.

— Non, sur le mien... Attends une seconde ! (Son visage se rembrunit.) Il m'arrive parfois de confondre mes expériences avec celles de Luc. J'ai toujours affirmé à Becky que j'avais été sa victime, mais je me trompe peut-être.

Rachel repensa à Becky et au cours d'aérobic qu'elle avait manqué pour aller au concert (un bon prétexte !), de même que Michael avait « séché » sans regret son groupe de soutien.

— Je n'ai pas l'intention de retourner à mon cours d'aérobic, dit-elle.

— Vraiment, Rachel ? Tu paraissais si enthousiaste !

— Oui, je croyais y avoir une amie. Ma déception pèse plus lourd que le plaisir que j'y trouvais.

— Dommage... Nous referons des balades à bicyclette. J'ai besoin d'exercice moi aussi.

Rachel essaya d'imaginer une excursion en compagnie de Michael, mais l'idée lui parut incongrue. Jamais elle n'arriverait à se détendre en courant le risque d'être observée !

— Nous pourrions aller à Gettysburg, reprit-il après un silence, comme s'il avait deviné sa pensée. C'est un endroit idéal à vélo, et assez éloigné de Reflection pour que nous soyons tranquilles.

Il lui serra l'épaule avec vigueur.

— Et maintenant, si nous parlions sérieusement ?

— Volontiers.

— Je ne voudrais pas t'effrayer, mais je t'avoue que j'ai essayé, depuis quelque temps, d'envisager ce que serait ma vie avec toi... Une vie sans Katy, sans mon église, et avec encore moins de temps à consacrer à Jace.

Paradoxalement, Rachel se sentit plutôt rassurée : elle n'était plus seule sur le terrain de ses fantasmes.

— Le problème me paraît presque insoluble, ajouta Michael. Même si je laisse de côté les aspects conjugaux et religieux du problème, nous vivons toi et moi à deux mille miles de distance. Mais je dois considérer cette possibilité, il le faut...

— J'y pense moi aussi.

— Qu'attends-tu de moi, Rachel ? Parle en toute franchise, s'il te plaît.

Elle prit une longue inspiration.

— Ça ne sera pas bon pour toi.

— Peu importe !

— Eh bien, je te veux, Michael. J'ai envie de prendre des photos avec toi, de faire la cuisine avec toi et de longues promenades à la campagne... Je veux que nous voyagions ensemble, et que nous visitions la Norvège. (Elle parlait d'un ton presque paisible.) Je me sens moi-même avec toi, j'aime notre histoire partagée, et le fait que tu me connaisses assez bien pour finir mes phrases à ma place. J'aime le lien qui nous unit et le sentiment que ton bonheur compte autant pour moi que le mien.

Il sourit en l'écoutant.

— « L'âme de Jonathan ne faisait qu'une avec celle de David », cita Michael.

— Exactement ! Je souhaiterais que nous soyons unis

jusqu'à la fin de nos jours... Mais je sais aussi quel prix tu devras payer.

Michael étendit ses longues jambes devant lui.

— Je partage tes désirs. Je te veux — tu ne peux pas en douter. J'aimerais moi aussi que nous fassions ensemble toutes ces choses dont tu parles, et pourtant j'aurais horreur de nuire à ma femme ou à mon fils, de trahir ma congrégation et de compromettre mon ministère.

Rachel ne répondit rien. Le prix à payer pour Michael était trop grand...

— J'ai envisagé de me confier aux anciens de la paroisse, ou au moins à Lewis Klock.

— Pourquoi aux anciens ?

— Parce que je leur fais confiance. Ces gens sont d'un haut niveau spirituel, alors que ma spiritualité me paraît chancelante ces derniers temps. Bien sûr, j'ai beaucoup d'affinités avec Lewis. Je lui ai déjà demandé conseil en plusieurs occasions — moins importantes — et je sais que je peux compter sur son bon sens et son équité. (Il effleura la joue de Rachel.) Je traverse une véritable crise de conscience et j'ai besoin d'aide.

— Je comprends.

— Mais si je parle à Lewis, il me recommandera de ne plus te voir, et j'en suis incapable ! De plus, il va me surveiller. (Michael hocha la tête en soupirant.) Certains de mes paroissiens sont venus me consulter pour des problèmes du même ordre ; j'avoue que je sous-estimais leurs souffrances. Je leur disais qu'ils devaient mûrir, avoir une plus juste échelle des valeurs... Je ne réalisais pas à quel point c'est difficile !

— En effet, je ne crois pas être une mauvaise personne, et pourtant j'ai des désirs... condamnables.

— Merci d'avoir refusé de m'accompagner dans ma chambre ce soir, dit Michael en riant.

— Il n'y a pas de quoi.

— En fait, je pense que ta vertu n'aurait pas été en danger : je ne souhaite pas que nous ayons une relation charnelle sans lendemain. Il y a un seuil que je ne veux pas franchir avant d'avoir pris une décision claire et nette à notre sujet. (Il étouffa un rire.) J'ai beau jeu de parler de cette manière quand nous sommes assis sagement dans ce corridor, mais l'autre jour dans les bois, je ne me contrôlais plus... J'étais prêt à me jeter sur toi séance tenante !

— Ça ne m'aurait pas déplu.

Il la regarda avec perplexité.

— Tu pourrais faire l'amour avec moi sans une promesse d'avenir ?

— Oui, admit-elle, mais je t'estime de ne pas avoir le même point de vue. (Elle se déplaça sur le siège de manière à lui faire face.) Je souhaite ce qui sera le mieux pour toi, Michael, bien que ce ne soit pas nécessairement le mieux pour moi.

Il hocha la tête.

— Même si tu t'en allais demain, ta présence m'a trop remis en question pour que ma vie puisse reprendre son cours normal. (Il promena sa main sur le genou de Rachel, que ce geste laissa sur sa faim.) J'ai réalisé le vide de ma vie conjugale. Je souffre d'un manque que je tentais vainement de combler par mon travail et mon ardeur religieuse.

Elle rassembla ses jambes sur la causeuse et se pencha pour l'enlacer.

— Je serai toujours là quand tu auras besoin de moi. Tu pourras toujours compter sur mon amitié.

— J'espère bien.

Pendant un moment ils restèrent blottis l'un contre l'autre, à regarder la ville au clair de lune.

Son avenir était entre les mains de Michael, se dit Rachel ; et quoi qu'il décide, elle s'inclinerait. Elle n'était pas sûre de faire le poids face à tout ce qu'il devrait sacrifier pour elle, mais, pour la première fois depuis son retour à Reflection, elle entrevoyait une lueur d'espoir.

26

Une atmosphère tendue régnait à l'église. Lily en prit conscience dès qu'elle eut franchi le portail. Les gens qui allaient et venaient dans le foyer parlaient plus bas que de coutume et avaient le visage grave. Elle se glissa avec Ian jusqu'à leurs places favorites, près du centre de la nef.

Penchée vers son mari, elle lui chuchota à l'oreille :

— Michael va sans doute parler des « rumeurs ». Il attaque toujours les problèmes de front.

— A mon avis, tu te fais des illusions.

Lily en conclut que Michael avait évité d'aborder cette question avec son groupe de soutien, mais elle ne chercha pas à en savoir plus. Ian était la discrétion personnifiée, une qualité qu'elle admirait d'autant plus qu'elle en était dépourvue.

Elle commençait à s'inquiéter sérieusement de ces rumeurs et elle était loin d'être la seule... La crainte, le doute et la colère planaient autour d'elle, créant un climat étrange parmi les fidèles.

Chaque fois que l'un des membres de la congrégation traversait une crise de conscience ou s'interrogeait sur sa foi, tout le monde se sentait concerné. Lily appréciait ce sens du partage, mais lorsque quelqu'un était en situation délicate, la menace planait sur tous...

Pendant les chants et les annonces, elle n'arrêta pas de bâiller et de s'agiter sur son banc.

— Tu devrais aller au lit plus tôt, chérie, lui souffla Ian en serrant son genou dans sa main.

Elle veillait assez tard depuis quelque temps pour préparer Mule et Wiley au gala de bienfaisance du jeudi suivant ; les deux chiens étaient loin d'être prêts. Mais sa fatigue avait une tout autre raison... Une fois couchée, elle ne parvenait pas à s'endormir. Trop de pensées se bousculaient dans sa tête, et chaque fois qu'elle commençait à s'assoupir l'image de Mr. Holt surgissait devant ses yeux. Ou celle de Jenny. Parfois, une tache de sang et une tenue de camouflage en lambeaux lui apparaissaient. Elles se souvenait des dessins d'élèves exposés dans le hall de l'école : les enfants avaient représenté leurs camarades morts. Elle se rappelait aussi les milliers de fleurs déposées sur la pelouse devant l'école, en hommage aux victimes, et la plantation des cerisiers pleureurs. Les services funèbres lui revenaient aussi à l'esprit, alors qu'elle n'y avait pas assisté en personne, sur ordre de sa mère. Elle n'était même pas présente à l'enterrement de sa propre sœur !

Elle avait fini par se relever au milieu de la nuit précédente, et elle avait regardé par la fenêtre, assise dans le séjour, au milieu de ses chiens. Ses souvenirs culpabilisants l'épuisaient. Savoir des choses que les autres ignorent devient parfois insoutenable...

Si seulement elle avait pu en parler à Ian ! Il avait remarqué son état, mais il en ignorait la cause. Depuis qu'elle lui avait confié ce qu'elle savait au sujet de Katy, il s'imaginait que son trouble venait de là. Pourquoi l'aurait-elle détrompé ?

Michael se leva au début du sermon et Lily se crispa sur son banc. Il parlait de la valeur de l'amitié. Etait-ce bien le moment ? Elle n'en croyait pas ses oreilles.

Déçue et irritée, elle sentit la colère monter autour d'elle, comme si des milliers de vitres fragiles étaient sur le point de voler en éclats. Michael *devait* se douter de ce que pensaient les gens, et pourtant il donnait l'impression de s'en moquer.

Michael, il faut absolument que tu nous rassures ! Nous n'avons pas besoin de te prendre pour un saint, mais fais-nous savoir que tu as conscience de ton problème et que tu y fais face.

L'esprit dans le vague, elle regarda autour d'elle. Tout le monde avait les yeux rivés sur le pasteur. Kirby Cash, le mari d'Arlena, était assis à quelques bancs du sien. Arlena venait, paraît-il, de sortir de l'hôpital. Une bonne chose, au moins : Rachel n'aurait pas le sang de cette femme sur les mains...

Son attention se reporta soudain sur Michael.

— J'ai été élevé ici, disait-il. J'étais solitaire et peu sociable. A tort ou à raison, je me sentais rejeté par mes camarades de classe et je risquais de me replier sur moi-même. Heureusement, deux enfants se sont intéressés à moi. Ils se sont montrés gentils et pleins d'égards, ils ont apprécié mes qualités, et, dès l'âge de sept ans, ils m'ont aidé à devenir l'homme que je suis aujourd'hui. Ces deux enfants s'appelaient Luc Pierce et Rachel Huber.

Il s'interrompit à peine un instant, mais elle entendit un murmure gêné s'élever parmi les fidèles.

— Chaque fois que je me penche sur l'un de vous avec compassion, reprit-il, j'applique les leçons que Luc et Rachel m'ont enseignées. Chaque fois que je tends la main à autrui, je leur suis reconnaissant. Ils m'ont appris à aimer mon prochain !

Il enchaîna avec les Saintes Ecritures, sans que le public remarque la transition, et il conclut son sermon.

Une fois le service terminé, les gens échangèrent des regards indéchiffrables en se levant. Lily resta assise à sa place. Michael avait éveillé une nouvelle forme d'émotion. Une émotion diffuse, qu'elle ne parvenait pas à analyser clairement, mais elle savait qu'il avait visé juste, et c'était l'essentiel.

27

Ursula Torwig, assise à son bureau, faisait face à la jeune journaliste envoyée par le journal de Lancaster — une certaine Roselyn je-ne-sais-quoi. Elle lui avait téléphoné unc heure plus tôt en demandant à l'interviewer sur le projet Hostetter. Ursula ne s'était pas fait prier pour la recevoir...

En la voyant franchir la porte de son bureau, elle avait deviné à qui elle avait affaire : une de ces jeunes arrivistes, affamées de scandale, qui rongent leur frein dans un petit journal de provincc. Si elle était avide de détails croustillants pour attirer l'attention de ses supérieurs, elle trouverait de quoi la satisfaire !

— Le projet Hostetter semble avoir soulevé une vive controverse, fit la journaliste en sortant un bloc-notes de son porte-documents.

Ursula la dévisagea. Elle avait un visage ingrat : un nez qui semblait avoir été cassé et mal réparé, des yeux trop petits.

— Il ne faut pas exagérer, répliqua-t-elle en souriant. La controverse est en train de se calmer. Michael Stoltz — le pasteur de notre église mennonite — a essayé de rallier tous les mécontents. Il est le porte-parole de l'opposition, mais son influence a considérablement décru depuis quelques semaines.

— Vous faites allusion au retour de Rachel Huber dans la région ?

Parfait, se dit Ursula, Roselyn avait compris à demimot.

— Il semblerait que Michael Stoltz soit un peu... à côté de la plaque, ces derniers temps. J'ai appris qu'il avait passé son week-end à Washington D.C. avec cette femme. Alors, vous comprenez...

Les petits yeux de Roselyn brillèrent de curiosité.

— Ils étaient à Washington ensemble ?

— Je pensais que tout le monde était au courant, mentit Ursula qui savait pertinemment que très peu de gens disposaient de cette information.

Pendant que la journaliste griffonnait quelques mots sur son bloc-notes, elle sortit une liasse de papiers de son tiroir.

— Je vous propose d'examiner les plans du projet Hostetter. Ainsi, vous pourrez rassurer vos lecteurs en leur montrant que nous avons étudié de très près l'impact de cette opération. Si certains d'entre eux restaient soucieux, ils n'auraient qu'à se présenter à l'audience du 6 septembre.

Elle déploya les plans sous les yeux de Roselyn.

— Précisez bien, reprit-elle, qu'ils peuvent passer à mon bureau quand ils voudront pour consulter ces plans, ainsi que les diverses études d'impact. Quand ils connaîtront bien la question, je suis sûre qu'ils arriveront aux mêmes conclusions que moi — à savoir que c'est exactement le genre d'initiative dont a besoin Reflection. Notre économie et notre communauté n'attendent que ça ! Et cette évolution sera en parfaite harmonie avec l'esprit de notre ville.

Roselyn leva les yeux un instant.

— Que dire des amish et des autres sectes fondamentalistes qui s'inquiètent de l'intensification du trafic routier et...

Ursula balaya ses objections d'un revers de main.

— S'il s'agissait de terres que les amish peuvent exploiter, jamais je n'autoriserais cette opération. Nous devons protéger notre agriculture à tout prix ! Mais, justement, le projet Hostetter est un don du ciel, car ce terrain est en plein centre-ville — à bonne distance des terres arables ; il ne demande qu'à être mis en valeur avec goût, et incorporé à l'ensemble urbain. Les Hostetter partagent ce point de vue. Une aubaine pour notre ville !

Roselyn, à court d'objections, prit encore quelques notes avant de glisser son bloc dans son porte-documents. Puis elle se leva, et Ursula fit de même. En accompagnant la journaliste à la porte, elle laissa errer son regard par la fenêtre : elle croyait voir le nouvel immeuble comme s'il était déjà sorti de terre et elle aurait même pu indiquer la place exacte de son bureau...

28

— Papa ? demanda Jason, debout à la porte du bureau, je voudrais te parler quand tu auras fini de téléphoner.

Drew partant pour affaires en Californie le lendemain, tous les contacts avec les médias au sujet de l'audience étaient brusquement retombés sur les épaules de Michael. Il était en ligne avec la chaîne publique de radio qu'il avait mis plus d'une heure à joindre ; mais en voyant l'air sombre de son fils et la manière dont il sautillait d'un pied sur l'autre, il raccrocha sans hésiter.

— Assieds-toi, Jace, dit-il.

Le jeune garçon s'affala sur le canapé sans un mot.

— Qu'est-ce qui ne va pas, Jace ?

Jason le regarda du coin de l'œil, la tête tournée vers la fenêtre. Le soleil matinal gravait des rectangles lumineux dans les verres de ses lunettes.

— Les garçons du stage parlent de toi.

Les ragots avaient donc fait leur chemin jusqu'au stage d'informatique...

— Ah bon, et que disent-ils ? demanda Michael.

— Ils disent que cette vieille institutrice qui a laissé mourir les enfants de sa classe est ta petite amie.

Jason semblait profondément troublé. Michael se

reprocha aussitôt de ne pas avoir su mettre son fils à l'abri des ragots. Il n'aurait pas dû garder secrète son amitié avec Rachel. Pouvait-il encore s'expliquer sans lui donner l'impression qu'il lui avait dissimulé la vérité ?

— Je suis au courant des rumeurs, fit-il, penché en avant, les coudes sur les genoux. Je regrette qu'elles t'aient atteint, mais ce sont de simples rumeurs, Jace. Rien de plus ! Rachel Huber, l'institutrice, était l'une de mes meilleures amies quand j'avais ton âge. Tu te rappelles que j'habitais Water Street ?

Jason hocha la tête.

— Eh bien, précisa Michael, la famille de Rachel habitait la même maison. Nous étions d'excellents copains. (Cette notion devait être étrangère à Jason, se dit Michael, car même dans son groupe de jeunes il sympathisait surtout avec les moniteurs adultes.) Elle passe l'été ici. J'ai fait une promenade à vélo avec elle, et...

Il avait vu le journal du matin et ne comprenait toujours pas comment Ursula avait eu vent de son voyage à Washington. Cela étant, mieux valait que son fils apprenne la nouvelle par lui, plutôt que par la presse.

— Je suis allé au concert avec elle et sa grand-mère, vendredi soir, à Washington... Sa grand-mère...

— Tu trompes maman !

Les joues écarlates, Jason s'était recroquevillé sur le canapé, comme s'il s'attendait à être frappé par son père — ce qui ne lui était jamais arrivé. Il répétait les paroles qu'il avait entendu prononcer.

Michael hocha la tête.

— Non, Jace, je ne la trompe pas. Maman connaissait Rachel autrefois. Nous étions une bande d'amis...

— Tout le monde dit que tu es un pécheur.

— Nous en avons déjà parlé, répliqua Michael en soupirant. Ce n'est pas l'opinion des autres qui compte, mais...

La sonnerie de la porte d'entrée retentit et il jeta un regard navré vers le vestibule.

— Je me moque de l'opinion publique. Ce qui me préoccupe c'est ce que tu penses ! reprit-il, la main sur le genou de son fils.

Jason se leva. Les rectangles lumineux disparurent de ses lunettes, et Michael vit briller un éclat de colère dans ses yeux.

— Tu ne devrais pas te promener à vélo avec une dame quand maman est absente, même s'il s'agit d'une amie, dit Jason en se dirigeant vers sa chambre.

— Attends-moi, Jace.

Michael allait le suivre, mais la sonnerie retentit à nouveau, et il marcha vers la porte. D'ailleurs, que pouvait-il dire de plus à Jason ?

Avant d'ouvrir, il aperçut la voiture noire de Lewis Clock, garée dans la rue. Peu de temps avant, il était sur le point de lui confier son dilemme. Mais il avait sans doute trop attendu...

Après avoir salué Lewis, il le fit entrer dans son bureau.

— Jason est ici ? demanda le vieil homme en s'asseyant sur le canapé.

— Oui, dans sa chambre.

— Alors, il serait plus sage de fermer la porte.

Michael s'inclina non sans inquiétude. Perturbé par la réaction de Jason, il se sentait prêt à demander de l'aide ; en tout cas il avait l'intention de ne rien cacher à son mentor.

— Tu es allé à Washington ce week-end avec Rachel Huber ? lui demanda Lewis dès qu'il fut assis à son bureau.

Michael acquiesça d'un signe de tête.

— Mais ça n'a rien à voir avec ce qu'a laissé entendre Ursula.

Lewis l'écouta paisiblement raconter son voyage à Washington, puis resta silencieux. Michael comprit que c'était une manière de l'encourager à en dire plus.

— Je l'aime, Lewis, reconnut-il enfin. Elle n'est pas coupable ; elle n'a rien fait pour me détourner du droit chemin, mais sa présence a éveillé en moi bien des doutes — au sujet de ma vie conjugale et de ma foi.

Il parla à Lewis des souvenirs qu'il partageait avec Rachel et de l'attrait d'un avenir empli de joie et d'amour. Son enthousiasme vibrait malgré lui dans sa voix ; il se sentait monstrueusement égoïste. S'attendant à un blâme, il fut surpris lorsque Lewis, après l'avoir écouté sans un mot, évoqua David et Bethsabée — un épisode biblique qui l'avait hanté plus d'une fois lui aussi ces dernières semaines.

— David convoitait Bethsabée, disait Lewis, et il commit le péché de chair avec elle bien qu'elle fût mariée à un autre homme, ce qui alluma la colère de Notre Seigneur.

Michael suivit toute l'histoire, les dents serrées, en attendant l'issue fatale de cet épisode. Il pensait à Jason...

— David confessa son péché à Dieu, qui lui pardonna, reprit Lewis. Mais puisqu'il avait éveillé le mépris des ennemis de Dieu, le fils qu'il avait engendré mourut...

Michael l'écoutait toujours, dans un silence angoissé.

— La tentation est partout, conclut plus doucement le vieux sage. Le fait que tu y sois exposé pour la première fois plaide en ta faveur, mais te rend la tâche encore plus difficile, car tu n'as pas l'habitude de résister. Il faut réagir, Michael. Ta congrégation est très attachée à toi et fera tout pour t'aider.

— A condition que je me plie à sa volonté.

— Veux-tu que je t'énumère les risques que tu cours si tu ne t'inclines pas ?

— Non, je suis lucide !

— Nous aurons l'occasion d'en reparler...

— En effet, approuva Michael en se levant pour le raccompagner.

— Michael ! (Lewis se retourna brusquement.) Quoi qu'il arrive, souviens-toi que Dieu pardonne même quand les institutions et leurs représentants n'approuvent pas.

Frappé par la compassion et la sagesse de son interlocuteur, Michael se dit qu'il n'en méritait pas tant. Aurait-il été capable, lui-même, d'une telle grandeur d'âme ?

Au cours de la journée, Michael fit de nombreuses tentatives pour renouer le dialogue avec Jason, mais celui-ci ne se laissa pas distraire de son écran d'ordinateur. Le soir, il s'installa en silence à l'arrière de la voiture lorsqu'ils allèrent au gala de bienfaisance de la SPA, après avoir pris Drew au passage.

— Tu tiens à ce que je reste avec vous ? demanda-t-il d'un air boudeur lorsqu'ils approchèrent de l'école secondaire.

Drew éclata de rire.

— Dieu te pardonne, Jace !

Michael observa dans le rétroviseur le visage tourmenté de son fils.

— Tu veux que je te dépose ici, pour que personne ne sache que tu es venu avec nous ?

Jason fit la grimace et se laissa aller en arrière sur son siège.

— Dur d'avoir douze ans ! grommela Drew.

Michael s'engagea dans le parking en pensant à Will, le fils de Drew. Avant le retour de Rachel, il avait presque oublié ce deuil, mais maintenant il se demandait comment Drew pouvait supporter de voir un père en compagnie de son fils. En vingt ans, peut-être avait-il fini par en prendre l'habitude...

Dans le rétroviseur, Michael aperçut Jason en train de regarder derrière la vitre. Il suivit son regard : sur le trottoir un groupe de jeunes bavardait avec insouciance. Il comprit aussitôt le dilemme de son fils : rester avec Drew et lui, au risque de s'ennuyer, ou rejoindre ce groupe qui l'accueillerait sans enthousiasme.

— Sérieusement, Jace, reprit-il, veux-tu que je te dépose ici ?

— Ouais, maugréa Jason avec un air de martyre, en ouvrant la porte pour sortir de la voiture.

— Nous nous assiérons sur le côté gauche, si tu veux nous rejoindre !

Jason, qui se dirigeait vers le petit groupe, fit mine de ne pas l'entendre. Un instant, Michael crut voir la situation à travers les yeux de son fils : une ligne imaginaire entourait le territoire de ces jeunes et en interdisait l'accès à tout nouveau venu. Il appuya précipitamment sur l'accélérateur, car il ne voulait pas assister à leur réaction devant l'intrusion de Jason. Ces blessures-là étaient trop promptes à se rouvrir...

— On donne le maximum de soi-même pour les élever, murmura Drew tandis que Michael se garait, et un beau jour ils ne supportent plus d'entendre parler de nous...

Michael coupa le contact.

— C'est une crise... qui ne dure que dix ou quinze ans.

Il balaya du regard le parking en s'avouant qu'il était à la recherche de Rachel. Il se sentait beaucoup mieux depuis sa confession à Lewis, mais ses aveux n'avaient atténué en rien son désir de revoir son amie d'enfance. Elle allait venir et il devrait l'ignorer !

Les ragots étaient trop virulents pour qu'il risque d'attiser le feu qui couvait. En outre, il en voulait à Ursula dont l'interview avait excité les esprits. Cette soirée allait être éprouvante, d'autant plus que toute la ville s'imaginait qu'il avait passé un week-end galant à Washington !

— Comment Ursula a-t-elle appris ma soi-disant escapade à Washington ? dit-il d'un ton songeur en sortant de sa voiture. (Et il ajouta en riant :) Puisque tu étais la seule personne dans le secret, j'ai tout lieu de me demander si tu n'as pas des relations coupables avec ma cousine.

Drew tressaillit.

— Tu n'es pas sérieux ?

En entendant sa voix affligée, Michael regretta ses paroles.

— Evidemment, je plaisantais !

Ils se dirigèrent vers l'école à travers le parking.

— J'ai l'impression que Lily va ratisser pas mal d'argent pour ses protégés, observa Michael.

— As-tu déjà assisté à des numéros de son mari ?

Les tours de magie de Ian étaient en effet la principale attraction du gala de bienfaisance. Michael se souvenait d'une soirée, quelques années plus tôt, au cours de laquelle l'illusionniste avait tiré une perruche des cheveux de Katy. Il avait découvert à cette occasion une facette inconnue de son épouse. Visiblement ravie d'avoir été élue par Ian comme comparse, elle avait joué le jeu avec enthousiasme et presque fait la coquette. Comment avait-elle pu lui cacher si longtemps ce côté frivole de sa personnalité ?

Il sursauta en entrant dans cette salle où se déroulait chaque année la commémoration de Reflection Day. La plupart des spectateurs devaient avoir la même réaction que lui, mais ce n'était pas le moment de se laisser troubler par des réminiscences pénibles...

L'auditorium de l'école — déjà ancienne à l'époque de sa scolarité — avait été modernisé une quinzaine d'années plus tôt. Ses lignes épurées, ses murs bleu pâle et son rideau de scène bleu marine lui donnaient un aspect accueillant. Les jeunes occupaient les places du fond, pour bavarder à l'abri du regard de leurs parents. Michael souhaita que Jason fût parmi eux, mais il ne le vit pas.

— Par ici !

Drew avait tourné la tête vers un coin de l'auditorium, où Michael eut la surprise d'apercevoir Ian et Jason en grande conversation.

— Je me demande ce qu'ils peuvent bien se raconter, marmonna Michael, et il se dirigea avec son ami vers les sièges encore disponibles dans les premiers rangs.

Il eut un mouvement de recul en apercevant Ursula, assise au milieu de ses administrés près de la travée centrale : il ne pourrait pas l'éviter.

Elle se leva et salua les nouveaux arrivants avec un sourire radieux, comme si elle n'avait pas fait son possible pour calomnier Michael et compromettre sa cause. Tenté de lui demander d'où elle tenait ses informations, il jugea préférable de lui adresser un signe de tête poli et de continuer son chemin. Elle aurait été trop contente de savoir combien elle l'avait blessé...

Une fois installé au quatrième rang à côté de Drew, Michael finit par localiser Rachel et sa grand-mère. Elles étaient au rang précédent, à une dizaine de places de la sienne, et le profil de Rachel se découpait clairement devant lui. Au bout de quelques minutes, elle tourna la tête dans sa direction et lui sourit ; il répondit par un léger clin d'œil.

— Voilà Rachel, souffla-t-il.

— Ah, la femme à côté d'Helen ! répondit Drew en l'évaluant du regard.

Michael devina son avis favorable, mais l'important n'était pas là. Il ne pouvait même plus voir Rachel d'un œil objectif. Il la trouvait belle, et se moquait du reste. Elle avait perdu les quelques kilos qui la préoccupaient et ses cheveux reflétaient la lumière du plafond.

— Où en es-tu avec elle ? demanda Drew. Comment s'est passé votre scandaleuse escapade à Washington ?

— Nous n'avons pas franchi les limites de l'amitié.

Drew étouffa un rire.

— Tu postules à la sainteté ?

— J'agis de manière édifiante, mais je mériterais d'être pendu pour mes pensées !

— Je peux vous imaginer ensemble ! Tu dois te consumer d'un air langoureux sur ton grand canapé...

— Du calme, Drew ! Tu fantasmes un peu trop à propos de cette histoire. Tu dois être en manque.

— Je parie que j'ai eu une femme il y a moins longtemps que toi.

Michael le dévisagea avec perplexité : Drew n'avait pas fait la moindre allusion à une aventure féminine depuis très longtemps.

— Je pourrais te donner des leçons de discrétion, plaisanta ce dernier.

Des leçons peut-être utiles, songea Michael. Malgré sa conversation avec Lewis, l'idée de faire entrer Rachel dans sa vie le tentait de plus en plus. Et pourtant, que d'obstacles ! Certains étaient évidents, comme Jason, Katy, et son église — sans compter les innombrables questions qui l'obsédaient.

Tandis que Drew parcourait le programme, il garda son regard rivé sur Rachel. L'être le plus naïf n'aurait pu douter en le voyant qu'il s'était assis loin d'elle à contrecœur.

Helen se pencha pour chuchoter quelque chose à l'oreille de sa petite-fille. Des secrets ? Oui, sans doute, car elle devait en regorger. Peter Huber, qui avait gardé toute sa raison jusqu'à sa mort, n'aurait certainement pas fait allusion dans son testament à une œuvre inexistante. Savait-elle où se cachait cette mystérieuse partition ? Il la questionnerait à nouveau, dès que Rachel la jugerait assez valide. L'audience avait lieu dans deux semaines seulement, et les bulldozers passeraient à l'attaque quelques jours après le vote.

L'entrée de Jacob Holt dans la salle détourna brusquement l'attention de Michael. Comme Holt se dirigeait vers l'un des sièges disponibles à l'avant, Lily bondit hors de son siège au premier rang et l'entraîna par le bras vers la scène. Elle lui parlait avec de grands gestes, le visage près du sien, plus rouge et moins souriante que d'habitude. Après l'avoir écoutée, il répondit brièvement et hocha la tête en se dirigeant vers le siège qu'il avait repéré. Elle le rattrapa, sous le regard fasciné de Michael, et lui saisit à nouveau le bras.

Finalement, Jacob Holt coupa court à la conversation d'un air catégorique et Lily, les dents serrées, le laissa gagner sa place sans en dire plus.

Michael croisa le regard de Rachel, qui semblait s'interroger elle aussi sur cet étrange manège. Il se contenta de hausser les épaules et parvint enfin à concentrer son attention sur le programme, heureux d'avoir communiqué un instant avec la femme qui allait peut-être bouleverser sa vie.

Rachel était allée avec une immense appréhension au gala de bienfaisance. Elle se montrait de moins en moins en public, et l'article paru le matin même dans le journal ne l'avait pas incitée à plus de hardiesse. Collée contre sa grand-mère, elle avait traversé le hall menant à la salle de spectacle, comme derrière un rempart infranchissable. A vrai dire, Helen Huber jouissait d'une grande popularité : les gens la saluaient avec enthousiasme, la félicitant pour son prompt rétablissement. Rachel, attentive et souriante, faisait de légers signes de tête, mais pour rien au monde elle ne se serait éloignée d'un pas de sa protectrice.

Elles avaient pris place deux rangs derrière Lily. Sur le point d'aller dire bonjour à son ancienne élève, Rachel avait jugé plus sage de s'en abstenir.

Les conséquences de leur promenade au marché avaient été éprouvantes pour Lily. Elle ne voulait pas la placer à nouveau dans une situation délicate ; elle craignait aussi que la jeune femme ne lui tourne le dos comme d'autres l'avaient déjà fait.

Elle s'efforça de réduire au minimum ses regards furtifs du côté de Michael, dont elle sentait la présence derrière son dos. Jason aurait dû en principe accompagner son père, mais celui-ci était flanqué de deux adultes... L'homme portant la chemise à motifs hawaïens était sans doute Drew, l'ami de Michael.

Celine Humphrey trônait quelques sièges plus loin, à la gauche de Rachel. Quand elle l'avait appelée la veille à propos de la collecte pour le Rwanda, il lui avait semblé d'après sa réponse que l'opération avait commencé sans elle. « Venez samedi si vous voulez, avait dit son interlocutrice du bout des lèvres. Nous ferons le tri de ce que nous avons reçu. » Malgré la réticence de Celine à son égard, elle comptait bien participer à cette opération.

A dix-neuf heures trente, Lily monta sur scène.

— Soyez tous les bienvenus à notre première réunion annuelle de la SPA ! déclara-t-elle.

Au même instant, un énorme chien noir bondit hors des coulisses et vint se poster à ses pieds, sous les applaudissements du public.

— Je vous présente Mule, reprit-elle. Je l'ai trouvé à la SPA il y a quatre ans, juste avant qu'il soit piqué. Chaque année, entre dix et douze millions de chiens et de chats subissent ce triste sort aux Etats-Unis, et dix autres millions meurent à la suite de négligences ou de mauvais traitements.

Après avoir énuméré diverses statistiques, Lily plaida pour plus de sens des responsabilités de la part des propriétaires de chiens, et encouragea les spectateurs à verser leur obole. Puis elle prit un ton plus enjoué.

— Notre premier numéro sera exécuté par les jeunes du club de dressage de chiens de Pembroke, annonça-t-elle.

Un groupe de jeunes envahit la scène et leur numéro avec des chiens de toutes races ne manqua pas de brio. Rachel eut une pensée émue pour Phœnix, dont elle avait confié la garde à Chris.

Ensuite, un club du troisième âge joua un sketch évoquant par des chants et des danses l'amour des animaux domestiques. Helen rit de bon cœur, mais l'enthousiasme du public ne se déchaîna qu'avec le numéro de Lily. On n'aurait su dire si elle avait dressé ses chiens à désobéir d'une manière aussi spectaculaire, ou s'ils étaient simplement aussi indociles que leur entraîneuse.

Rachel rit à en pleurer.

Pour finir, la scène s'obscurcit et une musique envoûtante s'éleva dans la salle. Quand la lumière revint, Ian Jackson se tenait au milieu de la scène, vêtu d'un pantalon noir et d'un tricot noir à col roulé, les cheveux tirés en queue de cheval. Il a vraiment le physique de l'emploi, se dit Rachel qui ne doutait pas de ses talents de magicien.

Il tira huit colombes blanches d'un petit panier couleur pourpre, jongla avec des balles argentées et fit onduler à travers la scène de longs serpentins rouges.

Puis il s'adressa au public en demandant un assistant. Les jeunes, au fond de la salle, s'agitèrent sauvagement en hurlant :

— Moi ! Moi !

Certains se levèrent, quelques-uns grimpèrent sur leur siège.

Rachel vit Ian pointer son doigt dans une direction précise.

— Jason Stoltz, viens ici, veux-tu ?

Un murmure de déception gronda dans les rangs du fond.

— Pourquoi lui ? osa même protester un gamin furieux.

Jason remonta l'allée centrale en direction de la scène, sans paraître satisfait outre mesure de sa qualité d'élu. Il était le sosie de Michael à douze ans. Ce grand garçon efflanqué émut Rachel aux larmes et elle souhaita de tout son cœur faire sa connaissance.

Il resta debout d'un air gêné à côté de Ian, tandis qu'une jeune femme faisait rouler sur scène une grande caisse peinte en bleu ciel et constellée d'étoiles dorées.

— Eh bien, Jace, demanda Ian en passant la main sur le couvercle de la caisse, ça te dirait de disparaître ?

— Ouais, grommela Jason en souriant.

— Tout de suite si tu veux !

— Ouais, répéta Jason.

— Dans ce cas, saute là-dedans, et je vais voir ce que je peux faire pour toi.

Jason grimpa sur un tabouret, d'où il sauta dans la boîte. Ian referma le couvercle et actionna un verrou. Rachel fit la grimace à l'idée d'un espace aussi exigu ; elle n'osait pas se retourner vers Michael.

— Certaines personnes s'imaginent que la magie est un simple tour de passe-passe. (Ian parlait avec assurance, tandis que la jeune femme faisait tourner la boîte sur elle-même.) Moi, je crois à la vraie magie, pure et absolue.

Il renvoya sa partenaire sur le côté de la scène et ouvrit le couvercle avec un grand moulinet du bras. La boîte était vide.

Le public poussa un cri de stupeur, certaines personnes applaudirent.

Ian apostropha Michael depuis la scène.

— Alors, Michael, tu te demandes si tu reverras un jour ton fils ?

Tout le monde se tourna vers cette nouvelle cible, ce qui donna à Rachel une excellente occasion d'en faire autant.

— J'ai confiance, répondit Michael.

— Le pasteur a confiance, plaisanta Ian, et... nous assistons soit à un phénomène de magie, soit à un miracle...

Il pointa un doigt vers le fond de la salle ; Jason venait d'apparaître à la porte d'entrée.

— Incroyable ! s'exclama Helen.

Rachel l'approuva sans hésiter.

Lorsque Jason arriva sur scène, dans un tonnerre d'applaudissements, Ian lui posa la main sur l'épaule.

— Tu es bien Jace et pas son frère jumeau ?

— Oui !

Un sourire identique à celui de son père, se dit Rachel.

— Eh bien, bravo, Jace. Je te prends comme assistant quand tu veux, déclara Ian.

Il termina son numéro par quelques tours supplémentaires, et Lily remonta sur scène pour remercier le public. Quand la salle s'éclaira, Rachel et sa grand-mère se dirigèrent à petits pas vers la sortie.

— Quelle coupe de cheveux formidable !

Rachel se retourna : Lily lui faisait face. Elle avait parlé si fort que toutes les personnes voisines s'arrêtèrent pour assister à une scène qui les médusa : Rachel rougissait d'émotion tandis que son ancienne élève la serrait dans ses bras...

— Bravo pour le spectacle ! s'exclama Rachel.

— Comment a-t-il fait disparaître Jason si facilement ? demanda Helen.

— Rappelez-vous qu'il a des pouvoirs magiques ! chuchota Lily.

Elles bavardèrent quelques minutes, bien que Rachel eût quelques difficultés à se concentrer : Michael et Drew étaient dans son champ visuel, en grande conversation avec un couple de l'autre côté de la salle. Michael riait, et semblait pour une fois détendu.

— Je dois me sauver, déclara enfin Lily.

En embrassant Rachel, elle lui chuchota à l'oreille :

— Appelle-moi demain, j'ai quelque chose à te dire !

Elle déposa un baiser sur la joue d'Helen et lui conseilla d'un air espiègle de se méfier de la foudre.

— Promis ! s'exclama la vieille femme.

Lorsque Lily eut rejoint un autre groupe, Rachel, intriguée, chercha des yeux Michael de l'autre côté de la salle. Leurs regards se croisèrent et il lui adressa un signe de main — véritable acte de bravoure, auquel elle répondit en se disant qu'elle ne pouvait pas espérer davantage ce soir-là.

29

— Ton fils est très beau, dit Rachel.

Michael se laissa aller en arrière sur le canapé et sourit au combiné du téléphone.

— Merci, il avait l'air plutôt en forme ce soir.

Malgré son appréhension, il avait été agréablement surpris quand Jason avait été appelé sur scène. Ian avait dû lui donner des consignes avant le spectacle, et tout s'était bien passé.

— Il a même refusé de rentrer en voiture, pour être avec ses copains.

— Parfait !

— Ça nous permet de passer un moment ensemble.

— « De passer un moment ensemble », comme tu dis !

— C'est vrai que cette soirée a été... frustrante.

— Pour le moins ! C'était pénible de te sentir si proche sans pouvoir te parler.

— Où es-tu pour l'instant ?

— Dans la bibliothèque, assise dans le fauteuil en moleskine. Je bois une tasse de thé Earl Grey. Gram est au lit, et j'ai la maison pour moi seule.

— Je donnerais beaucoup pour être avec toi.

— Nous serions si bien ensemble ! Comme l'autre soir à l'hôtel, sur la causeuse.

— Avec la caméra cachée d'Ursula braquée sur nous.

— De toute façon, nous n'avons rien à nous reprocher.

— Exact !

Cet article lui avait pourtant causé un tort irréparable. Il faillit évoquer sa conversation du matin avec Jason et la visite de Lewis, mais il ne voulut pas compromettre ce précieux moment de paix.

— Lily m'a demandé de l'appeler demain, dit Rachel. Elle a quelque chose à me dire. Je me pose des questions !

— Elle veut sans doute te convertir : elle pense que tu ferais une bonne mennonite...

La clef de Jason tourna dans la serrure, et Michael n'entendit pas la réponse de Rachel. Il avait les yeux fixés sur son fils qui venait d'entrer précipitamment.

— Jace, viens ici ! dit-il en lui barrant le passage.

Avec un soupir résigné, Jason tourna la tête vers lui et il retint son souffle. L'enfant avait des contusions sur la joue et près de l'œil, et une croûte sanglante sous le nez. Quelqu'un l'avait battu.

— Au revoir, Rachel, murmura-t-il. Je te rappelle dans un moment.

Il se leva après avoir raccroché et passa un bras autour des épaules de son fils.

— Nous allons nettoyer tout ça.

Il guida Jason jusqu'à la cuisine en évitant de lui poser des questions qui le mettraient mal à l'aise. L'enfant resta silencieux pendant qu'il pansait ses plaies. Des plaies superficielles — mais il regretta de ne pouvoir appeler Katy, dont la simple présence apaisait, paraît-il, ses petits malades.

— Où sont tes lunettes ? demanda-t-il.

— Cassées !

— Tu les as encore ?

Jason sortit ses lunettes d'une poche de son pantalon. L'un des verres avait disparu. Michael les posa sur le comptoir de la cuisine.

Jason avait eu une chance inouïe de ne pas perdre un

œil ! Il lui tendit des glaçons, enveloppés d'un linge, qu'il lui conseilla de garder contre sa joue.

— Et maintenant, dit-il en s'asseyant de l'autre côté de la table, raconte-moi ce qui s'est passé.

— Pas envie d'en parler, grommela Jason, les yeux baissés.

Le téléphone retentit ; le répondeur prendrait la communication, se dit Michael.

— Je me rappelle avoir eu la même mésaventure à ton âge, y compris les lunettes cassées. (Une fois seulement, car Luc avait clairement fait savoir que toute personne qui s'attaquerait à son ami aurait affaire à lui.)

Jason garda les yeux baissés. Michael comprit que ses souvenirs d'enfance le laissaient indifférent et qu'il était encore trop tôt pour le questionner.

— Mark Matthews dit que tu couches avec elle ! laissa échapper Jason, rouge de colère. Avec Rachel Huber ! Je rentrais à la maison avec Patrick Geils ; Mark est arrivé et il a dit ça. Je lui ai mis mon poing dans la figure et il m'a rendu mon coup.

Son fils s'était battu pour défendre son honneur, réalisa Michael, penché en arrière, les yeux au plafond.

— Tu te demandes s'il dit la vérité ?

— Ce matin, tu as prétendu que vous étiez de simples amis. Mais tu te comportes si bizarrement, ces temps-ci ! Enfin... je ne crois pas que tu aurais fait ça.

— Tu as raison de me faire confiance. Les gens sont médisants, Jace, et nous ne pouvons rien contre leurs ragots. Le mieux est de continuer à vivre en les ignorant.

— Tu *lui* parlais au téléphone quand je suis arrivé, lança Jason d'un ton agressif. (Il grimaça de douleur en appuyant les glaçons contre sa joue.) Elle n'aurait jamais dû revenir ici ! Je la déteste.

— Tu ne la connais même pas, Jace. Ce n'est pas juste !

Michael avait l'impression d'éluder les vrais problèmes.

Pour bien faire, il aurait dû demander à Jason de quoi il avait peur et l'aider à exorciser son angoisse. Mais si son fils lui répondait que Rachel risquait de mettre en péril leur vie de famille, aurait-il les moyens de le rassurer et de lui donner la preuve du contraire ?

— Jace, écoute-moi bien, dit-il. Je me suis longuement interrogé ces derniers temps — surtout au sujet de ma foi. J'ai encore des doutes sur les réponses que je vais trouver, mais je te donne ma parole que tu pourras toujours compter sur mon amour pour toi. Quoi qu'il arrive, jamais je ne cesserai de t'aimer de tout mon cœur ! Tu as raison de me trouver changé, mais il ne faut pas blâmer Rachel pour autant.

— Je veux téléphoner à maman.

— Pourquoi ? demanda Michael, alarmé.

Il n'avait pas signalé à Katy que Rachel était toujours en ville et qu'il l'avait revue. Si elle apprenait la nouvelle par Jason, elle aurait — à juste titre — l'impression d'une cachotterie de sa part...

— Pour lui parler. J'ai bien le droit !

— Voyons si nous pouvons la joindre.

Au bout d'une demi-heure, ils n'avaient toujours pas obtenu la ligne. Jason alla se coucher, boudeur.

Le répondeur téléphonique avait enregistré un message de Sammi Carruthers, le président de la commission d'enquête, annonçant que l'audience aurait lieu le lundi suivant, 29 août, au lieu du 6 septembre — quatre jours plus tôt que prévu. Une véritable machination ! Drew ne serait même pas revenu de Californie.

Malgré l'heure tardive, Michael appela son ami. Un nouveau message, sur son répondeur, annonçait déjà son absence d'une semaine. En désespoir de cause, il chercherait à savoir par son agence de voyage, dès le lendemain matin, où le joindre pour lui demander d'avancer la date de son retour.

Il devait rappeler Rachel, mais il n'avait pas vraiment envie de lui parler. Une fois au lit, il se décida à composer le numéro de téléphone d'Helen.

— J'espère que je ne réveille personne, grommela-t-il en reconnaissant la voix de Rachel.

— Non, je pense qu'Helen n'a rien entendu. J'étais assise dans la bibliothèque près du téléphone et j'avais peur que tu ne rappelles pas. Tout va bien ?

— Pas réellement.

Il lui relata les mésaventures de Jason, ainsi que leur dernière conversation et les grandes lignes de leur discussion matinale.

Après un moment de silence, elle lui chuchota d'une voix lasse.

— Ma présence ici n'a fait de bien à personne. Sauf peut-être à Gram, mais elle pourrait maintenant se passer de moi...

Dans une certaine mesure, elle disait vrai, songea Michael. Sa réapparition avait ravivé le souvenir d'une ancienne tragédie, incité de braves gens à faire d'infâmes ragots, et éveillé en lui un conflit dont il se serait volontiers passé.

— Tu n'as pas à te sentir coupable, murmura-t-il.

— Tu es bouleversé, Michael.

— Oui, je suis navré d'avoir fait tant de mal à Jason sans le savoir.

— Je regrette moi aussi.

— Tu n'y es pour rien, je te le répète.

Leur conversation se poursuivit quelques minutes. Michael parla de la nécessité de joindre Drew et de la nouvelle date prévue pour l'audience. Mais quand il raccrocha, il ne pensa plus qu'à David et Bethsabée, punis de leurs faiblesses par la mort de leur fils.

30

Rachel appela Lily à Hairlights le lendemain matin dès neuf heures. Elles allèrent déjeuner ensemble, mais l'idée de retrouver son ancienne élève dans l'un des restaurants de Reflection lui rappela immédiatement leur promenade au marché.

— Il vaudrait mieux nous donner rendez-vous hors de la ville, suggéra-t-elle.

— Que dirais-tu du Hearthside, à Bird-in-Hand ? Ni trop près, ni trop loin à mon avis.

Rachel accepta. A peine arrivée, elle aperçut Lily qui l'attendait à une table d'angle, près des fenêtres. Elle traversa la salle et s'assit en face d'elle.

— Je prends un sandwich dinde-fromage, annonça la jeune femme en lui tendant la carte.

— Moi aussi. (Rachel reposa la carte sans même la consulter ; elle n'était pas venue pour faire un bon repas...) Le spectacle était formidable, hier soir !

— Oui, plutôt réussi, admit Lily en souriant.

— Ian a eu une très gentille attention pour Jason Stoltz.

Sur le point de raconter à Lily ce qui était arrivé à Jason sur le chemin du retour, Rachel préféra éviter tout rapprochement entre ce fâcheux épisode et le numéro de Ian.

— Ian a toujours de charmantes attentions ! s'exclama

Lily avec l'enthousiasme d'une femme amoureuse. Et puis, nous avons gagné un argent fou. Tout le monde a été très généreux. (Elle inclina légèrement la tête.) Ma pauvre Rachel, tu n'as vu que le mauvais côté des gens d'ici. En réalité, Reflection est une petite ville spontanée et solidaire.

— Je n'en doute pas, reconnut Rachel, la sentant quelque peu sur la défensive.

Lily baissa les yeux et passa un doigt sur le manche de son couteau.

— J'y ai longuement réfléchi, dit-elle enfin quand elle releva la tête, mais je pense qu'à ta place je préférerais savoir...

— Savoir quoi ?

Lily prit une profonde inspiration.

— Je fais un drôle de métier, Rachel. Tu ne te doutes pas du nombre d'informations que mes clients me donnent sans que je leur pose la moindre question ! J'en sais plus sur ce qui se passe ici que le maire en personne.

Rachel, en repensant à l'interview d'Ursula Torwig parue dans le journal, se demanda ce qu'elle pouvait bien savoir.

— Excuse-moi si ça ne me regarde pas... mais je dois te le dire, balbutia Lily.

— Tu es pardonnée à l'avance : personne ici n'a été aussi gentil que toi à mon égard.

— C'est à propos de Katy et Michael... Ça ne va pas si bien entre eux depuis quelque temps. Tout le monde pense qu'ils forment un couple exceptionnel et qu'ils sont hors du commun. Enfin, Michael leur inspire quelques doutes maintenant, mais, autrefois, on les mettait sur un piédestal. Moi qui coiffe Katy et quelques-unes de ses amies, je sais que tout n'était pas si rose... Je sais aussi que tu tiens beaucoup à Michael.

— Je n'ai pas de plus grand ami !

— S'il est plus qu'un ami, ça ne me regarde pas.

— Je t'assure que non ! insista Rachel en rougissant.

— Ça n'est pas mon problème. Enfin, c'est mon problème d'un point de vue égoïste, car je voudrais que Michael reste un pasteur digne de confiance et capable de sauver nos terres si nous le soutenons. Mais lorsque je pense à lui d'une manière désintéressée, je vous souhaite à tous les deux d'être plus que des amis. Je l'adore et je pense qu'il mérite mieux que Katy !

Rachel ne voulait pas se réjouir outre mesure de ce qu'elle venait d'entendre.

— Bon, reprit Lily dans un souffle. Je sais que Katy est enceinte. Enfin elle l'était au moment de son départ en Russie.

Enceinte ? Katy avait au moins quarante-deux ans... Rachel sentit son visage se rembrunir. Michael était-il au courant ? Et depuis combien de temps était-elle enceinte ?

Pendant que la serveuse déposait les sandwiches sur la table, les deux femmes se regardèrent en silence.

— En es-tu sûre ? demanda Rachel dès qu'elle se fût éloignée.

— Absolument. L'une de mes clientes travaille chez son obstétricien. Rien ne l'autorisait à m'en parler, et j'ai beaucoup hésité à te confier cette information... Au moment de son départ en Russie, elle devait être enceinte de deux mois.

— J'ai l'impression que Michael ne sait rien.

— C'est aussi mon impression. D'après ma cliente, Katy était très contrariée en apprenant cette grossesse : elle a piqué une crise de larmes presque sous ses yeux ! Tout n'allait pas pour le mieux avec Michael, et elle comptait réfléchir pendant son séjour en Russie. Sa grossesse risquait de compromettre ses projets...

— Elle les compromet, qu'elle le veuille ou non ! Elle n'a pas le droit de cacher à Michael qu'elle attend un enfant. (Rachel posa ses mains tremblantes sur ses genoux. Elle se sentait sur le point de perdre Michael qui, pourtant, ne lui avait jamais appartenu. Jamais il n'abandonnerait sa femme enceinte et le bébé qu'elle allait mettre au monde.) Crois-tu qu'elle a envisagé un avortement ? demanda-t-elle, sans douter une seconde de la réponse de Lily.

— Certaines mennonites en seraient capables, mais ce n'est pas le genre de Katy.

Rachel esquissa un sourire.

— Cela permettra peut-être à Michael d'y voir un peu plus clair. Il traverse une période difficile...

— Je sais, dit Lily. Pardonne-moi de t'avoir troublée. Mais j'ai pensé que tu devais savoir, au cas où Michael et toi vous auriez des décisions à prendre...

— Tu as bien fait. (Rachel regarda distraitement son sandwich auquel elle n'avait pas encore touché.) Tu n'as rien d'autre à me dire ?

Elle plaisantait, mais l'air inquiet de Lily la mit en alerte.

— Lily ?

— Non, rien ! répondit enfin Lily. Je n'ai rien appris d'autre concernant la famille Stoltz.

Puisque Katy était enceinte, elle n'avait plus le droit de fantasmer stupidement sur Michael, songeait Rachel au volant de sa voiture. Non, rien ne l'autorisait à se monter la tête ! Elle avait presque honte à l'idée qu'elle aurait pu faire le malheur d'une femme mariée et sur le point d'avoir un enfant. Il ne s'agissait plus de la femme froide et distante qu'elle avait imaginée, mais d'une épouse angoissée et qui ne pourrait plus se passer de son mari...

Elle se souvint de sa conversation avec Michael, à l'hôtel de Washington : il semblait prêt à remettre sa vie en question. Maintenant, ce n'était plus la peine d'y penser. La veille, il lui avait paru bouleversé au sujet de Jason, et elle avait compris qu'il n'avait pas réellement envie de lui parler. Comment l'en aurait-elle blâmé ? Elle n'était qu'une vile tentatrice qui faisait planer une menace sur sa famille et sur la ville entière...

Une fois garée devant la maison de sa grand-mère, elle attendit un moment. La tête rejetée en arrière, les yeux fermés, elle réfléchissait. Que faire ? Chris devait arriver dans deux jours. Il valait mieux lui téléphoner de ne pas venir, lui proposer de passer quelques jours de vacances avec lui. Peut-être le retrouver en voiture à l'aéroport, et aller où ? Pourquoi pas à Philadelphie ? Ou à New York qu'il ne connaissait pas ? Ensuite, elle rentrerait à San Antonio sans se presser.

Perdue dans ses réflexions, elle alla rejoindre sa grand-mère qu'elle trouva au piano.

— Gram, demanda-t-elle, en s'asseyant sur un tabouret, te sens-tu assez forte pour rester seule ?

— Rester seule ?

— Oui, tu te débrouilles de mieux en mieux. Nous pourrions mettre une chaise dans le petit couloir pour te rassurer en cas d'orage et...

— Que s'est-il passé ?

Rachel hocha la tête, la voix brisée.

— Rien de particulier, mais je dois partir. Je fais du mal à Michael. Jason a dû se battre parce que des gamins accusaient son père d'être mon amant. Cet enfant me déteste sans même me connaître ! Et j'ai appris par Lily que Katy est enceinte. Je ne peux plus rester ici...

— Je suis parfaitement capable de vivre seule. (Rachel passa un bras autour des épaules de sa petite-fille.) Mais je ne veux pas que tu partes. As-tu prévenu Michael ?

— Pas encore. Je préfère l'appeler quand j'aurai fait mes bagages. Si je suis prête, il ne risque plus de me faire revenir sur ma décision. Et une fois libéré de ma présence, il pourra se concentrer sur sa famille, son église... Plus personne ne doutera de lui.

Helen garda son bras rassurant passé autour des épaules de Rachel.

— Quand comptes-tu partir ?

— Demain matin, chuchota Rachel en enfonçant une touche si doucement qu'elle n'émit aucun son.

— Si vite ?

— Il le faut. Je m'en veux de prendre la fuite, Gram. J'ai été très heureuse de passer quelque temps avec toi ! Mais si je reste un jour de plus, je serai encore là dans un mois et... (Elle se souvint de la voix lasse de Michael, la veille, au téléphone.) Mon départ sera un soulagement pour Michael : je lui rends la vie impossible !

Helen dégagea son bras et posa les mains sur ses genoux.

— Eh bien, fêtons au moins ton départ par un bon dîner ensemble ce soir.

— Excellente idée ! Et merci d'avoir été si compréhensive !

Rachel passa l'après-midi à faire ses valises et à essayer de joindre Chris, lequel n'était pas à la maison ou bien ne répondait pas au téléphone. Dans une semi-hébétude, elle se dit qu'elle connaissait maintenant l'adresse de Michael et qu'elle pourrait toujours lui adresser une carte de vœux à Noël. Elle se réjouissait de ne pas avoir « franchi le seuil » — selon son expression — et de repartir aussi innocente qu'à son arrivée.

Lorsque arriva l'heure du dîner, son placard était vide et sa valise — bouclée — attendait devant la porte de sa chambre. Helen avait préparé un couscous aux légumes et d'alléchantes odeurs s'échappaient de la cuisine. Rachel mit la table, puis s'assit face à sa grand-mère dont les yeux étaient brouillés de larmes.

— Gram, je suis désolée, murmura-t-elle en lui prenant la main. (Une idée lui vint soudain à l'esprit.) Si tu partais avec moi ? Une simple absence de quelques semaines. Tu ferais la connaissance de Chris, et San Antonio te plairait sûrement.

Helen dégagea sa main pour se sécher les yeux avec sa serviette.

— Le problème n'est pas là.

— Alors, de quoi s'agit-il ?

— J'avoue que tes retrouvailles avec Michael m'ont beaucoup touchée. Vous êtes faits l'un pour l'autre, j'en ai la certitude. Des âmes sœurs, comme je t'ai dit.

— Oui, mais...

— C'est ma propre vie que j'essaye de revivre à travers toi, j'en ai bien conscience, murmura la vieille femme en hochant la tête. Je me donne une seconde chance, comme si je pouvais réaliser ce que je n'ai pas eu le courage d'accomplir.

— Gram, que veux-tu dire ?

Rachel la regarda droit dans les yeux.

— J'ai des confidences à te faire, Rachel. Des confidences sur ce qu'a été ma vie... Il était une fois un homme qui s'appelait Hans. Il m'était très cher. Je l'aimais profondément ; pourtant il m'a échappé. Je n'aurais jamais dû accepter de le perdre, et toi non plus tu ne dois pas laisser Michael t'échapper une seconde fois.

31

Hans venait séjourner à Reflection trois ou quatre fois par an, même quand Peter partait en voyage. Ce dernier n'ignorait rien de ses visites. Il semblait même se réjouir du lien qui s'était créé entre Helen et lui.

Hans arrivait toujours chargé d'une tonne de cadeaux — livres et albums de rébus pour Peter, denrées étranges venues du monde entier pour Helen, jouets pour Johnny. Le jeune enfant attendait avec une impatience particulière ses visites au parfum d'aventure : Hans l'emmenait à Hershey Park, faisait du canoë ou du patin à glace avec lui. Grande marcheuse, Helen appréciait leurs longues promenades qui donnaient une intensité accrue à tout ce qu'elle voyait ou éprouvait. Quand le temps le permettait, la maison dans l'arbre leur servait de refuge.

Pendant les intervalles qui séparaient les visites de Hans, Helen pensait si souvent à lui qu'elle ne faisait plus la différence entre ce qu'elle lui avait dit et ce dont elle souhaitait lui parler...

En 1940 — elle n'avait que vingt-neuf ans —, Hans avait passé une semaine entière chez elle pendant l'un des nombreux séjours de Peter à l'étranger. Une semaine où il avait neigé presque constamment. Hans, Johnny et elle s'étaient promenés des heures durant dans le monde silencieux et blanc qui surplombait Reflection, et avaient construit d'innombrables châteaux-forts et bonshommes de neige. Mais Helen chérissait surtout leurs soirées, emplies de musique, de longues conversations, et d'un sentiment indéfinissable où se mêlaient le plaisir et la crainte...

Hans et elle se mettaient chaque soir au piano. Ils jouaient avec une passion exacerbée qui n'était autre qu'une forme de sublimation. Elle débordait d'amour, à la fois pour la musique et pour l'homme assis devant l'autre piano. Après certains morceaux, l'émotion la submergeait et elle hésitait entre le rire et les larmes.

La présence de Hans lui donnait une tout autre conscience de son corps. Jusque-là, il n'avait été pour elle qu'un abri et un véhicule lui permettant de se déplacer. Elle prenait subitement conscience d'une sensualité inconnue. Elle avait soif d'un contact physique avec Hans, et quand il lui prenait la main pour grimper une pente glissante ou franchir un ruisseau gelé, la chaleur de son contact l'émouvait parfois des heures entières. Pendant cette semaine décisive, elle réalisa ce qui lui manquait malgré les nombreuses qualités de Peter.

Elle faisait de son mieux pour profiter de la compagnie de Hans sans attacher d'importance à ses frustrations, mais il lui arrivait de se réveiller en larmes au milieu de la nuit. L'origine de ses larmes n'était pas un mystère pour elle.

La veille du retour de Peter, ils passèrent dans la bibliothèque dès que Johnny fut endormi. Assis par terre devant la cheminée, ils buvaient du vin à petites gorgées en regardant les braises rougeoyantes, au son du 2e Concerto de Rachmaninov, lorsque Hans lui prit la main.

— Sais-tu que nous sommes de la même espèce, toi et moi, Helen ? murmura-t-il.

On aurait dit que la main de Hans diffusait des ondes de chaleur jusqu'à ses joues, sa gorge.

— Oui, je sais.

— J'ai une grande amitié pour Peter, poursuivit Hans, et ça ne me rend pas la tâche facile, mais je dois te parler.

Je t'aime, Helen ; aucune femme au monde ne m'attire autant que toi. Peter te laisse bien seule. A sa place je t'emmènerais dans tous mes déplacements !

— C'est moi qui ne souhaite pas l'accompagner la plupart du temps.

Hans ne sembla pas l'entendre.

— Je vous ai beaucoup observés tous les deux. Vous êtes très attachés l'un à l'autre. Peter respecte ton opinion, il se réfère souvent à toi et il semble apprécier tes suggestions en matière musicale. Mais tout cela est si... intellectuel. Si cérébral... Une telle passion brûle en toi, Helen. (Il serra sa main dans la sienne.) Je m'en rends compte quand nous sommes seuls ensemble, bien que la plupart du temps tu gardes tout cela bien enfoui au fond de toi-même.

Elle n'en avait pas conscience jusque-là, mais il avait raison. Peter et elle se passionnaient pour la musique, pour la politique, mais nullement l'un pour l'autre. La seule personne au monde dont elle se sentait proche était Hans...

Un instant, elle serra sa main dans les siennes, et, après avoir pris une profonde inspiration, elle ouvrit la bouche pour parler. Mais elle resta muette... Elle s'interdisait de trahir Peter. En outre, elle n'était pas prête à affronter un tel changement dans sa vie. Serait-elle prête un jour ?

Comme son silence s'éternisait, Hans reprit la parole.

— Je suis en train de te dire que je t'aime, Helen. Aucune autre femme, quand je la compare à toi, ne me paraît digne d'amour. Et tu m'aimes aussi, n'est-ce pas ?

— Oui.

— Alors divorce de Peter, et marions-nous !

Elle s'imagina partageant sa vie avec Hans. Elle l'écouterait jouer chaque jour, ils voyageraient ensemble et leurs rapports passionnés la combleraient. Mais c'était une utopie ! Peter et elle vivaient en symbiose et ne pourraient jamais se passer l'un de l'autre. Elle devait tant à Peter...

— Je ne peux pas ! dit-elle enfin. J'ai des obligations vis-à-vis de Peter.

— L'aimes-tu ?

— D'une certaine manière.

Elle raconta à Hans comment son mari l'avait autrefois sauvée de la misère, ainsi que sa famille.

— J'ignorais cela, mais j'estime tout de même qu'il a une chance inouïe de t'avoir pour femme. Malgré l'affection et l'admiration que je lui porte, je pense qu'il ne mérite pas une telle chance... (Hans éleva un peu la voix.) Il devrait t'aimer exclusivement, alors qu'il te considère comme un dû...

Devinant l'origine de sa colère, elle l'interrompit.

— Je sais, dit-elle en lui effleurant le bras, que Peter n'est pas... d'une absolue fidélité.

Il la regarda d'un air surpris.

— Tu sais ?

Elle hocha doucement la tête.

— Oui.

— Et tu veux rester malgré tout avec lui ?

— J'admets que mon mariage ne repose pas sur la passion, mais certaines choses comptent autant... L'amour et le respect de Peter. Sa confiance, son amitié... Je suis moins démunie que tu ne crois, très cher Hans. Oui, je vous aime tous les deux, mais il est mon mari.

Ce soir-là, elle alla se coucher le cœur empli de nostalgie. Elle avait fixé à sa relation avec Peter des limites infranchissables, et, ce faisant, elle avait renoncé à ses rêves les plus chers.

Peter revint le lendemain. Après le dîner, ils écoutèrent tous les trois l'enregistrement, par l'orchestre philharmonique de Boston, de *Lionheart*, une composition récente de Peter. Allongée sur le tapis entre les deux hommes auxquels elle tenait le plus au monde, elle avait fermé les yeux pour se recueillir en écoutant cette œuvre admirable. Aux dernières notes, elle se tourna vers son mari, qui la regardait, ému aux larmes.

— Je t'aime, souffla-t-il, et elle comprit pourquoi elle avait fait ce choix.

Une fois au lit, Peter se mit à fredonner une légère variation sur le deuxième mouvement d'une récente composition : il voulait lui demander son avis. Elle lui suggéra une petite modification qu'il nota sur un papier, posé sur la table de nuit. Tandis qu'il écrivait, elle observa son profil harmonieux, à la lumière du clair de lune. Cet homme, par sa seule présence, l'émouvait profondément...

Pourtant, lorsqu'il lui souhaita bonne nuit après avoir déposé un baiser sur sa tempe, un étau se resserra sur son cœur ; elle se sentit condamnée à éprouver cette sensation jusqu'à la fin de ses jours...

32

Rachel terminait ses préparatifs sans entrain, prenant ses vêtements dans les tiroirs de la commode pour les plier avec des mains de plomb. Les confidences de sa grand-mère l'avaient émue. Après tant d'années, la voix d'Helen tremblait encore lorsqu'elle évoquait le souvenir de l'homme auquel elle avait renoncé par devoir. Elle l'avait écoutée avec une grande sympathie, mais elle n'avait pas décidé de rester pour autant. Elle se sentait simplement deux fois plus triste. Pour elle-même et pour Gram qui avait tant souffert...

— Qu'est-ce que tu fais là ?

Michael se tenait dans l'embrasure de la porte.

— Gram t'a appelé ? demanda-t-elle, à demi soulagée.

— Oui. J'allais partir à mon groupe de soutien... (Il sourit d'un air coupable.) Deux absences consécutives !

Rachel prit une pile de jeans sur la commode et la posa sur le lit.

— Eh bien, pour répondre à ta question, je me prépare à partir avant qu'il ne soit trop tard.

— Il est *déjà* trop tard.

— Michael, je ne t'ai fait que du mal ! J'ai attiré des ennuis à ton fils, j'ai éveillé la méfiance de ta congrégation et mis ta vocation religieuse en péril, j'ai remis en question ta vie conjugale et je vais compromettre ta réussite dans la lutte contre les promoteurs.

Il s'appuya au montant de la porte, les bras croisés sur la poitrine.

— Te crois-tu si nocive ? Je t'assure, Rachel, que tu n'as pas à te sentir coupable. Des gamins se sont attaqués à mon fils, et des médisants ont répandu des ragots. En ce qui concerne ma vie conjugale et ma vocation religieuse, les responsabilités m'appartiennent. Tu n'as rien fait de mal ! Tu t'es comportée en amie, et j'en avais besoin.

Il s'approcha d'elle et l'enlaça.

— Tu allais partir sans me prévenir ?

— Bien sûr que non ! Je t'aurais dit au revoir...

— Reste, Rachel, je t'en prie.

Elle se dégagea et alla s'asseoir sur le lit.

— J'ai quelque chose à te dire... Il faut absolument que tu saches que Katy était enceinte au moment de son départ.

— Quoi ?

— Oui, Lily Jackson me l'a assuré. Elle l'a appris par l'une de ses clientes. Katy était enceinte de deux mois environ au moment de son départ, et elle ne t'a rien dit pour ne pas peser sur votre décision concernant votre couple.

Michael avait blêmi.

— Je crois que Lily est mal informée.

— Elle n'avait pas le moindre doute ! C'est une cliente qui travaille chez l'obstétricien de Katy qui l'a mise au courant. Katy était dans tous ses états, paraît-il, et elle a fondu en larmes.

Le visage hébété, Michael s'assit à côté d'elle sur le lit.

— Tu comprends maintenant pourquoi je dois partir, reprit Rachel. Il faut que je m'efface pour que tu te consacres à Katy !

— Ecoute-moi bien, murmura Michael, blanc comme un linge. Après la naissance de Jason, Katy a fait une grossesse extra-utérine et deux fausses couches. Finalement, son médecin lui a conseillé de ne plus chercher à être mère.

Il prit la main de Rachel qui se préparait à l'interrompre et il ajouta :

— En 1985, j'ai donc subi une vasectomie.

— C'est peut-être réversible...

— Presque dix ans après, j'en doute ! Et même dans ce cas... Nous n'avons pas fait l'amour depuis des mois !

Il se leva et marcha vers la fenêtre.

— Je vais prendre le temps de réfléchir à cette histoire, le plus sereinement possible. Ce sont des informations de seconde main. Peut-être que Lily a mal compris, ou que sa cliente a confondu Katy avec quelqu'un d'autre.

— Pourquoi pas ? répliqua Rachel, en songeant à une explication plus logique qu'elle n'osa même pas évoquer.

— Je vais téléphoner à Lily, si tu permets, décida soudain Michael.

Il s'approchait du combiné posé sur la table de nuit lorsque la sonnerie retentit.

— C'est pour toi, dit Rachel après avoir décroché. L'agence de voyages...

— Désolé, j'avais donné ton numéro pour qu'on me rappelle ici. Allô, Doris, reprit-il, le combiné en main, je souhaiterais joindre Drew en Californie.

La réponse qu'il obtint fit disparaître le peu de couleur qui restait sur le visage de Michael.

— Je ne savais pas, dit-il. C'est étrange... (Il passa le revers de sa main sur son front, les doigts tremblants.) Pourriez-vous au moins m'indiquer les coordonnées de son hôtel ?

— Ah bon, merci, conclut-il après un silence.

Il raccrocha, le regard rivé au sol.

— Michael, qu'est-ce qui ne va pas ? demanda Rachel, affolée.

Au bout d'un moment, il leva les yeux vers elle.

— Elle m'a dit que Drew n'était pas en Californie, mais à Moscou.

— A Moscou ? Oh, Michael, tu ne t'imagines tout de même pas que...

— Il est à Moscou et il n'a pas réservé de chambre d'hôtel. Des amis l'auraient invité...

33

Rachel se leva, pensive. Après avoir éteint dans la bibliothèque, elle regarda du côté de la cour, mais ne vit pas Michael. Il avait demandé à être seul et faisait certainement les cent pas en réfléchissant.

Katy était enceinte de Drew... Toute une intrigue se tramait donc à l'insu de Michael. Rachel se sentit indignée à cette idée et bouleversée par le chagrin qu'elle avait lu sur son visage.

Un frémissement dans les ténèbres attira son attention. Elle se pencha vers la fenêtre : ce n'était que le souffle du vent agitant les bambous.

Elle alla dans la cuisine. Par chance, Gram s'était couchée de bonne heure, lui évitant des explications qu'elle ne souhaitait guère lui donner. Elle se fit une tasse de thé, puis s'assit à la table dans l'obscurité.

Au bout de quelques minutes elle entendit les pas de Michael sur le seuil, suivis du grincement de la porte sur ses gonds.

— Je suis là, dit-il à mi-voix.

— Veux-tu du thé ?

— Non, merci. (Il s'assit face à elle en soupirant.) Je me sens à bout de nerfs.

— Je te comprends ! J'ai eu de nombreux chagrins

dans ma vie, mais je ne me suis jamais sentie trahie. Ça doit être horrible !

Michael gardait les yeux fixés sur la table.

— Il m'a trahi aussi au profit d'Ursula, j'en suis persuadé ! Autrement, comment aurait-elle entendu parler de notre soirée à Washington ? Et il n'était pas solidaire avec moi, face aux promoteurs. Je le considère comme une taupe qui m'a manipulé ! Comment un homme comme lui peut-il se regarder dans son miroir sans rougir ?

Pendant une bonne heure, ils bavardèrent au calme dans la cuisine.

— Je me suis laissé berner, conclut Michael en énumérant tous les indices qui auraient dû éveiller ses soupçons. Mais par quel bout prendre toute cette affaire ? En tout cas, rien ne m'oblige à trouver immédiatement une solution.

Il la considéra un moment en silence.

— Me permets-tu de dormir ici ?

— Et Jace ? demanda Rachel, perplexe.

— Il passe la nuit chez Patrick. J'ai l'impression qu'il s'est fait un bon copain.

— Tu peux rester.

Rachel lui sourit en se demandant s'il voulait dormir dans la chambre d'amis ou... ailleurs. Il devina sa perplexité.

— J'aimerais, si tu veux bien, me coucher dans ton lit et te tenir toute la nuit dans mes bras.

Elle acquiesça d'un signe de tête en se débattant contre l'image des voisins de Michael, guettant par la fenêtre le retour de leur pasteur.

— Je veux bien, répondit-elle.

Elle lui trouva une brosse à dents neuve dans le placard, sous le lavabo de la salle de bains, et des serviettes de toilette propres. Il avait la tête d'un homme frappé en plein cœur par son meilleur ami. De toute évidence, elle ne devait pas s'attendre à une nuit d'amour...

Elle passa une chemise de nuit de coton et se glissa dans son lit. Quand il revint dans la chambre en caleçon, elle reconnut sans effort ce corps dont elle gardait un souvenir précis. Avec les années, il avait forci, légèrement épaissi, mais son torse velu lui rappelait leurs baignades dans la rivière à Katari, et le désir qui la taraudait était bien plus qu'un souvenir.

Pas cette nuit, se dit-elle. Pour l'instant, il avait besoin de calme, de réconfort. Elle lui tendit les bras, et il lui sourit en s'allongeant.

Après avoir éteint la lampe de chevet, il l'attira vers lui. La tête sur son épaule, elle sentait la douceur de sa peau contre sa joue. Ils restèrent un long moment silencieux.

— Je suis déçu, murmura enfin Michael. Comment ai-je pu compter sur Drew dans l'affaire Hostetter ? Certaines personnes m'avaient mis en garde contre lui, mais j'étais convaincu de son... honorabilité.

— Tu as un caractère confiant. C'est une qualité que j'admire.

— J'aurai beaucoup de mal à lui pardonner !

— Et Katy ? demanda Rachel, étonnée qu'il ait à peine mentionné son rôle dans cette affaire.

— Katy, je lui pardonnerai sans trop de difficulté.

— Vraiment ?

— Comment pourrais-je lui en vouloir d'avoir fait ce que je n'osais pas faire — mais que je faisais mentalement depuis ton arrivée ?

— Tu ne l'as pas fait *réellement*.

— C'est vrai, elle a été plus lucide que moi. Elle a réalisé la première que notre mariage n'était plus qu'un simulacre.

— J'aimerais avoir autant d'indulgence que toi.

Il lui caressa les cheveux et sa main s'immobilisa sur sa joue.

— Grâce à Dieu, tu es restée ! J'ai besoin de toi, tu sais.

— Pourtant, tu m'en as voulu quand Jace a reçu des coups. Je comprendrais parfaitement que tu trouves ma présence néfaste...

— Pas du tout ! A tort ou à raison, j'ai une attitude très protectrice vis-à-vis de mon fils. Mais je ne peux pas me passer de ton amitié ; il doit l'admettre.

Elle promena sa main le long de son dos, puis se rapprocha de lui.

— C'est étrange, je me sens aussi à mon aise que si nous avions été comme ça des millions de fois !

— Moi aussi, répondit-il d'une voix déjà somnolente.

Tandis qu'il plongeait dans un profond sommeil, elle le serra dans ses bras en souhaitant rester éveillée le plus longtemps possible.

Mais elle dut s'assoupir, car une caresse de Michael sur son visage l'éveilla au petit matin. Elle resta d'abord immobile, les yeux fermés, désirant prolonger cette sensation délicieuse, puis elle l'aperçut entre ses paupières. Il lui souriait, le visage presque flou dans la pâle lumière de l'aube qui filtrait à travers les rideaux. Elle lui rendit son sourire et il se pencha pour l'embrasser doucement, profondément ; elle s'agrippa à son cou, brûlante de désir.

— Rachel ! murmura-t-il d'une voix rauque.

A genoux, il l'aida à se soulever, lui ôta sa chemise de nuit, puis la fit allonger à nouveau, le drap tiré au-dessous de ses hanches. Au lieu de l'embrasser, il s'assit à côté d'elle et promena ses mains sur son corps. Sous le regard d'un autre homme, elle aurait remonté le drap, gênée, mais l'amour qu'elle lisait dans les yeux de Michael la rassura. Elle le laissa explorer sa nudité avec une troublante lenteur...

Ses mains effleuraient ses seins, puis elle sentit sur elle la tiédeur de son haleine, tandis que sa langue décrivait des cercles voluptueux autour de ses mamelons. Elle l'attira à lui, mais il se dégagea pour se relever. Une fois nu, il la rejoignit. Plus rien ne pourrait les arrêter...

Il s'agenouilla entre ses cuisses, avant de la couvrir de son corps. Elle avait attendu ce moment depuis si longtemps, se dit-elle, les mains plongées dans ses cheveux. Sans hâte, il couvrit de baisers chaque parcelle de sa peau : ses lèvres, sa gorge, son ventre. Agrippée à l'oreiller, elle gémissait sous sa langue insatiable.

Le corps frémissant, elle ne vit que du feu lorsqu'il la pénétra à un rythme de plus en plus fougueux pour répondre à son attente. Elle crut l'entendre rire lorsqu'il bascula sur le dos, pour l'entraîner dans une folle cavalcade jusqu'à ce qu'elle se cabre de plaisir. C'est lorsqu'il jouit à son tour avec un long cri, qu'elle réalisa que sa grand-mère dormait de l'autre côté de la cloison. Vraisemblablement, elle n'avait pas entendu. Et si elle avait deviné, elle aurait été la première à applaudir !

Elle se pencha pour l'embrasser. Ils avaient tous les deux la respiration haletante et le corps ruisselant de sueur. Incapable de retenir ses larmes, elle laissa tomber sa tête sur l'épaule de Michael.

Celui-ci se tourna et couvrit ses yeux de baisers en murmurant :

— Tout va bien, Rachel, tout va bien !

A sa voix, elle devina qu'il était au bord des larmes lui aussi. Ils restèrent encore un moment tendrement enlacés.

Tout à coup, il lui parla d'une voix presque sereine.

— Que fait cette valise près de la porte ?

Elle ouvrit les yeux. Sa valise semblait avoir attendu là depuis des semaines.

— Je ne me souviens pas, répondit-elle.

Michael prit une profonde inspiration et resserra ses bras autour d'elle.

— Je ne supporterai pas de te perdre une seconde fois, Rachel.

Elle essaya de se souvenir de tous les obstacles qu'ils allaient rencontrer sur leur passage.

— Je crains de te coûter fort cher.

— Tu en vaux la peine !

Du revers de la main, elle caressa sa poitrine en soupirant.

— Je souhaiterais que...

Elle s'interrompit, ne sachant ce qu'elle souhaitait le plus. Qu'il ne soit pas un pasteur mennonite ? Pas marié ? Que Jason la connaisse et l'aime ? Que la ville lui pardonne son passé ?

— Si seulement... reprit-elle.

— Je sais, murmura Michael qui avait compris.

34

Au cours de la matinée, ils allèrent se promener dans les bois environnants. Rachel se sentait en sécurité dans les dix acres de terre de Gram. Ils retrouvèrent la maison qu'elle avait construite avec Hans dans les arbres. Ce n'était plus qu'une plate-forme, mais ils y grimpèrent à l'aide d'une échelle et s'assirent sous la voûte de feuillage, le temps que Rachel raconte à Michael les chagrins d'amour de sa grand-mère.

Ils chargèrent ensuite leurs bicyclettes dans la voiture de Rachel et, une fois à Gettysburg, roulèrent incognito autour des champs de bataille, en s'arrêtant de temps à autre pour croquer un fruit ou bavarder.

D'un commun accord, ils remirent leur décision à plus tard. Ils souhaitaient vivre au jour le jour autant que possible, car parler de l'avenir les aurait obligés à admettre qu'ils appréhendaient plus que jamais d'être surpris ensemble. Tout avait changé entre eux, mais, aux yeux de Reflection, la situation était immuable.

L'après-midi, Michael rentra chez lui, et Rachel alla bravement à l'église pour le tri des vêtements et des couvertures destinés aux camps de réfugiés. Celine y était, en compagnie de deux autres femmes. Elles travaillèrent toutes les quatre dans l'une des pièces du rez-de-chaussée, devant de longues tables chargées d'articles divers. Rachel s'affairait en silence, évitant de se mêler à la conversation générale. L'une des paroissiennes parla de son fils adolescent ; elle faillit lui dire que Chris arrivait le lendemain, mais choisit de se taire.

Celine fit allusion aux petits camps établis par les mennonites au Zaïre. Les volontaires construisaient des latrines et des abris, et apportaient une aide à la fois matérielle et psychologique ; certains escortaient des gens au Rwanda. Tout cela lui rappela des souvenirs précis et émouvants, mais elle ne put établir un contact avec ces trois femmes. Maintenant qu'elle avait entraîné leur pasteur hors du droit chemin, elle se sentait coupable.

Le soir, Michael vint passer quelques heures avec elle, mais il lui fit comprendre qu'il tenait à rester chaste.

— Demain matin, je prononce un sermon, lui déclara-t-il en guise d'explication. (Assis sous le porche, il buvait à petites gorgées un grand verre de thé glacé.) Je vais parler une fois encore du pardon, un sujet que j'ai déjà abordé il y a quelques semaines ; cette fois-ci je me sentirai le premier concerné.

Elle avala quelques gorgées de thé avant de répondre.

— Tu veux dire que tu n'arrives pas à te pardonner ce que nous avons fait ensemble ?

— Pas du tout. (Il glissa un bras autour de sa taille.) Je sais que la manière dont nous avons agi serait jugée choquante par ma congrégation, et j'ai encore un cas de conscience à notre sujet... Mais j'ai cessé de me culpabiliser. Je n'ai rien à me reprocher !

— Alors, tu veux parler de la nécessité d'accorder ton pardon à Drew et à Katy.

— Je dois leur pardonner. Le pardon est le seul moyen de mettre un terme à la souffrance. Il ne s'agit pas de fermer les yeux ni de nier le mal qui a été commis, mais le pardon permet d'en finir une fois pour toutes avec le passé.

Alors qu'il parlait de Katy et Drew, Rachel pensa presque aussitôt à sa situation par rapport aux habitants de Reflection.

— C'est une délivrance, murmura-t-elle.

— Exactement. (Il prit le menton de Rachel entre ses doigts et déposa un baiser sur ses lèvres rafraîchies par le thé.) Et maintentant je dois rentrer chez moi voir mon fils !

Chris descendit le premier de l'avion à l'aéroport de Harrisburg. Rachel le serra avec émotion contre son cœur, et il l'embrassa rapidement, mais non sans chaleur.

— Tu deviens squelettique, observa-t-il après les premières effusions.

— J'y travaille ! répondit-elle, ravie.

Il avait apporté un sac de voyage, son ordinateur portable et une sorte de clavier électronique.

— Je voyage léger, parce que j'ai horreur d'attendre pour récupérer mes bagages.

En l'entendant parler comme un grand voyageur — qu'il n'était pas —, elle réalisa à quel point elle avait perdu le contact avec lui. Il ne s'était passé que quelques semaines depuis son départ de San Antonio, mais la distance qui les séparait n'était une question ni de temps ni d'espace.

Désireuse d'avoir un tête-à-tête avec son fils, elle avait annoncé à Gram son intention de l'emmener dîner avant de rentrer à la maison. Celle-ci avait approuvé, malgré son impatience de faire la connaissance de son arrière-petit-fils. Elle était d'humeur particulièrement conciliante ce week-end, surtout depuis qu'elle avait surpris Michael sortant de la chambre samedi matin.

Rachel se chargea de la sacoche de l'ordinateur et ils gagnèrent la sortie de l'aéroport. En voiture, ils n'échangèrent d'abord que quelques mots. Elle se demandait comment elle allait faire comprendre à Chris tout ce qui s'était passé dans sa vie.

— Voici donc la campagne de Pennsylvanie ! observa-t-il comme ils traversaient la mosaïque des fermes.

— Ça correspond à ce que tu avais imaginé ?

— Je me sens en pays de connaissance : j'ai vu tant de photos dans tes livres !

Elle se souvint qu'elle avait acheté d'innombrables albums représentant des paysages de sa terre natale.

— Oh, cool ! s'exclama Chris en apercevant un cheval attelé à un boghei, sur la route devant eux.

Rachel fit un effort pour lui pardonner ce réflexe de touriste.

— Rappelle-toi qu'ils sont chez eux et que tu n'es qu'un visiteur. Ils n'aiment pas qu'on les considère comme des bêtes curieuses.

— Je sais, approuva Chris, confus à juste titre.

Elle lui avait parlé des amish et lu des histoires sur eux pendant toute son enfance. Il venait pour la première fois à Reflection, mais il n'ignorait rien des traditions ancestrales.

— Comment se passent tes vacances ? demanda-t-elle en dépassant prudemment le boghei.

Chris eut la discrétion de ne même pas tourner la tête pour regarder l'homme qui conduisait.

— Les meilleures de ma vie !

Il se lança dans une description enthousiaste de son groupe de rock. Leurs concerts avaient eu du succès ; ils avaient maintenant une chanteuse avec eux, et l'un des garçons composait. Après son retour, ils allaient jouer pour la première fois l'une de ses œuvres à une soirée.

Rachel l'écoutait, les mains crispées sur le volant. Il semblait prêt à lui parler de son groupe toute la journée si elle le laissait faire...

Contre toute attente, il interrompit spontanément son bavardage.

— Ecoute, maman... J'ai toujours l'intention d'abandonner mes études. Tu espérais que j'allais changer d'avis, mais ma décision est prise : les inscriptions universitaires ont lieu la semaine prochaine, et je n'irai pas !

Elle voulut intervenir mais il la devança.

— J'apprends des tonnes de choses en jouant avec mon groupe ! Peut-être qu'un jour je reprendrai des études. C'est même probable. Mais, pour l'instant, pas question ! En plus, je gagnerai un peu d'argent ; ce n'est pas comme si je traînais à ne rien faire.

Réduite au silence, Rachel eut l'impression que tous ses espoirs partaient à vau-l'eau.

— Si tu veux... on en parlera pendant ces quelques jours, risqua-t-elle.

— On peut en parler, mais ma décision est prise !

Ils gardèrent le silence pendant le reste du trajet. Rachel voyait défiler dans son esprit des images de la maison d'Helen : la musique omniprésente, les deux pianos, les ouvrages sur les compositeurs. Chris allait passer une semaine dans cette maison... Elle ébaucha un sourire.

En tournant sur Farmhouse Road, elle se posa une question : que montrer à Chris ce premier jour — et que lui raconter ? Elle décida de commencer par Winter Hill afin de lui faire découvrir cette vue fantastique de Reflection.

Une fois au sommet de la colline, elle gara la voiture au même endroit que six semaines plus tôt.

— Impressionnant ! souffla Chris en sortant de la voiture.

Elle sourit : son fils n'avait rien perdu de sa faculté d'émerveillement. Lorsqu'il avait dix ans, Phil et elle l'avaient emmené avec sa troupe de scouts au Grand Canyon du Colorado : pendant que les autres gamins chahutaient et faisaient des plaisanteries de mauvais goût, il était resté seul, une bonne heure, en extase au bord du gouffre. Elle s'était un peu inquiétée qu'il soit si différent des autres, mais Phil l'avait rassurée en affirmant qu'il avait beaucoup de personnalité.

Emue par ce souvenir, elle s'approcha de Chris.

— Cette vue a inspiré ton grand-père quand il a composé *Patchwork*.

— Ça ne m'étonne pas ! C'est un bel exemple de ce que Dieu et l'homme peuvent réaliser quand ils s'attellent à une même tâche.

La justesse de cette remarque étonna Rachel d'autant plus que Chris avait été élevé dans un foyer sans véritable tradition religieuse. Une main posée sur son épaule, elle lui désigna de l'autre l'étang Huber, dont les eaux calmes reflétaient l'église mennonite.

— Hélas, tout cela va bientôt changer. (Elle l'informa des projets de construction sur le terrain bordant l'étang.) Il y aura une audience demain, et nous espérons que des tas de gens viendront exposer leur point de vue. Mais c'est peut-être déjà trop tard.

Chris hocha la tête comme s'il était personnellement affecté par cette nouvelle.

— La cupidité est mauvaise conseillère, murmura-t-il.

Elle suivit à travers la ville le même itinéraire qu'à son arrivée, pour lui montrer l'immeuble où Luc, Michael et elle avaient passé leur enfance, puis la statue de Peter Huber. Chris déclara qu'elle lui donnait la chair de poule. La spontanéité de ce jeune homme — son fils — lui réchauffait le cœur. Son seul regret était qu'il tienne tant à gâcher son avenir...

Elle avait prévu de l'emmener dans un restaurant en dehors de Reflection, mais en apercevant Brahms Café sur son passage, elle ne put résister à la tentation. On leur proposa le box qu'elle avait récemment partagé avec Michael, puis Chris dut choisir entre quelques plats végétariens. Il prit le temps de lire la composition de chacun pour voir en quoi ils correspondaient aux différents noms de musiciens.

— Ton arrière-grand-mère joue parfois à deviner le titre des morceaux de musique dont je lui fais écouter quelques notes sur un disque. Tu pourras peut-être la battre sur son propre terrain, suggéra Rachel.

Chris lui décocha un sourire.

— J'aime toujours la musique classique, tu sais. Ne t'imagine pas que je vais la renier sous prétexte que je joue du rock. Je sais où sont mes racines !

Elle approuva en s'interdisant d'insister davantage.

Elle opta pour la salade Verdi, Chris pour les pâtes Puccini. Leur menu refermé, ils attendirent que la serveuse — celle qui officiait la fois précédente — vienne prendre la commande. En la voyant passer plusieurs fois devant leur table sans leur accorder un regard, elle devina le motif de son attitude. D'autres clients s'installèrent ; elle secoua sa crinière blonde et alla aussitôt s'occuper d'eux.

— Nous sommes arrivés avant ! s'indigna Chris. Elle fait semblant de ne pas nous voir.

Il adressa un signe à la jeune serveuse qui finit par s'approcher.

— Excusez-moi, nous voudrions passer notre commande, dit-il.

Elle prit note d'un air renfrogné et disparut dans la cuisine sans un mot.

— Je croyais les gens si chaleureux dans cette région ! s'étonna Chris, un brin trop fort. Cette fille est une pimbêche.

— Chut ! supplia Rachel en cherchant le regard de son fils. J'ai à te parler, Chris. De moi, de ton père, et des raisons pour lesquelles la serveuse nous traite d'une manière peu amicale.

Chris fronça les sourcils.

— Qu'est-ce que tu racontes ?

— Je ne sais pas par où commencer, chuchota Rachel. (Elle tapota la table du bout des doigts.) Et je pense que ce n'est peut-être pas le bon moment...

— Après ce que tu m'as dit, tu ne dois plus rien me cacher. Parlons ici, à moins que tu préfères aller faire quelques pas dehors.

Elle le considéra un moment, avant de se lever et de s'adresser à la serveuse.

— S'il vous plait, annulez la commande ! lui demanda-t-elle en pivotant sur elle-même avant de connaître sa réaction.

Elle fit signe à Chris qui la suivit. Soulagée de se retrouver dehors, elle tourna les yeux vers le parc circulaire, en plein centre-ville.

— Allons un peu dans la verdure, suggéra-t-elle.

Ils marchèrent en silence et elle lui montra du doigt l'un des cerisiers pleureurs.

— Tu vois ces arbres ? On les a plantés ici à l'époque de mon départ. Il y en a dix.

— C'est symbolique ?

— Oui.

Ils traversèrent le rond-point boisé, puis elle s'assit sur

un banc, face au monument commémoratif. Chris la rejoignit.

— Qu'est-ce que c'est ? demanda-t-il en lui désignant le mur de pierre.

— C'est une partie de ce que j'ai à te dire... Je suppose que j'aurais dû t'en parler depuis longtemps, mais je n'ai jamais su comment, et je ne voulais pas nuire au souvenir de ton père. Maintenant que tu es ici, tu dois connaître toute la vérité.

Elle sentit l'angoisse presque palpable de Chris, mêlée à la sienne, puis elle prit la parole au milieu du silence... Elle lui raconta le départ de Luc au Vietnam, tandis que Michael et elle s'envolaient pour l'Afrique. Il l'avait déjà entendu parler de son ami, mais n'avait aucune idée du rôle qu'il avait joué dans sa vie. N'osant encore lui avouer qu'ils étaient tombés amoureux au Rwanda, elle insista seulement sur leur profonde amitié. Puis elle lui décrivit le changement de personnalité de Luc après la guerre. Elle passa sous silence la lettre brûlante envoyée par Michael, mais s'attarda sur les visites bizarres de son mari à l'école.

Chris se rembrunissait à mesure qu'elle progressait dans son récit.

— Je ne suis pas sûr de vouloir connaître la suite, grogna-t-il quand elle évoqua l'étrange fascination de Luc pour les armes. Au moins, il n'a fait de mal à personne ?

— Si, mon chéri, malheureusement.

Chris observa le mémorial, les mâchoires serrées.

— Tu veux dire qu'il a tué quelqu'un ?

— Laisse-moi finir ! (Elle lui parla de sa dernière journée de classe, de Luc aperçu depuis la fenêtre.) J'ai voulu l'empêcher d'entrer dans l'école, conclut-elle, mais je n'y suis pas arrivée...

Elle s'interrompit et Chris se dirigea vers le monument. Rivée à son banc, elle le regarda lire la plaque.

— Tous des enfants ? dit-il au bout d'un moment, sans se retourner.

— Oui, mes élèves.

— Il a tiré sur eux ?

— Non, il avait une grenade. Quand je suis revenue

dans ma classe, après avoir voulu l'empêcher d'entrer, c'était trop tard ! Il est mort lui aussi quand l'explosion a eu lieu. Les gens me détestent parce qu'ils s'imaginent que j'ai abandonné mes élèves.

— Quelle horreur ! S'il voulait se supprimer, il pouvait le faire à la maison, sans massacrer une poignée de pauvres gosses !

Rachel se leva.

— Il aurait...

— Je considère Phil comme mon véritable père.

— Non, Chris. (Rachel passa doucement un bras autour de lui.) Phil a été merveilleux avec toi, mais tu ne dois pas avoir honte de ton vrai père.

— Bon ! marmonna Chris, les yeux rouges.

— Luc était un homme de grande valeur, victime d'une mauvaise guerre, comme ceux qui y ont perdu un bras ou une jambe ; mais sa blessure était intérieure. Invisible...

Chris se dégagea pour aller se rasseoir sur le banc.

— Dix petits enfants ! Ça me rend malade. C'est infect ! Après ça, tu as continué à enseigner ?

— Phil m'a fait confiance.

— Avec raison !

— Merci, répondit Rachel, plus touchée que par toutes les récompenses académiques qu'elle avait reçues.

— Tu ne devrais pas rester dans cette ville stupide où les gens te croient coupable.

Elle se rassit près de lui.

— Il s'agit de ma version de cette histoire, Chris. Si tu l'entendais raconter par la mère de l'un des enfants, ce serait un tout autre son de cloche. Qui sait, la serveuse était peut-être la sœur de l'un de mes élèves ! Les familles des victimes sont partout.

Il hocha la tête sans un mot.

— Ce n'est pas tout, mon chéri, poursuivit-elle. Je t'ai dit le pire, mais tu ne sais pas tout.

— Tu tiens vraiment à m'en dire plus ?

Elle lui parla de la propriété des terres, du codicille au testament de son grand-père et du morceau de musique disparu. Il l'écoutait, fasciné.

— As-tu bien cherché ? demanda-t-il. Une œuvre inconnue de Huber... Il faut absolument la retrouver.

— Je le souhaite de tout mon cœur, mais elle semble si bien cachée qu'on ne remettra jamais la main dessus.

Elle lui apprit ensuite la vérité sur Michael.

— Peut-être qu'il se sert seulement de toi, suggéra-t-il avec un bon sens juvénile. Sa femme est loin, il se sent seul...

— Ils sont pratiquement séparés. Il vient de découvrir qu'elle a une liaison avec l'un de ses meilleurs amis.

— Mon Dieu, cette ville est un véritable coupe-gorge ! Je ne crois pas que je m'y plairai, maman.

Rachel sourit.

— Moi, je m'y plais. Et je l'aime ! Je voudrais tant faire la paix avec ses habitants...

Elle se leva et tendit la main à Chris.

— Si nous allions prendre un repas rapide ? Gram nous attend et elle est impatiente de connaître son arrière-petit-fils.

35

Michael ne parvenait pas à se défaire du sentiment étrange, irrationnel et merveilleux qu'il était dans la cuisine d'Helen en compagnie de Luc Pierce. Pendant le rapide dîner préparé par Rachel avant l'audience, il n'avait pu détacher son regard du visage de ce jeune homme. Chris avait les traits de Luc, sa taille, sa voix — mais aussi ses gestes et ses manières... Comme lui il ouvrait grand les yeux quand il était attentif. Malgré ses efforts pour se rappeler que Chris n'était pas Luc, il se sentait troublé depuis qu'il l'avait vu pour la première fois, une heure plus tôt.

Sa fascination pour le fils de Rachel n'était pas la seule raison de son état. Il s'inquiétait pour l'audience, d'autant plus qu'il soupçonnait Drew d'avoir été plus nocif qu'utile dans l'affaire Hostetter.

Au moins, il n'avait pas de souci à se faire pour Jason : son fils passait à nouveau la nuit chez son ami Patrick, dont il parlait sans cesse à la maison. Cette nouvelle amitié lui rendait l'absence de Katy moins pénible et il n'avait plus demandé à lui téléphoner.

— Tu n'as pas touché à ton pain de maïs, Michael, observa Helen.

— Ni à ton poulet ou à tes haricots, ajouta Rachel. Un peu tendu à cause de ce soir, non ?

Elle lui effleura l'épaule, et il sentit la chaleur de ses doigts sur sa peau. Qu'allaient devenir leurs relations si précaires ? Sa conscience lui permettrait-elle encore de la prendre dans ses bras comme il en brûlait d'envie ?

Il lui sourit.

— Une légère appréhension...

— Vous pensez vraiment que les amish vont venir ? demanda Chris.

Michael piqua un haricot vert avec sa fourchette.

— Certains viendront. Ils se mêlent rarement à ce genre d'événement, mais, étant donné l'importance décisive de l'audience, ils veulent manifester leur hostilité au projet de construction.

— Tu vas les chercher en voiture ? s'enquit Helen.

— La plupart viendront en boghei, mais nous allons en chercher quelques-uns, les membres de ma congrégation et moi.

— Bizarre ! s'étonna Chris. Ils ne conduisent pas, et pourtant ça ne les dérange pas de monter en voiture ?

Michael reposa sa fourchette.

— Ils ne passent pas leur permis de conduire et ils ne peuvent pas être propriétaires d'un véhicule, mais leur survie économique exige qu'ils soient motorisés. Ils s'autorisent donc à prendre des taxis ou à se faire conduire en voiture, sans avoir l'impression de trahir leurs valeurs fondamentales.

— Je peux aller à l'audience ? demanda Chris.

— Volontiers, répliqua Michael, si ta mère me donne la permission de t'enlever.

— Sans problème ! s'exclama Rachel.

— Que dirais-tu de m'aider ? proposa Michael. Tu pourrais aller chercher des amish chez eux et les déposer à la banque.

Il vit briller dans les yeux du jeune homme une étincelle qui le fit frissonner, tant elle lui rappelait Luc.

— Oui, mais je n'ai pas de voiture.

— Je te prête la mienne, dit Rachel.

— Tu ne viens pas, maman ? Pardon, j'aurais dû m'en douter !

Conscient du dilemme auquel Rachel devrait faire face, il avait répondu de lui-même à sa question.

— Tu me rends un grand service, reprit Michael. D'autant plus que je ne peux même plus compter sur Drew... (Michael échangea un regard entendu avec Rachel, et soudain un souvenir lui revint.) Ton père faisait parfois le chauffeur pour les amish, tu te rappelles, Rachel ?

— Je ne veux plus entendre parler de mon père, marmonna Chris tandis que Rachel acquiesçait.

Michael voulut effacer le chagrin et la déception qu'il avait surpris dans les yeux du jeune homme.

— Ton père a été pour moi un ami comme on en fait peu...

Chris ne répondit pas, mais il paraissait désireux d'en savoir plus.

— Il était très populaire, pas comme ces types qui écrasent les autres et qui se croient supérieurs...

Chris hocha la tête.

— Il s'intéressait à son prochain, reprit Michael, quelle que soit son origine ou sa personnalité. J'étais le souffre-douleur de la classe ; les autres élèves m'ignoraient ou se moquaient de moi...

Rachel l'interrompit.

— N'exagère pas, Michael.

— Tu ne sais pas ce que j'ai enduré, répondit sérieusement Michael. Mais Luc me traitait en égal, et ta maman aussi. Nous étions trois inséparables. Nous faisions des promenades à bicyclette, nous allions explorer des cavernes dans la carrière, ou nous nous amusions près de l'étang, dans les bois qui risquent de disparaître...

— Vous veniez parfois jusqu'ici jouer dans la rivière, ajouta Helen.

— Et pêcher, faire du patin à glace ou nager, se souvint Rachel.

— Luc était un garçon intelligent, et tu lui ressembles beaucoup ! poursuivit Michael.

Il s'interrompit, la gorge serrée ; Rachel passa le bras au-dessus de la table pour poser sa main sur la sienne. La franchise de ce geste lui plut.

Le visage de Chris s'éclaira.

— Maman me le dit souvent, mais je ne peux pas oublier la mort de ces enfants !

— La guerre l'a traumatisé, Chris. Crois-moi, reprit Michael, l'homme qu'il était à son retour n'avait plus rien de commun avec celui que nous avions connu. Luc était la bonté même. Sais-tu ce qu'il a fait pour ma famille ?

Chris attendit, plein d'espoir, que Michael l'aide à effacer les terribles images qui l'obsédaient.

— Un jour, il a fallu piquer ma chienne. Nous avions quatorze ans à l'époque. (Il interrogea Rachel du regard, et elle acquiesça d'un signe de tête.) Mon père était absent et ma mère si bouleversée qu'elle n'a pas eu le courage d'emmener Cleo chez le vétérinaire. Il ne fallait pas non plus compter sur moi pour agir. Alors c'est lui qui a emmené Cleo se faire piquer et qui l'a câlinée jusqu'au bout.

— Oh ! s'exclama Chris.

Michael se souvint alors d'un autre exemple du dévouement de Luc.

— Nous traversions Lancaster, un hiver, vers cinq heures. Il faisait très froid. A un arrêt d'autobus, une vieille femme, toute voûtée, attendait. A notre retour, une demi-heure plus tard, elle n'avait toujours pas bougé. Luc, indigné, est descendu de voiture pour lui offrir de la déposer quelque part.

Rachel sourit.

— Tu m'avais raconté cette anecdote.

— Elle a accepté ? demanda Chris.

— Non. Je pense qu'elle serait morte frigorifiée plutôt que de monter dans la voiture de deux adolescents ! Mais je voulais te montrer quel genre d'homme était ton père. L'homme qui a causé cette tragédie souffrait d'une maladie mentale dont il n'était pas responsable. Il avait combattu pour son pays en croyant faire son devoir.

— Il a agi selon son cœur, approuva Helen. Que demander de plus à un être humain ?

— A son retour, il n'était plus le même, ajouta Michael. Et personne n'a mesuré la gravité du problème.

Voyant les yeux rouges de Chris, Michael craignit d'être allé trop loin. Il jeta un coup d'œil à sa montre.

— Ecoute, dit-il, il est temps d'y aller. Nous avons fort à faire avant l'audience. Prêt ?

Chris se leva en opinant du chef.

— Oh ! dit Rachel. J'ai oublié de te parler de ce carton au grenier, Chris. Il contient des souvenirs, des photos de ton père, et pas mal d'autres choses. Tu peux y jeter un coup d'œil...

Michael la vit soudain pâlir, puis jeter un coup d'œil à Helen avant de fixer son regard sur lui.

— Je viens d'avoir une idée, mais rien d'important ! reprit-elle. Si tu veux, Chris, je descendrai le carton demain.

— D'accord.

— Tu viens ? lui demanda Michael.

— Oui, j'arrive. (Chris posa sa serviette froissée sur la table et se leva.) Mais il faudra m'expliquer avec précision ce que vous attendez de moi.

Michael se leva à son tour.

— Pour l'instant, tu me suis à l'église. On va s'organiser avec les autres conducteurs. (Il se tourna vers Helen et Rachel.) Souhaitez-nous bonne chance ! J'espère que nous ferons salle comble.

— Moi aussi, dit Rachel en accompagnant les deux hommes à la porte.

Puis elle ajouta à l'intention de Chris :

— Conduis prudemment !

— Ouais, maman, répondit-il avec un sourire narquois.

L'air était encore imprégné de la chaleur accablante de la journée lorsque Michael et Chris se dirigèrent vers les voitures.

— Je te remercie de m'aider, dit Michael, follement heureux d'être avec le fils de Luc.

— Une simple question. Comment dois-je me présenter aux gens que j'irai chercher ?

— Ah, fit Michael, comprenant à demi-mot. Il suffira de leur dire que tu es l'arrière-petit-fils d'Helen Huber.

La plupart des amish ne gardent aucune rancœur contre ta mère, et tout le monde connaît et apprécie Helen.

Chris s'installa au volant de la voiture de Rachel et baissa la vitre.

— Merci de m'avoir parlé de mon père, dit-il, ça m'a fait du bien.

Michael lui serra le bras avec émotion et il se dirigea vers sa voiture en se promettant de ne jamais laisser ce jeune homme ni sa mère lui échapper.

36

— Bon Dieu, ça va chauffer ce soir dans notre bonne vieille ville ! marmonna Ian en s'engageant dans le parking bondé, derrière la Starr and Lieber.

Lily leva les yeux du collier de chien qu'elle était en train de réparer et aperçut un curieux mélange de voitures et de boghеis à capote grise.

— On dirait que les amish sont venus en force.

— Ainsi que les médias, observa Ian en lui montrant plusieurs camionnettes arrêtées.

Lily reconnut à l'arrière de l'une d'elles le logo d'une station de télévision de Philadelphie. L'événement ne risquait guère d'être passé sous silence !

— On va se garer plus loin, dit Ian.

Ils partirent en quête d'une place et n'en trouvèrent une qu'à deux blocs de là. Quand ils arrivèrent à la porte d'entrée de la salle de réunion, il était trop tard pour avoir des sièges. Les derniers arrivants s'alignaient déjà au fond de la salle.

— Il faudra rester debout. Si nous allions par ici ? proposa Ian en désignant un mur, près d'une porte latérale.

N'ayant guère le choix, ils s'installèrent, le dos au mur, parmi d'autres retardataires. Il faisait une chaleur torride dans la salle, malgré les fenêtres ouvertes.

Lily passa la main sur son front moite.
— L'air conditionné ne fonctionne pas...
— Tu crois ? plaisanta Ian.
Elle parcourut des yeux la foule assemblée dans la salle. De nombreux voisins, habitants de longue date de la ville, y figuraient. Au premier rang, les deux neveux de Marielle Hostetter transpiraient dans leur costume-cravate. Il y avait aussi des étrangers — deux bonnes dizaines au moins. Certains tournaient en rond, armés d'une caméra vidéo.
Les amish s'étaient regroupés au fond de la salle, sur les sièges ou le long du mur. Les hommes en chemise brune et gilet noir souffraient de la chaleur, leur chapeau de paille à la main ou posé sur leurs genoux. Les femmes bavardaient tranquillement entre elles, contentes de reprendre contact avec des voisines qu'elles n'avaient pas vues depuis longtemps. Trois femmes mennonites de l'Ancien Ordre, vêtues de cotonnade imprimée, étaient assises face à Lily. Cette foule composite lui plaisait : la ville était bien représentée dans ses multiples facettes...
Les six membres de la commission d'enquête siégeaient à une longue table. Le visage sévère et impénétrable, ils suivaient du regard les caméras en se parlant à voix basse.
— Ils ne s'attendaient pas à un tel déploiement, fit observer Lily.
— Voici Michael, annonça Ian, tourné vers la porte du fond.
Lily aperçut le pasteur dans l'embrasure de la porte, mais c'est à la vue du jeune homme debout à côté de lui qu'elle porta brusquement la main à sa bouche.
Elle agrippa la manche de son mari.
— Mon Dieu, Ian !
— Qu'y a-t-il ?
Les yeux fermés, elle posa la joue sur son épaule.
— Luc Pierce !
— Où ? Le type avec Michael ?
— Oui.
— Voyons, Lily, c'est un jeune homme ! Et je te rappelle que Luc Pierce est mort.

Elle ouvrit les yeux. Ian avait raison. Luc aurait maintenant passé la quarantaine s'il était encore en vie ; mais les photos montrées dans les journaux ou à la télévision ces dernières années restaient gravées dans son esprit.

Refermant les yeux, elle se vit dans cette classe d'enfants ravagée. Des débris de verre partout, des lambeaux d'une tenue de camouflage, une petite main tendue, jaillissant d'un bureau renversé...

L'air de la salle de réunion devint irrespirable. Sans un mot, elle passa devant son mari et gagna le vestibule par la porte latérale. Puis elle poussa la porte de sortie. Une fois dehors, elle s'assit au bord du trottoir, où elle se sentit mieux.

Son cœur reprit une allure normale. Quand la porte grinça derrière elle, elle ne crut pas nécessaire de se retourner. Ian s'assit à côté d'elle et l'enlaça.

— Alors, ma Lily, qu'est-ce qui ne va pas ?

— Pardon, dit-elle, il faisait trop chaud dans cette salle, et ce type... (Elle frissonna.) Sans doute le fils de Rachel Huber ; je me souviens qu'elle m'a annoncé son arrivée. Il ressemble à son père comme deux gouttes d'eau. Vraiment le sosie de Luc !

— Ça doit être impressionnant.

— Tu peux le dire ! (Elle posa la tête sur ses genoux.) Retournons dans la salle, ça ira malgré cette chaleur !

— Tu ne préfères pas te rafraîchir au Brahms Café ?

Lily se releva en hochant la tête.

— Non. Ce n'est pas Luc, donc je peux tenir le coup.

Une partie de la réunion s'était déroulée en leur absence. Le fils de Luc Pierce se tenait debout de l'autre côté de la salle, près du mur opposé à Lily. Elle garda les yeux fixés sur lui, malgré ses efforts pour se concentrer sur les visages rébarbatifs des membres de la commission. A l'extrémité de la table, l'un d'eux — spécialiste des problèmes de voirie — lisait une épaisse liasse de papiers reliés d'une couverture bleue. Elle l'entendit affirmer que les lotissements ne poseraient pas de problèmes à la ville, et toute son attention revint sur le fils de Luc.

Quelqu'un projeta ensuite des diapositives : les projets

des promoteurs y étaient présentés sous leur meilleur jour. On pouvait se laisser séduire par les immeubles de bureaux, mais il était clair qu'ils envahissaient purement et simplement les abords de l'étang de Spring Willow. Ils auraient été splendides partout ailleurs qu'à Reflection ! Quant aux maisons de pacotille — presque identiques malgré un effort pour varier les modèles — elles s'alignaient le long des rues sinueuses et sans arbres du lotissement, jusqu'au niveau du cimetière amish-mennonite et de la tombe de Jenny. Cette belle forêt allait devenir un paysage stérile et artificiel... A cette idée, un murmure réprobateur parcourut la foule.

Le fils de Luc Pierce écoutait, les bras croisés, avec une attention soutenue. A un moment il tourna la tête, et Lily aperçut une fine touffe de cheveux sur sa nuque. Qu'en aurait pensé Luc ? se demanda Lily.

Lorsqu'un spécialiste des sols lut son rapport, elle réalisa qu'elle n'était pas la seule spectatrice à s'intéresser au nouveau venu. Otto Derwich, assis un peu plus loin, fixait son regard sur le jeune homme, sans paraître se préoccuper outre mesure des problèmes d'érosion des sols. Il chuchota quelque chose à sa voisine, qui lui fit signe de se taire du revers de la main.

Sammi Carruthers, l'une des deux femmes de la commission, insista sur la nécessité d'un développement programmé.

Ian soupira bruyamment.

— Les Hostetter ont la haute main sur la commission, souffla-t-il à l'oreille de Lily.

— La commission va maintenant donner la parole à toutes les personnes désireuses d'exprimer leur opinion, reprit Sammi qui venait de reposer ses notes sur la table.

Michael, debout dans les premiers rangs, leva une main dans laquelle il tenait une liasse de papiers.

— J'ai ici plusieurs pétitions, opposées au projet Hostetter, que je souhaiterais présenter à la commission. Elles émanent non seulement de simples citoyens et du monde des affaires, mais des amish et d'autres groupes fondamentalistes.

— Ils ne votent pas, donc tout le monde s'en moque !

murmura Ian entre ses dents, traduisant ainsi la pensée des membres de la commission.

Michael tendit les pétitions à Sammi Carruthers et regagna sa place. Lily l'observait en se demandant si Rachel l'avait mis au courant de la grossesse de Katy.

Will Gretch se leva ensuite pour parler de la charge supplémentaire que le lotissement imposerait aux sapeurs-pompiers. Cela entraînerait une hausse des impôts. Le public manifesta sa réprobation par un martèlement de pieds.

— J'ai une question à poser, déclara Ian à haute voix quand le vacarme se fut calmé. Pourrait-on savoir quels sont les liens entre les membres de la commission et l'industrie du bâtiment ?

Il y eut des rires dans le public, tandis que la commission restait pétrifiée.

— Cela n'est pas dans nos attributions, déclara finalement l'un de ses membres.

— Bien, fit Ian en croisant les bras, adossé au mur.

Il en avait assez dit. Tous les membres de la commission allaient probablement tirer un profit personnel du projet Hostetter, et personne n'en doutait. Entre autres, le mari de Sammi Carruthers était couvreur.

Le public, de plus en plus contrarié, fit encore quelques commentaires et posa diverses questions ; puis Michael leva les deux bras pour obtenir le silence.

— Que tous ceux qui s'opposent au projet Hostetter se lèvent.

Les amish hésitèrent, mais après quelques secondes de réflexion, ils se joignirent à la grande majorité du public. Certes, tout le monde ne s'était pas levé, mais on pouvait à peine distinguer les quelques spectateurs assis, au milieu d'une multitude de mécontents.

— Merci, reprit Michael, vous pouvez maintenant vous rasseoir.

C'est alors que Lily distingua Jacob Holt au fond de la salle. A cet instant précis, le vieux principal venait d'apercevoir le sosie de Luc Pierce. Cloué sur place, il se retenait d'une main au dossier d'un siège. Puis il s'assit lentement et tourna la tête vers elle. Elle comprit soudain qu'elle était loin d'en avoir fini avec le 10 septembre 1973. Très loin !

Soutenant le regard du vieillard jusqu'à ce qu'il se détourne, elle prit une décision irrévocable : puisque Jacob Holt ne voulait rien faire, elle s'en chargerait elle-même. Il fallait *en finir avec le passé*, comme l'avait dit la veille Michael au cours de son sermon.

— Eh bien, conclut Sammi Carruthers en rassemblant ses documents d'un geste théâtral, nous vous remercions de votre participation à ce débat. Toutes vos remarques seront prises en compte pendant cette dernière semaine de réflexion avant le vote du mardi 6 septembre. Quelle que soit l'issue de ce vote, je peux vous assurer que l'avenir de Reflection nous tient profondément à cœur.

Les gens se levèrent. Ian, penché vers Lily, lui demanda si elle souhaitait s'attarder pour bavarder.

— Non, répondit-elle. Il fait trop chaud, et je voudrais te parler, en tête-à-tête.

Le son inhabituel de sa voix lui fit dresser l'oreille. Lily détourna les yeux, puis elle quitta la salle, le front moite d'émotion. Elle était résolue à tout lui dire et à lui demander conseil...

37

L'air conditionné ne parvenait pas jusqu'au grenier, et la chemise de Rachel lui collait à la peau tandis qu'elle fouillait dans le carton. Au rez-de-chaussée, Gram jouait au piano un morceau qu'elle entendait pour la première fois — « une obscure création de Huber »... Elle avait attendu que sa grand-mère fût plongée dans la musique pour se glisser vers l'escalier.

Ses mains se posèrent sur d'anciens albums des Beatles. Elle déposa le carton, une fois refermé, en haut des marches pour le descendre plus tard à Chris.

La tête penchée sous les poutres apparentes, elle traversa le grenier. Le carton de ses grands-parents — qu'elle avait ouvert par erreur quelques semaines plus tôt — était toujours à la même place. Elle le vida de fond en comble et parcourut les partitions sur lesquelles elle ne s'était pas attardée la première fois.

D'après les titres, il y avait deux exemplaires de chaque œuvre ; deux écritures différentes, l'une plus fluide que l'autre. Dans les marges étaient griffonnées de nombreuses indications telles que : *Ici, les violons doivent jouer à l'unisson.* Il s'agissait sûrement des brouillons de son grand-père.

Au fond de la boîte, une chemise brune contenait une

épaisse liasse de papiers. Sur l'étiquette, tapée à la machine, *Reflections* était écrit en toutes lettres.

Elle s'adossa au mur, un sourire aux lèvres. Après avoir ouvert le dossier, elle en parcourut avidement les pages. Son grand-père avait-il déposé lui-même ses papiers dans ce carton, ou Gram les avait-elle rangés à la hâte sans les remarquer ? A moins qu'elle ne les ait oubliés...

Le piano se tut. Elle tendit l'oreille, au cas où Gram se remettrait à jouer, mais la maison resta silencieuse. Elle se releva, éteignit et descendit l'escalier, chargée du carton de souvenirs et du précieux dossier.

Par la porte ouverte, elle vit de la lumière dans la bibliothèque : sa grand-mère lisait. Mais elle alla d'abord dans la chambre de Chris, poser le carton sur la commode, à côté de l'ordinateur. Puis elle rejoignit Gram, qui leva les yeux en l'entendant entrer.

— Regarde ce que j'ai découvert ! s'exclama-t-elle en lui tendant le dossier.

La vieille dame pâlit et ne fit pas un geste.

— De quel droit as-tu fouillé dans mes affaires personnelles ?

— Oh, pardon ! (Rachel posa le dossier.) J'avais ouvert l'un de tes cartons par erreur la première fois que je suis montée au grenier et j'avais remarqué qu'il contenait des partitions musicales. Je m'en suis souvenue aujourd'hui et j'ai vérifié, au cas où... Désolée, Gram, je croyais te faire plaisir.

— Non, dit Helen, les yeux baissés sur son livre, ça ne me fait pas plaisir.

Rachel hésita avant de reprendre la parole.

— Tu savais parfaitement que c'était là, n'est-ce pas ?

— Quelle importance ?

— Gram, je ne te comprends pas, dit Rachel en s'asseyant sur l'ottomane. Je sais que tu souhaites autant que nous tous sauver ces terres. Il suffirait de donner cette œuvre à ce pianiste pour que...

Helen referma bruyamment son livre.

— Je m'y oppose.

Rachel, ébahie, dévisagea sa grand-mère qui finit par détourner les yeux.

— Inutile de discuter, reprit cette dernière. Tu ferais mieux de remettre ces papiers là où tu les as trouvés.

— Je ne peux pas !

— Même si tu ne comprends pas mes raisons, je suis en droit d'espérer que tu respecteras ma volonté. Cette partition appartenait à mon mari ; maintenant elle est à moi, et je déciderai ce que je veux en faire. Il faudrait la brûler. J'aurais dû la brûler depuis longtemps !

Rachel serra le dossier contre sa poitrine : elle ne voulait pas le confier à Helen.

— J'aurais dû te laisser repartir au Texas, maugréa Helen en se levant.

Elle se dirigea vers la porte, posa une main sur l'épaule de Rachel, au bord des larmes, et ajouta :

— Désolée, je ne pensais pas ce que je viens de dire ; mais cette histoire m'a beaucoup contrariée.

Elles ne s'adressèrent plus la parole pendant le reste de la soirée et Rachel garda le dossier sur lequel elle jeta à plusieurs reprises un regard fasciné. Il était près de minuit et Gram dormait depuis longtemps quand deux voitures s'arrêtèrent dans l'allée.

— Ça s'est bien passé ? demanda-t-elle en accueillant Michael et Chris sur le seuil.

Michael avait l'air malheureux, et Chris répondit le premier.

— Les gens ne veulent pas de ce lotissement. Quand Michael a prié les opposants de se lever, presque toute la salle s'est mise debout. Mais on dirait que ça ne compte pas !

— Exactement, approuva Michael. (Il s'assit sur la balancelle du porche en soupirant ; Rachel le rejoignit et posa le dossier sur ses genoux.) La commission avait déjà pris sa décision ; elle se moque de ce que pensent les petites gens.

— Pourtant, c'était cool, maman, dit Chris en s'asseyant sur la marche supérieure. J'ai vu beaucoup de monde. De nombreux amish ! Tous très gentils, mais on sent bien qu'ils n'ont pas l'habitude de ce genre de réunions. Moi non plus, d'ailleurs !

— La salle était comble, observa Michael. Il y avait foule même dans le vestibule.

— Et pas d'air conditionné, ajouta Chris.

— Quelle horreur ! s'exclama Rachel en repensant à la chaleur étouffante du grenier.

Michael fit la grimace.

— Il y avait des tas de journalistes et de caméras. Toute la presse était là, y compris le *Wall Street Journal*. A mon avis, cette affaire fera du bruit ; mais je crains que ça ne change rien au résultat.

Son regard se posa sur le dossier, et Rachel le vit pâlir tandis qu'il déchiffrait l'étiquette.

— On dirait...

Rachel à son tour fit la grimace, puis elle lui tendit la partition.

— C'est incroyable ! conclut-elle, après avoir raconté les circonstances de sa découverte et la réaction de Gram.

— Tu as retrouvé *Reflections* ? s'exclama Chris, incrédule.

Rachel hocha la tête.

— Je voudrais voir, fit le jeune homme.

Michael lui tendit le dossier, qu'il posa à même le sol, en pleine lumière. La tête penchée, il le parcourut avec intérêt en battant la mesure d'une main sur sa cuisse.

— Je vais parler à Helen, déclara Michael. Elle n'a peut-être pas compris que cette partition peut nous sauver. Où est son problème, selon toi ?

Rachel haussa les épaules.

— Aucune idée ! Elle tient peut-être à garder ce dernier souvenir de son mari ; pourtant, elle m'a dit qu'elle aurait dû brûler cette partition...

— C'est inouï !

— Je voudrais jouer ce morceau, déclara Chris. Je peux me mettre au piano ?

— Attends d'avoir l'autorisation de Gram, répondit Rachel à contrecœur.

Chris se replongea dans la partition, apparemment fasciné, et Michael annonça qu'il devait partir. Rachel aurait souhaité qu'il reste, mais la présence de son fils rendait la situation délicate...

— Je peux emporter la partition dans ma chambre pour finir de la lire ? demanda ce dernier.

Rachel opina et se leva à son tour.

— Bonsoir, Chris, dit Michael, et merci de m'avoir tenu compagnie ce soir.

— A demain ?

— Sûrement.

Puis Michael embrassa Rachel sur la joue, et elle le laissa partir à regret.

Elle était déjà au lit lorsqu'un coup frappé au carreau la surprit. Au second coup, elle se leva en riant pour ouvrir la fenêtre.

— Autrefois, tu jetais des pierres, souffla-t-elle à Michael, en se souvenant des escapades nocturnes du trio, dont aucune des trois mères n'avait jamais eu connaissance.

Il enjamba le rebord de la fenêtre.

— Oui, mais à l'époque tu dormais à l'étage. Et tu portais un pyjama !

Il l'attira dans ses bras. Ses vêtements parurent doux et frais à Rachel, contre sa peau nue.

— Tu me manquais, reprit-il.

Elle déboutonna sa chemise avant de l'entraîner sur son lit. Ils firent l'amour avec lenteur, comme pour rattraper toutes ces années perdues. Ensuite ils restèrent allongés côte à côte, à la lumière du clair de lune.

— Ton fils est merveilleux, dit Michael au bout d'un moment, en effleurant son flanc du bout des doigts.

— Je te remercie de lui avoir demandé de t'accompagner ce soir. Tu as été adorable avec lui.

— Il m'a beaucoup aidé.

Rachel revoyait Chris, devant la table de la cuisine, les yeux illuminés d'espoir, tandis que Michael lui parlait de son ami d'enfance.

— Je l'aime trop...

— Impossible ! protesta Michael.

— Si, j'ai toujours peur de le perdre. J'ai perdu tant

de gens dans ma vie ! Mes deux maris, mes parents, et toi d'une certaine manière.

Michael hésita.

— Crains-tu de me perdre à nouveau ?

— Oui.

Il la serra dans ses bras. Si seulement il avait pu la rassurer ! Elle s'agrippa à lui, le visage contre sa poitrine pour s'imprégner de son odeur.

— Je comprends ton appréhension au sujet de Chris, fit-il, mais elle est sans fondement. Je t'assure !

— Il ressemble tant à son père !

— C'est vrai. Ce soir, je croyais parfois avoir Luc devant moi.

Rachel sentit sa gorge se serrer.

— Il est beau et sensible comme le jeune homme que nous avons connu, mais il approche de l'âge où Luc a changé.

— Ne t'inquiète pas pour lui.

Au comble de l'angoisse, Rachel fondit en larmes.

— Il veut abandonner ses études et jouer à plein temps avec son groupe.

— S'il a une vocation, ne la contrarie pas.

— J'ai peur que ce soit le commencement de la fin. Peut-être la maladie mentale est-elle déjà là, prête à apparaître dès la première sollicitation.

Michael tendit la main et la promena sur sa joue.

— Il n'y a plus de guerre au Vietnam, Rachel, et Chris n'est pas Luc.

Elle l'observa un moment : il avait l'air grave, un véritable amour se lisait dans ses yeux. Ce soir, elle ne penserait plus à Chris, ni à tout ce qu'elle risquait de perdre...

Allongée sur son lit, Helen regardait fixement le plafond depuis plusieurs heures. Elle avait entendu Michael cogner au carreau de Rachel, et l'idée qu'il l'avait rejointe lui réchauffait le cœur.

Elle n'avait pas éprouvé depuis bien longtemps des sentiments aussi vifs. La présence de sa petite-fille et de son charmant arrière-petit-fils lui procurait une joie immense, mais la crainte de les décevoir ne cessait de la hanter. Ils devaient la juger égoïste et insensée... Comment aurait-elle pu leur faire comprendre son point de vue ? Ils étaient bien jeunes, tous les deux, pour admettre que l'honnêteté, le sens du devoir et du sacrifice pèsent parfois davantage qu'un simple bout de terrain.

Depuis quelques jours, elle repensait souvent à Peter. Elle avait connu mieux que quiconque sa bonté et son altruisme, mais aussi le manque de confiance qui le minait.

Elle roula sur le côté et ferma les yeux. Que ce terrain soit livré ou non aux promoteurs, que Rachel et Chris la détestent ou la méprisent, elle ne ferait pas un geste pour changer le cours des choses. Rien ne s'y opposait en principe, mais elle savait, en son âme et conscience, qu'elle avait choisi la seule voie possible.

38

Rachel lisait un article sur le Rwanda dans un *Sunday Times* vieux de deux jours lorsque Chris entra dans la cuisine.

— Gram est levée ? demanda-t-il en s'asseyant à table face à elle.

Il mordit à pleines dents le muffin au son qu'il avait puisé dans la boîte ouverte.

Rachel se souvint qu'il attendait avec impatience l'autorisation de déchiffrer *Reflections* au piano.

— Pas encore, répondit-elle.

— Je n'ai pratiquement pas dormi de la nuit, mais je n'ai pas encore eu le temps de jeter un coup d'œil à ton carton de photos.

Il a passé la nuit plongé dans la partition, se dit Rachel. Le jeune homme parfaitement heureux et sain, qui mastiquait son muffin, faisait paraître absurdes ses craintes récentes.

— A propos, murmura Chris, les yeux baissés, c'est à cause de moi ou de Gram que Michael s'est faufilé sans bruit dans ta chambre hier soir ?

Rachel remarqua son léger sourire. Après avoir pris une profonde inspiration, elle murmura :

— A cause de toi.

— Dis-lui qu'il n'a pas besoin de se cacher. Je trouve ça cool que vous soyez ensemble.

Rachel se sentit rougir.

— Merci, Chris, dit-elle. Nous n'avons pas l'impression de faire du mal à qui que ce soit, lui et moi. Mais le reste du monde ne partagerait sans doute pas cet avis, en particulier ses paroissiens ! Notre situation est très délicate...

— Ouais, je sais. Pourtant, tu m'as dit un jour de faire ce qui me semble bien, sans me préoccuper de ce que pensent les gens. Je te donne le même conseil.

Lui avait-elle réellement dit cela ? Elle n'en gardait aucun souvenir précis.

Chris se leva, engloutit le reste de son muffin et en prit un autre.

— Cette musique a quelque chose de bizarre, dit-il en se dirigeant vers la salle de séjour.

— Que veux-tu dire ?

— Je ne sais pas exactement, mais je brûle d'envie de la jouer. Appelle-moi quand Gram sera levée, s'il te plaît.

Rachel se concentra à nouveau sur le journal. Les photos des camps de réfugiés montraient des enfants morts du choléra, au visage livide et hébété. Une version macabre des petits Africains à qui elle avait jadis fait la classe...

— Bonjour, dit Helen en entrant dans la cuisine.

— Bonjour, répondit Rachel. (Elle plia son journal et déposa sa tasse dans l'évier.) Veux-tu que je t'apporte quelque chose pour ton petit déjeuner ?

— Non merci, ça ira.

Helen s'assit à table et prit un muffin. Rachel alla chercher le pot de confiture dans le réfrigérateur et le lui tendit.

— Désolée que nous nous soyons disputées hier soir ! reprit la vieille dame. Je t'aime beaucoup, Rachel, mais je souhaite que tu respectes ma volonté en ce qui concerne cette partition.

Rachel s'assit, attrapa du bout du doigt une miette sur la table et la posa sur une serviette.

— Je ferai mon possible, Gram, mais j'ai du mal à

comprendre ton point de vue. Michael, qui est au courant, tient à t'en parler.

— Il peut m'en parler si ça lui chante, je ne céderai pas.

— Si seulement tu nous expliquais pourquoi ! (Rachel se pencha vers sa grand-mère.) Les bulldozers vont entrer en action dès que la commission aura voté, et tout le monde sait que ce vote n'est qu'une formalité.

Chris apparut à la porte.

— Gram ? Tu permets que je joue *Reflections* au piano ? Je t'en prie...

Helen le considéra un moment, comme si elle cherchait une réponse sur son visage.

— Attends que j'aie fini mon petit déjeuner et que je sois sortie, répondit-elle enfin, trop attendrie par son arrière-petit-fils pour lui résister.

Puis elle se tourna vers Rachel :

— Je vais faire un tour en ville ce matin. Il faut que je rende des livres à la bibliothèque et que j'en prenne d'autres.

— Veux-tu que je te conduise ?

— Non merci, la solitude me fera du bien aujourd'hui. (Elle scruta sa petite-fille entre ses paupières.) Je compte sur toi pour ne pas laisser cette partition sortir d'ici.

— Je ne ferai rien sans ton accord !

Chris se mit au piano aussitôt après le départ de Gram, et Rachel s'assit devant la fenêtre pour l'écouter en buvant son thé à petites gorgées. Il jouait doucement et fredonnait en même temps la partition de l'orchestre, comme s'il la connaissait déjà par cœur. Elle sentit vibrer en lui l'émotion, la passion... C'était la première fois depuis longtemps qu'elle l'entendait jouer un air classique ; sans doute avait-il hérité d'un peu du génie de son arrière-grand-père.

C'était une longue composition, permettant très peu de pauses à Chris. A la fin du deuxième mouvement, elle eut l'étrange impression de ne pas reconnaître le style habituel de Huber. Quelque chose lui semblait différent... Et le milieu du troisième mouvement était bizarre, comme avait dit Chris. Les notes déferlaient les unes sur les autres sans harmonie, à la manière de touches de peinture jetées sur la toile au hasard par un artiste dément.

Après avoir joué, Chris se tourna vers elle, le front brillant de transpiration. Il souriait.

— Ça te plaît ?

— Tu as joué magnifiquement.

Il se pencha sur l'un des feuillets de la partition.

— Mais ce n'est pas comme d'habitude...

— J'ai remarqué, moi aussi, quelque chose d'indéfinissable.

— Ce troisième mouvement est franchement bizarre.

— J'ai eu l'impression d'une discordance...

— Tu as trouvé le mot juste, maman. (Impressionné, il se remit à feuilleter la partition.) Je me sens incapable de mémoriser ce passage. Ce crescendo mène à un accord fortissimo sur le thème B-A-C-H[1], puis cette étrange cadence commence, avec une répétition du thème principal en fa majeur. Mais ensuite, il aborde un thème tout à fait différent, comme si quelqu'un d'autre avait écrit ces pages-là.

Rachel se mit à rire.

— Je ne dirais pas le contraire, mais après le fortissimo, j'ai du mal à te suivre.

— Il cherchait sans doute à innover, dit Chris. Voilà pourquoi ce morceau compte tant pour lui. (Il pianota le thème du premier mouvement.) J'adore ce passage !

— C'est beau, acquiesça Rachel.

— Je vais l'enregistrer dans mon ordinateur. J'ai un programme de musique vraiment cool. Peut-être que je pourrais l'adapter pour mon groupe.

Rachel faillit s'y opposer : elle avait donné sa parole à Gram... Mais cette musique devait à tout prix échapper à ce dossier qui risquait d'être brûlé, perdu ou jeté...

— Fais ce que tu veux, dit-elle, à condition de demander l'autorisation de Gram si tu l'utilises en public.

— O.K., grommela Chris, sans se formaliser, en fonçant dans sa chambre.

---

1. Chaque note de l'octave correspond à une lettre de l'alphabet.

Michael avait raison : Chris était un garçon passionné...

Rachel passa l'après-midi au rez-de-chaussée de l'église avec Celine et ses deux coéquipières habituelles. Des paroissiens avaient préparé des trousses d'urgence et des layettes qu'elles empaquetaient avant de les envoyer au comité central mennonite de l'Ohio. De là, les fournitures seraient expédiées dans les camps.

On avait remercié Rachel de sa collaboration, mais elle avait le sentiment que sa présence jetait un froid.

— Avez-vous vu les photos des camps dans le *New York Times* dimanche dernier ? demanda-t-elle à tout hasard.

Personne ne broncha, et elle se mordit les lèvres d'avoir parlé.

— Je ne les ai pas vues, répondit enfin Celine ; je ne lis pas ce journal.

Les deux autres femmes hochèrent la tête en s'affairant ostensiblement. Il se passa un long moment avant que Rachel ne reprenne la parole.

— Est-ce que le comité central exige que les volontaires soient des mennonites ? demanda-t-elle, pour information.

— Non, mais ils doivent être membres d'une Eglise et les candidats sont passés au crible.

Les unitariens avaient-ils une chance d'être admis ? Rachel se posa cette question sans oser la formuler.

Quand elle rentra, vers dix-huit heures, elle trouva deux messages de Michael sur le répondeur. Le premier lui annonçait qu'il travaillerait toute la soirée sur Reflection Day avec son groupe de jeunes et qu'il ne la verrait pas avant le lendemain, le second, destiné à sa grand-mère, la priait seulement de le rappeler.

Gram était au jardin, en train de désherber les plants de tomates.

— As-tu rappelé Michael ? lui demanda-t-elle.

Gram leva la tête et mit sa main en écran pour protéger ses yeux des dernières lueurs du soleil.

— Je ne tiens pas à me jeter dans la gueule du loup.

Irritée, Rachel pivota sur elle-même et rentra dans la

maison avant de prononcer des paroles qu'elle risquait de regretter ensuite. Elle trouva Chris dans sa chambre, penché sur son ordinateur portable.

— Des pâtes pour le dîner ?

— Je n'ai pas faim, répondit-il, les yeux rivés à l'écran. Peut-être plus tard.

Elle prépara le repas, puis dîna en silence avec Gram. L'obstination aveugle de sa grand-mère la contrariait de plus en plus.

— Je me sens lasse, dit la vieille dame, la dernière bouchée avalée.

— Tu as eu une journée bien remplie, observa Rachel. Une sortie en ville, tout ce jardinage...

— Il vaudrait mieux que je me couche de bonne heure. Je vais lire un peu.

Rachel la regarda quitter la pièce, découragée. Que faire ? Gram avait la situation en main. Elle ne pouvait l'obliger à rappeler Michael ou à envoyer cette partition à Karl Speicer.

Après avoir fait la vaisselle, elle eut du mal à combattre sa mélancolie en pensant à Michael et à son fils, enfermé dans sa chambre. Tout à coup, elle entendit la porte s'ouvrir, et Chris apparut dans la cuisine, le visage décomposé.

— Ça va ? demanda-t-elle en posant son torchon sur le comptoir.

— Maman, je n'arrive pas à y croire... Il y a un code dans cette musique !

— Un code ?

— Oui, un code secret. Certains compositeurs font passer des messages dans leurs œuvres, mais généralement moins élaborés que celui-ci...

— Tu veux dire que grand-père a voulu dire quelque chose ?

— Une révélation incroyable !

— Quoi ?

— Viens avec moi.

Elle suivit Chris dans sa chambre et s'assit sur le lit, tandis qu'il posait son ordinateur sur ses genoux.

— C'est seulement dans ce passage qui nous semblait

hermétique. J'ai mis des heures à trouver la clef de l'énigme.

Rachel hocha la tête.

— Je vois...

— Il essayait de nous faire comprendre quelque chose avec ce thème de B-A-C-H. Les Allemands désignent le Si bémol par B, et le Si par H. Donc, là où il a indiqué A-D-D-A-B-E-A-D[1], il veut dire qu'il faut ajouter les lettres de l'alphabet, de A à H, puis de I à P et de Q à X, pour les octaves suivants. Tu piges ? Par ce biais, il dispose de presque tout l'alphabet, mais la musique a une étrange sonorité. En fait, le son compte beaucoup moins que le message qu'il cherche à faire passer.

— Et que dit-il ? demanda Rachel, éberluée.

— Il y a un peu de remplissage, mais quand on élimine le superflu et qu'on rajoute la ponctuation et quelques Y, on obtient ce résultat.

Chris pianota sur le clavier de son ordinateur et Rachel lut à haute voix :

« Mon très cher Karl, voici la meilleure de mes œuvres. En l'écoutant, tu en douteras peut-être. Mais, crois-moi, c'est la meilleure de mes créations — même si elle est loin d'égaler la moins brillante des œuvres d'Helen... »

— Ça n'a aucun sens ? s'exclama Rachel.

— Lis la suite !

« Toutes les œuvres que je suis censé avoir composées sont des créations d'Helen, poursuivit-elle, glacée d'horreur. *Helen n'a pas ébruité notre secret, mais je pensais que tu devais un jour apprendre la vérité... Quand tu recevras cette lettre, j'aurai cessé de vivre. Je compte sur toi pour faire savoir au monde qu'Helen Huber est l'un des meilleurs compositeurs de ce pays, et que son mari est un homme d'honneur malgré cette transgression majeure. J'ai beaucoup travaillé, mon cher ami, mais aucune de mes œuvres n'a été jouée en public. Le talent de ma femme surpassait de beaucoup le mien ! Je te*

1. « Add ahead » signifie « continuer à ajouter ».

confie ce morceau ; en le jouant tu comprendras que je dis vrai. »

Rachel leva les yeux.

— C'est absurde ! (Elle pensait à la célébrité de son grand-père et à l'admiration du public pour ses œuvres.) Il voulait qu'elle ait sa part de gloire après sa mort. Ou bien il se sentait coupable parce qu'elle avait renoncé à ses études de musique pour l'épouser.

— Maman, il dit la vérité ! rétorqua Chris. Ce morceau m'avait surpris. Je pensais que c'était peut-être une question d'inspiration, mais maintenant je comprends. (Il prit les feuilles de la partition posées sur le bureau.) Il a écrit ce passage, et tout le reste est de Gram !

— Comment a-t-il pu... et comment a-t-elle accepté... ?

— Je ne sais pas, mais cette statue de bronze, près de l'étang, devrait être la sienne et non celle de Peter Huber.

Rachel restait médusée. Pourquoi Gram ne voulait-elle pas montrer *Reflections* à Karl Speicer ? Avait-elle soupçonné l'existence d'un code qui dévoilerait son incroyable secret ? Ou savait-elle simplement que cette œuvre n'aurait pas la qualité des siennes et risquerait de ternir la réputation de son mari ?

Elle repensa tout à coup aux partitions aperçues dans le carton du grenier.

— Viens avec moi ! dit-elle à Chris.

Il la suivit, et ils sortirent du carton les feuilles de papier jaunies. Très vite, deux écritures différentes leur apparurent.

— Elle composait, observa Chris, penché sur la partition d'une sonate, et il recopiait. (Il prit le second manuscrit de la même sonate, à l'écriture nette et claire.) Il faisait quelques modifications par-ci, par-là, mais l'essentiel venait d'elle. Les marges sont remplies de ses indications. Par exemple : « Souviens-toi qu'il s'agit d'un crescendo. »

Ils passèrent en revue deux autres cartons et Rachel n'eut plus aucun doute : Helen Huber était l'un des compositeurs américains les plus doués de sa génération...

Rachel se réveilla le lendemain matin au son du piano. Croyant Chris en train de jouer, elle entra dans la salle de séjour où elle découvrit Helen. Debout à côté du piano, elle attendit qu'elle lève les yeux après avoir joué les dernières notes.

— Gram, murmura-t-elle, les mains croisées sur le dessus d'ébène, joue-moi, s'il te plaît, l'une de tes œuvres.

Helen la regarda, interdite.

— Comment ?

Rachel abandonna ses mains moites de transpiration sur le piano.

— Chris a eu une révélation hier soir, précisa-t-elle d'une voix calme. Il a découvert un message codé de grand-père dans *Reflections*.

Les joues de la vieille dame s'empourprèrent et elle posa les mains sur ses genoux.

— Ensuite nous sommes montés au grenier, Chris et moi, reprit Rachel, et — pardonne-moi d'avoir agi sans ton accord — nous avons fait l'inventaire des cartons de partitions. Gram, je t'en supplie, joue-moi l'une de tes œuvres — celle que tu aimes le plus.

Gram la regarda longuement avant de reposer ses mains sur le clavier. Les premières notes de *Patchwork* retentirent, et Rachel, assise près de la fenêtre, écouta sa grand-mère jouer son chef-d'œuvre.

— Tu sais que j'ai étudié la composition avec lui, dit Gram.

Enfin décidée à parler, elle s'était assise près de Rachel dans l'une des bergères de la bibliothèque.

— Mais mon ambition s'est calmée avec le temps, reprit-elle. Je me sentais écartelée entre ma vocation d'artiste et mon désir d'être une mère et une épouse attentive. D'autre part, très peu de femmes faisaient carrière dans ce domaine.

Rachel hocha la tête.

— Je ne comprends toujours pas, Gram.

— Quand je proposais mes œuvres, elles ne recevaient jamais un accueil enthousiaste. Un beau jour, Peter s'est présenté à un concours et il m'a conseillé de suivre son exemple, mais j'étais si découragée que j'ai refusé. Il trouvait mes compositions excellentes et regrettait que mon talent ne soit pas reconnu, sous prétexte que j'étais une femme. Ce concours, donc, l'obligeait à remettre trois œuvres différentes au cours de l'année. Peter avait beaucoup peiné sur la première, qui malheureusement n'était pas prête en temps voulu. Le voyant navré, je lui ai suggéré de soumettre — sous son nom et avec mon consentement — l'une de mes compositions pour ne pas se disqualifier. Les juges l'ont trouvée extraordinaire.

Gram sourit, pensive.

— C'est vrai qu'elle n'était pas mal, et j'ai bien ri quand Peter a gagné le premier round. Il a continué à travailler à son projet initial, qu'il a présenté au tour suivant. Les juges qui attendaient son envoi avec intérêt ont été déçus : ils ont déclaré — sans doute à juste titre — que cette deuxième œuvre n'avait ni la chaleur ni le mystère de la première. Peter était un maître de la composition, mais il ne savait pas faire passer son émotion. Il s'est attelé à un troisième morceau ; quand arriva l'échéance, il n'était pas satisfait. Après avoir discuté une nuit entière, nous avons conclu un pacte : il proposerait de nouveau l'une de mes œuvres, au risque de jouer pour longtemps un double jeu si le jury l'appréciait. Ce qui fut le cas... Elle reçut un accueil assez enthousiaste pour compenser le maigre succès de son deuxième morceau, et lui donner la célébrité.

— Tu aurais dû faire valoir tes droits et confondre ces imbéciles, qui t'avaient méprisée en tant que femme !

— Nous avions tout à perdre, Peter et moi, en avouant notre... stratagème. Aucun de nous n'aurait fait carrière sans cette ruse. J'adorais composer, mais je n'étais attirée ni par les voyages ni par les bénéfices secondaires de la réussite. Peter, au contraire, appréciait cet aspect des choses. Quand il s'absentait, je composais, et, à son retour, il se contentait de faire de légères modifications. Malgré tout, il supportait mal les acclamations du public, qu'il savait imméritées ; il les évitait donc au maximum. Mais sa renommée lui donnait un certain pouvoir ! Comme nous partagions les mêmes engagements politiques, j'avais l'impression d'agir dans l'intérêt général. De plus, j'avais le plaisir d'entendre mes œuvres jouées par les meilleurs musiciens du monde. (Elle resta un instant plongée dans ses pensées et reprit :) Je n'avais pas besoin de la consécration du public, Rachel. Il me suffisait de savoir que ma musique trouvait un écho dans les cœurs, même si personne ne savait que j'en étais l'auteur.

— Tu n'éprouvais aucune amertume ?

— Aucune ! Il arrivait à Peter d'avoir des remords ; je le rassurais en lui jurant que j'étais contente de mon sort. Et je disais vrai. Une sorte de piège s'était refermé sur nous ; nous n'avions plus le choix...

Elle tapota ses lèvres du bout des doigts et laissa son regard errer par la fenêtre.

— Et pourtant, plus le temps passait, plus Peter se sentait coupable. A la fin de sa vie, il a envisagé plusieurs fois de dire la vérité, mais je ne supportais pas l'idée qu'il se ridiculise et devienne un objet de mépris. A la lecture du codicille de son testament concernant Karl Speicer, j'ai compris qu'il avait une idée en tête.

— Tu étais au courant du code ?

— Je m'en doutais. Hans et lui étaient fascinés par les cryptogrammes. Ils passaient des heures ensemble, à essayer de les déchiffrer. Mais je ne pensais pas que Hans...

— Hans ? s'enquit Rachel, croyant que sa grand-mère s'était trompée. Hans... ton ami, n'est-ce pas ? L'homme que tu...

— Karl et Hans étaient un seul et même homme. Je l'ai toujours appelé Hans.

Rachel tenta d'assembler en quelques secondes toutes les pièces du puzzle, mais il lui en manquait encore trop.

— Le pianiste que nous avons vu à Washington était Hans, l'homme dont tu...

Gram fit signe que oui.

— Cette soirée a dû être affreusement pénible pour toi, reprit Rachel.

— En effet.

Elle se rappela avoir lu dans la notice biographique de Karl qu'il était marié depuis plus de quarante ans.

— Je comprends que tu hésites à reprendre contact avec lui, mais je pourrais m'en charger...

— Non !

— Il serait temps que ton œuvre soit reconnue, tu ne trouves pas ?

— Personne ne doit savoir !

— Désolée, Gram, risqua Rachel, déconcertée par le refus catégorique de sa grand-mère, mais pense à l'avenir de Reflection. Karl — Hans, si tu préfères — ne remarquerait peut-être pas le message. Chris a utilisé son ordinateur pour le décoder.

— Hans pourrait avoir la même idée !

— Pourquoi ne pas supprimer ce passage ?

— Je m'y oppose.

— Des tas de gens vont souffrir si...

Gram fondit en sanglots, et Rachel se pencha vers elle, alarmée.

— Je ne peux rien faire pour eux, murmura la vieille dame. Vraiment rien ! Je t'en prie, Rachel, brûle ce dossier et oublie que tu l'as eu sous les yeux.

— Peter voulait que Hans le voie !

— Non, protesta Helen. S'il avait souhaité le montrer à Hans, il s'en serait chargé lui-même. Il essayait seulement de se déculpabiliser... Il se doutait que ce terrain allait prendre de la valeur, mais s'il avait voulu révéler toute la vérité, il n'aurait pas laissé la décision entre mes mains. Il savait à quel point je tiens à sa réputation. Si je parlais, on lui retirerait tous les prix qu'il a reçus, y compris le Nobel ! Mon Dieu, comment pourrais-je supporter un tel affront ?

— Quel besoin as-tu de le protéger ? Il est mort depuis dix ans ; ça n'a plus aucune importance.

Helen hocha la tête, le poing serré contre sa bouche. Des larmes roulèrent sur ses articulations noueuses, et elle se tut. Fallait-il essayer de la réconforter ou la laisser en paix ? Rachel hésitait, lorsque sa grand-mère se redressa brusquement.

— Au point où nous en sommes, je ferais mieux de te raconter le reste de mon histoire pour que tu comprennes vraiment, murmura-t-elle avec un profond soupir.

39

Helen respecta pendant dix ans les limites qu'elle s'était fixées lorsqu'elle avait renoncé à quitter Peter.

— Cette contrainte me rassurait, expliqua-t-elle à Rachel, mais tout a changé le jour de mon quarantième anniversaire.

Elle leva les yeux vers sa petite-fille, assise dans la bergère, les mains croisées sur les genoux, dans l'expectative.

— C'était en 1950, reprit-elle, et Peter séjournait en Europe. John — ton père — avait abandonné ses études de musique pour épouser ta mère. Il ne se passionnait pas pour la musique, malgré tous nos efforts, mais... (Helen haussa les épaules.) A vrai dire, il n'avait qu'un seul intérêt dans la vie, Inge, sa femme. Ils vivaient tous les deux dans un minuscule logement en ville, et je me faisais continuellement du souci à leur sujet. Inge était déjà enceinte de toi ; John avait un emploi de gardien dans un immeuble de bureaux de Lancaster, ce qui navrait Peter.

— Je ne savais pas, murmura Rachel.

Helen hocha la tête : Rachel ignorait tant de choses au sujet de son père...

— Ta mère travaillait comme serveuse, et je dois dire

qu'ils s'adoraient. Je ne pouvais pas blâmer John d'avoir donné la priorité à sa vie privée sur tout le reste... Bref, c'était le soir de mon anniversaire et je faisais du feu ici, dans la bibliothèque, quand j'ai entendu des pas sur le seuil. Je suis allée ouvrir. Hans était à la porte, blanc comme la neige qui recouvrait le sol. Il m'a demandé d'appeler une ambulance, car il y avait eu une collision au bas de Winter Hill entre un boghei et un camion, puis il est reparti.

Elle se revoyait clouée sur place par l'émotion. Une fois remise, elle avait appelé la police et couru à sa voiture, munie d'une lampe de poche. Il faisait si sombre que la neige ressemblait à un revêtement de cendres.

— La chaussée était glissante comme une patinoire, reprit Helen, et j'ai tout de suite compris... A l'époque, de nombreux bogheis empruntaient Fisher Lane, et l'intersection avec Farmhouse Road ne présentait pas de danger en principe, car ce tronçon de route était peu utilisé. Mais si une automobile dérapait sur la colline au moment précis où un boghei allait traverser, la collision était inévitable...

— Je m'en doute, dit Rachel.

Il faisait si noir qu'Helen s'était trouvée sur les lieux de l'accident presque sans s'en rendre compte.

— J'ai vu le boghei renversé dans la neige sur le bas-côté de la route, reprit-elle. Un petit camion était garé un peu plus loin. Hans, debout près du boghei, avait enlevé son manteau pour réchauffer une jeune fille étendue dans la neige, la jambe cassée. (Helen revoyait très nettement cette scène.) Un châle recouvrait un corps allongé près de la blessée. « C'est sa mère, elle est morte », m'a chuchoté Hans, assez bas pour ne pas être entendu. Il avait des gestes si tendres, si délicats, avec cette malheureuse gamine ! Elle s'inquiétait pour son père qui était avec elle en voiture ; Hans est donc parti à sa recherche. Je me suis approchée pour l'aider.

Helen revoyait Hans, les larmes aux yeux, agenouillé dans la neige près du corps ensanglanté, et cherchant vainement une pulsation de la carotide. Mais l'homme était mort, il n'y avait plus rien à faire...

Elle poursuivit son récit :

— Hans était si mal en point que l'équipe de secours l'a d'abord pris pour l'une des victimes de l'accident. Il a insisté pour se remettre au volant de sa voiture, mais j'ai surveillé ses phares dans mon rétroviseur pendant toute la montée.

Perdue dans ses souvenirs, Helen était reconnaissante à Rachel de ne pas la presser de questions.

— Une fois à la maison, reprit-elle, j'ai mis le café à chauffer et j'ai senti mes jambes céder sous moi. Mais je me suis relevée quand j'ai entendu Hans entrer, et je me suis jetée dans ses bras. (Sur le point de fondre en larmes au souvenir de cette étreinte, Helen parvint à se ressaisir.) Il m'a tenue enlacée un long moment et il a chuchoté : « La vie est bien courte, et nous la gâchons comme si elle devait durer éternellement. Nous laissons passer nos chances et nous négligeons l'essentiel... » J'ai tout de suite compris ce qu'il voulait dire. Alors, je lui ai pris la main et je l'ai entraîné dans la bibliothèque, et nous nous sommes allongés ici sur ce tapis. Tu devines la suite !

Ils avaient passé la nuit devant la cheminée, dans une communion presque muette. Et, au petit matin, ils étaient devenus amants...

Gênée par le silence de sa petite-fille, elle se pencha vers elle.

— Je t'ai parlé de l'accident pour te faire comprendre que nous étions... fragilisés. Sans cet événement, je pense que nos rapports n'auraient pas changé.

— Je comprends.

Helen se cala dans son fauteuil.

— Ces deux jours ont été les plus heureux de ma vie. Je n'éprouvais aucun remords, mais à mesure que le temps passait, je me sentais de plus en plus triste à l'idée que Hans allait partir et que j'allais retrouver mon mari. Peter... Je l'aimais tendrement, mais je réalisais tout ce qui manquait à mon bonheur. Et, soudain, Hans m'a annoncé qu'il avait rencontré une femme, Winona.

— C'est elle qu'il a épousée ? demanda Rachel.

— Oui, mais tu vas beaucoup trop vite.

Rachel pinça les lèvres.
— Désolée, Gram.
— Nous étions assis dans notre arbre quand il m'a parlé d'elle. Je me souviens que Winona était professeur. Il la trouvait charmante, il avait de l'affection pour elle. Il m'a assuré qu'il ne l'aimait pas, mais qu'il allait l'épouser... sauf si j'acceptais de quitter Peter pour refaire ma vie avec lui.
— Alors ?
— J'ai accepté ! J'étais éblouie par ces merveilleuses journées que je venais de passer avec Hans, et je pensais que Peter ne s'opposerait pas à ma décision. (Helen posa un regard intense sur sa petite-fille.) Notre couple fonctionnait d'une étrange manière, vois-tu ? Peter avait des aventures extraconjugales, Rachel, mais il ne me mentait pas et j'admettais ses écarts de conduite.
— J'ai du mal à...
Helen interrompit sa petite-fille.
— Un peu de patience, tu vas comprendre ! Nous avions certaines dispositions à prendre, Peter et moi, en raison de notre mode de travail particulier, mais je comptais sur sa bienveillance. Hélas, sa bienveillance ne m'a pas suffi.
Devant les sourcils froncés de sa petite-fille, Helen sentit qu'elle attendait des éclaircissements.
— Pour ne pas trop brusquer Peter, j'ai attendu quelques jours après son retour pour lui parler. Finalement, je lui ai avoué que nous nous aimions Hans et moi depuis des années, que nous étions devenus amants et que je voulais reprendre ma liberté.
Rachel pâlit.
— Qu'a-t-il répondu ?
— Il est resté très calme malgré le choc. Il m'a dit qu'il m'aimait assez pour souhaiter mon bonheur et qu'il acceptait de divorcer si tel était mon désir. Mais, plus tard dans la nuit, je l'ai surpris dans son bureau — la pièce qui est maintenant ta chambre — en train de pleurer, et j'ai compris qu'il était terrassé. Il me l'avait caché pour ne pas faire obstacle à ma décision ! Après avoir réalisé à quel point il souffrait, je n'ai pas pu...

— Il te trompait ! protesta Rachel. Lui aussi te faisait souffrir !

— C'est exactement ce qu'il m'a dit. Il ne supportait pas l'idée que j'appartienne à quelqu'un d'autre, et il a réalisé ce que j'avais enduré pendant des années sans me plaindre. (Helen se tourna vers sa petite-fille d'un air presque coupable.) Je ne voulais pas le blesser, Rachel ! Il m'a demandé de lui laisser sa chance. Quand il m'a promis d'être un mari parfait et de se consacrer entièrement à moi, j'ai cédé. D'ailleurs il a tenu sa promesse : plus jamais il ne m'a été infidèle !

— Et Hans ?

— Je lui ai dit que je ne pouvais pas l'épouser et je l'ai prié de ne plus jamais revenir chez nous. Ce sont les mots les plus durs que j'ai prononcés de ma vie, mais la tentation et le chagrin auraient été trop forts si je l'avais revu. (Helen croisa les mains sur ses genoux.) Après ma rupture avec Hans, je me suis sentie très déprimée. On a parlé de neurasthénie... Bien sûr, j'étais incapable de composer.

— La période « noire » de Peter Huber, souffla Rachel en employant les termes qui désignaient en général ces années stériles.

— C'est ça. Peter veillait sur sa femme déprimée, et tu es née pendant cette période. Je n'ai pas dû être une grand-mère très dévouée à l'époque.

— Tu t'es rattrapée ensuite ! Et Hans a disparu ?

— Quand j'ai décidé de rompre, il n'a pas insisté.

Rachel se rembrunit.

— Est-ce tout ?

— Non. (Helen ne put s'empêcher de baisser la tête.) Je t'ai déjà dit que Peter avait aidé ma famille, payé mes études et adressé mon père aux spécialistes les plus compétents. Il était d'une générosité excessive ; ce message codé en est bien la preuve. Je t'ai parlé de mon côté extravagant lorsque j'étais jeune, t'en souviens-tu ?

— Oui.

— Je t'ai dit aussi que nous n'étions pas des « âmes sœurs », Peter et moi. J'appréciais sa bonté, son charme, son intelligence ; quant à lui, il me trouvait du talent et il voulait m'aider dans la mesure du possible. Mais il n'avait jamais cherché à flirter avec moi !

— Jamais ? répéta Rachel, perplexe.

— A l'époque, je sortais avec des garçons. Des garçons pas toujours fréquentables... Je buvais trop, je fumais...

Rachel sourit timidement.

— Un jour, reprit Helen, ça a fini par se gâter. J'avais pris le train avec un garçon d'une université voisine. Nous étions seuls dans le compartiment et nous avons beaucoup bu. Bien sûr, j'étais vierge, mais je lui ai permis certaines... privautés, et ensuite je n'ai pas pu l'arrêter. Aujourd'hui, on parlerait d'un viol...

— Oh, Gram, ça a dû être terrible !

— Oui, d'autant plus que je me sentais coupable. J'avais bu quand il m'a manqué de respect... Evidemment, je n'ai plus jamais entendu parler de ce garçon, et j'étais enceinte.

— Oh, non !

Helen scruta le visage de sa petite-fille : Rachel n'avait pas encore reconstitué l'ensemble du puzzle...

— N'osant pas avouer mon état à mes parents, je me suis confiée à Peter. Comme de juste, il s'est montré très compatissant et il m'a proposé de m'épouser, d'assumer la...

— Comment ? s'écria Rachel, sur des charbons ardents. Tu veux dire que... tu étais enceinte de mon père ?

— Oui.

— Alors, Peter Huber n'est pas mon grand-père ?

— Pas par le sang, mais par le cœur ! Personne n'a jamais deviné qu'il n'était pas le vrai père de John. Il a déclaré à toute ma famille que le bébé était de lui et il l'a élevé avec beaucoup d'amour. Comme je ne pouvais plus suivre mes cours, il a continué à m'enseigner personnellement la composition. (Helen se pencha et posa la main sur celle de Rachel.) Tu comprends pourquoi je n'ai pas pu le quitter, le blesser ; et pourquoi, encore maintenant, je refuse de lui faire du tort ?

Le visage livide, Rachel se cala dans son fauteuil.

— Je crois que je finis par comprendre, murmura-t-elle.

40

Assis à son bureau, Michael se sentait incapable de se concentrer : trop de pensées se heurtaient dans son esprit, trop de menaces pesaient sur lui...

En premier lieu, Drew revenait le lendemain soir. Qu'allait-il lui dire ? Et que dirait-il à Katy la prochaine fois qu'elle lui téléphonerait ? Il appréhendait ces deux conversations...

D'autre part, la commission procéderait avant la fin de la semaine au vote inévitable du projet Hostetter, et, le vendredi suivant, les bulldozers s'attaqueraient aux bois entourant l'étang de Spring Willow. Pendant ce temps, Helen refusait obstinément de faire le geste salvateur qu'il attendait. Le soir-même, il irait la supplier une dernière fois de céder.

Il réfléchissait aux mots qui pourraient la convaincre lorsque le téléphone sonna.

— Salut, Michael.

— Salut, répondit-il, les yeux fermés, en reconnaissant la voix de Katy qu'il ne pensait pas entendre de sitôt.

Sur le point de lui demander si elle avait passé d'agréables vacances, il renonça à jouer ce jeu perfide. Par ailleurs, il ne se sentait pas encore mûr pour une explication.

— Michael, reprit Katy, la voix vibrante de larmes, je vais rentrer à la maison plus tôt que prévu.

Il se redressa, sur le qui-vive.

— Plus tôt que prévu ? Que se passe-t-il ?

— Je veux te voir. Vous me manquez, toi et Jace. Je ne vais pas très bien...

Michael trouva ce langage étrange dans la bouche de son invulnérable épouse.

— Katy, dit-il, je sais tout au sujet de Drew et toi.

Un long silence se fit sur la ligne.

— Je... Que veux-tu dire par là ? demanda enfin Katy.

— Je sais qu'il est venu te voir en Russie, que tu me trompais déjà avec lui avant ton départ — bien que j'ignore depuis quand. Enfin, je sais que tu es enceinte.

Katy fondit en larmes.

— Pardon, Michael. C'est un vrai gâchis ! Je me demande comment j'en suis arrivée là. Mais qui t'a mis au courant ? Je ne voulais pas te faire souffrir...

— Comment aurais-je pu ne pas souffrir ? s'indigna Michael, en s'efforçant de garder son calme. Je prenais Drew pour mon meilleur ami et il était censé s'opposer au projet Hostetter.

— Je pense qu'il était sincère à ce sujet.

— Allons Katy, ne rêve pas ! Drew est un faux jeton, un manipulateur !

Elle garda le silence et il se mit à tordre un trombone entre ses doigts.

— Est-ce vraiment sérieux ? demanda-t-il, en souhaitant une réponse affirmative.

— Non, ça ne l'a jamais été, et c'est maintenant terminé. Absolument terminé ! J'ai agi en dépit du bon sens.

Michael resta silencieux à son tour, ne sachant que répondre pour être charitable. Il coinça le combiné du téléphone entre son oreille et son épaule et transforma le trombone en un long filament ondulé.

— Drew m'a dit que Rachel Huber est toujours là, reprit Katy.

— En effet.

— Il paraît que tu la vois.

— Je te rappelle que nous sommes de vieux amis.

— Elle est ta maîtresse ?

La voix de Katy se brisa et Michael jeta le trombone dans la corbeille à papiers, sous son bureau.

— Je préférerais que nous en parlions de vive voix.

— Oh, Michael ! gémit Katy. Je reviens dans une semaine, en principe. Dès que je pourrai me libérer...

— Katy... à quel mois en es-tu ?

— Je ne suis pas enceinte.

— Je croyais !

— Qui t'a raconté ça ?

— Peu importe.

Elle hésita un instant avant de chuchoter :

— Je l'étais.

— Tu t'es fait avorter ? demanda Michael, prêt à tout entendre.

— Non, une simple fausse couche.

Il posa les coudes sur la table et prit un ton pour le moins sarcastique.

— Dois-je te dire que je suis désolé ? J'ignore les usages dans une telle situation.

— Ce n'est pas moi qui t'en blâmerai. Je me sens terriblement coupable, Michael, mais je t'aime et je ne peux pas me passer de toi. J'arrive dans quelques jours et je ferai mon possible pour me faire pardonner. Nous pouvons repartir à zéro, voir un conseiller conjugal. Je ferai tout ce que tu voudras. N'oublie surtout pas de dire à Jace que je l'aime lui aussi...

— Katy, calme-toi et ne fais pas d'imprudence.

Michael raccrocha, malade d'angoisse. Il resta assis un moment à son bureau, puis monta se réfugier dans l'église, en espérant trouver le calme dans la prière. Son attente fut déçue.

La prière lui avait jusqu'alors apporté la paix, quelles que soient les épreuves à traverser. La prière lui montrait la voie à suivre : la voie de Dieu... Pour un mennonite les choix étaient toujours clairs, sinon simples, mais, ce jour-là, il se sentait superficiel et hypocrite. Ses péchés ne lui inspiraient aucun remords ; il n'éprouvait aucun amour pour son ennemi.

Katy voulait donc sauver leur couple. Jamais elle ne lui

avait semblé aussi triste et vulnérable ! Elle lui avait avoué ses désirs et ses craintes avec une telle humanité qu'il ne pouvait ignorer sa détresse. Mais devait-il se sacrifier pour sa femme et son fils ? Pour sa congrégation ? Ou avait-il le droit de faire passer son bonheur avant celui d'autrui ?

Rachel l'attendait sur le pas de la porte lorsqu'il arriva chez Helen ce soir-là.

— N'entre pas tout de suite, lui dit-elle. J'ai à te parler.

Elle l'agrippa par le bras pour l'entraîner en direction des bois. Il se retourna malgré lui vers la maison en se demandant comment expliquer son air inquiet et ses yeux rougis.

Une fois à l'abri de la forêt, elle finit par lâcher prise et il osa la questionner après avoir marché un moment en silence.

— Que se passe-t-il, Rachel ?

Elle lui désigna l'ancienne plate-forme dans l'arbre.

— Si nous nous installions là-haut ?

— D'accord.

Ils montèrent à l'échelle et s'assirent côte à côte sur la plate-forme, les jambes dans le vide.

— Je me demande comment je vais commencer, murmura-t-elle. Peut-être par le message codé...

Michael ne put dissimuler sa surprise lorsqu'elle lui révéla la découverte de Chris.

— Non ! s'exclama-t-il. Tu veux dire qu'Helen a composé toutes les œuvres de Peter ?

— Exactement.

Rachel lui expliqua ensuite comment avait fonctionné la mystification de ses grands-parents tant que Peter était en vie.

— Je comprends maintenant pourquoi elle ne veut pas confier *Reflections* à ce Speicer. S'il déchiffre le code, il apprendra la vérité !

— Oui, mais ce n'est pas tout.

Il écouta Rachel lui parler du viol, du mariage d'Helen

avec Peter — qui avait élevé John comme son propre fils — et de l'histoire d'amour d'Helen et Hans. Pas une seule fois il ne l'interrompit, et il avait les larmes aux yeux lorsqu'elle se tut.

— Alors, dit-il, le pianiste que nous avons entendu à Washington a été autrefois l'amant d'Helen !

— Oui, et elle ne l'avait pas vu depuis plus de quarante ans.

— Je ne m'étonne plus qu'elle ait été si troublée ce soir-là. (Il leva les yeux vers la voûte feuillue du vieux chêne au-dessus de leur tête.) Mais je persiste à croire qu'elle mérite d'être reconnue. Il faudrait lui rendre justice et...

— Non ! protesta Rachel. Je comprends parfaitement son état d'esprit. Je n'aurais pas pu discréditer Phil, après tout ce qu'il a fait pour moi !

Michael ferma les yeux en essayant sans y parvenir de se mettre à la place d'Helen.

— Bon, soupira-t-il, je ferais mieux de me résigner à l'idée que les promoteurs vont avoir gain de cause.

— Elle nous confond avec Hans et elle, murmura Rachel. Des amants maudits... Pauvre Gram ! Elle a l'impression de vivre à travers moi ce qu'elle n'a pu réaliser personnellement. C'est comme si toi et moi nous décidions de rester ensemble, et que Katy te supplie de ne pas la quitter.

Incapable de répondre, il enfouit son visage dans le creux entre sa gorge et son épaule.

— Michael ? demanda-t-elle d'une voix tremblante.

— Katy m'a appelé ce matin. (Il recula pour la regarder dans les yeux.) Elle rentre plus tôt que prévu. La semaine prochaine ! Il paraît qu'elle a rompu avec Drew. Elle est malheureuse, et son plus cher désir serait de sauver notre couple, quitte à aller voir un conseiller conjugal.

Rachel le dévisagea un instant avant de détourner les yeux, et il se reprocha d'avoir insisté pour qu'elle reste à Reflection, lorsqu'elle souhaitait partir.

— Et *toi*, que veux-tu faire ? demanda-t-elle, en tendant le bras vers une branche dont elle brisa un rameau.

— Je voudrais faire le bien, mais je sais de moins en moins en quoi cela consiste.

Elle promena doucement le rameau de chêne sur le dos de sa main.

— Je ne sais pas non plus, et je crains surtout que ce qui est bien pour toi ne soit pas bien pour moi !

Il l'attira vers lui et ils restèrent blottis l'un contre l'autre, sachant que pour le moment il n'y avait plus rien à dire.

Le lendemain soir à dix heures, Michael, assis dans sa voiture, attendait Drew devant chez lui. Son ancien ami lui avait annoncé son retour — de Californie — vers neuf heures, mais il ne savait pas s'il s'agissait de son arrivée à l'aéroport ou chez lui. Il l'attendait donc depuis une heure lorsque sa voiture apparut.

Drew se gara dans l'allée sans le voir et ouvrit le coffre. Entendant crisser le gravier, il leva les yeux et une profonde surprise se lut sur son visage. A la lumière du réverbère, Michael le vit se pencher pour sortir l'une des valises du coffre.

Il la posa sur le trottoir.

— Salut, Michael, que fais-tu ici ? Pas de problème pour l'audience ?

— Je sais tout à propos de Katy et toi, dit Michael.

— Comment l'as-tu appris ? grommela Drew, jugeant superflu de protester.

— Peu importe. Je t'en veux de m'avoir trahi, moi qui te faisais absolument confiance.

Drew referma le coffre.

— Ecoute, Michael, je tiens à te dire que tout est fini entre Katy et moi.

Michael faillit lui demander combien de temps avait duré leur liaison, mais sa curiosité lui sembla vaine.

— Elle traversait une sorte de crise de la quarantaine, reprit Drew. Elle se sentait mal dans sa peau et déçue par toi, par la vie. Quelque chose lui manquait...

En son for intérieur, Michael se dit que cette accusation n'était pas totalement injustifiée : il avait dans une certaine mesure négligé Katy.

— Mais son séjour à l'étranger lui a permis de réfléchir, insista Drew. Elle a décidé qu'elle tenait à sa vie conjugale. C'est donc fini entre nous, et elle a l'intention de prendre un nouveau départ avec toi.

— Tu profitais d'elle ! De son malaise, de sa faiblesse !

— Chacun de nous profitait de l'autre ! ricana Drew. Nous sommes des adultes et nous savions ce que nous faisions.

— Et... Ursula aussi a été ta maîtresse ?

— Autrefois, avant Katy.

Michael, glacé par une réponse à laquelle il ne s'attendait pas, resta un instant muet.

— As-tu une conscience, Drew ? dit-il enfin.

Drew soupira.

— Sans doute pas aussi raffinée et proche de la perfection que la tienne. Tu te comportes toujours avec une telle grandeur d'âme. Un véritable saint ! Ça me rendait malade, et j'ai trouvé presque rassurant que tu sois tenté par la belle Rachel Huber... que tu aies les faiblesses d'un homme de chair et de sang. (Il pointa un doigt accusateur vers le visage de Michael.) En même temps, j'étais outré par tes sentiments coupables pour cette garce, responsable de la mort de mon fils. As-tu jamais pensé à ce que j'éprouvais quand tu me chantais ses louanges ?

Michael se sentit rougir. Il avait ouvert son cœur à un homme qui le haïssait ; qui s'était moqué de lui derrière son dos. Il imagina en un éclair les conversations que Drew avait eues à son sujet avec Ursula, et il se sentit navré pour son ancien ami, incapable de distinguer le Bien du Mal.

— Je crois que nous n'avons plus rien à nous dire, grommela-t-il en se dirigeant vers sa voiture. Je te souhaite de trouver un jour le moyen d'être heureux sans faire le malheur des autres.

— Sale donneur de leçons ! riposta Drew, avec un rictus haineux.

Michael longea l'allée et monta en voiture. En réalité, il enviait presque à Drew son manque de conscience. Pour sa part, il ne connaissait que trop la différence entre le Bien et le Mal. Le plus dur était de choisir...

41

— Que voulez-vous exactement ?

Devant la violence de la réaction de Celine Humphrey à sa demande, Rachel laissa presque échapper un rire au téléphone, avant de répéter :

— Je veux aller au Zaïre en tant que volontaire mennonite. Mes antécédents au Rwanda avec le Peace Corps devraient peser en ma faveur. Je parle français presque couramment et j'avais de bonnes notions de kinyarwanda. Je connais ce peuple, sa culture...

Elle avait pris sa décision la veille. Depuis, elle éprouvait un étrange apaisement.

— Eh bien, Rachel, vous me surprenez, dit Celine.

— Vraiment ?

Rachel avait posé cette question pour la forme, en redoutant que Celine — dont l'hostilité à son égard semblait évidente — cherche à faire obstacle à son projet.

— Oui, vous me surprenez et j'ai du mal à vous comprendre, observa celle-ci, mais j'ai foi en votre désir de vous rendre utile dans les camps de réfugiés. Je ferai tout mon possible pour appuyer votre demande et j'espère que vous serez sélectionnée. Il faudra obtenir au plus vite un certificat médical et vous faire faire un nombre incroyable de vaccinations...

— Parfait ! murmura Rachel, soulagée.

— Je fais tout de suite le nécessaire. Que Dieu vous bénisse, Rachel.

Surprise à son tour, Rachel la remercia et raccrocha, le sourire aux lèvres.

Le lendemain, lorsqu'elle conduisit Chris à l'aéroport, elle fut soulagée que Gram accepte de les accompagner : elle redoutait de la laisser seule pendant une partie de la journée...

Depuis qu'elle lui avait avoué la vérité sur Peter et sur son idylle avec Hans Speicer, Helen avait pris un terrible coup de vieux. Ses aveux l'avaient accablée au lieu de la soulager d'un poids déjà lourd à porter. Elle s'appuyait de plus en plus sur sa petite-fille et semblait sombrer dans le même genre de dépression qu'à l'époque de sa rupture avec Hans.

Rachel redoutait aussi la réaction de Gram à son projet de départ au Zaïre. Chris, malgré sa surprise et ses réticences initiales, l'avait finalement encouragée. Elle mettrait la vieille dame au courant pendant le trajet de retour, ensuite elle n'aurait plus qu'à parler à Michael.

Chris, assis à l'arrière, se pencha vers sa mère lorsqu'ils approchèrent du sommet de Winter Hill.

— Je voudrais voir une dernière fois le reflet de l'église dans l'étang, dit-il.

Au sommet, ils ne virent rien : une énorme masse jaune, semblable à une remorque ou un camion, obstruait la vue. Ils durent attendre d'être au centre-ville pour distinguer les obstacles qui leur cachaient le paysage. Des bulldozers, des grues et des camions, regroupés sur la pelouse du côté ouest de l'étang, se préparaient à attaquer la forêt.

— Incroyable ! s'exclama Chris avec la naïveté de son âge. Ils sont déjà en place, alors que le vote n'a lieu que mardi soir.

— Les Hostetter n'ont aucun doute sur l'issue du vote, répondit Rachel.

— C'est lamentable !

Chris s'affala sur la banquette arrière et Rachel remarqua son air consterné dans le rétroviseur.

— Je regrette pour Michael, grommela-t-il. Son église va disparaître au milieu des immeubles de bureaux !

Rachel souhaitait qu'il se taise. Du coin de l'œil elle aperçut Gram, qui scrutait le déploiement d'engins autour de l'étang, mais dont le visage demeurait impassible. Il ne fallait surtout pas qu'elle se sente en faute devant la tournure que prenaient les événements.

Rachel s'inquiétait aussi pour Michael, non seulement à cause de l'arrivée des bulldozers, mais parce qu'il était dans une situation critique — en grande partie à cause d'elle. Sa famille et sa foi étaient en jeu...

Une fois encore, elle allait le perdre. Quand ils étaient dans l'arbre, quelques jours plus tôt, elle avait compris au son de sa voix qu'il avait fait son choix.

La route s'embua brusquement sous ses yeux. Elle fit un effort pour se ressaisir : il n'était pas question de fondre en larmes devant son fils et sa grand-mère !

Elle s'adressa à Chris.

— Tu te réjouis de jouer ce soir avec ton groupe ?

— Ouais, mais nous devons faire encore beaucoup de progrès !

Cette remarque la surprit, car Chris n'émettait jamais la moindre critique au sujet de son groupe.

— Dis, maman, reprit-il. Je me demande si je pourrais faire venir l'accordeur.

— Bien sûr ! répondit-elle, ravie. (Il n'avait pas touché à leur piano depuis bien longtemps.) C'est une excellente idée.

Chris se pencha en avant pour parler à Helen.

— Gram ? Je me posais une question à propos de *Reflections*.

Rachel, qui avait deviné ce qu'il allait dire, retint son souffle tandis que Gram tournait la tête vers la banquette arrière.

— C'est peut-être trop te demander, reprit Chris, mais j'aimerais adapter certains des thèmes pour mon groupe...

— Volontiers ! dit Gram. Envoie-moi un enregistrement pour que je puisse me rendre compte du résultat.

Après l'avoir remerciée, Chris s'adossa à son siège, le visage illuminé d'un sourire.

Lorsque Rachel fit ses adieux à Chris avant l'embarquement des passagers, elle le serra avec émotion dans ses bras.

— Je suis si heureuse d'avoir passé cette semaine avec toi, lui souffla-t-elle à l'oreille.

— Moi aussi, m'man. (Il observa Gram du coin de l'œil, avant de chuchoter :) Fais bien attention à toi quand tu seras là-bas, d'accord ?

Elle acquiesça d'un signe de tête en desserrant son étreinte, et Chris prit aussitôt sa grand-mère dans ses bras.

— Au revoir, Gram. Je t'aime.

Un pâle sourire éclaira les lèvres de l'aïeule.

— Moi aussi, je t'aime.

— Je ne révélerai à personne ton secret, mais je suis très heureux d'être ton arrière-petit-fils.

En l'entendant, Rachel ne parvint plus à retenir ses larmes : jamais elle n'avait été aussi fière de lui...

Au retour, elle attendit d'avoir parcouru plusieurs miles pour parler à Gram de ses projets.

— J'envisage d'aller travailler avec les mennonites dans un camp de réfugiés au Zaïre, lui annonça-t-elle en guettant discrètement sa réaction. Si mon projet se réalise, je pars dans une quinzaine de jours, mais l'idée de te laisser seule ne m'enchante pas.

Gram garda d'abord le silence.

— Tu veux t'éloigner de Michael pour ne pas peser sur sa décision, dit-elle enfin.

Cette remarque ne manquait pas de bon sens, mais Rachel avait le sentiment que son départ n'était pas une dérobade, au moins cette fois-ci.

— Non, répondit-elle, Michael n'y est pour rien. Je compte partir, quelle que soit sa décision. J'aime le Rwanda et ce qui s'y passe me désole. J'ai un peu oublié la langue, mais ça va revenir...

— Combien de temps y passeras-tu ?

— Quelques mois, si tu n'as pas besoin de moi.
— C'est dangereux, là-bas !
Rachel sourit à l'idée qu'elle se sentait plus en danger à Reflection qu'au cœur de l'Afrique.
— Je n'ai pas peur. L'important est que je parte avant Reflection Day...
Voyant briller des larmes dans les yeux de sa grand-mère, elle ajouta d'une voix étouffée :
— Tu vas te sentir un peu seule, Gram.
La vieille dame effleura du bout des doigts sa main posée sur le volant.
— Tout ira bien, Rachel. Tu vas terriblement me manquer, c'est tout.
— Tu me manqueras aussi. (Rachel soupira.) J'aime Reflection, Gram, mais mon retour n'a fait que troubler la paix de ma ville natale... Pour reprendre confiance en moi, j'ai besoin de me rendre utile...
— Je comprends.
Elles restèrent silencieuses pendant le reste du trajet. Rachel se sentait soulagée d'avoir parlé à Chris et à Gram, mais le plus dur serait d'annoncer la nouvelle à Michael...

42

Une main se posa sur l'épaule de Michael. Il se retourna dans l'obscurité, cherchant à émerger du sommeil.

Katy était assise au bord du lit, ses cheveux blonds éclairés par la lumière du couloir. Elle laissa tomber sa main sur ses genoux, comme si elle renonçait à le toucher. Ses joues étaient humides de larmes...

— Je t'en prie, pardonne-moi, murmura-t-elle.

— Je te pardonne. (Il effleura doucement sa joue.) Tu as pris un taxi depuis l'aéroport ?

Elle fit un signe de tête affirmatif.

— Tu pouvais me demander de venir te chercher.

— Je ne voulais pas te déranger.

La tête plongée entre ses mains, elle se mit à pleurer et il se sentit ému par son chagrin.

— Finalement, je n'ai pas pu me passer de toi, dit-elle en relevant la tête. Je suis impardonnable, je le sais... J'ai travaillé dur pour devenir médecin et j'ai réussi sur le plan professionnel. Je voulais un enfant, j'en ai eu un. ça ne me suffisait pas ! J'étais médecin, mère et épouse, mais je ne me sentais pas *femme*. Rien de plus banal, je suppose.

— J'ai ma part de responsabilité.

— Nous sommes mariés depuis si longtemps que nous étions victimes de la routine.

— Probablement.

— Un beau jour Drew s'est mis à me faire des avances, à me regarder comme quelqu'un de... désirable. Moi qui me croyais sensée...

— Tu es très intelligente.

— Alors comment ai-je pu faire une pareille sottise ?

— Le cœur ne fait pas toujours bon ménage avec la raison, soupira Michael en connaissance de cause.

— Il faut que tout s'arrange entre nous. Nous aurions trop à perdre.

Il s'assit dans le lit, appuyé au dosseret.

— Nous ne pouvons pas rester ensemble pour ne rien perdre.

Katy prit une profonde inspiration.

— Tu n'as tout de même pas l'intention de renoncer à ton sacerdoce ? Si nous divorcions, je suis sûre que nous serions mis en quarantaine. As-tu pensé à cela ?

— Oui.

Katy tirailla le bord de la couverture.

— C'est Rachel, n'est-ce pas ?

— Non, pas uniquement.

— Tu l'as toujours aimée.

— J'ai toujours eu beaucoup de tendresse pour elle. (Il repensa à l'incident au cours duquel Katy lui avait tourné le dos, alors que Rachel venait à son secours.) Tu te souviens du jour où, quand nous étions gosses, j'ai fait gagner l'équipe de basket adverse ?

Katy hocha la tête en le regardant d'un air interdit.

— Je ne veux pas la voir, dit-elle. Je me sens gênée, honteuse... Je parie qu'elle est au courant de mes rapports avec Drew. Et moi, je suis jalouse !

— Tu n'auras pas à la voir ; elle part au Zaïre dans une quinzaine de jours.

Rachel et lui s'étaient rencontrés brièvement le jour de la fête du Travail[1]. Dans la chambre noire du lycée, où ils s'étaient glissés sans se faire remarquer — du moins l'espéraient-ils —, elle lui avait parlé de ses projets, tandis que défilaient les tirages des vues champêtres. Celine avait donné un coup de pouce pour permettre son départ au Zaïre... D'abord réduit au silence, il avait fini par se rendre à l'évidence : Rachel semblait calme et résolue, et elle avait eu plus de force que lui pour prendre une décision.

— Au Zaïre ? s'étonna Katy. Elle ne part tout de même pas avec la mission mennonite ?

— Si.

Katy regarda par la fenêtre

— Elle a fait irruption dans ma vie ! Dans ma ville, dans mon église, et sans doute aussi dans le lit de mon mari, non ?

— Katy !

— L'aimes-tu ?

— Oui.

— Et moi ?

— Je suis très attaché à toi...

Katy ferma les yeux et se leva en passant les mains dans ses cheveux.

— Les gens la détestent, Michael. D'après Drew, elle inspire le mépris !

— C'est absurde.

— Je ne veux plus parler de tout ça !

Comme de juste, se dit Michael, elle reculait devant toute conversation risquant de l'entraîner un peu trop loin.

— Où en est le projet Hostetter ? reprit-elle.

— La commission a voté hier soir, et les travaux commencent vendredi, déclara Michael qui avait assisté la veille à la signature du document définitif.

Katy poussa un soupir exaspéré.

— Ça va de mal en pis ! (Elle se tourna vers la fenêtre et joua un moment avec le loquet avant de s'adresser à son mari.) Si nous allions nous promener ensemble demain, tous les trois ? Nous pourrions emmener Jace à Hershey Park...

— Bonne idée ! approuva Michael, désireux lui aussi de passer une journée en famille.

— Alors, O.K. (Katy esquissa un sourire et ajouta presque timidement :) Je me sens épuisée. Où veux-tu que je dorme, Michael ?

Après la nuit qu'il avait passée si peu de temps auparavant avec Rachel, il ne souhaitait pas dormir avec Katy. Pour l'instant... Plus tard peut-être, mais il en doutait.

— Reste ici, lui dit-il. (Il se leva et prit sa robe de chambre.) Je vais m'installer dans la chambre d'amis.

Le lit n'était pas fait, mais il s'en moquait. L'esprit troublé et le cœur en émoi, il s'allongea sous une couverture, dans l'attente d'une nuit blanche.

43

Rachel s'éveilla avec un étrange sentiment d'angoisse. Les yeux au plafond, elle tenta de s'expliquer son état d'âme, et elle finit par comprendre. On était vendredi, le jour fixé pour la mise en route du projet Hostetter. D'ici quelques heures, des centaines d'arbres seraient abattus, la terre entamée et mise à nu, et l'image de Reflection que tant de gens chérissaient disparaîtrait à jamais.

Le cimetière des amish et des mennonites serait envahi par des lotissements. De nouvelles voitures se glisseraient parmi les bogheis au risque d'effrayer les chevaux. Des immeubles de bureaux aux vitres miroitantes s'interposeraient entre l'étang et l'église de Michael. La forêt où elle avait joué pendant toute son enfance serait rasée et des centaines de maisons surgiraient du sol...

Elle sortit du lit en grimaçant, fit quelques pas, les membres ankylosés. Puis elle s'habilla et laissa un mot à sa grand-mère : *Je vais me promener.* Elle savait où elle allait, mais n'avait qu'une vague idée de ce qu'elle comptait faire — une idée bizarre qui n'était peut-être que le fruit d'un esprit ensommeillé.

Il était près de huit heures lorsqu'elle approcha du centre-ville ; un attroupement s'était déjà formé dans la rue, devant l'étang, et un ruban adhésif jaune, collé au bord du trottoir, séparait la foule du terrain des Hostetter. Les bulldozers, les pelleteuses et les camions étaient parqués dans l'herbe, le long d'un étroit chemin de terre tracé depuis quelques jours à travers la pelouse, entre la rue et la forêt. Les nez aplatis des véhicules, dirigés vers les arbres, allaient passer à l'attaque.

Rachel gara sa voiture du côté opposé à la foule. Elle aperçut alors Celine Humphrey et Becky Franck, puis Lily buvant dans une chope, et Marge mangeant un beignet. Il y avait au moins une soixantaine de personnes, et de nouveaux venus arrivaient encore, bavardant entre eux et montrant du doigt la forêt.

La voiture de Michael fendit la foule et emprunta le chemin entre l'église mennonite et l'étang. En moins d'une minute, il vint se joindre à l'attroupement. Rachel aurait souhaité lui parler. Il lui avait annoncé par téléphone le retour de Katy et son intention de passer la journée en famille. Sans doute avait-il raison de reprendre des habitudes avec lesquelles il avait été si près de rompre.

Elle le perdit de vue dans la foule de plus en plus dense, et Lily disparut à son tour, ainsi que Becky. Combien de temps faudrait-il attendre ? Les mains sur les genoux, elle sentait son pouls battre à tout rompre.

A huit heures trente, l'un des ouvriers monta dans un bulldozer et mit le moteur en marche. Au même instant, Rachel prit une profonde inspiration et sortit de sa voiture. D'un pas lent et résolu, elle se fraya un chemin au milieu de la foule. Indifférente aux chuchotements qui s'élevaient sur son passage, elle enjamba sans hésiter le ruban adhésif jaune et marcha vers le chemin de terre.

L'un des hommes la héla.

— Eh, madame, c'est interdit de passer !

Feignant de ne pas entendre, elle se contenta de s'arrêter au niveau d'un bulldozer, qui semblait énorme et terrifiant vu de si près. Un profond silence régnait maintenant. Elle rougit à l'idée qu'elle allait se donner en spectacle.

La foule était sortie de son mutisme et une certaine

excitation vibrait dans les voix. Rachel croisa les bras lorsque l'un des ouvriers se dirigea vers elle.

— Circulez, m'dame, on va se mettre au travail !

— Il faudra rouler sur moi pour avancer.

— Allons, c'est pas le moment de faire la maligne ! Si vous insistez, ça sera la prison ou l'asile. Bougez-vous d'là !

Il tendit la main vers son bras, mais elle fit un bond en arrière en le foudroyant du regard. Il recula.

— Dites donc, Huber ! beugla une voix masculine, derrière le ruban jaune.

Un homme vêtu d'un costume gris, debout en bordure de la foule, avait mis ses deux mains en porte-voix. Elle ne le reconnut pas.

— Une étrangère n'a pas à se mêler de nos affaires ! reprit-il.

Quelques personnes l'acclamèrent, mais la majorité le hua et le siffla.

— On appelle la police ! cria l'un des ouvriers.

Le conducteur du bulldozer avait arrêté le moteur et allumé une cigarette.

Un mouvement se fit dans la foule. Au bout d'un instant, Rachel vit Michael enjamber le ruban jaune. Venait-il afin de parlementer ? Il se contenta de lui adresser un clin d'œil discret, puis il la prit par la main. Les bras tendus, ils bloquaient le passage à eux deux...

— Bordel ! gronda l'ouvrier. Nous on est là pour faire notre travail. On nous paye pour abattre ces arbres, c'est légal, et on se fout de vos problèmes. Alors, tirez-vous, et plus vite que ça !

— On a appelé les flics, ajouta l'un des ouvriers.

— Je parie que ça sera l'intervention policière la plus lente de toute l'histoire, chuchota Michael à l'oreille de Rachel. Les flics tiennent à cette forêt autant que nous !

Elle sourit en souhaitant qu'il ait vu juste.

Michael fit un signe de tête à l'intention de la foule.

— Venez nous rejoindre ! s'écria-t-il.

Aussitôt, Lily enjamba le ruban adhésif. Après avoir posé sa chope sur le trottoir, elle longea le chemin de terre et prit la main de Michael, le sourire aux lèvres.

— Bonne idée, dit-elle, penchée vers Rachel.

Peu après, quelqu'un d'autre franchit le ruban, et la moitié de la foule lui emboîta le pas. Mais les nouveaux arrivants allaient prolonger la chaîne du côté de Michael et de Lily, comme s'ils craignaient de se brûler les doigts au contact de Rachel. Refoulée de plus en plus vers la gauche, au niveau des pelleteuses, elle eut chaud au cœur lorsque Sarah Holland, l'employée de la librairie au visage balafré, osa lui prendre la main...

— Faisons un triple barrage, proposa quelqu'un.

Les gens se regroupèrent jusqu'à ce qu'une foule tumultueuse bloque l'accès de la forêt. Pour l'instant au moins, Reflection était hors de danger.

Helen alluma son téléviseur pour connaître les prévisions de la météo : elle avait pris cette habitude depuis l'orage qui avait bouleversé sa vie. Des images inattendues apparurent sur l'écran : une foule compacte, des bulldozers. Elle aperçut l'église mennonite et la forêt en arrière-plan. « Un mouvement de protestation à l'étang de Spring Willow », annonçait le reporter. Rachel Huber était à l'origine de l'événement. Une fois remise du choc, Helen suivit le reste de l'émission très émue.

Une station de télévision de Harrisburg donna des informations complémentaires. Un présentateur rappelait la tragédie vécue par Rachel à Reflection et montrait d'atroces images de l'école de Spring Willow dont une aile avait été détruite. Il présenta d'anciennes photos de classe de Rachel, Michael et Luc, en insistant sur la participation d'un pasteur mennonite au mouvement de résistance passive — preuve du danger potentiel que devait représenter le projet Hostetter.

Un autre reporter, présent sur les lieux, rappelait que la police venait seulement d'arriver et procédait à des arrestations, mais les ouvriers avaient déjà terminé leur journée de travail. Plus rien ne pourrait se passer ce jour-là, concluait-il.

Helen sourit. Le lendemain étant un samedi, Reflection aurait deux jours de répit.

Assise sur le canapé, les yeux fixés sur la télévision, elle pensait à Peter. Lorsqu'elle vit sa petite-fille emmenée par un policier, elle se mordit les lèvres. Rachel et Michael avaient pris le risque d'oublier le passé au profit de l'avenir, songea-t-elle. Pourquoi n'en ferait-elle pas autant ?

A deux heures, elle entra dans la bibliothèque pour appeler les renseignements.

— Je souhaiterais connaître le numéro de téléphone d'un certain Speicer, Karl Speicer, dit-elle en s'asseyant.

44

Helen buvait lentement sa tisane de menthe, tasse après tasse, en essayant de garder son calme. Hans avait prévu de louer une voiture à l'aéroport de Harrisburg et d'arriver chez elle entre quatorze et quinze heures. Il était maintenant près de quinze heures...

La veille, elle lui avait laissé un message sur son répondeur. Sa voix, si familière, avait gardé une force singulière qui l'avait émue profondément. Certes, quarante-trois ans faisaient une différence, mais elle avait reconnu son timbre sans hésiter.

D'abord, elle avait demandé pardon à Hans de l'appeler : elle s'y était résignée car elle avait jugé cette démarche absolument nécessaire. Elle le pria ensuite de venir de toute urgence à Reflection, car elle avait quelque chose à lui donner de la part de Peter. « Je t'en prie, Hans, viens immédiatement ! », avait-elle ajouté, puis elle s'était reproché son insistance. Qu'allait penser Winona si elle prenait les messages sur le répondeur ?

Hans avait rappelé tard dans la nuit, si tard qu'elle avait craint qu'il ne la rappelle pas ou qu'il réveille Rachel. Il ne semblait guère contrarié, mais plutôt ravi d'avoir de ses nouvelles. Troublée de l'entendre, elle avait écourté la conversation dès qu'elle avait eu l'assurance qu'il allait venir.

Il fallait à tout prix tenir sa petite-fille à l'écart de la maison.

— Je voudrais m'habituer à être seule en te sachant à proximité si j'ai besoin de toi, lui avait-elle dit.

Rachel, incrédule, avait souri.

— Toujours en train de me pousser dans les bras de Michael, Gram ?

Helen avait haussé les épaules d'un air énigmatique. Peu lui importaient les interprétations de Rachel ! Sa petite-fille ne devait pas être dans les parages tant que Hans serait là, car Dieu seul savait comment pourraient tourner les événements.

A quinze heures dix, elle entendit un crissement de pneus sur l'allée de gravier. Elle se leva comme un automate, avec l'impression que son cœur allait exploser. Il faisait frais sous le porche — presque un temps d'automne. Elle serra les bras contre sa poitrine en voyant Hans sortir d'une voiture blanche.

Moitié le pianiste de Kennedy Center, moitié l'homme dont elle gardait le souvenir... Elle avait oublié à quel point il était grand. Il lui parut plus mince qu'autrefois, et il portait des lunettes. Quand elle descendit les marches du porche, il marcha vers elle en souriant, les bras tendus. Elle s'y laissa tomber sans un mot et resta un long moment blottie contre lui.

— J'ai été frappée par la foudre, murmura-t-elle enfin, avant de fondre en larmes.

Puis elle l'aida à s'installer dans la chambre qu'avait occupée Chris. Elle lui donnait autrefois la chambre tapissée de livres — maintenant habitée par Rachel — mais il parut se satisfaire de cet espace plus exigu. Après avoir contemplé longuement la verdeur des bois, il se mit à déballer ses affaires.

Assise sur le lit, Helen l'observait avec une intensité dont elle ne se croyait plus capable.

— Merci d'être venu, lui dit-elle à plusieurs reprises.

Il répondit qu'il n'aurait pas dû attendre si longtemps. Quand il eut suspendu ses vêtements sur des cintres, elle lui proposa de dîner de bonne heure, mais il suggéra une promenade.

— Je n'ai plus tout à fait la même énergie, observa-t-elle.

— Notre maison dans l'arbre est-elle toujours là ?

Elle sourit.

— Oui, en partie.

— Allons-y !

Ils se mirent en route. Elle lui parla de ses malaises et du secours que lui avait apporté Rachel. Il lui apprit alors que Winona était en maison de santé.

— La maladie d'Alzheimer. Elle ne me reconnaît même plus, mais elle a eu la chance de n'être atteinte que depuis cinq ou six ans. Tant de gens souffrent de cette maladie beaucoup plus tôt !

— Vous avez eu une longue vie ensemble, dit Helen pour éviter de penser à toutes ces années de séparation.

Ils arrivèrent à l'arbre. Hans leva les yeux en souriant vers la plate-forme fendillée.

— Nous étions bien jeunes, dit-il. Comment faisions-nous pour grimper là-haut ?

— Viens par ici ! (Helen tourna autour de l'arbre, en direction de l'échelle.) Prêt ?

Il gravit l'échelle avec une agilité surprenante et tendit la main à Helen, qui le rejoignit. Assis sur les planches, les jambes dans le vide, ils se sentaient comme deux enfants.

— C'est encore plus divin que dans mes souvenirs, dit-il.

Un moment, ils écoutèrent en silence les cigales cachées dans la forêt, puis il questionna sa compagne :

— Pourquoi m'as-tu appelé, Helen ?

Maintenant qu'il était là, elle voulait savourer chaque instant passé avec lui.

— Ça peut attendre, murmura-t-elle.

Il rejeta la tête en arrière pour inspirer les senteurs de la forêt.

— J'ai cessé de jouer en concert depuis quelques années, parce que je tremble un peu.

Il leva la main, mais elle ne nota aucun tremblement. Emerveillée, elle reconnut cette main qu'elle avait tant aimé tenir dans la sienne et sentir contre sa peau.

— Il m'arrive encore de jouer les œuvres de Huber, reprit-il. J'admire toujours autant le génie de Peter...

— Je t'ai entendu récemment.

— Oui, je sais que tu étais au Kennedy Center.

— Ma petite-fille m'y avait emmenée à cause de ce programme consacré à Huber. Je ne voulais pas y aller, mais elle ne comprenait pas pourquoi. Tu m'as paru extraordinaire !

— Pourquoi es-tu partie sans me voir ? demanda-t-il doucement.

— C'était trop pénible ; je ne pouvais pas rester.

— Je comprends. (Il effleura la main d'Helen avant de la prendre dans les siennes.) Nous avons été heureux ensemble, Winona et moi, mais je ne t'ai pas oubliée. Mes sentiments pour toi n'ont jamais faibli.

Comment peut-on souffrir si longtemps en silence ? se demanda Helen. Il lui semblait que le chagrin enfoui en elle se réveillait avec une violence inouïe.

Incapable de parler, elle laissa perler les larmes qu'elle croyait avoir déjà versées jusqu'à la dernière goutte.

— Je me revois le jour de nos adieux, souffla-t-elle. Je t'ai regardé partir en mourant d'envie de te serrer une dernière fois contre moi...

Elle leva les bras et il l'attira vers lui.

— Je peux t'assurer, Helen, que j'ai souffert autant que toi !

Une fois rentrés à la maison, ils dînèrent et elle lui apporta la partition de *Reflections*. Puis elle lui expliqua la situation désespérée de la ville, face au projet immobilier des Hostetter. Il lui suffit de tourner le bouton de la télévision pour lui montrer des extraits des actualités de la veille — la foule bloquant l'entrée de la forêt, Ursula Torwig furibonde, et les neveux de Marielle Hostetter, le visage écarlate, en compagnie des policiers qui procédaient d'un air goguenard aux arrestations.

— Ma petite-fille a déclenché le mouvement de résistance, déclara-t-elle non sans fierté, avant de montrer à Hans le codicille du testament.

Hans parut songeur : les terres seraient sauvées s'il prenait connaissance de cette dernière œuvre de Peter...

Pourquoi lui ? Et pourquoi Helen avait-elle attendu jusqu'à la dernière seconde pour le prévenir ?

Devinant sa question muette, elle murmura :

— Il y a plus de quarante ans, j'ai décidé que tu n'existais plus pour moi et que je ne devais plus exister pour toi... Mais je n'ai pas perdu ta trace ; je savais Winona toujours auprès de toi et je ne voulais pas te déranger. Je craignais aussi de... Bon, tu comprendras lorsque tu auras examiné cette œuvre de plus près.

Il ouvrit le dossier en fronçant légèrement les sourcils, puis il se dirigea vers le salon, où Helen ne le suivit pas. Retenant son souffle, elle préférait l'attendre dans la cuisine. Depuis combien de temps ne l'avait-elle pas entendu jouer du piano chez elle ?

Elle prêta l'oreille au premier mouvement lent et serein, au profond mystère du deuxième. Il se tira magistralement du passage tumultueux, au milieu du troisième mouvement, et plaqua les merveilleux accords finaux. Peter avait eu un talent bien à lui ; il n'aurait jamais dû se dissimuler derrière elle...

Elle était toujours assise à la même place, l'esprit hanté par les dernières notes de *Reflections*, lorsque Hans vint la rejoindre au bout d'une heure dans la cuisine.

— Quelque chose me paraît bizarre, dit-il. Il doit y avoir une erreur. (Il ouvrit la partition sur la table et hocha la tête.) Peter a écrit *Reflections* ici, en toutes lettres, mais je ne reconnais pas son style. C'est une œuvre intéressante, quoique ce troisième mouvement... Il y a un code dans ce troisième mouvement, conclut-il après avoir regardé un instant par la fenêtre en silence.

— Oui.

— Et tu en connais le contenu ?

— Oui.

— Tu ne veux pas me le dire ?

Elle fit signe que non, les yeux fermés, en esquissant un sourire.

— Ah, Peter, mon vieil ami, grommela Hans, tu me donnes bien du travail !

Sur le point de tout dire, Helen hocha la tête : la vérité devait être révélée selon la procédure souhaitée par Peter.

Hans était toujours plongé dans la partition lorsqu'elle regarda les actualités de vingt-trois heures. Les habitants de la ville avaient décidé de refaire barrage dès lundi, et certains étudiants des universités voisines promettaient de leur prêter main forte.

Un peu plus tard, Helen alla se coucher. Ne comptant pas dormir tant que Hans était au travail, elle ne prit pas la peine d'éteindre sa lampe de chevet. Mais elle dut sommeiller, car un craquement dans le couloir la fit sursauter. Elle s'assit dans son lit, et aussitôt la porte s'entrouvrit. Il se dirigeait vers elle...

Quand il s'immobilisa un instant au milieu de la pièce, elle lut sur son visage une stupeur indicible. Elle tira aussitôt les couvertures à elle, et, répondant à son invitation, il se glissa dans la moitié vide du lit. Pour la deuxième fois, ce jour-là, elle se laissa aller dans ses bras.

45

La chambre du *bed and breakfast* avait un lit à baldaquin, un couvre-lit et des tentures fleuries, de grandes fenêtres donnant sur un pâturage. Lorsque Rachel était arrivée, à cinq heures de l'après-midi, des vaches noires broutaient presque sous ses fenêtres. Elle s'était installée sur l'antique canapé, d'où elle les avait observées jusqu'au moment du dîner.

Elle attendait maintenant l'arrivée de Michael. Elle ne comptait pas passer plus de quelques heures avec lui... On était samedi, elle partait dans moins d'une semaine, et Katy était de retour. C'étaient peut-être leurs derniers moments ensemble.

Gram avait souhaité qu'elle s'absente, soi-disant pour s'habituer à la solitude, mais elle la soupçonnait de lui cacher quelque chose. Un secret qui avait arraché la vieille dame à son humeur maussade, pour la plonger dans une agitation nettement préférable à son état dépressif !

Rachel avait donc opté pour ce *bed and breakfast* d'Elizabethtown, assez éloigné de Reflection pour que son nom n'attire pas l'attention quand elle avait réservé sa chambre. Elle avait ensuite indiqué son adresse à Michael, qui, à son grand soulagement, avait décidé de venir la voir.

Il arriva à dix-neuf heures trente, les bras chargés d'un bouquet de roses rouges, d'une bouteille de cidre et d'un vieux dictionnaire de kinyarwanda. Rachel disposa les fleurs dans le seau à glace, tandis qu'il versait le cidre dans deux verres à dents.

— Si j'avais été plus malin, j'aurais apporté des verres de table, fit-il.

— Non, c'est parfait.

Assise sur le lit, les jambes croisées, elle tenait le verre en équilibre dans sa main. Il s'assit, les épaules appuyées contre le dosseret, et il porta un toast :

— Au succès, sur tous les plans, de ton séjour en Afrique !

— Merci. (Elle avala une gorgée de cidre et leurs regards se rencontrèrent.) Je suis contente que tu sois venu, Michael.

Il hocha la tête.

— Je n'ai pas menti à Katy, mais je ne lui ai pas dit non plus la vérité. Je lui ai annoncé que je sortais, en sachant qu'elle ne me poserait pas de questions.

— Ce doit être dur pour elle. Tu lui as pardonné sa trahison, mais je doute qu'elle soit aussi compréhensive...

— Katy évite toujours les sujets pénibles ou délicats. Je n'ai pas la moindre idée de ce qui se passe dans sa tête...

— Pourtant, tu as apprécié cette promenade avec elle à Hershey Park.

Rachel se reprocha aussitôt ses paroles : elle avait déjà abordé ce sujet et sa jalousie à l'égard de Katy lui semblait déplacée.

— Rachel, écoute-moi !

— Désolé, Michael, je n'aurais pas dû...

Il lui prit la main.

— Tu n'as rien à te reprocher. Quant à moi, j'ai beaucoup réfléchi à ma femme, à mon fils et à toi. Mais ce n'est pas le moment d'en parler ! S'il est question de Katy, nous ne pourrons plus faire l'amour, et j'y tiens... absolument.

— Bon ! dit-elle, émue, en posant son verre sur la table. J'y tiens moi aussi.

Il posa son verre en souriant et il l'attira vers lui pour l'embrasser avec fièvre. Elle eut la certitude que, ce soir-là, Katy serait la dernière de ses préoccupations.

Comme elle s'était promis de ne pas gâcher leur dernière soirée par des larmes, elle attendit longtemps pour leur donner libre cours. Elle le croyait endormi, mais il l'entendit sangloter doucement et il l'enlaça en chuchotant :

— Quoi qu'il arrive, je n'oublierai jamais l'été que nous avons passé ensemble.

Sans un mot, elle pressa sa joue contre sa poitrine pour respirer une fois encore l'odeur de sa peau.

— Je ne veux pas te quitter, souffla-t-il.

Moins d'une heure plus tard, il avait rejoint sa femme et son fils. Assise sur le canapé, elle regarda le clair de lune tomber lentement sur les pâturages.

A son retour, le lendemain matin, Rachel aperçut une voiture inconnue garée dans l'allée. Après avoir gravi les marches du porche, elle entendit des rires. Un rire masculin... Intriguée, elle entra dans la cuisine. Sa grand-mère et un homme âgé, mais séduisant, étaient attablés et buvaient du café. Le visage radieux de la vieille dame illuminait la pièce et les yeux de son compagnon pétillaient de bonne humeur.

— Karl Speicer ! s'exclama-t-elle dans un souffle.

Gram sourit.

— Rachel, je voudrais te présenter Hans.

Rachel s'approcha du pianiste qui s'était levé et prit sa main dans les siennes.

— Vous êtes venu ! (Elle abandonna sa main pour serrer sa grand-mère contre son cœur.) Oh, Gram, merci !

— Ne la blâmez pas d'avoir attendu si longtemps, chuchota Hans. Elle avait de bonnes raisons.

— Je sais. Je vous en prie, asseyez-vous, dit Rachel en prenant elle-même un siège. Quand êtes-vous arrivé ?

— Hier, dans l'après-midi.

Rachel crut voir les joues de sa grand-mère s'empourprer un court instant. Tout devenait limpide. Gram avait retrouvé l'homme qu'elle aimait depuis toujours, et ils avaient passé la nuit ensemble. Voilà pourquoi elle l'avait tenue à l'écart de la maison. Et Winona ? Mais, après tout, ce n'était pas son problème...

— Avez-vous vu la partition ? demanda-t-elle à Hans.

— Bien sûr. J'ai d'abord été sidéré par ce que j'ai découvert. Mais après avoir bien réfléchi, je me suis dit que j'aurais dû m'en douter. Votre grand-mère a une telle passion pour la musique...

Rachel brûlait de savoir ce qui allait se passer maintenant, mais elle ne voulait brusquer ni sa grand-mère ni Hans !

— Quelle chance pour Helen de vous avoir retrouvée ! fit ce dernier. Il paraît que vous ne l'aviez pas vue depuis l'âge de quinze ans.

Rachel se cala dans son siège en essayant de se détendre.

— Mes parents étaient scandalisés par certaines de ses activités : mon grand-père et elle aidaient les jeunes gens qui ne voulaient pas se battre au Vietnam.

— Rachel, intervint Helen, ce n'est qu'une partie de l'explication.

— Que veux-tu dire ?

Helen prit une profonde inspiration.

— Ton père a appris au sujet de Peter quelque chose qui l'a beaucoup choqué, et qui a provoqué sa rupture avec nous.

— Quoi ?

— C'est à propos des relations de Peter avec Marielle Hostetter.

— Oh non ! s'exclama Rachel. (Elle l'avait tout de suite deviné, bien que Gram eût présenté Peter comme un philanthrope.) En réalité, Marielle était sa fille !

Hans se mit à rire, et Gram l'imita après un instant d'embarras, puis elle retrouva son sérieux.

— Non, Rachel, tu te trompes ! Ton grand-père était... De nos jours, on dirait qu'il était... bisexuel.

Rachel frémit.

— Je t'ai parlé du père de Marielle, n'est-ce pas ? reprit Gram. Un peintre...

Rachel opina du chef.

— Peter et lui, deux artistes, étaient attirés l'un par l'autre. Ils se voyaient souvent et ils étaient amants. (Gram parlait avec sérénité, comme si cette pensée ne la troublait plus depuis longtemps.) Un jour, Dolly, l'épouse du peintre, est rentrée chez elle et les a surpris ensemble. Imagine sa réaction ! Même une femme équilibrée aurait risqué de perdre son sang-froid. Peter est parti immédiatement. Quelques secondes après, elle a tiré sur son mari avec un pistolet. La petite Marielle a surgi de je ne sais où ; elle a reçu une balle dans la tête. Ensuite, toujours folle de rage, Dolly a retourné son arme contre elle-même.

— Mon Dieu ! soupira Rachel.

— Quand ton grand-père a appris ce désastre, il s'est senti terriblement coupable. Il a payé de ses deniers les soins médicaux de Marielle et il lui a offert des cadeaux pendant des années. Il voulait avoir la certitude que personne ne la chasserait de ses terres tant qu'elle vivrait.

Gram oscilla d'un air gêné sur son siège.

— En tout cas, ton père s'interrogeait sur la relation de Peter avec les Hostetter et il avait conclu, comme toi, que Marielle devait être une enfant illégitime. C'est alors que nous lui avons dit la vérité. Une liaison avec une femme lui aurait sans doute paru moins choquante que l'homosexualité de son père... Il a rompu d'un jour à l'autre avec nous et il t'a interdit de venir nous voir.

Rachel se souvint de certains propos violents tenus par son père à l'égard des homosexuels.

— Papa était un peu fanatique !

— Et pourtant nous ne l'avons pas élevé ainsi, observa Gram.

Karl Speicer termina son café et posa sa tasse sur la table avec un grand geste.

— Eh bien, jeune dame, vous devez vous demander ce que je vais faire de cette partition musicale !

— Oui, admit Rachel, heureuse que le pianiste eût opportunément changé de sujet. Les bulldozers sont toujours au bord de l'étang, prêts à l'attaque !

Hans sourit. A quatre-vingt-trois ans, il avait gardé une

réelle séduction. A quarante, il devait être irrésistible, se dit Rachel.

— Nous avons pris nos dispositions, déclara-t-il. Helen a déjà parlé au notaire...

— Sam Freed, précisa Gram.

— Nous allons tenir une conférence de presse dans quelques heures, et votre ami...

Il interrogea Gram du regard.

— Michael, fit-elle.

— Votre ami Michael est en train de l'organiser. Le monde entier apprendra la vérité au sujet d'Helen et de Peter Huber. Ainsi, le tour est joué ; le notaire estime que cela permettra de faire reculer les promoteurs...

— Mon Dieu ! s'exclama Rachel en souriant, vous avez dû avoir une matinée bien occupée.

Hans et Helen se regardèrent d'un air embarrassé, comme deux adolescents pris en faute, et Rachel devina que l'avenir de Reflection n'avait pas été leur seul souci ce matin-là.

46

— Prêts ? demanda Michael aux deux hommes assis de l'autre côté de son bureau.

Sam Freed et Karl Speicer acquiescèrent d'un signe de tête solennel.

— Et en avant la musique, ajouta Karl en riant.

Les deux hommes se levèrent. Michael avait accepté de les accompagner à la conférence de presse, tandis qu'Helen et Rachel resteraient à la maison pour éviter la foule. Elles suivraient l'événement à la télévision.

Michael fit sortir Sam et Karl par l'arrière du rez-de-chaussée. Ils prirent ensuite le chemin qui longeait l'église, et, une fois devant la façade, ils aperçurent la foule rassemblée près de l'étang.

La rue était envahie de camions. Des hommes et des femmes, munis de matériel vidéo, se faufilaient au milieu du public. Des équipes de télévision locales et de nombreux reporters étaient déjà sur les lieux depuis deux jours, mais, après avoir reçu l'appel d'Helen le matin même, Michael avait alerté les chaînes nationales.

« Nous allons annoncer une nouvelle capitale pour le monde de la musique », leur avait-il déclaré. Apparemment, on avait pris ses paroles au sérieux...

Michael fit signe à l'un des policiers, et une escorte

les accompagna jusqu'à la statue de Peter Huber, face à l'étang. Les caméras se déclenchèrent aussitôt, et des micros surgirent de toutes parts.

Malgré leur âge vénérable, les deux vedettes ne semblaient guère impressionnées par une telle foule. Très à son aise, Sam Freed prit la parole le premier.

— A sa mort, il y a dix ans, Peter Huber, notre vénéré concitoyen, a laissé un étrange codicille à son testament. Personne n'était au courant, hormis son épouse, Helen, moi-même, et la famille Hostetter. Je vous rappelle que Peter Huber était propriétaire, par héritage, de terres passant à tort pour un bien des Hostetter.

Un murmure parcourut la foule et Michael aperçut, à quelques pas de là, sa cousine Ursula, la bouche ouverte, incrédule.

Sam attendit un instant que le calme fût revenu.

— Dans son testament, reprit-il, Peter Huber spécifiait que Marielle Hostetter serait autorisée à rester chez elle aussi longtemps qu'elle le souhaiterait. Le jour où elle quitterait sa maison, elle pourrait disposer des terres selon son bon vouloir — ce qu'elle a fait, puisqu'elle a choisi de les livrer aux promoteurs. Cependant, Peter Huber avait ajouté le codicille suivant : si sa dernière œuvre, intitulée *Reflections*, était interprétée par le pianiste Karl Speicer, les terres seraient données à la ville et les royalties — sans doute considérables — procurées par cette œuvre reviendraient à Marielle Hostetter.

Un murmure s'éleva à nouveau. Sam leva la main pour obtenir le silence.

— Cette œuvre, restée introuvable jusqu'à ce jour, précisa-t-il, vient de réapparaître. Je laisse donc la parole à Mr. Speicer qui en a pris connaissance.

Michael se crispa en voyant les micros se tendre vers le pianiste, mais il fut vite rassuré : Speicer avait l'habitude de parler en public. Son intonation persuasive et son sens de la mise en scène convenaient parfaitement à la solennité de la déclaration.

— *Reflections*, la dernière œuvre d'Huber, m'a été remise hier soir, annonça-t-il. Lorsque je l'ai jouée, j'ai d'abord songé à une mystification. En effet, cette composition, fort attrayante dans son ensemble, a un style totalement inhabituel chez Huber. Le troisième mouvement, surtout, m'a beaucoup dérouté ; mais je me suis souvenu que nous étions fascinés autrefois, mon grand ami Peter et moi, par les codes secrets. Les codes utilisés par certains compositeurs pour faire passer des messages... J'ai alors réalisé que Peter souhaitait que je prenne connaissance de cette œuvre afin de déchiffrer un message qu'il me destinait. Ce travail m'a occupé pendant une bonne moitié de la nuit.

Fascinée, la foule attendit la suite en silence.

— Ce que je vais annoncer maintenant, conclut Karl Speicer, va stupéfier le monde musical, ainsi que les habitants de cette belle ville. Mais je dois le dire... Cela devrait se savoir depuis longtemps. Peter Huber n'est pas le compositeur que nous révérons tous. Son épouse, Helen Nolan Huber, citoyenne de Reflection depuis de longues années, a composé toutes les œuvres sublimes attribuées à Peter !

Un cri de stupeur, suivi d'un murmure incrédule, traversa la foule. Une colère noire tordait les traits d'Ursula.

Soudain, les questions fusèrent.

Karl expliqua avec force détails la manière dont il avait déchiffré le code. Lorsque Sam affirma que les terres vierges entourant l'étang de Spring Willow étaient sauvées, car elles appartenaient désormais à la ville, l'excitation de la foule redoubla.

— Les Hostetter vont intenter un procès, hurla quelqu'un — peut-être Ursula — mais personne n'y prêta attention.

Assis sur le canapé de la salle de séjour, Michael suivait ce soir-là le compte-rendu de l'événement à la télévision. Jason jouait dans sa chambre à des jeux électroniques avec Patrick Geils ; Katy était affalée à ses pieds. Elle se sentait très fatiguée et avait depuis son retour une certaine difficulté à se concentrer. Le décalage horaire semblait l'éprouver.

Ils assistèrent en silence à la retransmission de la

conférence de presse. L'assurance et la force de conviction de Karl Speicer, malgré son grand âge, amenèrent un sourire sur les lèvres de Michael.

« Le mouvement de protestation a été lancé par Rachel Huber », déclara le reporter lorsque la séquence de la conférence de presse eut pris fin.

Les deux photos de classe de l'annuaire du lycée, montrées depuis trois jours par toutes les stations, apparurent en même temps.

« Miss Huber a été aussitôt rejointe par son ami d'enfance, Michael Stoltz, le pasteur de l'église mennonite de Reflection », poursuivait le reporter.

Tandis qu'il relatait une fois de plus le passé dramatique de Rachel à Reflection, les deux photos restèrent sur l'écran. Debout côte à côte, Rachel et Michael avaient l'air d'un couple uni pour la vie. Katy dut s'en rendre compte, car elle fondit subitement en larmes.

Michael lui effleura l'épaule.

— Katy ? murmura-t-il du bout des lèvres.

Elle hocha la tête et il comprit qu'elle ne voulait pas lui parler. Devait-il regretter son silence ou s'en satisfaire ? De toute façon, cela n'avait plus d'importance...

47

Malgré l'effervescence des dernières vingt-quatre heures, la ville avait retrouvé son calme quand arriva Reflection Day. Des nuages s'amoncelaient dans le ciel, les églises célébraient des services spéciaux, les magasins et les écoles étaient fermés.

A la dernière minute, Rachel décida d'accompagner sa grand-mère et Hans — qui ne semblait nullement désireux de repartir — à la cérémonie organisée au lycée. Qu'avait-elle à craindre des habitants de Reflection ? Elle s'en allait le vendredi suivant. En outre, plusieurs personnes lui avaient téléphoné pour lui présenter des excuses et exprimer leur gratitude à la suite de son intervention pour sauver les terres.

Elle souhaitait aussi assister à la prestation du petit groupe de jeunes mennonites dirigés par Michael. A vrai dire, elle souhaitait voir Michael.

Arrivés avec un léger retard, ils durent prendre place au dernier rang de l'auditorium. Sa présence se remarquerait d'autant moins, se dit Rachel avec une certaine satisfaction.

Au fond de la scène déserte, Michael et ses huit adolescents étaient assis sur une rangée de chaises. A deux heures précises, il monta sur l'estrade et le public fit silence.

— J'aimerais, déclara Michael, qu'en nous écoutant cet après-midi, vous considériez cette célébration de Reflection Day comme la dernière.

Un murmure s'éleva dans l'auditorium. Un murmure approbateur ou hostile ? Rachel n'aurait su le dire.

— Vingt années se sont écoulées depuis la tragédie de l'école élémentaire de Spring Willow, poursuivit Michael. J'estime personnellement — et vous êtes sans doute nombreux à partager mon point de vue — qu'il est temps de surmonter notre chagrin pour aller de l'avant.

Il reprit place sur son siège et une frêle adolescente se dirigea vers l'estrade ; elle dut grimper sur une caisse pour atteindre le micro. Quand elle eut récité des vers de sa composition sur la perte que représente la mort d'un enfant, d'autres élèves vinrent s'exprimer sur le même thème. Deux garçons lurent en chœur un poème sur le lourd tribut qu'exige la guerre. Un autre avait écrit un texte sur la force d'une communauté unie, et une dernière adolescente raconta l'histoire d'une ville fictive, si attachée à son passé qu'elle en avait oublié l'avenir.

Rachel avait la gorge serrée et ses yeux la picotaient. Elle regretta d'être venue.

Pour finir, l'un des garçons qui avaient lu le poème sur la guerre réapparut sur l'estrade.

— Michael suggère que ce soit la dernière célébration de Reflection Day, lut-il sur une fiche qu'il avait préparée. Tout en rappelant son respect à l'égard de ceux qui ont souffert de cette tragédie, le groupe des adolescents de l'Eglise mennonite approuve sa proposition. Ayons conscience de l'horreur de la guerre, de la valeur de la vie et des responsabilités individuelles, et considérons le 10 septembre 1973 comme un rappel de tout cela, mais laissons nos écoles et nos magasins ouverts et ne soyons pas obsédés par le passé. Nous ne devons pas entretenir notre haine et notre colère plus longtemps ; les enfants de Reflection méritent mieux que cela. Nous allons donc vous demander de voter aujourd'hui. Ce vote n'a aucune signification officielle, car il appartient au conseil municipal de trancher. Nous nous contenterons de vous communiquer le résultat du vote et...

Une femme venait de se lever au troisième ou quatrième rang du public.

— Excusez-moi ! dit-elle, et Rachel reconnut la voix de Lily. Je voudrais m'adresser au public avant le vote.

Le jeune garçon se tourna vers Michael, qui fit un signe de tête affirmatif, et Lily monta sur scène.

— J'ai quelque chose à vous apprendre au sujet du 10 septembre 1973, annonça-t-elle. Quelque chose que vous ignorez tous... (Elle s'agrippa à l'estrade de toutes ses forces.) J'étais dans la classe de Rachel Huber à l'époque et j'avais du mal à m'entendre avec elle. En fait, je me rebellais contre toutes les formes d'autorité, alors que ma sœur Jenny, la « bonne jumelle », était beaucoup plus docile. La rentrée avait eu lieu depuis quelques jours à peine, mais je m'étais déjà affrontée à mon institutrice un bon nombre de fois — et, notamment, ce matin-là. J'ai oublié la raison, mais j'étais furieuse contre elle.

Rachel remarqua la pâleur de Lily, dont l'assurance habituelle avait totalement disparu.

— A un moment donné, reprit Lily, Rachel Huber nous a demandé de nous asseoir par terre dans le vestiaire, en emportant des albums à lire ou à colorier, et de faire vite. Dès que nous avons été installés, elle nous a ordonné de l'attendre sans bouger. Tout le monde — y compris moi — a pensé qu'il s'agissait d'un jeu, mais comme j'étais en colère, je n'ai pas voulu obéir.

Lily hésita, les yeux baissés, et Rachel aperçut un homme en train de gravir d'un pas lent les marches menant à la scène. Jacob Holt... Il se plaça en retrait, près du rideau, et écouta la suite de l'intervention de Lily, les bras croisés sur la poitrine.

— Je me suis relevée, disait celle-ci, et je suis sortie du vestiaire. Comme la classe était vide, j'ai décidé de partir. La porte était fermée à clef. (Elle regarda fixement le public.) *Oui, Rachel Huber avait fermé la porte à clef.* Elle a fait son possible pour nous protéger pendant les quelques secondes où elle mettait son plan à exécution, mais la porte était facile à ouvrir de l'intérieur. Je l'ai donc ouverte, je suis sortie dans le hall, et...

La voix de Lily s'était soudain brisée. Elle toussa pour reprendre contenance.

— Luc Pierce me faisait face et Jacob Holt accourait dans le hall. Inutile de vous raconter la suite de l'histoire, vous la connaissez. Je tenais à ce que vous sachiez exactement ce qui s'est passé. Rachel avait fermé la porte à clef, je l'ai ouverte. Je n'avais alors que sept ans et je n'ai pas osé avouer ma désobéissance. Je me suis sentie coupable de la mort de ma sœur et de mes camarades. Aujourd'hui, je n'ai plus sept ans, Rachel n'en a plus vingt-trois, et je pense que personne ne doit nous tenir rigueur de nos fautes passées.

Jacob Holt s'était rapproché de Lily, qui ouvrit de grands yeux en le voyant. Après lui avoir effleuré l'épaule, il lui succéda sur l'estrade. Lily se glissa du côté de Michael, et ce dernier se leva pour lui laisser son siège. Quelqu'un apporta une chaise, mais le pasteur préféra rester debout.

— Par ton courage, Lily, disait Jacob au micro, tu m'as donné l'exemple. (Il se pencha vers le public.) Lily s'est confiée à vous, mais elle ne vous a pas tout dit. C'est à moi qu'il appartient de terminer son récit, et de vous faire à mon tour une confession.

Le public ne broncha pas et Rachel échangea un regard perplexe avec sa grand-mère.

— Lily avait au moins l'excuse de son jeune âge à l'époque de la tragédie. Ma seule excuse est le choc que j'ai subi et mon instinct de conservation. (Jacob Holt hocha la tête.) Je comptais emporter mon secret dans la tombe, mais ce qui s'est passé à Reflection ces derniers mois m'en empêche. Mes concitoyens ont fait de Rachel Huber le bouc émissaire de tous leurs maux. Nous ne devons pas garder les yeux tournés vers notre passé. J'approuve Michael Stoltz de tout cœur sur ce point.

Quelqu'un du rang précédent se retourna pour observer Rachel, qui ne cilla pas.

— Le 10 septembre 1973, Spring Willow a connu une effroyable tragédie et j'ai eu le tort de mentir à ce sujet, reprit Jacob Holt. (Un bourdonnement s'éleva dans l'auditorium.) J'ai prétendu avoir menacé Rachel Huber, plusieurs jours avant l'événement, de faire enfermer son mari. Hélas, je n'ai jamais eu une telle énergie face au problème qui se posait alors ! J'avais simplement annoncé à Rachel mon intention d'appeler la police si son mari se présentait à nouveau dans nos locaux ; elle m'a promis de le tenir à l'écart. Mais ce n'est pas tout. J'ai maquillé la vérité d'une manière bien plus grave encore...

Paralysé par l'émotion, Holt s'interrompit en baissant la tête. Au bout d'un moment, il reprit la parole et Rachel réalisa qu'elle retenait son souffle.

— J'ai aperçu Luc Pierce par la fenêtre de mon bureau, précisa-t-il, et j'ai senti que le sang allait couler. Comme il se dirigeait vers l'école, j'ai couru en direction du hall : la petite Lily Wright y était ; Luc venait d'entrer dans la classe. Il tenait entre ses mains une grenade dégoupillée et il a hurlé : « Il n'y a personne ? Où est Rachel ? » Il avait des larmes plein les yeux et j'ai compris qu'il avait l'intention de se tuer en présence de sa femme. (Holt posa les coudes sur l'estrade.) Je crois sincèrement qu'il souhaitait se faire sauter la cervelle, mais qu'il ne voulait aucun mal aux gosses. Comme je pensais que Rachel avait emmené ses élèves avec elle, j'ai cherché à m'emparer de la grenade, et quand j'y suis parvenu, je l'ai lancée aussi loin que possible par la porte ouverte de la classe — en direction du vestiaire. Luc a crié : « Mon Dieu, les enfants sont là-bas ! » Comment pouvais-je m'en douter ? Il a couru derrière la grenade, sans doute dans l'espoir de s'interposer pour protéger les gosses, mais c'était impossible, évidemment !

Rachel regardait Holt, hébétée. Luc avait donc essayé de sauver les petits. Il était mort en cherchant à les protéger. Elle laissa couler ses larmes le long de ses joues. Gram serra doucement sa main.

Holt prit une profonde inspiration qui résonna dans le micro.

— C'est quand j'ai entendu les hurlements que j'ai réalisé ce que j'avais fait — ou plutôt ce qu'avait fait Luc —, car j'ai fini par me persuader que j'avais dit la vérité à la police. Je n'ai pas droit à votre pardon, mais je vous supplie de pardonner à Rachel Huber. Toute jeune et à peine revenue du Peace Corps, elle a dû faire face à un mari qui avait perdu la raison en se battant pour sa patrie. Personne n'a alors cherché à l'aider et notre haine pèse maintenant trop lourd sur elle. Nos terres ont été sauvées en partie grâce à Rachel, mais le méritons-nous ? Une ville incapable d'oublier ses rancunes mérite-t-elle de garder les merveilles dont l'a dotée la nature ? L'année 1973 appartient au passé ; le pardon est le seul moyen de progresser et de rendre son harmonie à notre ville.

Jacob Holt descendit de l'estrade dans un profond silence, puis regagna sa place. Rachel entendit quelques reniflements et Gram lui tendit un kleenex pour qu'elle se sèche les yeux.

Michael se leva lentement. Une fois sur l'estrade, il prit la parole, la voix vibrante d'émotion.

— Mon ami Luc n'est pas un tueur... Il a été victime d'une guerre qu'il croyait juste, et dont il a rapporté des cicatrices indélébiles. A la dernière seconde, il a cherché à sauver les enfants rassemblés au vestiaire. Quant à mon amie Rachel, poursuivit-il, elle n'est pas complice d'un meurtre. Elle est une victime, comme le furent nos enfants. Je vous supplie donc, au nom de la justice, de clore ce triste chapitre de notre histoire. Il ne s'agit pas d'oublier, mais de décider que ce jour de commémoration sera le dernier. S'il vous plaît, levez-vous si vous êtes d'accord.

Rachel crut voir presque tout le monde se lever, y compris Gram et Hans. Elle resta un moment immobile, ne sachant si elle était censée voter ; mais une femme du rang précédent se retourna et la prit par l'épaule pour l'inciter à se lever. Elle lui serra la main avec un sourire de gratitude.

48

Les jeunes de son groupe avaient fait des merveilles. Michael les félicita chaleureusement, puis il courut à l'église, avide de solitude après cette manifestation publique aux conséquences imprévisibles.

Plus d'une fois il s'était imaginé les derniers instants de Luc, en espérant que son vieil ami n'avait pas eu conscience de ce qui se passait au moment fatal. Ça n'était pas le cas. Dans un dernier éclair de lucidité, Luc avait réalisé que les enfants allaient mourir. L'effroi qu'il avait dû éprouver alors dépassait l'imagination...

Seul dans l'église, Michael s'assit à un banc des premiers rangs. Les yeux fermés, il se laissa aller à une méditation presque sereine.

Merci, Seigneur, murmura-t-il, *d'avoir donné un tel courage à Lily et à Jacob. Je t'en prie, donne-moi le courage de faire mon devoir. Je sais que j'ai été malhonnête.*

Après s'être cru abandonné de Dieu depuis des semaines, il sentait à nouveau sa présence en lui.

Aide-moi, Seigneur, à être honnête avec Toi et avec moi-même. Aide mon fils à comprendre, et fais que je sois un bon père pour lui.

Je t'en prie, protège Rachel pendant son séjour en Afrique. Elle n'est pas vraiment croyante, mais c'est une personne de grande valeur. D'une valeur exceptionnelle...

Sa prière terminée, il resta assis quelques minutes, les yeux fermés, savourant le silence ; puis il descendit dans son bureau donner quelques coups de téléphone.

A son retour chez lui, vers vingt-deux heures, il trouva Katy devant la porte de la cuisine.

— Jace est très énervé, lui dit-elle. Il n'arrive pas à dormir. Chaque fois qu'il ferme les yeux, il croit voir Luc Pierce avec sa grenade.

Pendant la commémoration de Reflection Day, Michael avait été frappé par l'air captivé de son fils — assis au premier rang de l'auditorium avec sa mère — lorsque Lily et Jacob avaient pris la parole.

Suivi de près par Katy, il marcha jusqu'à la chambre de Jace, au fond du couloir. La lumière était allumée, et l'enfant, assis dans son lit, tenait un livre entre ses mains.

— Tu ne peux pas dormir ? demanda Michael en s'asseyant au bord du lit, tandis que Katy s'accoudait au bureau.

— J'ai pas sommeil ; je voudrais lire un peu.

— Nous avons eu d'étranges révélations aujourd'hui, non ?

Jace haussa les épaules.

— Je suppose que beaucoup de gens auront du mal à s'endormir ce soir, reprit Michael. On croyait savoir tout ce qui s'était passé à l'école de Spring Willow, mais on était totalement dans l'erreur. Ça donne à réfléchir !

— Lily et Mr. Holt ont été très courageux, dit Katy.

Michael approuva et Jason posa son livre sur ses genoux.

— Maintenant, tout le monde pense que Rachel Huber n'a rien à se reprocher. Moi, je ne peux toujours pas la supporter.

Michael faillit protester, mais Katy le devança.

— Tu ne la connais même pas, Jason !

— Je pense qu'elle a semé la pagaille, grommela le jeune garçon en jetant un coup d'œil à son père.

— Une certaine perturbation aide parfois à arranger les choses, observa Michael.

— Pas du tout ! C'est la pagaille entre maman et toi, et tu t'imagines que ça va aller mieux ?

Michael regarda Katy qui se mordait les lèvres.

— Oui, dit-il, ça ira mieux, mais il faudra de la patience et le résultat final ne sera peut-être pas exactement ce que tu souhaites.

— Qu'est-ce que tu racontes ? demanda Jason d'un air soupçonneux.

— Nous avons beaucoup de choses à nous dire maman et moi pour mettre de l'ordre dans nos affaires...

Jason referma son livre qu'il posa sur la table de nuit, avant de s'allonger sur le côté, face au mur.

— Alors, faites vite, s'il vous plaît !

Michael posa la main sur son épaule.

— On va essayer !

— Bonsoir, mon chéri, murmura Katy en embrassant son fils sur la joue.

Ils allèrent en silence dans la salle de séjour. Michael songeait à son fils, à qui il aurait voulu épargner ses problèmes de couple.

— Je me suis sentie fière de toi aujourd'hui, dit Katy en s'asseyant sur le canapé. Personne n'avait encore eu le cran de dire qu'il faut tirer un trait sur le passé.

— Merci. Mon groupe de jeunes a été merveilleux !

Katy se tordit les mains.

— En te regardant, je me demandais ce que j'ai bien pu trouver à Drew. Je ne comprends pas ce qui m'est arrivé. Je n'étais plus moi-même !

Michael s'assit à l'autre extrémité du canapé.

— Je t'ai pardonné, Katy. Qu'attends-tu pour *te* pardonner aussi ?

Elle hocha la tête.

— Pendant ma liaison avec Drew, je me sentais tout le temps coupable ; mais je ne pouvais pas me maîtriser. Pour la première fois de ma vie je me laissais guider par mes émotions, mais ça ne m'a pas réussi. Tu regrettes que je ne sois pas plus sensible, mais je savais instinctivement que je devais me méfier de cet aspect de ma personnalité.

Michael écoutait avec attention : jamais Katy ne lui avait parlé sur ce ton...

— A l'école mennonite, j'ai appris à me contrôler. On

m'interdisait d'exprimer mes pensées, de manifester mes désirs. Quand je suis allée à l'école publique, c'était déjà trop tard pour que j'ose me rebeller... (Elle leva les mains et les laissa retomber d'un air navré.) Je n'ai jamais pu être vraiment moi-même, Michael !

— Encore aujourd'hui !

— Oui. J'ai toujours été si logique, si rationnelle...

— En effet, Katy.

Elle parut blessée.

— Tu ne supportes pas ma froideur, mais je suis ainsi faite, et je ne peux pas changer. Il me semble qu'une personne raisonnable peut se rendre au moins aussi utile à la société qu'une personne incapable de maîtriser ses émotions.

— Sans doute.

— Qu'allons-nous faire de notre « pagaille », Michael ? demanda Katy en dégageant les mèches de cheveux qui retombaient sur son front.

— Je pense que nous devrions nous séparer.

La réponse de Michael avait fusé presque malgré lui. Katy baissa les yeux en silence.

— Tu sais ce que tu vas perdre ? demanda-t-elle enfin.

— Je sais. C'est une décision mûrement réfléchie.

Le nez rouge, elle passait et repassait son pouce sur l'ongle de son index.

— Après ce que j'ai fait, je mérite de te perdre !

— Viens ici.

Il tapota le canapé près de lui et elle se rapprocha.

— Ma décision n'a presque rien à voir avec ce qui s'est passé entre Drew et toi, dit-il en plaçant un bras autour de son épaule.

— Je sais que tu n'as jamais été heureux avec moi. Tu as eu certaines satisfactions dans ta vie, mais pas avec moi.

— Peux-tu dire en toute sincérité que tu as été heureuse ?

— Oui, au début ; mais ça n'a pas duré. Je savais que nous formions un couple mal assorti et qu'il fallait faire le maximum pour rester ensemble. Une séparation nous aurait coûté — et nous coûterait encore, je suppose —

beaucoup trop cher. Si nous donnons la priorité à notre bonheur personnel, nous avons sans doute intérêt à nous séparer, mais je crois que nous devons penser surtout à Jace, à ton église...

— Ce n'est pas mon intention. J'ai horreur de l'hypocrisie et du mensonge !

Elle garda le silence et refoula ses larmes. Il sentit ses épaules se raidir sous sa main. La froideur naturelle de Katy avait pris le dessus...

— Tu ne m'as jamais dit ce qui s'est passé avec Rachel, souffla-t-elle enfin.

Craignant de la froisser, il hésita un instant.

— Veux-tu tout savoir ?

— Je veux la vérité.

— Nous nous sommes retrouvés avec joie cet été, Rachel et moi. Nous nous sentions attirés l'un par l'autre, mais nous ne sommes pas passés à l'acte avant que je n'apprenne ta liaison avec Drew.

— Quelle folle j'ai été ! gémit Katy, les yeux au ciel.

— Ça n'a aucune importance. L'aspect physique de ma relation avec Rachel compte beaucoup moins que le lien profond qui nous a toujours unis, elle et moi... Un lien que je n'ai jamais eu avec personne, sauf peut-être avec Luc.

— Je ne peux pas supporter cette femme ! Lorsque nous étions adolescentes, elle m'irritait déjà. J'ai toujours su que tu l'adorais, et je me souviens parfaitement du match de basket. J'ai honte de ce que j'ai fait ce jour-là, mais je venais d'arriver à l'école publique ; je faisais de mon mieux pour m'intégrer — ce qui n'a jamais été possible, hélas. Si j'avais pris ton parti, j'étais coulée sur le plan social. Je regrette...

— C'est une vieille histoire, marmonna Michael, tout en sachant que ce lointain incident le hanterait plus longtemps que la récente infidélité de Katy. Dans toute cette histoire, Rachel a été le catalyseur, mais elle n'est pas responsable.

— Elle part vraiment au Rwanda ?

— Au Zaïre.

— Tu regrettes son départ ?

— Non. Ça sera bon pour elle, et j'ai besoin de solitude. Je vais pouvoir penser et prier. (Il soupira.) Il faudra sans doute que je m'installe ailleurs et que je cherche une nouvelle... profession.

Katy prit ses distances sur le canapé et frappa du poing sur sa cuisse. Sa première manifestation de colère, se dit Michael, et sans doute pas la dernière.

— Comment peux-tu renoncer à tout cela ? demanda-t-elle.

— Si je ne le fais pas, je ne serai plus bon à rien.

— Je t'en veux, Michael, et je m'en veux à moi aussi. On n'aurait jamais dû en arriver là !

— Nous ne pouvons pas vivre dans le mensonge. Tu t'en contenterais et l'église peut-être aussi, mais Dieu trouverait à redire. J'en ai la certitude !

Katy soupira, puis elle regarda son mari, les yeux rougis.

— J'ai peur, dit-elle. Peur de l'inconnu, peur des épreuves que nous allons traverser...

Il lui sourit.

— Katy, te rends-tu compte que jusqu'à ce soir tu ne m'avais jamais parlé à cœur ouvert ?

— Je sais, mais c'est trop tard, n'est-ce pas ?

— Oui, admit-il en lui prenant la main. Bien trop tard.

49

Les cinq anciens attendaient dans la plus petite des salles de réunion de l'église. Lewis Klock leva les yeux à l'entrée de Michael et lui indiqua d'un signe de tête l'unique chaise vide à côté de Celine. Cette dernière laissa planer un sourire interrogateur.

Michael s'assit et promena son regard autour de lui. L'espoir mêlé d'inquiétude qu'il lut sur le visage de Lewis le troubla, de même que le front soucieux de Jim Rausch. Samuel Morgan et Ed Flynn, aussi hiératiques que des statues, n'étaient guère plus rassurants ; et Celine s'acharnait de son index sur une tache imaginaire de sa jupe.

— Merci d'avoir accepté cette réunion impromptue, dit-il. Je souhaitais vous parler dans les plus brefs délais.

Lewis, Celine et Jim hochèrent la tête d'un air approbateur, mais Ed et Samuel restèrent sur leurs gardes.

— Je vous demande de prier pour moi, reprit Michael, résolu à aller droit au but. Nous avons décidé Katy et moi de nous séparer.

Lewis poussa un soupir en se calant sur son siège avec une mine résignée.

— Oh, Michael, je suis navrée ! souffla Celine.

— « Un homme récemment converti peut se laisser

abuser et tomber sous l'emprise du Malin », déclama Ed d'un ton suffisant.

Jim se pencha vers Michael.

— Avez-vous pris cette décision d'un commun accord, Katy et toi ?

Michael leva les yeux au plafond comme si la réponse s'y trouvait écrite.

— Nous estimons que notre vie conjugale ne nous satisfait plus, répondit-il en pesant ses mots. Je sais que nous passions pour un couple uni et heureux, mais c'était un leurre. Nous n'osions pas regarder nos problèmes en face. (Il évita toute allusion à Drew, car l'infidélité de Katy n'était qu'un symptôme du mal dont ils avaient souffert tous les deux.) Katy souhaite que nous restions ensemble dans l'intérêt de notre fils et de l'Eglise, mais j'en suis incapable. Je ne peux pas prêcher l'honnêteté et la droiture en vivant dans le mensonge.

— Vous n'auriez jamais dû recevoir l'ordination, maugréa Ed. Vous n'avez pas été élevé dans la religion. Un zèbre ne pourra jamais se défaire de ses zébrures !

— Quel est le rôle exact de Rachel Huber dans cette histoire ? demanda Samuel.

Michael s'attendait à cette question. Il n'eut aucun mal à répondre.

— Rachel est à l'origine d'un certain nombre de bouleversements récents à Reflection, mais elle n'a pesé en rien sur ma décision de me séparer de Katy. J'admets toutefois que je l'aime de tout mon cœur et que j'envisage d'avoir une relation suivie avec elle. Sa présence m'a obligé à jeter un regard lucide sur ma vie conjugale et à réaliser la vérité qui se cachait sous des apparences trompeuses.

— Trop facile ! marmonna Ed.

— Même si Rachel repartait à San Antonio en jurant de ne plus jamais me revoir, je ne reviendrais pas sur ma décision de quitter Katy, conclut Michael, imperturbable.

Lewis se redressa et la sage bonté de son regard suffit à réchauffer l'atmosphère.

— Je regrette ta décision, Michael, dit-il d'une voix

sereine. Tu te doutes des énormes conséquences qu'elle peut entraîner...

— Certainement.

— Tu as bien fait de nous avertir tout de suite, reprit Lewis. Je me chargerai du sermon, dimanche prochain. As-tu l'intention de t'adresser à la congrégation après l'office ?

Michael acquiesça. Sa gorge se serrait à l'idée qu'il serait assis parmi les fidèles et que Lewis monterait en chaire à sa place.

Après l'avoir observé un moment, ce dernier s'inclina et appela les quatre autres anciens à prier avec lui.

Prions Notre Seigneur, dit-il, *pour Michael qui a besoin de notre amour et de notre appui. Prions Notre Seigneur de nous venir en aide dans cette situation délicate et de donner à toute notre congrégation la sagesse et la tolérance. Amen.*

— Amen, chuchota Michael.

— Les anciens souhaiteraient se réunir un moment en privé pour prier Dieu de les guider dans leur décision, déclara Lewis en l'observant à nouveau.

Michael se leva : il n'avait aucun doute quant à leur décision et il se sentait prêt.

— Vous pouvez me joindre chez moi ce soir, dit-il.

Après avoir quitté la pièce sans faire ses adieux, il montait l'escalier en direction de la sortie, quand il changea d'avis. Tourné vers l'autel, il alla s'asseoir sur l'un des derniers bancs : il voulait prendre le temps de pleurer ce qu'il allait perdre et de se réjouir à l'idée de ce qu'il allait sans doute gagner.

50

Assise sur la balancelle du porche, Rachel vit la voiture de Michael s'engager dans l'allée et s'arrêter devant le jardin. Sachant d'où il venait, elle s'élança à sa rencontre.

Les traits tirés, il l'attira vers lui en silence, sans un sourire. Elle le serra dans ses bras pour lui infuser le peu de forces qui lui restaient après cet après-midi d'attente.

— Veux-tu que j'annule mon départ au Zaïre ? demanda-t-elle au bout d'un moment. Il me semble que ma présence pourrait t'être utile.

— J'ai besoin de toi, admit Michael, mais je veux que tu partes.

Elle lut dans ses yeux qu'il disait vrai.

— Raconte-moi tout !

Ils remontèrent les marches et s'assirent côte à côte sur la balancelle.

— A ton avis, que vont-ils faire ? reprit Rachel.

— Je sais ce qui va se passer. Ils vont avertir l'évêque et je serai destitué — au cours de la semaine, je suppose. J'ai donc décidé de renoncer de mon plein gré à mon ministère dès ce soir.

Il parlait d'une voix grave, mais sereine, et Rachel comprit que sa décision était prise.

— Leur réaction me paraît excessive. Ils vont perdre un bon pasteur, observa-t-elle.

Michael passa un bras autour de ses épaules.

— Comment serais-je un « bon pasteur » sans l'estime de ma congrégation ? Mais je resterai un bon mennonite jusqu'à ma mort. Personne ne peut s'opposer à cela...

— Et que vas-tu dire dimanche à la congrégation ?

— Je serai bref. Je leur annoncerai que nous nous séparons Katy et moi, et que j'abandonne mon ministère. Je leur présenterai mes regrets pour les contrariétés que je leur ai causées ces derniers mois. Je leur demanderai aussi de continuer à accueillir Katy et Jason parmi eux ; ils auront besoin, plus que jamais, de leur soutien.

— Je regrette que tu endosses toute la responsabilité de votre séparation, remarqua Rachel en s'interdisant toute remarque amère.

Michael balaya de la main une mèche sur sa joue.

— C'est moi qui ai pris cette décision ; Katy n'est pas responsable.

— Va-t-on me blâmer ?

— Quelle importance ?

Michael avait raison. Certaines personnes refuseraient de lui pardonner, mais puisqu'elle-même avait trouvé la paix, ça ne comptait plus.

D'une main légère, il effleura son sein à travers l'étoffe de sa blouse.

— J'ai affirmé à Katy que l'aspect physique de notre relation était sans signification, mais j'ai menti, murmura-t-il avec une intonation amusée.

— Oui, répondit-elle, émue par cette caresse. Je pense que tu as menti...

— A ton retour, je serai indépendant et nous nous sentirons plus libres.

— J'attendrai ce moment avec impatience.

Elle se blottit contre lui. Déjà il lui manquait, mais l'idée de partir ne l'inquiétait plus. Vingt et un ans de séparation et des milliers de miles de distance n'avaient pas nui à leur entente. Le temps et l'espace ne pouvaient rien contre eux...

— Comment dit-on « âme sœur » en kinyarwanda ? demanda-t-elle.

— *Inshuti* ? suggéra Michael après avoir longuement réfléchi.

D'abord incrédule, Rachel se dit que ce mot avait un son doux et agréable à l'oreille.

— Pourquoi pas *inshuti* ? souffla-t-elle en se laissant aller tendrement dans ses bras.

EPILOGUE

Huit mois plus tard...

La sonnerie annonçant le lever de rideau venait de retentir lorsque Helen et Rachel laissèrent Hans dans sa loge du Kennedy Center. Helen glissa son bras sous celui de sa petite-fille pour longer le corridor menant à la salle de concert.

— Il a une telle force de concentration ! murmura la vieille dame, émue.

— Oui, approuva Rachel. On dirait qu'il se retire en lui-même avant d'affronter le public.

Helen sourit intérieurement. C'était cette énergie indomptable de Hans, cette volonté hors du commun qui l'avait toujours attirée, qui l'attirait encore.

Elles entrèrent dans la salle par une porte à droite de la scène. Les musiciens accordaient leurs instruments. Leur cacophonie rappela de vieux souvenirs à Helen.

— Michael est déjà là, dit Rachel en indiquant d'un signe de tête le premier rang où elles allèrent le rejoindre.

Michael ne les avait pas rejointes dans la loge de Hans, car il voulait appeler Jason avant le concert. Il ne laissait jamais passer une journée sans prendre des nouvelles de son fils.

On était le 6 mai, et une version un peu remaniée de *Reflections* allait être jouée pour la première fois. Helen et

Hans avaient travaillé avec joie, tout l'hiver, sur le troisième mouvement. Restant fidèles à la vision d'ensemble de Peter, ils avaient imaginé de nouvelles variations à partir du code secret, de manière à conserver — symboliquement au moins — le message inclus dans l'œuvre.

Helen avait confié à Hans l'angoisse qu'elle éprouvait depuis que la vérité sur son mari avait été révélée au public.

— J'ai l'impression, avait répondu Hans, que Peter souhaitait ce dénouement. Il savait que le codicille t'obligerait à me revoir et nous donnait ainsi la permission implicite de finir nos jours ensemble.

Sans convaincre totalement Helen, cette interprétation l'avait réconfortée. En outre, Hans avait été fasciné par ses œuvres gardées secrètes depuis la mort de Peter. Il en avait travaillé quelques-unes et comptait les jouer en bis ce soir-là.

— Plus en forme que la dernière fois que nous sommes venus ici, Helen ? demanda Michael en se penchant vers elle.

— Mon Dieu, oui !

Helen se tracassait malgré tout au sujet de Michael. Il avait traversé une période de dépression après avoir renoncé à son ministère ; mais il allait mieux maintenant, et Rachel semblait sans inquiétude.

— Il a besoin de se rendre utile, lui avait-elle déclaré. Tout rentrera dans l'ordre en septembre.

Sans doute avait-elle raison. La veille, Michael avait signé un contrat avec l'université d'Elizabethtown, où il enseignerait la théologie dès l'automne suivant ; quant à Rachel, elle serait chargée de la formation d'éducatrices pour enfants inadaptés, à Lancaster. Leur mariage aurait lieu en octobre, aussitôt après le divorce de Michael. Ils seraient aussi parrain et marraine du bébé de Lily et Ian Jackson, attendu en août. Enfin, ils faisaient construire une maison sur les terres d'Helen, de l'autre côté des bois.

Dès janvier, Michael s'était préparé à rejoindre Rachel au Zaïre. Ses bagages étaient prêts et ses vaccinations en règle lorsque de graves inondations survinrent en Californie. Il avait donc accompagné un groupe de volontaires mennonites à Los Angeles, remettant à plus tard ses retrouvailles avec Rachel. Helen, admirative, avait écrit à sa petite-fille qu'elle n'aurait jamais pu renoncer à ses désirs avec une telle abnégation. *Je pense que tu plaisantes !* avait répondu Rachel par retour du courrier.

Certes, elle avait consenti jadis à certains sacrifices, mais aujourd'hui elle se sentait comblée. Hans ne l'avait plus quittée depuis sa venue à Reflection, sauf pour quelques visites à sa femme, Winona, qui était morte en octobre. Ils s'étaient mariés le jour de Noël. Comme Rachel les taquinait en leur reprochant de ne pas avoir attendu son retour en février, Hans avait répliqué qu'ils étaient « trop vieux pour de longues fiançailles ».

Hans avait fait reconstruire leur maison dans l'arbre : son cadeau de mariage à Helen... Deux rocking-chairs s'intégraient à la structure aérienne, et un escalier en colimaçon montait jusqu'à la porte. Un jour viendrait où ils ne pourraient plus ni l'un ni l'autre gravir ces marches, mais pour l'instant l'arbre était l'endroit où ils se retrouvaient le plus volontiers pour parler.

Le chef d'orchestre monta sur scène au milieu des applaudissements du public. Il sourit aux musiciens, fit un signe de tête en direction d'Helen et tendit la main pour accueillir le pianiste.

Hans traversa la scène avec sa prestance habituelle et entama aussitôt l'ouverture de *Reflections*, tandis qu'Helen jouait avec lui par la pensée.

Près d'une heure s'était écoulée lorsque résonnèrent les dernières notes. Le public, debout, fit une ovation aux musiciens. Le chef d'orchestre pria Helen de se lever et les applaudissements redoublèrent lorsqu'elle salua le public de la main. Pour la première fois de sa vie, on l'acclamait personnellement et non plus comme l'épouse d'un homme célèbre...

Pendant l'entracte, Hans proposa d'aller boire une coupe de champagne sur la terrasse. Michael emporta la bouteille et son verre de soda, puis ils se dirigèrent vers les portes du foyer. A cet instant précis, Helen aperçut un éclair derrière les vitres. Prise de panique, elle se souvint de ses herbes aromatiques, cueillies le matin même, qu'elle avait glissées dans son sac à main après les avoir emballées d'un plastique. Crispée sur son sac, elle suivit son mari.

La vaste terrasse s'étalait sur toute la longueur du Kennedy Center, au-dessus du Potomac. Il ne pleuvait pas encore, mais l'air était chargé d'orage. Le tonnerre grondait au loin et les éclairs donnaient un reflet argenté aux eaux du fleuve. Helen sentit sa respiration s'accélérer. Elle fit un effort pour garder son calme, et, sa main moite contre son sac, elle murmura :

— Marchons jusqu'au bord, Hans.

D'abord surpris, il la guida doucement vers l'extrémité de la terrasse. Un avion passa au-dessus d'eux dans l'obscurité ; à leur droite les lumières de Georgetown se reflétaient dans le fleuve.

— Tu te sens bien ? demanda Hans.

Helen fit un signe de tête affirmatif en prenant de longues inspirations apaisantes. Rachel s'approcha.

— Tu ne veux pas rentrer, Gram ?

— Non, je suis parfaitement à mon aise.

La vieille dame avait répondu avec une assurance inattendue. Quand Rachel eut rejoint Michael et eut pris son bras, elle regarda avec ravissement le jeune couple faire les cent pas sur la terrasse.

Les éclairs de plus en plus violents entouraient Helen et Hans de leurs gerbes de lumière blanche ; le tonnerre n'était plus qu'un grondement sourd et continu. Bientôt tombèrent les premières gouttes hésitantes.

Helen leva son visage ému vers le ciel.

— Quel magnifique orage !

Elle sentait renaître son amour pour les éléments déchaînés. Soudain, le fleuve s'éclaira comme un long ruban de mercure sinueux.

— Regarde comme c'est beau ! murmura-t-elle avec une joie presque enfantine.

Hans sourit en silence.

L'éclair suivant fit apparaître Georgetown méconnaissable, dans une nuée d'argent. Il se mit à pleuvoir de plus en plus fort.

— Si nous rentrions, Helen ? proposa le pianiste. On m'attend dans les coulisses.

A contrecœur, elle tourna le dos à l'orage. Elle se sentait forte et sereine. Invulnérable... Elle traversa le foyer, puis écouta son mari jouer une œuvre qu'elle avait composée à peine un an plus tôt. Après les dernières notes, quand elle ouvrit son sac à main, en quête d'un mouchoir pour sécher ses larmes, elle prit soudain conscience de ce qu'elle avait déjà soupçonné : ses herbes aromatiques étaient restées à la maison...

imprimerie gagné ltée
IMPRIMÉ AU CANADA